鲁德亚德·吉卜林研究

陈 兵 著

图书在版编目(CIP)数据

鲁德亚德·吉卜林研究/陈兵著—北京：北京大学出版社，2013.6
（文学论丛）

ISBN 978-7-301-22136-5

Ⅰ.①鲁… Ⅱ.①陈… Ⅲ.①吉卜林，J.R.(1865—1936)—文学研究 Ⅳ.①I561.065

中国版本图书馆 CIP 数据核字(2013)第 026381 号

书　　　名：鲁德亚德·吉卜林研究
著作责任者：陈　兵　著
责 任 编 辑：张　冰
标 准 书 号：ISBN 978-7-301-22136-5/I·2590
出 版 发 行：北京大学出版社
地　　　址：北京市海淀区成府路 205 号　100871
网　　　址：http://www.pup.cn　新浪官方微博：@北京大学出版社
电 子 信 箱：zbing@pup.pku.edu.cn
电　　　话：邮购部 62752015　发行部 62750672　编辑部 62754149
　　　　　　出版部 62754962
印　刷　者：三河市博文印刷厂
经　销　者：新华书店
　　　　　　650 毫米×980 毫米　16 开本　14.75 印张　258 千字
　　　　　　2013 年 6 月第 1 版　2013 年 6 月第 1 次印刷
定　　　价：38.00 元

未经许可，不得以任何方式复制或抄袭本书之部分或全部内容。
版权所有，侵权必究
举报电话：010−62752024　电子信箱：fd@pup.pku.edu.cn

本研究受国家社科基金青年项目"鲁德亚德·吉卜林研究"(05CWW006)和江苏省高校"青蓝工程"项目的资助,特此致谢。

目 录

前 言 ……………………………………………………………… i

第一章 鲁德亚德·吉卜林的生平与创作 …………………… 1
第一节 维多利亚时代晚期的英国 ………………………… 1
第二节 吉卜林的生平与创作 ……………………………… 8
第三节 吉卜林的帝国主义思想 …………………………… 19
  1.3.1 吉卜林的生活哲学 ………………………………… 19
  1.3.2 吉卜林的理想化帝国主义思想 …………………… 23

第二章 中外吉卜林研究状况 ………………………………… 28
第一节 西方的吉卜林研究 ………………………………… 29
  2.1.1 吉卜林的迅速崛起 ………………………………… 29
  2.1.2 英美批评界对吉卜林的批评 ……………………… 33
  2.1.3 吉卜林名望的回归 ………………………………… 38
第二节 中国的吉卜林研究 ………………………………… 45
  2.2.1 新中国成立以前的吉卜林研究 …………………… 45
  2.2.2 1950 年至 1970 年中国的吉卜林研究 …………… 48
  2.2.3 1980 年以后的吉卜林研究 ………………………… 49

第三章 吉卜林的早期小说创作 ……………………………… 54
第一节 吉卜林的早期短篇小说中殖民主义的矛盾 ……… 54
  3.1.1 英印小说:殖民主义者的骄傲和困境 …………… 55
  3.1.2 驻印英军故事:帝国军人的英武和残暴 ………… 60
  3.1.3 印度人故事:类型化的东方人及高尚的东方人 … 62
第二节 《消失的光芒》中的两性冲突 …………………… 66
  3.2.1 吉卜林自身经历的感悟 …………………………… 68
  3.2.2 新女性的威胁 ……………………………………… 70
  3.2.3 男子汉的坚持 ……………………………………… 75
第二节 《瑙拉卡》中的新女性与东方主义 ……………… 78
  3.3.1 "挽救东方"的新女性 …………………………… 80

3.3.2 殖民主义的傲慢与焦虑 ………………………………… 83

第四章　吉卜林居留美国期间的小说创作 ……………………… 89
第一节　帝国与家:《丛林之书》与其他短篇小说 ……………… 89
  4.1.1 丛林法则与帝国少年的成长 ……………………………… 91
  4.1.2 家的追寻与吉卜林的认同危机 …………………………… 96
  4.1.3 东方与西方的连接 ………………………………………… 100
第二节　《勇敢的船长们》:实践工作的教育 …………………… 104
  4.2.1 体育运动与英国维多利亚时代的青少年教育 ………… 105
  4.2.2 《勇敢的船长们》中哈维的教育 ………………………… 107
  4.2.3 吉卜林的工作理念及其渊源 …………………………… 111

第五章　吉卜林19世纪与20世纪之交的小说创作 …………… 115
第一节　《斯托凯与其同党》:公学小说的异端 ………………… 115
  5.1.1 英国公学改革与公学小说 ……………………………… 117
  5.1.2 《斯托凯与其同党》对英国传统公学小说基本理念的颠覆 … 119
  5.1.3 《斯托凯与其同党》对英国传统公学小说基本理念的认同 … 122
第二节　《基姆》:东西方的融合 ………………………………… 126
  5.2.1 英印对立与英印一体 …………………………………… 127
  5.2.2 东西方的融合 …………………………………………… 131
  5.2.3 对殖民主义的超越:吉卜林对《基姆》的修改 ………… 135
第三节　《本来如此的故事》:童真与东方主义 ………………… 137
  5.3.1 纯真的儿童故事:童趣、温情与教育 …………………… 138
  5.3.2 吉卜林的传统女性观和东方主义思想 ………………… 142

第六章　吉卜林20世纪早期的小说创作 ………………………… 146
第一节　吉卜林对大英帝国现状的忧虑 ………………………… 149
第二节　吉卜林对大英帝国未来的期望 ………………………… 154

第七章　吉卜林后期小说研究 …………………………………… 160
第一节　大战的记忆:创伤、报复与宽容 ………………………… 162
第二节　暮年的阴影:疾病、爱和宽恕 …………………………… 166
第三节　共济会:心灵的家园 …………………………………… 170

第八章 吉卜林的诗歌创作 ································· 175
  第一节 吉卜林的诗歌创作及其渊源 ······················ 175
  第二节 吉卜林主要诗歌的主题与风格 ···················· 178
    8.2.1《机关谣曲》及其他早期诗歌 ······················· 178
    8.2.2《军营歌谣集》与《七海诗集》 ····················· 181
    8.2.3《五国诗集》 ····································· 187
    8.2.4《中间年代》及其他诗歌 ·························· 190

第九章 吉卜林对英国文学的贡献 ·························· 194
  第一节 吉卜林对英国文学题材的拓展 ···················· 195
  第二节 吉卜林对英国短篇小说和诗歌的贡献 ·············· 198
  第三节 吉卜林对后世作家的影响 ························ 202

结束语 ·· 206

参考文献 ·· 209

附 录 ·· 216

后 记 ·· 219

前　言

　　提到英国作家鲁德亚德·吉卜林(Rudyard Kipling, 1865—1936),我们一般会想到他是英国首位诺贝尔文学奖得主,是个"帝国主义"作家。吉卜林有没有帝国主义思想？当然有,其遐迩闻名的《基姆》(*Kim*, 1901)和《丛林之书》(*Jungle Books*, 1894, 1895)等小说(集)和《东方和西方的歌谣》("The Ballad of the East and West," 1889)、《退场赞美诗》("The Recessional," 1897)、《白人的负担》("The White Man's Burden", 1898)等诗歌都浸透了帝国主义和殖民主义的意识。但将吉卜林贴上"帝国主义作家"的标签其实无助于我们对他的理解,因为他的创作情况远比我们想象的要复杂。他的创作时间近50年,一生共创作了8部诗集、4部长篇小说、21部短篇小说集和历史故事集,以及大量散文、游记、回忆录等,其作品涵盖殖民文学、教育小说、儿童文学、历史小说、科幻小说等诸多领域,涉及东西方关系、身份认同、新女性问题、青少年教育、心理治疗等多种主题。其很多作品都在国际上受到欢迎并产生了重大影响,因此不可能用一个"帝国主义作家"的标签就可以将其准确定位。

　　吉卜林杰出的叙述才能、突出的想象力、在艺术内容和形式上的创造性革新使得他成为当时英国文学中的重要作家。19世纪80年代末,不满24岁的吉卜林从印度回到英国时,英国文学在经历了维多利亚时代盛期的辉煌之后开始有点青黄不接。当时的文学巨匠们大都已经辞世或者江郎才尽。英国公众正在翘首企盼,希望有人来接替狄更斯(Charles Dickens, 1812—1870)等人留下的空缺。吉卜林以其充满活力和强劲节奏的歌谣以及奇妙有趣、充满异域风情和叙述魅力的故事迅速征服了普通英国公众。不到几个月的工夫,吉卜林已经声名鹊起,当时的主要批评家们都把他当做狄更斯的接班人。但与此同时,吉卜林也因为其小说和诗歌中表现的帝国主义思想和粗野倾向而饱受诟病。他成为"英国帝国主义的先知"。(Rutherford 1964:72)其诗歌被批评为"流氓的声音"。这种争议一直在持续。第一次世界大战动摇了大英帝国的统治。许多自由主义知识分子开始认识到帝国主义的危害,开始猛烈抨击帝国主义。吉卜林的声誉开始下降。远在吉卜林1936年去世之前,一家美国的报纸已经开始宣称,"对于大多数英国人来说,吉卜林已经变成非常遥远的记忆了,他好像已经变成过去时代的民间传奇的组成部分或是早已经作古了的经典作家"。(空草 2002:148)

尽管吉卜林的不少好作品还很畅销,但他逐渐淡出了英美批评界的视野。1941 年当时名满天下的现代主义诗人和评论家 T. S. 艾略特(T. S. Eliot, 1888—1965)编选了吉卜林的诗集,并为之撰写长篇序文,为吉卜林正名。此后英美批评界才慢慢开始重新关注吉卜林的作品。① 随着近几十年后殖民主义文艺批评理论的兴起,吉卜林重新成为批评界关注的中心。新的吉卜林传记不断问世,批评著作和文章也日益增多。直到 21 世纪,还不断出现吉卜林的传记和评论专著。

  吉卜林在中国的接受也经历了坎坷的历程。新中国成立前中国社会动荡,民众整体教育水准低下,外国文学的研究缺乏深厚的土壤和安宁的环境,吉卜林也没有得到中国学界应有的重视。1950 年以后中国社会学习前苏联,"左倾"思想严重。吉卜林被称为"反动的帝国主义作家",中国学者避之唯恐不及,当然更不可能对其进行深入的研究。1980 年以来,随着中国改革开放政策的实施,封闭多年的中国民众亟欲了解外面的世界。外国文学成为他们了解世界的窗口。吉卜林的不少作品被翻译成中文,中国的文学批评界也开始逐步关注吉卜林的作品。学者们开始运用多种方法,从多个视角来探讨吉卜林的作品。但是中国的吉卜林研究现状还远不能令人满意。目前国内对他的研究只有两部不全面的专著和几十篇论文。这个号称英国文学史上最具争议性的作家至今对很多中国人来说还有一些神秘,他的很多优秀作品在中国还没有得到介绍和研究。特别是目前国内学术界对他的关注大都停留在吉卜林创作于 1900 年以前的作品上,对其创作于 20 世纪的后期小说及其许多优秀诗歌都没有予以应有的重视。而没有对吉卜林及其作品的整体把握,我们就不能很好地了解吉卜林作品的价值和意义,也很难对其在英国文学史上的贡献作出客观全面的评价。

  本研究就是在这种背景下,以国内外现有的吉卜林研究为基础,致力于对吉卜林的作品进行全面的探讨。众所周知,吉卜林创作时间长,作品数量众多,而且其不同时期的作品所关注的问题以及创作风格和主题都有所差别,相当复杂而难以把握,目前国内尚没有全面论述吉卜林的著作,当与此有关。本研究拟根据其创作时间,依次对吉卜林各个时期的主要作品进行详细的解读,包括其创作的全部长篇小说(四部)、绝大多数短篇小说集和其主要的诗歌等。这其中不仅有《基姆》、《丛林之书》、《普克山的帕克》(*Puck*

---

  ① 需要说明的是,尽管随着社会文化思潮的变化,批评界对吉卜林的态度不断变化,但读者大众一直喜欢吉卜林的作品。他的小说和诗歌一直畅销不衰。美国著名侦探小说作家劳伦斯·布洛克(Lawrence Block, 1938—)出版于 1979 年的"雅贼"系列小说之一《喜欢引用吉卜林的贼》(*The Burgler Who Liked to Quote Kipling*)就利用了读者对吉卜林的喜爱在书中嵌入了与吉卜林作品相关的情节。这部小说出版当年就获得了美国首届"尼禄"侦探悬疑文学奖。

of Pook's Hill,1906)等小说(集)和《退场赞美诗》、《东方和西方的歌谣》、《白人的负担》等诗歌,也有其不太受人关注的作品,如其前期的长篇小说《消失的光芒》(*The Light That Failed*,1891)、《瑙拉卡》(*The Naulahka*,1892)以及其后期创作的短篇小说、诗歌等,希望以此来向读者呈现一幅完整清晰的吉卜林创作的整体面貌图景。在吉卜林创作的具体分期问题上,鉴于学术界已经形成共识,承认吉卜林的生活经历对其创作的巨大影响,本研究也主要以吉卜林的生活经历作为其创作分期的依据,本研究将吉卜林的创作粗略分为五个阶段:吉卜林中学毕业后去印度工作期间(1882—1889)以及他从印度回到英国的最初几年定为其创作的初期;而其结婚后在妻子娘家、美国佛蒙特州布拉特布罗镇居留期间(1892—1896)为其创作的第二阶段;吉卜林一家从美国回到英国,在各地辗转直到1902年在英国苏赛克斯郡乡下定居这段时间标志着吉卜林世纪之交的创作;此后到1910年或1911年其父母离世(也可以延伸至1914年第一次世界大战开始前)是吉卜林20世纪初的创作时期;从第一次世界大战到其生命的结束为吉卜林创作的后期。本研究的这种分期主要是为了方便讨论吉卜林的创作,妥当与否自然可以商榷。不过,尽管吉卜林创作中关注的很多问题在其所有时期的作品中都有体现,但相对而言,其不同时期的作品在关注的问题上和艺术风格上还是各有其不同的特征,因此通过这样的分期讨论也许能够帮助我们更好地解读其人其作。需要说明的是,由于时间有限、资料搜集困难等原因,本研究主要以吉卜林的小说为研究对象,但会辟专章对其各个时期的主要诗歌进行系统的讨论。

在研究吉卜林时我们会将其置于当时的社会历史语境中来进行综合考察。众所周知,任何一个作家的创作都不是孤立现象,而是与其生活的社会和时代紧密相连。作家的个人经历、时代的社会思潮和文学倾向都会影响其世界观和创作。从这个意义上来说,19世纪法国学者丹纳(Hippolyte Adolphe Taine,1828——1893)在其所著《英国文学史》(*The History of English Literature*,1864)中提出的"种族、时代、环境"三要素论尽管有偏颇之处,还是很有道理的。丹纳的《英国文学史》写于英国维多利亚时代中期,其时英国的工业化已经完成,社会财富剧增,国家飞速发展。国家的强盛使得英国人产生了普遍的自豪感和民族优越感,帝国主义、种族主义思想广泛流行。可以说,丹纳的三要素论本身就是那个时代各种思潮影响下的产物。吉卜林出生于该书出版的第二年,成长在这样的环境里,他自然也感染了时代的风气。将其作品放到当时英国的社会历史语境中,我们就会发现,吉卜林的帝国主义思想并不是个案,而是那个时代英国——甚至可以说整个西方资本主义世界——的普遍倾向。与吉卜林同时代的作家多多少少都持有类似的思想观念。譬如约瑟夫·康拉德（Joseph Conrad，1857—1924）、拉伊德·哈格德（Rider Haggard，1856—1925）等。因此，将吉卜林的作品放到英国维多利亚时代晚期的社会语境里进行研究，特别是将吉卜林的作品与同时代其他英国作家的作品进行平行比较，一方面可以加深我们对那个时代英国文学的整体了解，也进一步了解产生这种文学的社会历史文化。所有这些对于今天处于社会转型期的中国来说都有很好的借鉴作用。另一方面，在研究中我们也会重视吉卜林个人的独特生活经历对其创作的影响。一个作家的个性往往形成其作品的独特之处，而这一般源于其与众不同的生活经历及其因此而形成的世界观与人生观。有评论者批评丹纳的文学观过于强调外部因素而忽视了作家的个性，从这个角度来说也不无道理。了解吉卜林的生活经历会帮助我们解读吉卜林及其作品的独特之处。譬如，美国著名评论家埃德蒙·威尔逊（Edmund Wilson，1895—1972）等人曾经提出，吉卜林不愉快的少时经历对其后来的创作造成了巨大的影响。这个观点在批评界已经被广泛接受，对于我们今天全面探讨吉卜林及其作品仍然有启发作用。

在研究方法上，本研究以社会历史方法和文化研究为主，力图通过对吉卜林小说和诗歌作品的文本细读，讨论其作品的历史和文化内涵以及产生、造就吉卜林的文化气候，以期在深层次上认识和了解他，从而进一步认识和了解吉卜林生活其中的19世纪后期和20世纪前期的英国社会。不过，对于吉卜林这样涉猎广泛的多产作家，任何一种单一的研究方法都不可能完全揭示其作品的内涵，因此，其他研究方法，如精神分析理论、后殖民主义理论等，都在本研究中得到运用，因为它们都能从不同的侧面帮助我们解读吉卜林的作品。我们认为，吉卜林作品的丰富和复杂正需要一种综合的方法才能揭示其奥秘。

在这里有必要说明一下几个术语的使用问题。本研究中多处使用"帝国主义"、"殖民主义"、"东方主义"等术语。"帝国主义"一般指"通过殖民手段、武力征服以及其他方法扩大一个国家的权力和影响的政策"，"殖民主义"则指"获得对别的国家进行完全或部分政治控制，对其进行殖民并进行经济剥削的政策或实践"。(Pearsall et al 2007：1052，415)而"东方主义"根据后殖民主义文化理论创始人爱德华·W·萨义德（Edward W. Said，1935—2003）的定义则是"通过做出与东方有关的陈述，对有关东方的观点进行权威裁断，对东方进行描述、教授、殖民、统治等方式来处理东方的一种机制；简言之，将东方学视为西方用以控制、重建和君临东方的一种方式。"

(爱德华·W·萨义德2000:4)①这几个术语在本研究中的含义有交叉之处，特别是在意识形态表达的层面上。有的学者就将"殖民主义"表述为"早期的、没有体制化的帝国主义。"(汤林森1999:11)有鉴于此，为方便讨论，本研究对这几个术语的使用不作严格区分。

本研究除前言和结束语外，共分为9章。第一章介绍吉卜林的生平与创作以及他所处的社会历史语境，重点是那个时代的帝国主义思想及其对吉卜林的影响，同时也梳理吉卜林的独特世界观；第二章主要讨论中外吉卜林研究的发展，梳理吉卜林在英国文学史上地位的变迁，并通过这种变迁使读者得以管窥19世纪后期到20世纪英国文学潮流的变化情况；第三章至第七章对吉卜林不同时期的小说进行研究，涵盖吉卜林全部4部长篇小说和绝大多数短篇小说集，尽量向读者呈现吉卜林小说创作的全貌；第八章主要讨论吉卜林的诗歌创作。到目前为止，国内学者对吉卜林的诗歌创作研究还很少，本章旨在厘清吉卜林诗歌创作的思想和艺术渊源，并对其各个时期的重要诗作进行系统的研究，从而为以后对其诗歌的进一步探讨打下一点基础；第九章总论吉卜林对英国文学的贡献。我们希望通过本研究向国内读者全面介绍吉卜林这位英国重要作家的创作情况，同时从侧面表现吉卜林所处时代英国的社会文化潮流的变化，增进他们对吉卜林以及英国文学的整体了解。

---

① 萨义德著作英文名为 Orientalism。此词有三个方面的含义：一种学术研究学科；一种思维方式；一种权力话语。翻译时若注重该词的学科含义可以将其译为"东方学"，若注重思维方式或权力话语则可译为"东方主义"。也可以不加区分，将此词通译为"东方学"或"东方主义"。本研究所引用的中文译本采用"东方学"译名以总括这三种含义。参见爱德华·W·萨义德:《东方学》，王宇根译，北京：生活·读书·新知三联书店，2000年，第3页。

第一章　鲁德亚德·吉卜林的生平与创作

第一节　维多利亚时代晚期的英国

　　维多利亚时代无疑是英国历史上最繁荣的时期。始于18世纪中期的工业革命极大地推动了英国资本主义的发展。资本主义的迅速而无序的发展也带来了诸如贫富分化、社会矛盾突出等问题，特别是在维多利亚时代早期，所以当时有"残酷的30年代和饥饿的40年代"的说法。但到了维多利亚时代中期，英国的社会矛盾开始缓和，人们开始享受工业革命带来的巨大成果。作为第一个完成工业革命的国家，英国迅速在世界各地抢占了大片市场。其庞大的船队从其遍布世界各地的殖民地带回糖、茶叶等生活必需品以及棉花和其他原材料，又将棉纺织品及其他各种工业产品源源不断输往世界各地，为英国换来无数的财富。英国成了名副其实的"世界工厂"。这些迅速积累起来的财富又成为英国在世界各个地方进行投资的原始资本。到了19世纪70年代，英国首都伦敦又成为"世界银行"，国际金融中心。同时，殖民地的发展也为英国带来了大量财富。到了19世纪90年代，英国的殖民地已经占据了全球四分之一的土地。英国在19世纪末成为世界上最强大的帝国主义国家。

　　在英国成为世界强国的过程中，殖民扩张功不可没。15世纪末的地理大发现扩大了欧洲人的视野，而传说中东方丰富的黄金、香料等奢侈品又激发了欧洲人扩张和冒险的欲望。得地理之便，而本身又资源匮乏的葡萄牙、西班牙便成了第一波探险和征服热潮的急先锋。他们航行到非洲、亚洲和美洲等地，夺取了大量的土地，也建立了利益丰厚的贸易地区。英国人在这一波殖民扩张中落后于西班牙等老牌殖民主义强国，但也于1584年在北美建立了自己的第一个殖民地，[①]并于1600年组建了英国东印度公司，负责殖

---

　　① 1578年伊丽莎白女王授命汉弗莱·吉尔伯特爵士（Sir Humphrey Gilbert，1539—1583）进行海外探险。汉弗莱即于当年航行前往西印度群岛，拟在当地建立英国殖民地，但船队没有越过大西洋即终止了航行计划。1583年汉弗莱第二次航行至纽芬兰岛，宣布英国占有该港口，但没有留下人员驻留。1584年，汉弗莱的同母弟瓦尔特·雷利爵士（Sir Walter Raleigh，1552—1618）再次前往北美，并在今日美国北卡罗来纳州沿岸建立了罗阿诺克殖民地。但由于给养不足，这个殖民地后来无果而终。

民地事务和海外贸易。随着1607年英国在北美的第一个永久性殖民地詹姆斯敦的建立,英国拉开了在北美等地殖民扩张活动的大幕。而自1688年"光荣革命"(Glorious Revolution)后,英国逐渐从以前的内部政治纷争中解脱出来,确立了君主立宪制,政治制度比较稳固,资本主义经济发展迅速,开始具备了向外扩张的条件。应该说,近代西方殖民主义活动是同资本主义的发展有机联系在一起的,英国也不例外。当时英国朝野上下都信奉重商主义,对外贸易在英国的国民经济中起着越来越重要的地位。追求并扩大广阔的海外市场就成为当时英国政治经济生活中的头等大事。于是在"光荣革命"后,英国开始了大规模的海外殖民扩张,与荷兰、法国等国兵戎相见。特别是进入18世纪后,随着西班牙、荷兰等老牌殖民帝国的衰落,英法之间为争夺世界各地的殖民地在欧洲大陆、北美和印度展开了激烈的争夺。经过这些战争,特别是英法"七年战争"(Seven Years' War, 1756—1763)后,英国获得了大片殖民地,法国在北美的势力基本上被肃清,英国在北美的殖民统治地位则基本确立。而在欧洲、印度、加勒比海、西非等地,英国也获得了不同的殖民利益,初步形成了一个世界范围的大英帝国雏形。这个18世纪以前的殖民体系在英国历史上有时被称为"第一帝国"(The First Empire)。"第一帝国"在北美殖民地独立以后瓦解。英国在19世纪初"拿破仑战争"(Napoleonic Wars, 1799—1815)之后建立起来的殖民帝国往往被称为"第二帝国"。"第二帝国"主要形成于维多利亚时期,并于19世纪末达到鼎盛状态。

维多利亚时代的英国对殖民地的态度经历了一个变化的过程。直到18世纪末期,英国仍然奉行重商主义政策,英国人把殖民地看做是本国市场的延伸,要求对殖民地的生产和销售进行垄断,将其作为母国产品的推销地和原料供应地。为此,英国政府颁布《航海条例》(The Navigation Acts, 1651),规定殖民地只能与母国进行贸易,禁止它们与其他国家自由通商。但到了19世纪初期,亚当·斯密(Adam Smith, 1723—1790)提出的自由主义经济理论受到政治经济学家们的追捧。他们提倡自由贸易和竞争,反对在殖民地实行商业垄断。在他们看来,商业垄断既阻碍生产发展,又不能增加商业利润。只有解除一切贸易限制,创造一种自由竞争的环境,才能让经济获得最大的发展。在殖民地问题上,这些人也非常赞同斯密的观点,认为保留殖民地属于多余——既然贸易开放了,殖民地就只会给母国带来负担,如行政管理经费和防务开支等。他们认为英国以其强大的经济实力和海上霸权,完全能够控制全世界的贸易,没有必要保留一个正式的帝国,相反,保护英国的海上通道更能确保英国的利益。而对于已有的殖民地,他们认为英国应对其承担责任,鼓励其成长并逐渐成熟,直到最后脱离母国独立,就像子女长大成人以后离开父母一样。这就是英国在19世纪20年代至30年代出现的"自由帝国主义"思潮。但是需要指出的是，当时世界上只有英国是工业国家，实力最强，不惧怕任何竞争。所以所谓的"自由竞争"不会对它构成任何威胁，反而会给它带来更大的经济运行的空间，带来更多利益。此外，"自由帝国主义"思潮并没有实质性地影响19世纪上半叶英国的扩张政策。大英帝国在此期间并没有试图摆脱其殖民地，而是继续获取新的殖民地，只是扩张的步伐稍微放缓了一些。实际上，在1815年—1865年间，大英帝国仍以每年10万平方英里的速度在扩张。在1841年—1851年间，大英帝国占领或兼并了新西兰、黄金海岸、香港、拉布安、纳塔尔、旁遮普和信德等地。(Eldridge 1984：29)这个时期英国政治的代表人物、著名政治家帕默斯通(Lord Palmerston, 1784—1865)就极具侵略精神。作为维多利亚时期英国外交政策的设计师，帕默斯通在担任英国外交大臣和两次担任首相期间(1855—1858；1859—1865)制定了一系列均势外交政策，有效地保护了英国现有的海外殖民地，阻止了沙皇俄国的扩张，同时还以"自由主义"的名义推行扩张政策。在他当政时，19世纪30年代英国帮助比利时脱离荷兰；19世纪40年代英国用炮舰逼迫中国开放自己的口岸，同时强租中国的香港。在克里米亚战争中英国又击败了俄国。不少学者认为，帕默斯通之后的英国首相，如保守党领袖迪斯累利(Benjamin Disraeli, 1804—1881)和自由党领袖格拉斯顿(William Ewart Gladstone, 1809—1898)等人，尽管在其他方面的政治见解可能会大相径庭，但在海外政策方面都称得上是帕默斯通的门徒，奉行其扩张政策。(计秋枫、冯梁 2002：169)

另一方面，英国的自由贸易政策从来都没有影响英国的印度政策。自从1784年英国议会颁布《印度法》，将对印度的统治权从东印度公司手里收归政府，实行英国政府委派总督制度以来，印度这个物产丰富的次大陆一直是英国的摇钱树。即便是在"自由帝国主义"思潮盛行的时候，也从来没有人说过英国应该放弃印度。1848年达尔胡西侯爵(Marquess Dalhousie, 1812—1860)出任印度总督后，还加强了英国对印度的控制。不少学者认为，印度一直是英国最重要的殖民地，"英国女王王冠上最大的明珠"，整个英国19世纪的外交和军事政策都是围绕着保护印度而展开的。特别是英国和沙皇俄国之间的争霸，大都围绕着印度进行。比如1854—1856年的克里米亚战争，实际上英国的目的就是阻止俄国向南扩张。而英国和俄国在阿富汗、伊朗的长期争夺，更是为了阻止俄国南下，保护印度的北方边境。1876年英国维多利亚女王(Queen Victoria, 1819—1901)正式加冕为"印度女皇"，标志着英国对印度全面统治的开始。

从19世纪70年代开始，随着德国、美国和法国等资本主义国家迎头赶上,英国逐渐失去其在世界上的工业垄断地位。英国的全球利益受到了严峻的挑战。德国、法国、俄国等都在大肆扩张,老牌殖民主义强国西班牙、葡萄牙、荷兰等也在竭力保护自己已有的地盘。在这种情况下,英国开始重新审视自己的殖民政策。一向主张殖民扩张的保守党人开始得势。保守党人本杰明·迪斯累利两度担任首相期间,英国开始了新一轮的扩张和殖民争夺。1875年,英国取得了埃及苏伊士运河的控制权。1878年英国又成功地阻止了俄国在巴尔干地区的扩张。与此同时,英国还扩大了在中国和中东的影响,与欧洲列强在非洲展开了一系列的殖民角逐,并逐渐将埃及、苏丹、尼日利亚、英属东非、英属索马里等地并入英国的版图,并在南部非洲获取了巨大的殖民地。迪斯累利实行的政策极大地推动了大英帝国的形成。

迪斯累利的殖民扩张政策受到了当时英国各个阶层的普遍拥戴,体现出当时英国日趋浓厚的帝国主义情绪。越来越多的英国人开始支持英国实行帝国主义政策,在全球范围内抢夺殖民地。这方面的理论代表是查尔斯·迪尔克(Charles Dilke,1843—1911)。他在《更大的不列颠》(*Greater Britain: A Record of Travel in English-speaking Countries during* 1866 *and* 1867,1868)中提出以种族为纽带,建立并维护一个"更大的不列颠"。在实践方面,尽管1880年由于英国国内政局的变化,迪斯累利下台,自由党人格拉斯顿组织政府。但格拉斯顿外交上的温和政策让许多英国人感到不满。很快,继迪斯累利之后担任保守党领袖的索尔兹伯里侯爵(Marquis Salisbury,1830—1903)上台执政。在他三度出任英国首相(1885—1886,1886—1892,1895—1902),英国继续执行迪斯累利的帝国扩张政策。甚至自由党方面也有帝国主义的有力支持者。其代表人物是约瑟夫·张伯伦(Joseph Chamberlain,1836—1914)。他反对爱尔兰自治,在贸易上也反对自由主义经济学说,提出建立保护性关税的理论。后来张伯伦还带领自由党联合派弃党,转而支持保守党的殖民扩张政策。张伯伦本人还在索尔兹伯里政府中担任殖民大臣,并努力建立"帝国联邦",即将大英帝国中各白人殖民地联合成一个政治实体,设置统一的法律、议会,实行统一的贸易和外交政策,并以英国为联邦之首。这种帝国统一的思想首先出现在19世纪80年代的思想界,以约翰·西利(John Robert Seeley,1834—1895)的《英格兰的扩张》(*Expansion of England*,1883)和詹姆斯·弗劳德(James Anthony Froude,1818—1894)的《大洋国》(*Oceana, or, England and Her Colonies*,1886)为代表。1884年英国还成立了一个"帝国联邦协会",参与者不乏政府高官和殖民地官员。在这个协会的努力下,英国政府还召开了几次殖民地会议以商讨并推动帝国联邦的建立。但此时大英帝国内部已经出现离心倾向,各个殖民地已经逐渐成熟,开始出现一种"民族"的情感。因此两次殖民地会议都无疾而终。而张伯伦提出的关税改革思想也没有实现。

思想的分歧导致保守党的分裂,并进而导致保守党政府下台。这些情况都标志着在19世纪末大英帝国已开始走下坡路。但帝国的扩张仍在继续。到了1897年,即维多利亚女王即位60周年时,英国实际统治的区域已比她刚登基时扩大了四倍,占有全球四分之一的土地。此时的英国已成为世界上最强大的国家。这个时期最重要的殖民扩张事件是1899年至1902年的布尔战争(The Boer War)。英国为了进一步加强在南部非洲的殖民统治,发动了对荷兰人后裔建立的德兰士瓦和奥伦治自由邦的布尔战争。这场战争持续了3年,最终英国人打赢了战争,标志着英国的殖民扩张达到了巅峰。

伴随着英国的殖民扩张活动,英国民众的帝国主义思想也逐渐发展起来,并在维多利亚时代晚期达到了高峰。18世纪之前只有少数英国文人,如德莱顿(John Dryden,1631—1700)等简单描绘过帝国图景,但到了18世纪中期英国的帝国观念已经比较清晰。1757年约翰·戴尔(John Dyer,1699—1757)在其歌颂羊毛贸易的史诗《羊毛》(*The Fleece*)中已经提出"英国统治下的世界和平"(Pax Britannica)概念。而18世纪英国著名哲学家伯克(Edmund Burke,1729—1797)则提出英国国会应具有一种"帝国品性",以其无所不在的权力"强迫疏忽者,控制狂暴者,帮助穷乏者"。(Dobrée 1967:78—79)到了维多利亚时代,各种思想迅速发展并激烈交锋,而关于帝国的思想也逐渐成熟。在这个时代初期,由于劳资矛盾的突出,英国掀起了规模巨大的宪章运动。为了缓解这种矛盾,曼彻斯特政治经济学派秉承边沁(Jeremy Bentham,1748—1832)和约翰·斯图亚特·密尔(John Stuart Mill,1806—1875)的实用主义政治经济理论,提倡自由贸易,并主张无论对于政府还是个人,"为多数人谋取最大利益"都应是道德的基础和甄别是非的标准。该学派还认为自私自利是人类行为的原动力,提倡一种"理性自我主义"。这种理论实际上为英国维多利亚时代初期资本家对下层人民的剥削进行了辩护,同时也为后来英国在世界范围内的大肆扩张和对弱小民族的殖民压迫提供了理论准备。

19世纪中期开始,科学的迅速发展,地理学、天文学的新发现对传统哲学和宗教也产生了巨大的影响和冲击。达尔文(Charles Darwin,1809—1882)在《物种起源》(*The Origin of Species*,1859)和《人类的诞生》(*The Descent of Man*,1871)里提出的生物进化论质疑基督教的神灵创世论,影响尤其明显。保守的教会人士和思想家们激烈反对进化理论,而怀疑主义和不可知论也在社会上蔓延,体现了维多利亚时代强盛外表下的矛盾和焦虑。在这种情况下,有些哲人开始建立新的学说来代替受到动摇的基督教信仰。卡莱尔(Thomas Carlyle, 1795—1881)就是其中一位。作为一位保守的思想家,他并不相信民主。出于对社会混乱的担心,他开始将希望寄托在社会精英阶层中的杰出人物——也就是他所说的"英雄"——身上,认为他们能够给社会带来安宁和秩序。他在《英雄与英雄崇拜》(Heroes and Hero Worship, 1841)中声称,英雄创造历史,世界的历史说到底就是英雄的历史。(卡莱尔 1995:1)无独有偶,同时期的德国哲学家尼采(Friedrich Nietzsche, 1844—1900)也表现了类似的思想。他的"超人"理论也将挽救世界的希望寄托在意志、品德都十分坚强的"超人"身上。卡莱尔的英雄理论和尼采的"超人"理论对当时的英美普通大众有相当大的影响。譬如,与吉卜林同时期的著名戏剧家萧伯纳(George Bernard Shaw, 1856—1950)就接受了他们的理论,认为人类的进步依赖于一代代天才的发展。这些天才是社会进步的先锋,而他们又不可避免地会引起同时代人的嫉恨。另一方面,达尔文的生物进化理论又被应用到社会领域。哲学家赫伯特·斯宾塞(Herbert Spencer, 1820—1903)等人将其演化成社会达尔文主义,鼓吹社会领域的"优胜劣汰"法则。斯宾塞的理论当时在英美都很有影响。据统计,到 1903 年他去世时,其著作仅在美国就已卖出近 40 万册。(索普 1984:159—160)

英国在维多利亚时代晚期发展成一个前所未有的大帝国,在普通民众中引起了广泛的乐观自豪心理,使他们对盎格鲁-撒克逊民族的优越性和统治能力深信不疑。英雄崇拜、"超人"理论、社会达尔文主义等理论在维多利亚时代中晚期的风行多多少少迎合了这种心理,同时又使他们认可富人对穷人的剥削以及英国对弱小民族的殖民掠夺。譬如,英国政治家张伯伦曾在演讲中这样宣扬盎格鲁-撒克逊种族的优越性:"我相信这个种族,最伟大的统治种族,如此高傲,如此顽强,自信而又坚决,风雨不会侵蚀她,时光不会改变她。她注定会成为未来历史和宇宙文明的杰出力量。"(Dobrée 1967:80)这段文字很自信,也很煽情,表达的是当时英国民众普遍的自信。这种自信还表现在当时不少英国人将英国与古罗马帝国相提并论。如亨利·詹姆斯就将英国比作熙熙攘攘的古罗马世界,而伦敦就是野蛮人纷纷前来朝贡的古罗马城(Raskin 1971:89),言语之中明显表露出对大英帝国的自豪感。

在宣扬盎格鲁-撒克逊种族优越性和大英帝国统治能力的同时,英国人还将殖民地土著刻画成懒惰、无知和野蛮的民族。在许多英国人看来,英国的这些殖民地本是野蛮原始之地,没有任何文明可言。卡莱尔曾经这样描写英国殖民地西印度群岛:"欧洲白人三个世纪前第一次发现这些岛屿。在此之前的无数时代里这些岛屿出产更多的是丛林、毒蛇、痢疾和野蛮习俗,那些美妙的肉桂、糖、咖啡、胡椒等都在那里沉睡着,等着那些有魔法的白人对它们说,醒来吧!"(Raskin 1971:94)在其《黑鬼问题》("The Nigger Question," 1849)中卡莱尔秉承英国维多利亚时代奉行的工作伦理,宣称工作是所有人的天职,但西印度群岛的黑人贪婪而懒惰,不愿工作,因此应当奴役他们迫使其工作。历史学家、政治家麦考莱(Thomas Babington Macaulay, 1800—1859)等保守人士都表达过类似的思想。而这种思想通过历险小说、诗歌、教科书以及音乐厅歌谣等大众媒介深深地植根在当时英国普通大众的心中,影响了他们心目中的黑人和其他殖民地民族形象,从而使得英国对其他弱小民族的统治具有了合法性。许多英国人都认为英国的殖民扩张是给贫穷无助的殖民地土著带去文明和繁荣。譬如,卡莱尔思想的追随者、思想家罗斯金(John Ruskin, 1819—1900)就宣称:"英格兰的命运就在于统治。她将把爱和光荣的火焰带到世界最遥远的角落",因此英国应该"以最快的速度从最遥远的地方为自己获取殖民地"(博埃默 1998:46)。而名作家安东尼·特洛罗普(Anthony Trollope, 1815—1882)则这样描述英国对殖民地的统治:

> 我们被召唤来统治(这些殖民地),不是为了我们的荣耀,而是为了他们的福祉。如果我们注定要统治他们我们就应该统治他们——不是因为他们会给大不列颠的名字增加声誉,不是因为他们是我们王冠上的宝石,也不是为了我们可以吹嘘太阳在我们的属地上永不落下,而是因为通过统治他们我们可以帮助他们培养自己的能力。这样当我们和他们分开时——因为我们必定会和他们分开的——我们既不要带着压抑的嫉妒,也不要带着公开的敌意,而是应该感到骄傲:我们正在送一个儿子出去,他已有能力闯荡世界了。(Dobrée 1967:79)

在这里,种族优越感和英国教化殖民地的思想用温情脉脉的母子关系来表达,带有理想化色彩,体现了一定的"自由帝国主义"思想。这番话讲于1872年。6年后,也就是1878年,刚刚辞去迪斯累利内阁职务的卡那封伯爵(Earl of Carnarvon)用类似的语言表达了相同的观点,宣称大英帝国的殖民地里有"大量像印度的人口那样多的民众如孩童般坐在疑虑、贫穷和悲伤的阴影中,抬头仰望我们,寻求指导和帮助。对于他们我们有责任给予明智的法律,优秀的管理和有良好秩序的金融体系",并认为"这是帝国主义的真正力量和意义。"(Eldridge 1978:2)由此可见,一方面,类似的帝国主义思想在维多利亚时代晚期比较流行。另一方面,维多利亚时代的英国人对于殖民地带给他们的巨大利益也直言不讳。他们承认大英帝国在给地球上各个黑暗的角落带去文明的同时也带回了巨大的财富。财富从世界各地的英国殖民地源源不断流进母国,进一步刺激了英国经济的发展。在维多利亚时代的人看来,这是殖民者的努力应得的报偿。社会达尔文主义的盛行使得这种殖民掠夺显得更加合理。特洛罗普就宣称英国从别国攫取殖民地正是为了壮大自己。"而现在新的蜜蜂需要新的蜂巢",因此英国应当不断去夺取新的殖民地。有趣的是,在维多利亚时代的许多文学文本里,如《董贝父子》(*Dombey and Son*, 1848)、《名利场》(*Vanity Fair*, 1848)、《北方与南方》(*North and South*, 1855),殖民地往往被描述成帝国财富的源泉。乔治·亨蒂(G. A. Henty, 1832—1902)的《与克拉夫在印度:帝国的开端》(*With Clive in India: or, the Beginning of Empire*, 1884)中,主人公马里亚特就注意到"所有去印度的都发了财"。"富裕的殖民地"这种思想在维多利亚时代的许多小说里往往作为解决矛盾的手段。《简·爱》(*Jane Eyre*, 1847)中最后简由于继承了叔叔在西印度群岛的财产而发了财,实现了自己的梦想。甚至 20 世纪初期英国女作家伍尔芙(Virginia Woolf, 1882—1941)在其《自己的一间屋》(*A Room of One's Own*, 1929)里也以同样的方式解决了女性独立的问题:其姨妈在孟买骑马摔死,给她留下了一笔每年 500 镑的遗产,使她从此有了自己的一间屋,实现了女性的独立。

总而言之,在维多利亚时代,特别是在其后期,由于军事和殖民扩张的胜利以及英雄崇拜、"超人"理论、社会达尔文主义等理论的影响,英国公众有一种普遍的帝国主义情绪。一时间"英国统治下的和平"的论调喧嚣不已。不仅严肃文学作品里时有体现,历险小说、游记、新闻报道、学校课本和音乐厅的歌谣等通俗文化里更是充斥着这类陈词滥调。正如萨义德在讨论东方主义时所指出的那样,大量的东方主义文本互相指涉,形成一个整体,从而创造了东方主义话语(萨义德 2000:30—31)。维多利亚时代那些充满帝国主义意识形态色彩的文化表现形式互相指涉,形成了一个巨大的文化帝国主义网络,又进一步强化了公众间的这种帝国主义情绪。可以说,维多利亚时代——特别是其后期——是个帝国时代。

第二节 吉卜林的生平与创作

约瑟夫·鲁德亚德·吉卜林 1865 年 12 月 30 日出生于印度孟买。其父约翰·洛克伍德·吉卜林(John Lockwood Kipling, ? —1911)与其母爱丽丝·吉卜林(Alice Kipling, ? —1910,娘家姓 Macdonald)都来自严谨而又老派的卫斯理公会教派牧师家庭。"约瑟夫"是吉卜林爷爷的名字,不过吉卜林从没有使用这个名字。"鲁德亚德"则得名于英国斯塔夫德郡的鲁德亚德湖。这是其父母初次相遇的地方。其父约翰·洛克伍德·吉卜林当时在孟买一家新成立的艺术学院做建筑雕刻艺术教授,在当地属于上流社会人士。吉卜林最初 6

年的童年时光都在印度度过,期间童仆环绕,无拘无束。吉卜林晚年写的自传《我自己的一些事》(Something of Myself,1937)中记述了自己童年对这个世界的温暖灿烂的感觉以及自己和保姆清晨前去孟买水果市场的温馨场景。自传中甚至还生动地记录了吉卜林自己儿时被母鸡吓哭,父亲为其画了一幅画并作了一首儿歌的有趣情景,体现出吉卜林对在印度度过的儿时快乐时光的留恋。(Kipling 1937:5—6)特别是自传开头就说:"给我一个儿童生命的最初6年,其余的你们都可以拿走"(Kipling 1937:3),话语中明显体现了吉卜林的一种自怜之感和苦涩之情。吉卜林3岁时曾随父母去过一趟英国,但当时吉卜林对英国的印象并不好。这个印地语说得比英语好的儿童对英国的印象是"一个黑暗的土地,还有一间更黑的屋子,冷得要命。屋子的一面墙上有个白人女子在生火。"(Kipling 1937:6)其时吉卜林更喜欢印度那多彩多姿的生活,也喜欢与印度孩子玩耍。安格斯·威尔逊(Angus Wilson 1977:19)在自己的吉卜林传记中记载儿时的吉卜林与一个印度土著儿童手牵着手出去玩耍,同时用印地语向他母亲告别:"再见,这是我的兄弟。"①但与此同时,四周围绕的童仆也让吉卜林明白了自己"白人老爷"的身份,培养了他的"统治阶级"心态。就这样,吉卜林一方面与照顾自己的仆人们说着印度方言,体味着印度的广袤和多彩的生活,另一方面则在父母跟前说着英语,感受着自己"白人老爷"的权威。可以说,幼年吉卜林的心里已经播下了认同英国和印度两个世界的种子,这成为其以后认同危机的源头。

1871年4月,约翰·洛克伍德·吉卜林夫妇送吉卜林和妹妹爱丽丝回英国受教育。这也是当时大英帝国各殖民地的英国人士培养子女的通行做法。也许是由于儿时的吉卜林比较刁蛮淘气,其父母没有将其托付给他们在英国的亲戚,而是将吉卜林和爱丽丝兄妹寄养在朴次茅斯附近南海镇的霍洛威家(the Holloways),顺便也在那里上学,只是偶尔去福兰姆山庄(The Grange in Fulham)其姨妈家度假。吉卜林在霍洛威家待了5年。那是他一生中最黑暗的时光,对他后来的性格和人生道路都产生了很大的影响。吉卜林在自传中称其为"荒凉之屋"(House of Desolation)(Kipling 1937:10),称折磨他的那对母子为"那个女人"(The Woman)和"那个魔鬼少年"(The Devil-Boy),记述了他在那里受到的种种虐待。那家的男主人是退休的海军军官,对吉卜林还不错,有时给他讲讲故事,带他散步。但他不久就去世了,而那一家的女主人和她的儿子则是刻板的加尔文派教徒,可能也由于他们的家境不如吉卜林家而有嫉妒之心,因此对淘气的吉卜林非常苛刻,经常打骂他,还用地狱的恐怖情景来威

---

① 无独有偶,在其1891年出版于伦敦的小说集《生活的阻碍》(Life's Handicap)的扉页上吉卜林也写下了类似的话语:"我在到德里的路上遇见一百个人,他们都是我的兄弟。"这些都表明了吉卜林对生身之地印度的热爱。

胁吉卜林,对其进行精神上的折磨。在这样的环境中,吉卜林孤独恐惧,学会了撒谎来逃避惩罚。用吉卜林自己的话来说,这种撒谎的本领成为他后来文学创作的基础。(Kipling 1937:8)这种略带荒唐色彩的结论实际上反映了吉卜林即便到了晚年仍然对这一段经历怀着自怜自艾之感和愤激之情。

这时的吉卜林除了偶尔去姨妈家度假获得暂时的解脱外,读书成了他主要的精神慰藉。但霍洛威家母子发现后又禁止他读书。于是吉卜林只好偷偷地读书,他对文学的兴趣也慢慢地培养了起来,但恶劣的阅读环境也严重损害了他的视力。吉卜林的主要读物是童话故事和道德教训的故事,但也读《鲁宾逊漂流记》(*Robinson Crusoe*, 1719),并开始接触当时的大诗人丁尼生(Lord Alfred Tennyson, 1809—1892)的作品。而被其视为"天堂"的姨妈家更是充满了爱、温情和艺术氛围。这也使吉卜林进一步培养了对文学艺术的敏感。其姨夫爱德华·伯恩-琼斯(Edward Burne-Jones, 1833—1898)是当时著名的先拉斐尔派艺术家,其与朋友们的高谈阔论增加了童年的吉卜林对色彩和线条的认识,而其姨妈(吉卜林亲切地称其为"乔姬姨妈")则常给他们读《一千零一夜》(*Arabian Nights*)之类的故事。

1877年春天,吉卜林的视力已经下降得非常厉害。"乔姬姨妈"可能发现了这个问题,于是写信告诉自己的姐姐、吉卜林的母亲。3月份,吉卜林母亲从印度赶到英国南海,将吉卜林兄妹从寄养家中接走。据吉卜林在自传中说,其母刚到该地,晚上来亲吻他道晚安时,他"抬起一只胳膊来抵挡他已习惯的抽打。"(Kipling 1937:18)这种习惯性的动作表明吉卜林在寄养家庭受到了较多的虐待。但与此同时,我们也应看到,吉卜林的妹妹在那里倒与寄养家人相安无事,而且在吉卜林上中学后她又回到那里,表明他们的母亲对寄养家庭仍然比较信任。有评论者指出,吉卜林的妹妹后来在自己的回忆录中尽管认同吉卜林在寄养家庭受虐待的情形,但也隐约暗示吉卜林对自己所受虐待的叙述有点夸张。(Mallet 2003:3)但即便是吉卜林对自己所受的痛苦有所夸张,那也只能更加证明他所受的精神创伤之大。无论如何,这几年的黑暗经历深刻地影响了吉卜林的性格和人生经历,使他经常有深深的被抛弃的感觉和对温馨的家的渴望。吉卜林后来在自己的短篇小说《咩咩黑羊》("Baa Baa, Black Sheep", 1888)、长篇小说《消失的光芒》中都描述了这段经历,反映了自己内心的孤独与痛苦。

在其他地方闲住了大半年后,吉卜林于次年1月份进入德文郡北部海滨小镇威斯特伍德霍的联合服务学院(United Service College)上中学。这是一所新学校,由一帮军官们在1874年建立,目的是为他们的孩子提供便宜而合理的教育,使他们将来能成为到大英帝国各殖民地服役的合格人才。吉卜林的父母与学校的校长考迈尔·普莱斯(Cormell Price, 1835—1910)相熟,所以将他送进了这所学校。联合服务学院的条件比较简陋,学生们有时连饭都吃不饱。像维多利亚时期的其他公学一样,学校非常重视体育运动,教育方式也比较粗暴,对学生的体罚是家常便饭。学校的学生普遍出身军人家庭,顽皮粗鲁,经常恃强凌弱。与他们相比,12岁的吉卜林有点早熟,唇上已冒出胡楂,又是学校里唯一戴眼镜的学生。吉卜林并不擅长运动。尽管他自称擅长游泳,但他以前的同学指出,吉卜林并不喜欢运动。(Page 1984:31)他的厚眼镜使他得了个侮辱性的外号"眼镜片儿"(Gig-lamps),在这群粗野的学生中显得格格不入。吉卜林在联合服务学院的第一年非常孤独,也受了不少欺负。但逐渐地,吉卜林和两个室友贝利斯福德和邓斯特维尔结为好友,形成一个互相帮助的小团体,才终于摆脱了孤独和受欺之苦。几个人一起在乡下漫游,一起捉弄老师和同学,但他们对联合服务学院的基本规则则始终坚守不渝。这一切都在吉卜林后来的教育小说《斯托凯与其同党》(Stalky and Co., 1899)中得到充分的描绘。而吉卜林一生对于小团体的热爱也就起源于此。暑假时父母也会带他去法国度假,或者去姨妈家玩耍。1880年吉卜林前往以前的寄养家庭看望妹妹,在那里爱上了一个叫弗洛伦斯·贾拉德(Florence Garrard)的女孩子。但尽管吉卜林深陷情网,贾拉德却若即若离,令吉卜林无比苦恼。10年后吉卜林再次偶遇贾拉德,无法克制自己的感情,再次展开追求攻势,但仍然没有结果。这件事对吉卜林打击很大①。吉卜林后来作品里有不少负面的女性形象,未始不与这种苦涩的初恋无关。而吉卜林的"厌女症"坏名声也由此而来。

　　后来,联合服务学院的普莱斯校长让吉卜林负责管理自己的图书室。这使吉卜林能够大量阅读文学经典,也开始慢慢展现自己的文学才能。他写了一些诗歌。实际上正是在联合服务学院吉卜林摆脱了自己在"荒凉之屋"的痛苦经历,开始成长为一个作家②。1881年吉卜林的母亲瞒着吉卜林将这些诗歌结集在印度拉合尔出版,取名《学童抒情诗》(*Schoolboy Lyrics*,

---

① 需要指出的是,吉卜林在自传《我自己的一些事》里对此事只字不提。
② 吉卜林一直对这所帮助自己化蛹成蝶的学校心存感激。联合服务学院一直财政困难,其主要资金来源就是那些在海外殖民地服役的军官。联合服务学院帮助其子弟学习功课,使其能顺利通过参军的考试(Army Examination)。吉卜林读书时该学院还比较兴旺,但随着印度货币卢比的贬值,在印度服役的英国军官渐渐无法将子弟送回英国受教育了。加上其他学校参与竞争,联合服务学院逐渐举步维艰。1888年以后更是难以维持。吉卜林当时已小有名气,遂于1890年7月答应校长考迈尔,为母校写点东西帮助她。1893年吉卜林的短篇小说《一所英国学校》("An English School")发表在当时拥有大量读者的杂志《青年之友》(*The Youth's Companion*)上。吉卜林写信给考迈尔校长,声称这是个"非常夸张的东西"(flagrant puff)。此后,吉卜林在自己的小说《柴堆男孩》以及其公学小说集《斯托凯及其同党》中都对联合服务学院有所表现。See Thomas Pinney, ed. *Rudyard Kipling: Something of Myself and Other Autobiographical Writings*. Cambridge University Press, 1990, p.180.

1881)。吉卜林知道后很不愉快。(Mallet 2003:6)

在联合服务学院度过漫长的 5 年后,不满 17 岁的吉卜林于 1882 年 9 月从学校毕业,前往印度拉合尔。其时他父母已从孟买搬到拉合尔。吉卜林与父母亲住在一起,从此开始了他在印度的 7 年工作生涯。吉卜林在一家日报《军民报》(Civil & Military Gazette)做助理编辑,同时加入了当地白人的旁遮普俱乐部(Punjab Club)。当时吉卜林的工作环境非常恶劣:条件简陋、人手不够、工作强度很大。加上那里气候恶劣,吉卜林经常生病并几度身体崩溃。因此吉卜林称在印度工作的这几年为"艰辛七年"。据吉卜林在自传中说,他经常整夜睡不着觉,就在拉合尔城里大烟馆、赌场、酒馆等地方到处游荡至天明。(Kipling 1937:52)① 当地那些保守的白人看不惯吉卜林这种乐于与土著人为伍的行为,对他颇为排斥。其时发生了另外一件事,使吉卜林更加感到孤立无援:《军民报》的政治倾向比较保守,但因在报道在印度引起轩然大波的"伊尔伯特法案"(Ilbert Bill)时采取了比较温和的妥协立场②,引起当地保守白人的反感,而作为助理编辑的吉卜林则成为他们发泄怒气的目标。据吉卜林晚年的回忆,在报道这个法案期间,一次吉卜林刚走进旁遮普俱乐部,所有人都向他发出嘘声,这给了他很大的打击。因为吉卜林一直缺少归属感,到了印度,除了自己的父母以外,旁遮普俱乐部就是他另外的家。这种集体的攻击使他觉得分外孤独和无助。吉卜林痛苦地写道:"当你只有 20 岁,坐在那里,而你的整个世界对着你发出嘘声。这种感觉一点都不好。"(Kipling 1937:50)

在这期间发生了一些重要的事件,吉卜林的文学创作生涯也慢慢开始了。1884 年 7 月弗洛伦斯·贾拉德写信给吉卜林,断绝两人的关系。其妹爱丽丝(小名"特里克斯")也从英国回到印度,全家人终于团聚在一起,形成吉卜林异常珍视的"家庭方阵"(Family Square)。当年 9 月 26 日,吉卜林在《军民报》上发表了自己的第一篇小说《百愁门》("The Gate of the Hundred Sorrows")。这篇小说模拟了拉合尔的一个鸦片烟馆里一个垂死的瘾君子的内心独白,笔调阴森抑郁。11 月他和妹妹合写的诗集《回声》(Echoes)出版。其中 32 首出自吉卜林之手,其余的则为其妹的创作。1885 年 3 月吉卜林出差到白沙瓦

---

① 不过近来也有学者指出,一个刚满 17 岁的少年,初到印度这个殖民地,与父母住在一起。而其父母又是比较老派的人士,不太可能允许他晚上在一个比较陌生,有时还有点混乱的城市里胡乱游荡。这种游荡应该是晚些时候的事情。See Peter Havholm. *Politics and Awe in Rudyard Kipling's Fiction*. Hampshire: Ashgate Publishing Limited, 2008, p. 22.

② 此法案 1883 年 2 月 2 日由英印政府立法委员会委员考特尼·伊尔伯特(Courtney Ilbert)提出,其中一款规定白人犯罪可由土著法官审判。由于当时广泛存在的欧洲中心主义思想,印度人(包括其他东方人乃至所有有色人种)被认为邪恶不能自理。所以这个法案受到当时印度的白人社团的普遍反对。后来在英国的诺斯布洛克爵士提议下此法案进行了修订,规定欧洲的英国臣民可以请求将他们的案子移交给英国法官来审理。《军民报》一开始也抨击此法案,但后来赞成诺斯布洛克爵士的立场。

(Peshawar),第一次也是最后一次到了大英帝国印度殖民地的西北边境开伯尔山口(Khyber Pass)。当时他已在构思一部描写英印人的长篇小说《马图琳妈妈》(*Mother Maturin*)。到了7月30日,他已写了237页,他在给朋友的信里也兴奋地谈到了这部作品的写作情况,说这部作品处理欧亚混血儿和当地土著的事情。(Carrington 1978:103)吉卜林的朋友们也热切地期待着它的问世。可惜这部作品一直没有写完,后来吉卜林也放弃了,据说是因为其父亲认为它写得不好。(Carrington 1978:423)评者普遍认为吉卜林后来的长篇小说杰作《基姆》就受到它的影响。(Carrington 1978:423)1885年底吉卜林与其父母、妹妹合写的诗歌与散文作品集《四重奏》(*Quartette*)出版。这个集子包括吉卜林的4个短篇小说和5首诗。其中《莫罗比·朱克思骑马奇遇记》("The Strange Ride of Morrowbie Jukes")和《鬼影人力车》("The Phantom Rickshaw")后来又收在吉卜林的其他小说集里。

1886年2月至4月,吉卜林在《军民报》上连续发表诗歌。这些诗歌后来结集匿名在拉合尔出版,名为《机关谣曲》(*Departmental Ditties*),很受欢迎。后来在加尔各答再版时才署上了吉卜林的名字。当年10月,当时的英国著名文艺评论家安德鲁·朗格(Andrew Lang,1844—1912)在《朗文杂志》(*Longman's Magazine*)上对这个诗集进行了评论。同年11月,吉卜林的一批"山中的平凡故事"开始在《军民报》上陆续登载。这一年4月,吉卜林在拉合尔加入了共济会"希望和坚持"分会。1887年吉卜林转往阿拉哈巴德市,供职于该市的《先驱报》(*Pioneer*),负责编辑该报的"每周新闻"版,每周为这个版面写一篇故事,同时继续给《军民报》写稿。在这段时间里吉卜林写了不少文章和诗歌,同时他四处旅行以搜集素材。8月份他退出了拉合尔的共济会,后来加入了阿拉哈巴德市的共济会。

在阿拉哈巴德市吉卜林遇到了他生命中第三个重要的女子(前两个是其母亲和贾拉德):英国科学家希尔的妻子爱德摩尼尔·希尔(Edmonia Hill)。有一段时间吉卜林就居住在她家。吉卜林写的东西往往要先读给她听,让她提意见。这种情况持续了两年时间(1888—1889),而这正是吉卜林成长的重要时期[①]。有趣的是,吉卜林在自传中对爱德摩尼尔·希尔对其创

---

① 1889年希尔夫妇陪同吉卜林回到英国后,不久又回到印度。爱德摩尼尔的离去令吉卜林非常痛苦,很快他和其妹卡洛琳·泰勒小姐订了婚。后来婚约解散。吉卜林研究专家托马斯·品尼指出,与卡洛琳·泰勒小姐订婚实际上是吉卜林的一种心理补偿。同样的情形后来也发生在吉卜林的密友沃尔科特·巴勒斯蒂艾身上。沃尔科特·巴勒斯蒂艾患伤寒死时吉卜林正在环游世界。闻讯后吉卜林取消旅游,匆忙赶回,并在一个月后与沃尔科特·巴勒斯蒂艾的姐姐卡洛琳结婚。需要指出的是,吉卜林的自传中没有提到沃尔科特·巴勒斯蒂艾以及他如何追求卡洛琳。See Thomas Pinney, ed. *Rudyard Kipling: Something of Myself and Other Autobiographical Writings.* Cambridge University Press, 1990, pp. xii-xiii.

作所起的作用只字不提。

1888年对于吉卜林而言是他创作上的第一次高峰时期。1月份吉卜林的第一个短篇小说集《山中的平凡故事》(*Plain Tales from the Hills*)在加尔各答和伦敦同时出版。此后吉卜林又在阿拉哈巴德一连出版6个短篇小说集:《三个士兵》(*Soldiers Three*)、《盖茨比一家》(*The Story of the Gadsbys*)、《黑与白》(*In Black and White*)、《雪松下》(*Under the Deodars*)、《鬼影人力车》(*The Phantom Rickshaw*)以及《威·威利·温基》(*Wee Willie Winkie*)。这一年吉卜林曾在《军民报》主编凯伊·鲁宾逊休假期间前往拉合尔接替他的工作,并于6至7月间前往西姆拉休假。然后又返回阿拉哈巴德。

1889年2月吉卜林前往拉合尔与其父母道别。3月9日吉卜林乘船从加尔各答起航,取道仰光、新加坡、香港、横滨、旧金山和纽约前往英国。在纽约时他前去拜会了自己非常喜爱的著名作家马克·吐温(Mark Twain,1835—1910),受到友好接待。10月5日吉卜林到达利物浦。在伦敦吉卜林结识美国出版商沃尔科特·巴勒斯蒂艾(Wolcott Balestier),第二年又结识沃尔科特的姐姐、他未来的妻子卡洛琳·巴勒斯蒂艾(Caroline Balestier)。

1890年2月《苏格兰观察家》(*Scots Observer*)杂志开始发表吉卜林的诗作。这些诗歌后来都收在诗集《军营歌谣集》(*Barrack-room Ballads*,1892)里。3月25日《泰晤士报》(*The Times*)上发表了一篇重要的匿名文章《吉卜林先生的创作》("Mr. Kipling's Writings"),对吉卜林的小说和诗歌进行了比较全面的评价[1],表明伦敦文艺评论界已经开始注意到这个不足26岁的年轻作家。吉卜林可能在8月完成了长篇小说《消失的光芒》(*The Light That Failed*)。11月该书在美国出版。这期间吉卜林健康遭受损害,9月身体崩溃。10月吉卜林前往意大利疗养。1891年初吉卜林进入当时伦敦著名的萨维尔文学俱乐部(Savile Club)。这个俱乐部里汇集了当时最负盛名的作家,如托马斯·哈代(Thomas Hardy,1840—1928)、亨利·詹姆斯、拉伊德·哈格德等。它对吉卜林的接纳表明吉卜林已经在英国文坛站稳了脚跟。1891年3月,《消失的光芒》在英国出版。4月,吉卜林在《圣詹姆斯》(*St James*)上发表长诗《英国旗》("The English Flag"),宣扬他的帝国主义思想。这首诗歌迎合了当时弥漫在英国公众间的帝国扩张主义情绪,很快流传开来,对整整一代英国人都产生了影响。1891年吉卜林还在纽约和伦敦同时出版了短篇小说集《生活的阻碍》。吉卜林在短暂探访美国后,于8月启

---

[1] 主编《吉卜林评论汇编》的学者格林指出,此文出自当时的名学者亨弗利·沃德(Thomas Humphrey Ward)之手。See Roger Lancelyn Green, ed. *Rudyard Kipling*: *The Critical Heritage*. London & New York: Routledge, 1971, p.50.

程,预备环游世界,沿途经南非、澳大利亚、新西兰,同时最后一次探访其生身之地印度。吉卜林到达拉合尔时消息传来,说其挚友沃尔科特·巴勒斯蒂艾死于伤寒。吉卜林立即终止环球航行,返回英国,并于1892年1月10日到达伦敦。8天后吉卜林经特许与卡洛琳·巴勒斯蒂艾结婚。当时的名作家亨利·詹姆斯在婚礼时充当女方的家长,将卡洛琳交给吉卜林。但他在给自己的哥哥威廉·詹姆斯(William James,1842—1910)的信中却不看好这桩婚姻,表示不理解吉卜林为何与卡洛琳结婚。在同一封信中他还大肆赞扬吉卜林,说他是"最彻底的天才"(Carrington 1978:241)。评论者普遍认为吉卜林如此仓促地和卡洛琳结婚,是为了了却其亡友沃尔科特的心愿。(Carrington 1978:241)2月3日,吉卜林夫妇又开始环游世界。他们经纽约去了卡洛琳的娘家、美国佛蒙特州布拉特布罗镇,然后又北上去了加拿大的温哥华,再启程前往横滨。途中吉卜林发现自己存款的那家银行破产,他的存款丧失殆尽。夫妇俩只好终止旅游。他们于1892年6月27日离开日本,7月26日到达布拉特布罗镇,从此开始了他们在该镇4年的生活。他们住在巴勒斯蒂艾家族地产上的一栋小房子里。12月29日吉卜林的大女儿约瑟芬就在那里出生。这期间吉卜林的诗集《军营歌谣集》出版。他与沃尔科特合写的长篇小说《瑙拉卡》也开始在杂志上连载。

布拉特布罗镇宁静幽雅,吉卜林素来喜静,怕受人打扰,在这里真是如鱼得水。1893年春天吉卜林一家开始在巴勒斯蒂艾家族土地上建造自己的房子,并将其取名"瑙拉卡"以纪念沃尔科特。① 同年吉卜林的短篇小说集《许多发明》(Many Inventions)出版。这本集子里收罗了不少吉卜林以前写的小说。吉卜林在宁静的生活中创作热情高涨,佳作迭出。其脍炙人口的两卷本童话短篇故事集《丛林之书》(The Jungle Books,1894;The Second Jungle Books,1895)便完成并发表于这段时间。此外他还完成了《七海诗集》(The Seven Seas,1896)和长篇小说《勇敢的船长们》(Captains Courageous,1897)。这种惬意的生活一直持续到1896年。这一年吉卜林和游手好闲的内弟起了纷争,并于当年8月份对簿公堂。向来喜欢静寂、不愿张扬的吉卜林深感羞辱,只好携全家离开他深爱的小镇,返回英国。据说他临走时对朋友说:"世界上只有两个地方我想居住:孟买和布拉特布罗。但这两个地方我都无法住下去。"(Carrington 1978:294)这些话中包含的自怜和焦虑再一次体现了吉卜林内心的孤独和对家庭温馨的留恋。

吉卜林一家回到英国后先是住在英国西南港口托基附近,后于次年6月搬至布莱顿附近的小渔村洛廷定(Rottingdean)。此时吉卜林文名日盛,已

---

① 房子英文拼写为 Naulakha,与小说名 The Naulahka 略异。

于4月份入选政治文化精英人物荟萃的雅典娜俱乐部(Athenaeum Club)。7月17日吉卜林在《泰晤士报》发表《退场赞美诗》("Recessional")在维多利亚女王登基60周年庆典这个英国举国欢腾之际表达了对大英帝国前途的忧虑,呼吁上帝继续眷顾英国,表现了一个保守的作家对自己民族的责任心。这首诗引起了强烈的反响,后来也被看成了吉卜林帝国主义思想的一个证明。

1898年1月吉卜林一家乘船到南非的开普敦,在那里一直待到4月份。吉卜林在那里结识了英国在南非的钻石大王、殖民巨子塞西尔·罗德斯(Cecil Rhodes,1853—1902)。两人都具保守思想,也都赞成并积极投身于大英帝国的殖民事业,因此一见即惺惺相惜,从此成为终生的挚友。罗德斯还将自己的一栋名为"羊毛袋"("The Woolsack")的房子送给吉卜林使用。① 从此吉卜林每到冬天便去南非,一来与老友晤谈,同时也是躲避英国的寒冬。罗德斯1902年去世后吉卜林一家仍然按时去南非直到1907年②。南非成为他们的第二个家。这一年吉卜林出版了短篇小说集《白天的工作》(*The Day's Work*)。同年美西战争爆发。吉卜林写作诗歌《白人的负担》,将其寄给当时美国的海军部副部长、后来的总统西奥多·罗斯福(Theodore Roosevelt,1858—1919),呼吁"说英语的白人"国家承担起对于"劣等"民族的责任,表现了浓厚的帝国主义色彩。

1899年1月吉卜林一家去了纽约。这次吉卜林遭受人生的重大打击。他不仅自己身染重病,心爱的大女儿、年仅6岁的约瑟芬也于3月份病死。6月吉卜林一家回到英国。吉卜林拒绝了英国王室拟赐予他的爵士头衔,但接受了麦克吉尔大学(McGill University)颁与的荣誉博士(LL. D.)学位。是年英国与南非荷兰人后裔之间的布尔战争(1899—1902)爆发,吉卜林以特派员的身份前往南非前线,写诗作文激励士气,同时利用自己的名望为士兵们募捐,居然募得25万英镑的巨款。由此可见吉卜林当时的巨大声望和大英帝国民众对于帝国的普遍的狂热支持情绪。与此同时,英国许多自由

---

① 1908年后吉卜林没有再去南非。但尽管罗德斯财产的管理人员一直要求吉卜林归还此屋,吉卜林却一直拒绝,直到1936年吉卜林去世后此屋子才回到罗德斯财产管理人手里。评论者认为吉卜林拒绝归还是因为它是吉卜林与罗德斯的友谊的象征。他不愿割断这个联系。参见2007年6月7日《伦敦书评》(*London Reviews of Books*)中Dan Jacobson的文章"Kipling in South Africa"。

② 思想保守的吉卜林一直全力支持布尔战争。1906年自由党大选获胜开始在英国执政后采取了与保守党完全不同的政策。吉卜林深感失望,认为战争的胜利果实被他们出卖了。他于1908年离开南非,从此再没有去过。评论者多认为,从那以后吉卜林就总是在公众生活中看到阴谋与背叛——他又成了那个在"荒凉之屋"里受苦的男孩。See Thomas Pinney, ed. *Rudyard Kipling: Something of Myself and Other Autobiographical Writings*. Cambridge University Press, 1990, pp. xv-xvi.

派知识分子纷纷谴责这场战争。这一年吉卜林出版了描写英国公学学生生活、带很强自传色彩的短篇小说集《斯托凯与其同党》以及游历书信集《从大海到大海》(From Sea to Sea)。1900年夏天吉卜林完成自己的长篇小说《基姆》(Kim)并于年底开始出版。《基姆》一出版就受到热烈的欢迎，被认为是吉卜林的代表作。

1902年，布尔战争结束，英国获胜，这是大英帝国的巅峰，但同时也是帝国衰落的开始。而吉卜林在战争中的表现也颇受自由派知识分子诟病，使他的声望受到损害。是年9月吉卜林一家搬至苏赛克斯郡乡下，居住在一栋叫"贝特曼"(Bateman's)的房子里，并在此度过了自己人生最后的几十年光阴。吉卜林非常喜欢该地幽静美丽的自然风光与淳朴的民风。他在与友人查尔斯·艾略特·诺顿(Charles Eliot Norton)通信时宣称"英国是个奇妙的地方。这是我待过的最美好的外国(foreign)土地"。后来他又对当时著名历险小说家哈格德重申了这一点："我正在慢慢发现英国。它是我待过的最奇妙的外国土地"(Page 1984：16)。在这里，"外国"一词耐人寻味。它意味着吉卜林尽管喜欢英国，狂热支持英国的殖民政策，但在心底却没有完全认同英国，而始终以一个局外人的身份来看待它。所以论者多认为吉卜林缺少一种认同和归属感。其作品中诸多主人公的认同危机也就由此而来。从某种程度上来说，吉卜林喜欢到处漫游，这本身就是一种无根的漂泊，是内心深处对理想家园和自我身份的渴望和寻求。① 这一年吉卜林出版了童话故事集《本来如此的故事》(Just So Stories)。

1903年吉卜林再次拒绝了爵士头衔，同时也婉拒了随同威尔士亲王为首的代表团访问印度。② 与此同时吉卜林作品不断，相继出版了《五国诗集》(The Five Nations，1903)、短篇小说集《交通与发现》(Traffics and Discoveries，1904)、《普克山的帕克》(Puck of Pook's Hill，1906)。其中《五国诗集》出版于布尔战争结束后不久，人们都渴望和平，因此不太喜欢诗歌中的帝国主义倾向。

1907年吉卜林的声望达到了顶峰。他以描写英籍爱尔兰士兵的遗孤基姆在印度借着与西藏喇嘛寻访解脱之道而进行间谍活动的长篇小说《基姆》获得了诺贝尔文学奖。吉卜林本人对《基姆》很满意。在其自传《我自己的

---

① 吉卜林对帝国和亲情的执著实际上也表现了一种对"家"的渴望。
② 这个举动有点令人费解，因为一般认为印度是吉卜林心灵的家园，是吉卜林渴望回归的地方。但也可以这样解释：在吉卜林心目中，印度作为家是和他的儿时记忆以及他与父母、妹妹组成的"家庭方阵"联系在一起的。1903年时吉卜林父母和吉卜林一样早已回到英国，而吉卜林也在自己的小家庭里组成新的"家庭方阵"(吉卜林夫妇和一双儿女)。因此，印度不再是吉卜林的家，而只作为一个美好的记忆藏在其心灵深处，不能受到现实的干扰。此外，吉卜林的"白人老爷"心态使他无法在现实中真正认同印度。他的认同危机即源于此。

一些事》中他详细叙述了《基姆》的写作过程,宣称此书是在灵感激发下写成的。①评者也认为这是吉卜林"最成熟的印度题材作品、最伟大的小说"。(Eliot 1975:289)诺贝尔奖评审委员会的颁奖词是"这位世界名作家的作品以观察入微、想象独特、气概雄浑、叙述卓越见长"。同年吉卜林在纽约出版了自己的《诗歌全集》(Collected Verse)(此诗集的英国版于 1912 年出版),并接受了达勒姆大学与牛津大学的荣誉学位。值得一提的是,在牛津大学吉卜林与老朋友、美国著名作家马克•吐温一起接受荣誉学位。此后吉卜林又分别接受了剑桥大学(1908)、爱丁堡大学(1920)、巴黎大学(1921)、斯特拉斯堡大学(1921)、雅典大学(1924)等学校的荣誉学位,但两次婉拒了英国政府颁发的功绩勋章(Order of Merit)。与此同时,吉卜林继续笔耕不辍,出版了《行动与反应》(Actions and Reactions,1909)、《报偿与仙女》(Rewards and Fairies,1910)、《多样的生物》(A Diversity of Creatures,1917)、《借方与贷方》(Debits and Credits,1926)、《极限与更新》(Limits and Renewals,1932)等短篇小说集,并修订出版了自己的诗歌全集(Rudyard Kipling's Verse: Inclusive Version,1919)。

就在吉卜林处于荣誉和声望的顶峰时,不幸也一一降临。先是 1910 年其母亲去世,接着 1911 年吉卜林的父亲去世,给吉卜林以沉重打击。特别是其父亲洛克伍德亲切而博学多才,经常给他提些有益的意见和建议,多年来一直是他精神上和创作上的支柱。他的去世使得吉卜林失去了一位良师益友。但是,更大的打击还在后面。第一次世界大战爆发后,吉卜林的独子约翰虽然不够年龄,且视力不佳,不符合参军条件,但积极要求参军。吉卜林运用自己的影响帮助他进入了爱尔兰卫队。1915 年 8 月,刚满 18 岁的约翰随部队开赴法国前线,但是甫参战即于 1915 年 10 月 2 日被宣布受伤失踪。吉卜林夫妇多方打听消息,但 2 年后终于接受了约翰阵亡的事实。吉卜林强忍中年丧子的悲痛,用沉浸在工作中的方法来减轻心中的哀伤。② 他参加了战争公墓委员会,并于 1923 年出版了纪念其爱子的战史《大战中的爱尔兰卫队》(The Irish Guards in the Great War)。1926 年他还写了著名的短篇小说《园丁》("The Gardener"),表达了自己心中的痛苦。

战后吉卜林主要居住在乡下大宅"贝特曼"里,偶尔为战争公墓委员会

---

① 吉卜林称这种神秘的灵感为 Daemon。每当它涌现,他就不由自主受它控制,这时他就能写出好的作品。他在自传《我自己的一些事》中提到写《丛林之书》和《基姆》时都是 Daemon 在控制他。在自传中吉卜林还提到,他的父亲得知他写《基姆》时是受 Daemon 控制后说"既然这样,书就不会差."See Rudyard Kipling, Something of Myself. New York: Charles Scribner's Sons, 1937, pp. 133 —137, 201。

② 约翰本不符合参军条件,吉卜林找老朋友罗伯茨将军帮忙才使其得以如愿。从这个意义上来说吉卜林也要为约翰的阵亡负责。吉卜林可能为此而自责。

的事去伦敦。他还喜欢去法国旅游。在经历过对印度、美国、南非的失望后,吉卜林在法国重新找到了一点安慰:法国人喜欢他的作品,也尊敬他在战争期间与他们同仇敌忾,反对德国人的行为。1922年吉卜林夫妇重返法国一战战场参观时巧遇英国国王乔治五世。两人发展出一段友谊。此前吉卜林已被诊断出胃炎,并在生命的最后20年里一直饱受疾病的折磨。此外,卡洛琳也像吉卜林一样体弱多病,他们的三个孩子中两个已经去世,唯一活着的小女儿娥尔曦也已远嫁。加上文坛潮流的变化又让其无法适应,这一切都使吉卜林心情抑郁,因此其后期作品里经常笼罩着阴郁的气氛。1922年之后吉卜林做了一系列手术,身体有所好转。1927年吉卜林学会(Kipling Society)成立,吉卜林在联合服务学院的同学和老朋友邓斯特维尔担任第一任会长。但生平珍视个人隐私的吉卜林并不喜欢这样被人检视。他写信给邓斯特维尔表示不满。(Jaffa 2011:226)1928年著名作家托马斯·哈代去世。吉卜林获得了给哈代抬棺的荣誉。1933年吉卜林被诊断出十二指肠溃疡。1936年1月,吉卜林夫妇在伦敦,准备前往法国南部。这时吉卜林突然病倒,被紧急送往米德尔赛克斯医院。1月18日,吉卜林去世,享年70岁,其骨灰由英国首相、将军和其他名人护送到威斯敏斯特教堂的诗人角,安葬在狄更斯和哈代旁边。次年其自传《我自己的一些事》出版①。

综观吉卜林的一生,是为大英帝国奔走呼号的一生,也是四处漂泊,寻找理想家园和自我认同的一生。他内心深处的诸多矛盾使他不可能找到真正的自我认同。这些矛盾都反映在他的诸多作品中,也反映在其对待大英帝国的态度中。

第三节 吉卜林的帝国主义思想

1.3.1 吉卜林的生活哲学

吉卜林的生活哲学主要来源于其生活的时代思潮,但也部分受其家庭背景和所受教育的影响。如果说他的帝国主义思想源于当时英国的主流意识形态的话,那么他的生活哲学则来自其家庭背景、所受教育以及生活经

---

① 有评者指出,吉卜林的这部自传既不完整也不可靠。它略去了很多事件,又弄错了很多事件。此外,吉卜林的这部自传在出版前由其遗孀进行了校订。出于保护吉卜林名声的考虑,其夫人对传记做了不少删改。See Thomas Pinney, ed. *Rudyard Kipling: Something of Myself and Other Autobiographical Writings*. Cambridge University Press, 1990, p. vii, xx, 还有,不少人认为吉卜林的小说《哞哞黑羊》有强烈的自传性质。但吉卜林的传记作者卡宁顿在1972年6月份的《吉卜林学刊》(pp.7—19)上发表了一篇题为《哞哞黑羊:事实还是虚构?》的文章,不太认可这种说法。

历。众所周知,吉卜林有清教家庭背景——其父母都是卫斯理公会牧师的后代。吉卜林早年在南海镇寄养的人家信奉加尔文教,那也属于清教派别。吉卜林在寄养人家每天耳濡目染,接受了不少加尔文教的道德教训。有学者认为,尽管吉卜林痛恨养母霍洛威夫人,但他实际上接受了养母严格的加尔文主义道德观念。(Harrison 1982:23)而维多利亚时代风行的新教福音派也偏向于清教。由此来看,吉卜林的主要宗教倾向应该是清教。不过有学者指出,尽管吉卜林的祖上是卫斯理公会的牧师,他们却并不反对英国国教,在宗教上比较开明。吉卜林并不是个卫斯理公会教徒(Carrington 1978:36—37),另一方面,吉卜林很早就受到多种宗教的影响。吉卜林在被送回英国寄养前在印度度过6年快乐时光。其保姆是个罗马天主教徒,经常带着年幼的吉卜林一起祈祷,而其家中还有不少印度教仆人,经常带着幼小的吉卜林去神庙看印度教的神灵。所以吉卜林从儿时起就接触了多种宗教,其独特的生活经历也使其倾向于一种比较宽容的宗教态度。而其中学教育则加强了这一倾向。吉卜林所上的联合服务学院虽然严苛,但却不像当时英国一般的公学那样宗教氛围浓厚,而是比较世俗化:学校没有教堂,校长不是神职人员,思想也很开明。因此吉卜林得以自由地阅读各种书籍,其幼时就萌芽的宗教宽容态度也进一步得到发展。可以说,吉卜林并不是个虔诚的宗教信徒。在其生活哲学中,宗教差异并不是个问题,因为他主张宗教宽容与和谐共处。[①] 他更重视那些世俗的生活准则。譬如,尽管吉卜林不是清教徒,却很欣赏清教教义中的严谨、勤勉、内省和自我克制精神。而其在联合服务学院接受的严苛教育也给他灌输了法则、秩序、纪律等观念。卡宁顿(Carrington 1978:69)指出,吉卜林在中学时代形成了自己的思想,期间爱默生(Ralph Waldo Emerson, 1803—1882)、卡莱尔、罗斯金和勃朗宁(Robert Browning, 1812—1889)对其影响甚大,是其思想的主要渊源。特别是卡莱尔等人的工作伦理与种族主义思想对吉卜林产生了巨大的影响。

吉卜林的一个重要理念是工作。吉卜林的父亲就说过:"鲁迪[②]渴望男人的生活,男人的工作。"(Page 1984:187)学者刘易斯认为吉卜林"第一次在作品中表现了工作这个庞大的领域"。(Green 1971:4)吉卜林在其作品中热衷于描写各种工作。他在很多小说和诗歌中对工作和技术细节的描写巨细无遗,甚至超过了必要的程度,损害了作品的艺术效果,简直称得上是一

---

① 这一点从其晚年的自传《我自己的一些事》中表现得比较清楚。吉卜林在该书的开篇就将自己一生的好运道都归因于伊斯兰教的真主阿拉,并回忆了自己快乐的童年生活以及自己家中多种种族和宗教和谐共处的情形。See Rudyard Kipling. *Something of Myself*. New York: Charles Scribner's Sons, 1937, pp. 3—5.

② 英文为 Ruddy,是吉卜林的名字 Rudyard 的昵称。

种迷恋。这其中既反映了18世纪以来英国清教徒重视工作、将其看做"神的召唤"的工作伦理,也包含了吉卜林对于工作的独特理解。对于吉卜林来说,工作可以帮助他驱除孤独感和对黑暗的恐惧,也可以缓解死亡和失去亲人的痛苦。1915年,当他听说自己的独子约翰在法国战场上失踪的时候,他强忍着悲痛,只是简单地说道:"我得做我要做的工作。"(Page 1984:187)他用工作来排解心中的痛苦:他为儿子服役的爱尔兰卫队撰写战史,又参与了战争公墓委员会的各项工作。所以,当吉卜林告诉医生们说"没有什么麻醉法能比一个人沉浸在自己的工作中更全面有效"时,我们完全能够理解他的感受。(Dobrée 1967:35)在吉卜林眼里,工作甚至能救赎人的灵魂。吉卜林作品中有不少人物都是在工作中净化了心灵,获得救赎。像其后期的短篇小说名篇《失措的黎明》("Dayspring Mishandled",1928)中的卡斯特里一直热衷于名利,只有在其认真工作的时候我们才能发现其心灵的可敬之处。

与工作理念相联系的是责任感、荣誉感、对事业/团体的忠诚和斯多噶般的自我否定。从《只是少尉》("Only A Subaltern",1888)中不惧霍乱而忠于战友的鲍比·魏克,到《团队的女儿》("The Daughter of the Regiment",1888)中为了救治患上霍乱的士兵而献出自己生命的麦克凯纳夫人,再到《征服者威廉》("William the Conqueror",1895)中克服各种艰难困苦救济印度儿童的英国姑娘"征服者威廉",在吉卜林的作品中我们不断看到他对上述品质的讴歌。吉卜林曾经说过:"一个人得吃苦,然后他得学会做好自己的工作,还得有那种知识所带来的自尊"。(Stewart 1962:231)一个人要成功必须先得吃苦。吉卜林的这种斯多噶般的观念可能来自其南海经历和联合服务学院岁月的磨炼。有评者指出,吉卜林在联合服务学院受到不少折磨,而这"增强了霍洛威夫人在他心中埋下的虐待狂的倾向"。(Moss 1982:6)不过多年后,吉卜林却认为这些虐待对他大有好处,因为它们为其后来闯荡世界接受磨难作了准备。因此,对于吉卜林而言,粗野的行为往往具有教育意义。其早期三个士兵的小说中经常出现体罚的情形,而吉卜林则带着欣赏的态度来描写这一切。譬如,在《私人荣誉》("His Private Honour",1891)中老兵穆尔凡尼就说:"(那些新兵们)个个都有当上校的可能……只要我们功夫下足了——用皮带来下。"(Moss 1982:59)而在另一篇故事《大兵奥赛里斯的疯病》("The Madness of Private Ortheris",1888)中奥赛里斯想当逃兵,穆尔凡尼斥责他给自己和连队带来了耻辱。羞愧的奥赛里斯解下皮带递给穆尔凡尼说:"你要是想的话,可以用这个把我打成两截。"(Kipling 1994b:296)这显示出荣誉往往需要粗野的行为来维护。吉卜林自己从不在公开场合表露自己失去爱女和爱子的悲伤,也是对斯多噶般自我克制功夫的具体实践。

在学者罗伯特·莫斯(Robert Moss 1982：65)看来,"吉卜林教育哲学的各种原则可以归结为一条:法则。"吉卜林笔下的"法则"是个复杂的概念,大致可以概括为人们为避免罪恶和愚蠢的行为而必须遵循的一些准则,包括秩序、纪律、责任感和荣誉感等,尤其是对命令和纪律的服从。我们有理由相信,吉卜林的"法则"观念源于他在联合服务学院所受的严苛的教育。当然,在"法则"观念下,也允许偶尔的逾矩和个人的创新,就像吉卜林笔下的主人公们一样,但这一切必须限制在严格确定的范围内——真正的自由来自于对一种秩序和纪律体系的服从。吉卜林的"法则"思想受到不少学者的激赏。譬如,评论家詹姆斯·哈里森(James Harrison 1982：63)就声称:"今天的年轻人从这种思想里不会得到什么坏处,那就是,真正的自由在于对一种自身之外的东西的自愿服从。"当然,必须指出,吉卜林的这些生活和哲学理念尽管本身没有问题,但在英国维多利亚时代晚期的社会大背景下客观上起到了为英帝国主义扩张鸣锣开道的作用。或者换句话说,吉卜林的这些理念源于当时的社会文化语境,而后又成为这个社会文化语境的一部分,参与塑造了整个社会的意识形态。

吉卜林的"法则"概念表明了他的保守的世界观。可以想象,他并不相信民主。他认为民主是很荒谬的东西,因为靠点人头来确定事情纯属异想天开,不切实际。在崇尚切实有效的工作的吉卜林眼里,这是官僚主义的体现。此外,吉卜林还认为民主会危害社会的和平与稳定,因为民主中往往包含一种非理性的激情和恐惧。他认为"民众比国王要残酷十倍。"(Dobrée 1967：112)他在许多作品里都表现了这一主题。短篇小说《在城墙上》("On the City Wall",1888)中对于骚动的印度暴民的描写、《安提阿的教堂》("The Church That was at Antioch",1929)中犹太教徒的骚乱等都表现了吉卜林对民主的不信任和对民众的恐惧。而且,吉卜林相信,民主必然导致暴政和独裁:"没有哪个暴君像暴民那样残忍,也没有哪个君王像暴民那样无用。"(Lonsdale 1963：364)在小说《贾德森和帝国》("Judson and the Empire",1893)中,吉卜林就宣称:共和国"很快就会滑向军事专制"。他对民主的担忧一目了然。

吉卜林同时代的学者弗雷德里克·劳伦斯·诺尔斯(Frederic Lawrence Knowles 1974：53—55)在其著作《吉卜林入门》(*A Kipling Primer*,1899)中对吉卜林的思想进行了梳理,指出吉卜林关注工作、责任心和自我奉献。同时他认为爱情在吉卜林的作品中没有地位,因为在吉卜林眼里爱情是一种不值得放弃自我去追求的激情。吉卜林对女性有一种居高临下的架势,他欣赏的女性大都带有强悍的气质——或是聪明如霍克斯比夫人,或是强悍如"征服者威廉"。诺尔斯的话有其道理,不过吉卜林的生活哲学中也有柔和的一面,那就是他的"同情"观念。这种观念一方面可能源于英国文学中的人文主义传统,另一方面也由于吉卜林的少时痛苦经历使他更能体会到别人的痛苦。因此他在作品中经常表现出对弱者和失败者的同情。小说《事实如此》("A Matter of Fact", 1893)描写了在海底地震中受伤的海蛇的痛苦,而船上的观众则充满了同情:"我们看着,船员、司炉工、所有人都在。带着敬畏和同情,主要是同情。这东西是那样的无助,而且,除了他的伴侣外,是那样的孤独。"(Kipling 1946:215)从这话中我们依稀可以感受到吉卜林的自怜自艾。故事结尾,吉卜林借英国记者之口,教训拟将此事作为奇闻逸事发给自己报纸的美国记者:英国报刊秉承多年的文化积淀,从不报道这类事情。这个结尾固然有点矫情,却形象地说明了吉卜林的"同情"观念。类似的例子在其后期作品如《园丁》等中表现得更加明显。

1.3.2 吉卜林的理想化帝国主义思想

多布莱指出,吉卜林可能在联合服务学院上中学时初步培养了自己的帝国主义思想。(Dobrée 1967:71)如前所述,联合服务学院是为驻扎在印度等殖民地的英国军人的子弟开办的中学,目的是使他们将来能成为到大英帝国各殖民地服役的合格人才。可以想见,这样的学校里帝国主义和殖民主义色彩更加浓厚。吉卜林虽然不是军人子弟,但出生保守家庭,其父也同样在印度工作,耳濡目染,自然免不了受其影响。此外,吉卜林阅读广泛,又深受卡莱尔和罗斯金等人的种族主义和殖民主义思想影响。所有这些,加上吉卜林独特的印度生活和共济会经历,共同形成了吉卜林的帝国主义观念。

和维多利亚时代晚期的主流思潮一样,吉卜林也信奉盎格鲁-撒克逊民族的优越和殖民地土著民族的低劣,认为英国的殖民扩张实际上是在向世界其他地方传播文明。他认定罗马人确定了历史发展的方向:罗马将帝国的火炬传给高卢人、诺曼人,现在又传到英国人这里。被罗马人征服的民族都受到了文明的教化,而爱尔兰等罗马人足迹未到之处就始终处于蛮荒状态。被罗马征服的非洲诸国得到了"正义和仁慈"。而随着罗马的衰落,他们又回到野蛮状态,现在只有英国人的到来能使他们重新拥有法律、尊严和平等。(Raskin 1971:89—91)在这里,吉卜林和亨利·詹姆斯等人一样,用似是而非的历史推论将英国与两千年前的古罗马帝国联系起来,通过这种认同将英国的种族和文化优越性及其殖民扩张活动合法化。另一方面,吉卜林又竭力贬低殖民地土著民族,将他们刻画成懒惰、邪恶、无法自理的低能儿。他在1911年出版的《校园版英格兰史》(*A School History of*

England)中这样写道：

> 西印度群岛曾经是我们最富庶的领地。但自从1833年奴隶制废除之后，群岛的繁荣就难觅踪迹了。岛上的居民以黑人为主……懒惰、邪恶，无法改善，而且不强迫就不去工作。在这种气候条件下几个香蕉就足以维持一个黑人的生存，所以他怎么会去工作来获取更多？他很知足，也很无用。他把能够挣到手的所有额外工资都花去买装饰品去了。
>
> （Raskin 1971：95）

这段话表现出典型的东方主义态度，从中可以看出卡莱尔《黑鬼问题》等著作的影响。英国维多利亚社会奉行严谨、勤勉的工作伦理，卡莱尔等人也鼓吹"工作神圣"，懒惰则是一种罪恶。土著民族的"懒惰"无疑是其低劣品性的明证。将土著民族刻画成懒惰而邪恶之徒还符合自18世纪以来欧洲人种学中的种族主义思想。[①] 吉卜林通过对土著民族的类型化负面刻画从反面论证了大英帝国殖民扩张的合法性。至于吉卜林对当时英国殖民主义活动的直接描述，其短篇小说《在城墙上》中有一段话被广为引用：

> 每一年英国都向英印政府派去新的人员。这些人往往劳累致死或忧虑致死或身体累垮，为的只是这块土地（印度）有一天能免于死亡、疾病、饥饿、战争，能够自己管理自己。它是永远也不可能自己管理自己的。但这个理想很美妙，人们也愿意为之献身……每当有进步时，所有的功劳都归于印度人，英国人则退至幕后，擦去自己脸上的汗水。而一旦出现失误，英国人又站出来承担责任。
>
> （Kipling 1946：17）

上述这段话非常形象地表达了吉卜林的理想化帝国主义观念。在他看来，英国人去印度不是为了扩张和剥削，而是为了帮助土著，因为他们"无法自理"！有着高度责任感和忘我工作精神的英国人前去给印度带去秩序和繁荣，印度土著理应感恩戴德。吉卜林的这种理想化帝国主义观念一方面继承了维多利亚时代晚期关于"英国人教化土著、传播文明"的帝国主义思潮，另一方面也与其共济会的独特生活经历紧密相连。众所周知，共济会是一种封闭性秘密社团，自1717年在伦敦成立以后发展迅速，在西方影响巨

[①] 譬如，博物学家卡尔·冯·林耐（Carl von Linné，1707—1778）在其《自然系统》（Systema Naturae，1735）中将人种进行等级分类，并将其身体特征与精神、社会文化特征相对应。卷头发、厚嘴唇、黑肤色的黑人被认为处于人类进化等级阶梯的最低级，同时具有"冷漠"、"懒惰"等特征。而位于人类进化等级阶梯顶端的白人则美丽、匀称，对应的是其文明社会的各种优秀品质。参见皮埃尔-安德烈·塔吉耶夫：《种族主义源流》，高凌瀚译，北京：生活·读书·新知三联书店，2005年，第11—13页。

大。印度也在1728年成立了第一个共济会分会。共济会内部有着严密的组织形式和思想体系,外人难以了解究竟。共济会提出"自由、平等和友爱"的口号,会员之间以兄弟相称,团结互助,主张种族、宗教间的宽容和思想自由。其最终目标是要建立一个超越民族、国家、宗教和文化的世界统一体,带有一定的乌托邦倾向。(赵世峰 2006:49)如前所述,吉卜林少时在南海镇的经历使其产生了强烈的孤独和被弃感,也使其对"家"有强烈的渴望。他特别希望归属一个"家"一样的小团体。他与父母和妹妹组成的"家庭方阵"、他在联合服务学院学习时居住的第五号宿舍等都是这样的小团体。俱乐部或者秘密会社也是这样的团体。吉卜林本人在自传中坦承小团体对他的重要性:"我的生活使我非常依赖俱乐部来获得精神上的慰藉。"(Kipling 1937:139)而共济会也是这样的俱乐部,能够给他以"家"的温暖。另一方面,吉卜林独特的生活经历使他对生身之地印度产生了深厚的感情,而这种感情又与当时英国主流社会的帝国主义思潮相抵牾,结果在吉卜林心中产生了严重的认同危机。而主张种族、宗教间的宽容和思想自由的共济会在一定程度上能够缓解这种认同危机。换句话说,共济会能够满足吉卜林对于"家"的渴望并化解他的认同危机。[1] 也许正因为如此,吉卜林一生都与共济会有着紧密的联系。他于1886年4月在拉合尔首次加入共济会的"希望与坚持"分会。1887年8月吉卜林从拉合尔到阿拉哈巴德工作,他退出拉合尔的共济会分会,转而加入阿拉哈巴德的共济会分会。此后吉卜林还成为伦敦的共济会作家分会的荣誉会员,第一次世界大战后还参与创立与战争公墓委员会相关的两个共济会分会。

　　吉卜林的共济会经历使得其帝国主义思想不同于当时一般的帝国主义者。特别是他的帝国主义思想不涉及个人和物质利益。评论家詹姆斯·哈里森(Harrison,1982:20)就指出,吉卜林的态度是"从未涉足政策的日常具体实践的典型的理想主义者的态度"。这种理想化色彩与强调"不同种族不同信仰的人平等共处,共建大同世界"的共济会信条异曲同工。我们知道,维多利亚时代晚期,英国的政客、商人和文化人都公开宣扬为了帝国的利益和个人财富而进行殖民扩张和剥削。在他们看来,这是殖民者的努力应得的报偿。社会达尔文主义的盛行使得这种殖民掠夺显得更加合理。但吉卜林的帝国主义思想却有所不同。他似乎并不关注殖民扩张可能带来的物质利益,而是坚守其理想,强调英国人艰苦工作来教化"低劣的种族"的责任,

---

[1] 比如,吉卜林的权威传记作者卡宁顿就认为,在种姓制度盛行的印度,共济会是不同宗教的信徒能够平等交流的唯一场所,同时共济会的男性的强悍与自给自足也具有很大的吸引力。See Charles Carrington. *Rudyard Kipling: His Life and Work*. London: Macmillan, 1978, pp. 106, 543.

有时必须做出自我牺牲。因此我们在他的作品中可以看到无数为了殖民地土著的福祉而忍受孤独和病痛忘我工作的理想殖民者(比如短篇小说《通道的尽头》["At the End of the Passage",1891]中的四个殖民者)。有时候他们死在工作岗位上(如短篇小说《地区长官》("Head of the District",1891)中的亚德里-奥德)。甚至往往有英国妇女同样为了殖民地土著而忘我地工作(如短篇小说《征服者威廉》中的女子威廉)。不过,吉卜林笔下的这些人物太过理想化,连英国人自己都很难相信。当代英国评论家 J. I. M. 斯蒂沃特(Stewart 1962:245)就认为"威廉和她那一类人也许从未存在过。"1898年美西战争爆发后吉卜林写给当时美国的海军部副部长、后来的总统西奥多·罗斯福的诗歌《白人的负担》也是一例。在诗歌中吉卜林呼吁"说英语的白人"国家承担起对"劣等"民族的责任,忍受艰难困苦来为这些"半为魔鬼、半为孩童"的"劣等"民族服务。诗中有明显的种族主义色彩,但更多理想化的帝国主义态度。而实际上美国发动美西战争不过是为了美国自身的利益,与教化"劣等"民族全然无关。吉卜林与同时代帝国主义思想的格格不入,于此可见一斑。

吉卜林这种共济会式的帝国主义也带有一定的种族平等与和谐共处的特征。评论家多布莱(Dobrée,1967:81)认为,"吉卜林心中根本没有种族优越感;他感受很深的只是英国人那个时候知道如何统治。"这话当然有点偏颇。不过偶尔吉卜林也能超越种族主义藩篱,表现出一定的种族平等与和谐共处的理念。譬如,在其早期作品《建桥人》("The Bridge-Builders",1893)中,我们就看到英国和印度的工程师共同奋斗的场景,其中的土著工程师佩鲁坚韧能干,连英国人也非常欣赏他,尊敬他。而《基姆》中英国间谍部门的"大游戏"也包括了不同种族的特工,其中不乏能干而富有牺牲精神的土著。在其 1904 年发表的小说《他们》("They")中,吉卜林甚至还对基督教进行了抨击,并为异教徒辩护:"与基督教国家人们的残酷(这种残酷不仅来自遗传,也来自精心的教育)相比,西海岸黑人的异教行为就很干净而且节制了。"(Kipling,1946:326)他在小说集《生活的阻碍》扉页上写的"我在去德里的路上遇见一百个人,他们都是我的兄弟"也表现了这种种族平等与和谐共处的思想。

在吉卜林笔下,帝国主义者的殖民征服经常和共济会活动紧密相连。在其早期著名的中篇小说《想当国王的人》("The Man Who Would Be King",1888)中,两个身为共济会员的英国冒险家正是利用共济会的吸引力来推进他们的"帝国"事业。于是共济会与帝国主义互为表里,共同为控制土人、开拓帝国服务。而其诺贝尔奖获奖作品《基姆》中,主人公基姆的父亲是爱尔兰人,也是个共济会员。基姆受欧亚混血儿抚养,在印度长大,接受英国教育，绰号"世界小友"，这本身就隐喻着共济会世界大同的理想。书中英国情报部门进行的"大游戏"既是帝国主义的游戏，又是共济会式的游戏——参加游戏的人来自不同种族、不同宗教信仰。大家精诚合作，共同维护大英帝国的安宁，正如同共济会弟兄一样。这里帝国主义和共济会的联系尤其明显。而其诗歌《我的母会》("My Mother-Lodge"，1894)更是强化了帝国主义和共济会的联系：诗歌里歌颂了共济会里各种族、信仰、肤色的军人如兄弟般相处。他们对外是帝国战士，有严格的上下级关系，对内则是共济会兄弟，大家和衷共济。

总而言之，在诸多因素的影响下，吉卜林的帝国主义思想与英国当时流行的帝国主义思想并不完全一致。而且，据一些学者的研究，吉卜林的帝国主义思想也没有他的一些同代人如亨雷(W. E. Henley, 1849—1903)等人的帝国主义思想那样影响深远。(Rutherford 1964：144)但是，吉卜林的名望以及他对大英帝国事务的积极参与使得他成为大英帝国的象征。结果，后来人们批评英国的帝国主义思想时往往以吉卜林为靶标，对他的名望造成了损害。T. S. 艾略特也注意到吉卜林帝国主义思想的独特性。他说："吉卜林的读者，只要细心就可以发现，吉卜林对英国统治的缺点是了然于胸的。只是他相信大英帝国是个好东西。"(Raskin 1971：33)

第二章　中外吉卜林研究状况

评论家 R.L. 格林在其编辑的《鲁德亚德·吉卜林评论汇编》(*Rudyard Kipling: The Critical Heritage*, 1971) 中这样说道:"鲁德亚德·吉卜林是英国文学史上最受争议的作家。即便是今天他在文坛的地位也还没有确定。"(Green 1971:1) 这句话点明了一百多年来吉卜林在英国文学中颇具戏剧性的接受情况。不过吉卜林自己并不在意别人对自己的评论。就在其去世前几个月,吉卜林还在自己的自传《我自己的一些事》中这样嘲弄道:"这些作家的知识储备这么差,真让我吃惊。他们对那些以英国为基础的法国文学作品了解得那么少,而我认为这是不可或缺的。我真不知道他们怎么能混得下去。"(Kipling 1937: 210-211) 吉卜林的这种态度引起了不少争议。譬如,1902 年 3 月份的纽约《书客》(*Bookman*)杂志上就有个评者撰文说"从吉卜林的作品中我们看不出来他从批评者那里学到了什么东西,或者说他对公众的要求做出了什么让步。从一开始他的态度就是要就要,不要拉倒。"(Green 1971: 12) 但不管吉卜林的态度如何,对其作品的评价从来没有间断过。从吉卜林 19 世纪 80 年代开始进行创作到今天,一百多年来对他的评价小到短篇评论,大到专门论著,数量之多,数不胜数。如果我们仔细分辨,可以看出,西方评论界对吉卜林的接受分为几个阶段:吉卜林 24 岁时从印度回到伦敦,几个月后声名鹊起;其后 10 年当中一些著名学者如安德鲁·朗格、埃德蒙·高斯(Edmund Gosse, 1849—1928)等将吉卜林当成一个主要作家来进行严肃认真的研究;到了 20 世纪初,很大程度上由于政治原因,批评界渐渐不再关注吉卜林;而第二次世界大战以后对吉卜林的研究又渐渐升温。评论家们从不同的方面对吉卜林展开了全面的研究。特别是 20 世纪 80 年代后殖民主义理论兴起以后,吉卜林更是成为炙手可热的研究热点。吉卜林最权威的传记作者查尔斯·卡宁顿也做出了类似的总结:"吉卜林的文学声誉在 19 世纪 90 年代早期达到了巅峰,其后慢慢下降,到其去世时已几乎湮没无闻。而到了 20 世纪 40 年代,在一些专家的努力下吉卜林的声誉又开始恢复。"(Carrington 1978: 24) 与西方相比,中国的吉卜林批评起步较迟,也经历了几个不同的阶段。总体而言,到目前为止中国的吉卜林批评主要是对西方吉卜林批评的回应,水平还有待提高。

第一节 西方的吉卜林研究

2.1.1 吉卜林的迅速崛起

吉卜林最早出版的作品是1881年的《学童抒情诗》。其时吉卜林还在联合服务学院学习,这些诗歌也属于练笔之作,虽然展现了一个早熟少年的潜在诗才,但整体上还比较粗糙,也没有引起批评界的注意。中学毕业后吉卜林到印度拉合尔的《军民报》工作。1884年他在《军民报》上发表首篇小说《百愁门》后,才算真正开始他的文学生涯。1886年吉卜林将其在《军民报》上发表的诗歌结集出版,取名《机关谣曲》,受到了印度的英文报纸如《印度时报》(Times of India)、《印度日报》(Indian Daily)、《信德公报》(Sind Gazette)、《孟买公报》(Bombay Gazette)、《英国人》(The Englishman)等的热情赞扬。但这些报纸的影响力有限,上面登载的文章也很难说得上是真正有见地的文学评论,因此当时吉卜林只在当地享有一定的名声。但当时英国著名评论家安德鲁·朗格有一次偶然得到了一本《机关谣曲》,情况立刻产生了变化。朗格从事文学评论数十年,曾发现和提携了斯蒂文森(Robert Louis Stevenson,1850—1894)、德拉梅尔(Walter de la Mare,1873—1956)、哈格德、柯南·道尔(Sir Arthur Conan Doyle,1859—1930)等著名诗人和小说家。朗格当时并不知道《机关谣曲》的作者,不过他喜欢"这本小书",于是1886年10月在《朗文杂志》上发表了题为《看到船的信号后》("At the Sign of the Ship")的评论,对《机关谣曲》进行了赞扬。(Lang 1886:675—676)这是目前为止发现的英国本土对吉卜林最早的评论。

吉卜林的第二部作品《山中的平凡故事》一开始在伦敦也不畅销。于是其销售商C. F.胡普尔就设法说服《星期六评论》(Saturday Review)的编辑W. H.珀劳克6月9日发表了一篇评论。在评论中珀劳克大力称赞此书,称吉卜林是"天生的短篇小说家,很有幽默感……而且是个多面手,既能幽默风趣又能哀婉悲痛",由于朗格是珀劳克的好友,每周都为《星期六评论》撰文,因此可以推测他肯定看到了这篇评论,说不定也读了这部作品。与此同时,吉卜林家族的一个朋友也在1888年9月1日的《学园》(Academy)上发表了一篇对《机关谣曲》的评论。就这样,年轻的吉卜林人还在印度,却已经在伦敦赢得一定的声名了。根据吉卜林在阿拉哈巴德时寓居其家的希尔教授夫人的日记记载,"他(吉卜林)非常高兴英国有许多人听说过他。"(Green 1971:14)

吉卜林1889年3月9日离开印度前往英国,10月5日到达利物浦。在此期间,伦敦出现了更多有利于吉卜林的评论。3月23日的《观察家》上登载了一篇匿名文章,对吉卜林的短篇小说集《三个士兵》进行了评论,赞扬了小说对在印度服役的英国士兵的现实而又生动的描写,宣称"这些出色的小品……值得衷心颂扬。"(Green 1971:41)与此同时,朗格也建议桑普森·娄-马斯顿出版公司在英国出版吉卜林的几个短篇小说集。他自己也在1889年8月10日的《星期六评论》上发表了题为《吉卜林先生的小说》("Mr. Kipling's Stories")的文章,对吉卜林的《黑与白》、《雪松下》进行了评论,结论是"这两本小书,加上吉卜林先生的《机关谣曲》,让我们感觉到有一个新的令人开心的才子正在从事英印文学创作"。(Green 1971:46)10月份吉卜林到了伦敦,见到了朗格。朗格将其介绍给当时的名作家哈格德·拉伊德。随后朗格又在1889年11月2日的《每日新闻》(*Daily News*)上发表了题为《一位印度小说家》("An Indian Story-teller")的文章,对《山中的平凡故事》进行了热情洋溢的评论:"吉卜林先生的故事真是具有特别的魅力……这位温和、自然的新才子写的都是非常特别的经历。我们很自然地会期待他写出更多的东西来。"(Green 1971:50)1890年8月,朗格又在《哈泼氏周刊》(*Harper's Weekly*)上评论说道:"读到这些(吉卜林的故事),我们发现一颗文学新星已经进入我们的视野。"(Green 1971:16)总而言之,吉卜林刚到伦敦,朗格等人已经向一小批热爱文学的公众介绍了吉卜林,并要评论界留意他,从而为吉卜林铺平了成名的道路。到了伦敦后吉卜林凭借自己小说和诗歌的魅力迅速征服了英国读者,从而声名鹊起。他向当时的一些著名报刊如《圣詹姆斯公报》(*St James's Gazette*)、《苏格兰观察家》(*Scots Observer*)、《朗文杂志》(*Longman's Magazine*)等投寄小说和诗稿,受到普遍的欢迎。很快吉卜林就在伦敦的文学圈子里站稳了脚跟。

吉卜林的这种迅速成名可以从当时的名作家 J. M. 巴利(J. M. Barrie,1860—1937)发表在1890年5月2日的《不列颠周刊》(*British Weekly*)上的文章上看出。这篇文章名为《突然冒出的人》("The Man from Nowhere"),它记录了当时两个重要杂志《世界》(*The World*)和《真理》(*Truth*)之间的争论。《世界》宣称"每个人都知道吉卜林先生的书",而《真理》则宣称"没人听说过吉卜林"。巴利的文章最后断言"我们的文学中已经很多年没有出现过这样有能力的年轻人了"。巴利的文章发表的次日,也就是1890年5月3日,名诗人W. E. 亨雷在《苏格兰观察家》上发表文章,几乎与巴利意见完全一致:"当吉卜林先生状态最好的时候,譬如写穆尔凡尼,想当国王的人……我们不禁要感到,自从年轻的狄更斯凭借其创造的匹克威克和威勒斯等形象突然闯入不朽的领域以来,已经很久没有见过这样有前途的人物了。"(Green 1971:57)这篇评论和其他几篇评论一起,已经将吉卜林与狄更斯相比较,因为两人不仅都大受欢迎,而且都是迅速成名。

吉卜林在美国也受到了欢迎,不过美国人的反应要迟钝一些。其实安德鲁·朗格对此早有预见。1890年8月底他在一篇探讨美国大众趣味的文章中略带讽刺地说:"我不认为吉卜林先生会大受欢迎……对于一个喜欢用家门口的题材和不出客厅或画室的情感来娱乐他们的国度来说,吉卜林最喜欢的题材太遥远、太不熟悉了。"(Green 1971:26)朗格的预言是准确的。一个月后《哈泼氏周刊》发表了一篇评论吉卜林的匿名文章,宣称"像哈罗德·弗雷德里克的作品这样艺术性强又很重要的书籍随处可见的时候,居然有人去读哈格德和吉卜林的书,真是太令人遗憾了。"(Green 1971:26)文章作者还轻蔑地谈起当时的"吉卜林热"。但是很快美国也开始出现"吉卜林热"。吉卜林的《机关谣曲》和《军营歌谣集》等诗集尽管主要描写英国人和英印人,却以其新鲜的题材和新颖的节奏在美国大受欢迎,其销量一度甚至超过英国。

第一阵热情的欢迎过后,那些比较注重学术的批评家们开始试图从纯文学的角度来解读吉卜林的作品。朗格发表于1891年初的文章《吉卜林先生的故事》("Mr. Kipling's Stories")就是这样一种努力。在这篇文章里,朗格对吉卜林的小说进行了全面的审视,认为其作品的魅力在于"对东方的奇异、色彩、变化和香味"的既现实又浪漫的描绘以及"他对在印度的英国士兵的创造"。(Green 1971:71,73)同时,他也指出吉卜林作品中有一些弱点,如故作强硬姿态、无所不知的口气、过于直白、俚语使用过多以及其作品形式中的一些固定程式等。朗格的观点得到了巴利的呼应。他在《当代评论》(Contemporary Review)上也发表了题为《吉卜林先生的故事》("Mr. Kipling's Stories")的文章。在文章中巴利赞扬了吉卜林的直率和现实主义精神以及其通过对话塑造人物性格的杰出才能,但同时也批评了吉卜林对生活缺乏了解,而且不擅长写长篇小说。

这个时期对吉卜林作品的一个重要评论出自当时有影响的评论家埃德蒙·高斯爵士之手。他于1891年10月在《百年杂志》(Century Magazine)上发表长文《鲁德亚德·吉卜林》("Rudyard Kipling"),对吉卜林的作品进行了全面详细的分析。高斯赞扬了吉卜林对英国文学的贡献,特别是其小说的新颖、活力、独特以及强烈的现实主义精神,但他也批评了吉卜林在《托德的修正案》("Tods' Amendment")以及《威·威利·温基》等小说中描绘的不真实的过于成熟的儿童形象。他同时也批评吉卜林有时风格粗糙,并有哗众取宠和玩世不恭之嫌。高斯还慧眼独具,将吉卜林的短篇小说分为4类:印度的英军士兵;英印人;印度土著以及印度的英国儿童(Green 1971:107,109),并对其一一进行了细致的点评。此外,高斯也提及吉卜林作品中亚洲人和欧洲人的种种冲突,包括其宗教冲突等。只是高斯对这一切采取了理所当然的态度,没有继续深入挖掘下去,不免有所遗憾。高斯的文章是第一篇系统细致分析吉卜林作品的文章,对于吉卜林研究具有重要的意义。

在接下来的岁月里,吉卜林仍然是批评界的中心。朗格一直密切关注着吉卜林的写作。他批评吉卜林的《消失的光芒》,但当其第一部《丛林之书》于1894年出版后,朗格1894年8月在《世界主义者》(Cosmopolitan)杂志上发表文章,用诗一般的语言对此书大加赞扬:"在现在的新书中,吉卜林先生的《丛林之书》可能是最有趣的,而且肯定是最富原创性的……(莫格里及其狼群的故事)成人读来清新有趣,更是儿童的天堂……啊,那受祝福的奇想之地,亲密的想象森林,如果那像吉卜林这样引导我们的人手里有金枝的秘密,我们可以逃往那儿享受安宁"。(Green 1971:21)1901年吉卜林的《基姆》出版后,朗格又在4月份的《朗文杂志》上撰文称赞:"写《基姆》的吉卜林先生又是当初赢得我们的心的那个吉卜林了。他的主题是印度,这是他最擅长的。从书中的几页纸里我们就可以比从学者的大批著作里学到更多关于平民、宗教、种族、喇嘛、气氛,以及声光色味的知识。"(Green 1971:22)不过,值得注意的是,尽管朗格是当时首屈一指的批评家,他也没有超越时代,没有注意到吉卜林作品中的种族问题。

这一时期出现了不少其他批评分析吉卜林作品的文章。其中米勒(J. H. Millar,1864—1929)1898年发表在《黑木杂志》(*Blackwood's Magazine*)的长文《吉卜林先生的作品》("The Works of Mr. Kipling")比较具有代表性。这篇文章对吉卜林的作品进行了全面的分析。米勒赞扬吉卜林唤醒英国民众的民族意识,体现了自己的爱国精神。他还称赞吉卜林的诗歌和小说雅俗共赏。同时米勒也分析了吉卜林作品中的缺点,并指出"丛林法则就是宇宙法则","法则、秩序、责任,以及自制、遵从和纪律——这些是一个强大繁荣国家的基础。"(Green 1971:212)在另外一篇评论文章中米勒也高度赞扬《基姆》:"《基姆》从某些方面来说是他(吉卜林)最精心最雄心勃勃的制作……在这可爱的书中每一页都几乎有着魔幻般的魅力……基姆这个人物从头至尾都是个大师级的创造……《基姆》的魅力)在于它向我们展现了英国已经治理了一百多年的那个伟大半岛生活中的奇异风情。"(Green 1971:269—271)不过虽然这篇文章发表于1901年,我们发现在对待印度的殖民问题上米勒的态度和10年前高斯的文章中的观点基调并无二致。可以说这种认为对印度的殖民统治理所当然的态度是英国当时普遍的国民心理。

这个时期除了出现了众多的吉卜林评论文章外,还令人瞩目地出现了一部吉卜林论著:弗雷德里克·劳伦斯·诺尔斯(Frederic Lawrence

Knowles,1869—1905)于1899年7月出版的《吉卜林入门》。这可能是首部评论吉卜林的专著。它分为三章,除了第一章的吉卜林生平介绍和第三章的吉卜林主要作品索引外,第二章从表现主题、创作风格、人物塑造、对女性的态度等多个方面对吉卜林的重要小说和诗歌作品进行了详细的解读,指出吉卜林的作品既呈现了生活的广度,又呈现了生活中高贵的一面,是现实主义方法和理想主义目标的结合。作者还指出吉卜林擅长以刚健生动、简洁有力而不事修饰的散文描写雄阔或战斗的场景,而其诗歌也惯用俚俗之语,流畅生动。但同时,诺尔斯也指出吉卜林不善于刻画人物,且有时候其作品中技术性细节描写过多,让人感到乏味。诺尔斯的最后结论是吉卜林的作品应会和大多数人的作品一样,大半会随着时间的流逝而被淘汰,少数会留存下来。但无论能否成为经典作家,吉卜林都会成为一种力量。

此外,这个时期其他研究吉卜林作品的文章还有罗兰·普罗赛罗(Rowland Prothero)发表于1891年7月《爱丁堡评论》(*Edinburgh Review*)上的《吉卜林先生的故事》("The Tales of Mr. Kipling")、威廉·巴利神父(the Rev. William Barrie)1892年7月发表于《四季评论》(*Quarterly Review*)上的《鲁德亚德·吉卜林先生的故事》("Mr. Rudyard Kipling's Tales"),以及艺术和音乐权威亨利·斯塔瑟姆(Henry Heathcote Statham)1898年1月发表于《爱丁堡评论》上的22页长文《鲁德亚德·吉卜林先生的作品》("The Works of Mr. Rudyard Kipling")等。

2.1.2 英美批评界对吉卜林的批评

就在许多批评家将吉卜林看成狄更斯的继承人时,也有不少人对吉卜林的作品提出了尖锐的批评。早在1891年,吉卜林正在走红之际,当时英国的著名批评家J. K. 斯蒂芬(J. K. Stephen,1859—1892)就在1月29日的《剑桥评论》(*Cambridge Review*)上发表组诗,嘲笑吉卜林是"驴子的天才"(the genius of an ass),其作品是"少年的呓语"(a boy's eccentric blunder),甚至顺带嘲弄了当时的著名历险小说作家哈格德。(Carrington 1978:403)平心而论,斯蒂芬的诗歌不是严肃的文学批评,而更像是一种辱骂和情绪的发泄。不过当时很时兴这种嘲弄他人的戏拟之作,吉卜林这个上升速度太快的新星自然免不了成为标靶。像当时著名的漫画家、散文家马克斯·比尔伯姆(Max Beerbohm,1872—1956)就画了不少讽刺吉卜林的漫画,也写了一些文章对其进行攻击。据卡宁顿说,比尔伯姆"憎恶吉卜林。他一心要毁掉吉卜林的名声"(Carrington 1978:404)。但当时对吉卜林最严厉的批评来自罗伯特·布坎南1899年12月在《当代评论》上发表的文章《流氓的声音》("The Voice of the Hooligan")。在这篇文章中布坎南严厉批评了吉卜林的作品中暴露出的粗暴、好战以及反自由主义倾向。布坎南的文章引起了热议和争论。当时的文坛名人瓦尔特·贝桑爵士(Sir Walter Besant, 1836—1901)在1900年1月27日《当代评论》第20期上发表《吉卜林真是流氓的声音吗》("Is It the Voice of the Hooligan?")一文,为吉卜林辩护。在文章中贝桑赞扬了吉卜林的"现实主义的精神,逼真的力量以及其内在的吸引力",认为吉卜林是"帝国诗人,不是沙文主义吹鼓手。他对帝国建设者和帝国都有着最深沉的敬意,并具有最深厚的责任感"。(Green 1971:250—259)对于贝桑的辩护,布坎南又写文章进行反驳,并获得了其他一些学者的支持。譬如,威廉·索尔特(William J. Salter)在1900年10月份的《伦理记录》中发表文章《吉卜林的一个方面》,指出所有伟大的诗人和作家都代表着新的人性,憎恶战争和征服,热爱自由,而"在吉卜林的这些作品里这些思想,这些情感,甚至这些文字似乎都消失了"。

  英国文艺界对吉卜林的批评也受到美国人的呼应。当时美国反帝国主义的领袖人物之一约翰·查普曼(John J. Chapman, 1862—1933)在《政治托儿所》上发表的文章《吉卜林是不是在走下坡路》(1899年7月15日《文学精粹》第19期)是当时少见的文学批评之作。查普曼首先肯定吉卜林"可能是当时最有名的作家",并承认其诗歌如《退场赞美诗》等很有价值。同时他宣称"自从吉卜林先生离开印度后就没写过什么第一流的作品"。查普曼认为吉卜林的作品没有前途,因为它们"既没有瓦尔特·司各特爵士的忠诚、托尔斯泰和巴尔扎克的恢宏,也缺少萨克雷和费尼莫尔·库珀的雅致和理性"。而1901年10月纽约的《书客》杂志发表的阿瑟·巴特莱特·毛利斯(Arthur Bartlett Maurice)评论《基姆》的文章可以说代表了当时美国文艺界对吉卜林的批评。文中写到:

> 曾经——似乎很久以前——有个年轻人离开了他英属印度的家,来到英国和美国,随身带着个衣箱,里面装满了写着那些士兵和平民的故事的手稿……那就是当时人们有理由称其为伟大作家的吉卜林先生。遗憾的是,那不是今天的吉卜林先生……我们面前的《基姆》只不过是一堆土著俗语、奇怪的谈话、东方的神秘主义组成的乱糟糟的东西。吉卜林先生凭借他的天才和多年练习获得的技艺将这堆东西拢在一起勉强成文。这一切都是那么冷冰冰的,没有生气。吉卜林先生似乎在自己年轻时燃烧过的火堆中爬梳,想找到一点没烧完的煤块来燃起一点火焰。他以前那自发的火焰似乎已经无可挽回地失去了。

(Green 1971:26—27)

  自从受到不少英美学者的批评后,吉卜林逐渐成为政治偏见的靶标,其文学成就也愈发受到批评家们的冷落,似乎其作品只能供普通大众消遣而已。尽管偶尔也有个别评者跳离这种模式,对吉卜林的作品进行严肃认真的分析,但总体而言,20世纪前20年没有真正意义上的吉卜林批评文章出现。

吉卜林名声的迅速起落可以从当时的著名作家亨利·詹姆斯对其作品的态度中看出。吉卜林从印度回到英国后,在整整10年时间里詹姆斯一直追踪吉卜林的创作,并以自己艺术家的敏锐眼光来进行评论。而且他们的私交也比较密切。吉卜林仓促结婚时詹姆斯就是充当女方的家长,将卡洛琳交给吉卜林。当吉卜林以自己清新有力又带有异国风情的印度题材小说和诗歌征服英国读者的时候,詹姆斯惊呼"就我个人而言,吉卜林是最完整的天才"(Green 1971:68)。不过,随着吉卜林创作题材的变化,詹姆斯逐渐对吉卜林有些失望:"在他(吉卜林)一开始的时候我以为他的身上有着一位英国的巴尔扎克的种子,但是随着他的作品题材越来越简单——从英印人降格到土著,从土著降格到大兵,又从大兵降格到四脚动物,从四脚动物降格到鱼类,又从鱼类降格到发动机和螺丝钉,我也就逐渐地失望了。"(Green 1971:69)詹姆斯批评吉卜林的那些"声嘶力竭的、装模作样的爱国诗作"以及他的"被误导的、不幸的斯托凯"。(Green 1971:69—70)1900年后詹姆斯不再与吉卜林交往,也不再关注其创作。

1907年吉卜林荣获诺贝尔文学奖,成为英国获得此奖项的第一人。但这似乎并没有改变英国批评界对他的负面印象。马克斯·比尔伯姆等批评吉卜林不应获此奖项。当时英国小有名气的作家和评论家加迪纳尔(Alfred George Gardiner,1865—1946)听说吉卜林获诺贝尔奖也十分不满,认为诺贝尔奖委员会挑选吉卜林是一个错误,因为"乔治·梅瑞狄斯、托马斯·哈代以及阿尔杰农·查尔斯·史文朋依然健在。文学金匠们被搁置一旁,却把铁匠抬举起来"。(Philo 1988:43)

吉卜林此后出版的小说集《普克山的帕克》(1906)以及《报偿与仙女》(1910)也引起了争议,其中不乏批评之声。《雅典娜》(*Athenaeum*)对《普克山的帕克》的注解颇具代表性:"在其新角色——帝国的传教士——中,吉卜林先生演得很卖力。他已坦然放弃了讲故事,而是用他那完整而又有力的才能从事狂热的爱国事业。"(Green 1971:23)"从事狂热的爱国事业"是指吉卜林在其公共演讲、狂热的诗歌以及一些小说中支持英国的布尔战争,同时呼吁英国征兵,警告英国当心他所预见即将来临的欧洲战争。第一次世界大战的爆发证明吉卜林在很多方面都是正确的。不过帝国主义当时在英国已经受到广泛的质疑。吉卜林也因此受到抨击。他对第一次世界大战的准确预见并没有改变批评界对他的态度。第一次世界大战后大英帝国摇摇欲坠,帝国主义更是不得人心,吉卜林的声誉也随之进一步下降。期间虽有不少人如 T. S. 艾略特等从多方面对其作品进行严肃的分析。但总体而言，吉卜林的声望大不如第一次世界大战以前。在许多人眼里吉卜林已经成了一个掉了牙的老虎，无关大体，也没有什么影响力了。1919 年评论家 E. T. 雷蒙德(E. T. Raymond)在其《全部东西》(All and Sundry)中对于吉卜林的文学地位下了个颇为轻率的结论："鲁德亚德·吉卜林先生也许才力未尽，但似乎可以保险地说，他至多也就是个次要作家。"(Green 1971:24)这种情形一直持续到吉卜林 1936 年 1 月 18 日辞世。希尔顿·布朗(Hilton Brown)在其著作《鲁德亚德·吉卜林：一种新的评价》(Rudyard Kipling: A New Appreciation)中详细梳理了英国批评界对于吉卜林的批评。他指出，许多英国人认为吉卜林的作品在政治、女性等题材上处理不当，思想保守、粗野、无原则，风格晦涩，多模仿，且有一种令人生厌的"无所不知"的调子。同时布朗还将英国人对吉卜林的批评与法国文学界对吉卜林的普遍欢迎进行了比较。(Brown 1945:122—156)

不过，需要指出的是，尽管 20 世纪初英美文艺批评界不少学者对吉卜林颇有微词，吉卜林在欧洲大陆却没有受到影响，仍然享有崇高的地位。他在英国学界评价最低的时候，在欧洲大陆的影响力却没有什么变化。1902 年意大利批评家基多·米兰耐西(Guido Milanesi)预言吉卜林的《七海诗集》和动物童话小说集《丛林之书》会流芳千古。他还称吉卜林是"实用精神的诗人"，批评英国学界低估了《山中的平凡故事》的价值，因为他们无法接受书中体现的极端的现实主义。(Green 1971:27)6 年后，也就是 1908 年，法国批评家昂德莱·克莱维雍(Andre Chrevillon)赞美吉卜林是文学天才，尽管其有些政治观点已经过时。1936 年他还出版论著《鲁德亚德·吉卜林》(Rudyard Kipling)，对吉卜林的创作进行了全面且不乏洞见的评述。此外，西班牙学者 J. 卡斯特拉诺斯(J. Castellanos)也在 1914 年将吉卜林的诗歌译成西班牙文，并将其作为一个大作家的作品来进行讲评。"公众的趣味已转向梅瑞迪斯、威尔斯、萧(伯纳)和乔伊斯，"1933 年昂德莱·绍梅克斯(Andre Chaumeix)这样写道："不过吉卜林可以安静地等待未来的评判。"(Green 1971:27)法国批评家克劳德·法莱莱(Claude Farrere)在其 1936 年吉卜林去世时写的一篇悼念文章《吉卜林的伟大》("La Grandeur de Kipling")中在对吉卜林赞美之余还总结说"有些法国读者比大多数英国公众都更理解鲁德亚德·吉卜林"。(Green 1971:27)

吉卜林在大英帝国的属国也同样受到欢迎。即便在这些属国获得不同形式的独立后也没有产生多大变化。譬如，吉卜林成名之初，澳大利亚小说家托马斯·亚历山大·布朗(Thomas Alexander Browne, 1826—1915)于 1891 年 7 月 20 日写信给他的出版商说："我一直在读你们出版的《消失的光芒》。依我愚见,吉卜林在他那个行当里是自狄更斯以来最强悍、最富创见的作家。"(Green 1971:29)1908 年 4 月,加拿大作家埃德加·佩勒姆(Edgar Pelham)撰文《丁尼生以来的英国诗歌》("English Poetry since Tennyson"),将吉卜林《街上的铜鼓》("Kettledrums in the Street")与叶芝《寂静森林中的芦笛》("Flute in the Hushed Forest")进行比较,同时比较了吉卜林的现实主义和叶芝的理想主义特征。佩勒姆总结道,吉卜林在想象力和音韵的和谐上逊于叶芝,但吉卜林将原始的自然情感写入诗歌,富有创意。吉卜林并不依赖传统的文学原始主义,他"不是描绘大海的壮美,而是传达出大海的神秘与力量"。(Green 1971:29)

同年一位印度作家基兰·达尔(Kiran Nath Dhar)在《加尔各答评论》(*Calcutta Review*)上发表《一些印度小说》("Some Indian Novels")的文章,宣称吉卜林"比任何其他作家都真正是英印人。他的短篇小说非常生动,而且作品中对一切印度的事物都有种真诚的同情"。(Green 1971:29)当然,自那以后一直到印度独立,印度作家们大都对吉卜林持贬斥的态度,认为他并不懂本土印度人的世界观。不过,印度独立后,政治的偏见很快消失。1957 年印度著名作家兼评论家尼拉德·乔杜里(Nirad C. Chaudhuri)在《相遇》(*Encounter*)杂志上撰文对吉卜林的《基姆》进行评价:"《基姆》的作者不仅写出了最好的印度主题英语小说,也写出了尽管是印度主题却仍然是最好的英语小说之一……在英语文学中的任何时代,用任何标准衡量,《基姆》都是杰出的。"(Green 1971:29)

吉卜林在十月革命后的俄国的接受情况颇为耐人寻味。人们会认为,像吉卜林这么一个帝国主义者一定会受到贬斥的。确实,俄国官方编纂的文学史如阿尼克斯特的《英国文学史》将吉卜林斥为"反动的帝国主义作家"(阿尼克斯特 1959:533—543)。但他们同时也称赞吉卜林某些作品的力量与魅力。显然吉卜林在俄国很受欢迎。如前所述,吉卜林的作品在前苏联非常畅销。吉卜林在俄国受欢迎的另外一个证据来自英国《卫报》(*Guardian*, 21 July 1958)的报道。俄国的英国文学教授团访问牛津时,他们"对有些作家在英国和俄国学界褒贬不一感到很惊讶。特别是我们对劳伦斯和乔伊斯的重视,以及对吉卜林和高尔斯华绥的忽视"。1962 年 5 月 6 日《星期日泰晤士报》(*Sunday Times*)还记载了一次英国诗人埃德温·布劳克(Edwin Brock)与年轻的俄国诗人伊夫奇尼·伊夫图申科(Evgeni Evtushenko)的谈话。布劳克抱怨说自丁尼生之后没有英国人能够靠写诗歌生活,伊夫图申科说吉卜林一定可以,因为当时在莫斯科最受欢迎的诗人是吉卜林。布劳克惊讶地说吉卜林是个帝国主义诗人。"这位俄国人(伊夫图申科)笑了。他用俄语念了吉卜林的几句诗歌,显然很是欣赏。"(Green

1971：28）

2.1.3 吉卜林名望的回归

批评界对吉卜林冷落了很久以后，慢慢有人开始重新审视这位当年英国文坛的风云人物。令人惊讶的是，首先进行这种审视的，居然是 T. S. 艾略特这位对维多利亚时代文学颇感不屑的现代派诗歌主将。艾略特在 1919 年 5 月 9 日的《雅典娜》上撰文评论吉卜林的诗歌。他称吉卜林是"没有桂冠的桂冠诗人"，"被冷落的名人"。艾略特将吉卜林与当时极负盛名的先拉斐尔派诗人史文朋（Algernon Charles Swinburne，1837—1909）进行比较，指出两人创作中基本的相似之处，最后得出结论："吉卜林极为近乎是一个伟大的作家。"（Green 1971：326）同年一个名叫理查德·勒·加里艾纳（Richard le Gallienne）的评者在《孟塞杂志》（*Munsey's Magazine*）上发表《鲁德亚德·吉卜林在文学中的地位》（"Kipling's Place in Literature"）一文，盛赞吉卜林对英国文学的贡献。文章的观点基本上是当初贝桑的辩护文章观点的回响，也是强调吉卜林对当时英国文坛颓废萎靡文风的纠正，其作品中的道德感、责任心以及爱国心等，同时也指出吉卜林的作品里不乏同情与怜悯。

不过，真正现代的吉卜林批评当属波纳米·多布莱教授（Bonamy Dobrée）于 1927 年 12 月发表在《每月标准》（*Monthly Criterion*）上的《鲁德亚德·吉卜林》（"Rudyard Kipling"）一文。在这篇文章里多布莱仔细剖析了吉卜林的悲观主义思想、他的行动哲学、其作品中刻画的强悍人物、他对帝国的热爱，以及其作品的弱点所在等。多布莱将吉卜林列入那个世纪的伟大作家之列，并声称"只有当这个时代的政治狂热冷却下来，成为过去，才有可能给予吉卜林应有的位置。但对于我们这个接下来的一代人而言，即便不算他的语言——而这本身就有流传的价值，他也有一种永恒的价值。"（Green 1971：354）多布莱的观点一下子将吉卜林从被冷落的境地拉入了英国文学主流之中。不仅如此，多布莱还独具慧眼，指出吉卜林对帝国的眷恋，其最重要的原因是"他对归属某个事物的渴望……确实，印度就是他真正归属的地方。"（Green 1971：348－349）在吉卜林批评中这可能是第一次将吉卜林对帝国的忠诚与其生活经历联系在一起——而这种观点此后在吉卜林研究中越来越具有影响。不过，在对吉卜林作品中的殖民主义态度方面，多布莱也和此前的许多评者一样，采取了一种理所当然的态度为吉卜林辩护，因而缺少后来的后殖民主义批评家犀利的洞见和观察力。

吉卜林名声的缓慢回升开始于 1940 年代。其中 W. L. 任尼克（W. L. Renwick）1940 年 1 月份在《达勒姆大学学报》（*Durham University*

Journal, Vol. XXXII)上发表《重读吉卜林》("Rereading Kipling")一文(此文后来收在鲁特福德主编的《吉卜林的思想与艺术》[Kipling's Mind and Art]一书中),小心地为吉卜林辩护,讨论他对英国文学的贡献,强调他对工作的热爱,对技巧的不屑。文章避开了政治问题。随后,美国著名文艺批评家埃德蒙·威尔逊也于1941年二三月的《大西洋月刊》(Atlantic Monthly)上发表了《无人阅读的吉卜林》("The Kipling That Nobody Read")一文(也收在前述文集中),并将其收在自己当年底出版的文集《伤痕与弓》(The Wound and the Bow)中。威尔逊的这篇文章开启了吉卜林研究中的心理学方法。他认为吉卜林作品中的主要特质是憎恨、残忍和不信任,并从吉卜林的生活经历中寻找原因,如他在南海镇的痛苦童年、在联合服务学院上中学受到的粗暴对待以及他在中学毕业后去印度工作的"艰辛七年"等。这种研究方法也见诸当时美国著名的大批评家里奥奈尔·特里林(Lionel Trilling, 1905—1975)的文章中。特里林1943年10月6日在《民族》(Nation)上发表《吉卜林》("Kipling")一文,分析吉卜林的生平经历与其创作中的关系。但据吉卜林的权威传记作者卡宁顿说,威尔逊和特里林两人的文章证据都嫌不足,故而结论都不够令人信服。(Carrington 1978:620)在卡宁顿看来,特里林的文章除了对吉卜林的一些偏执的偏见有奇妙的讽刺外并无什么价值,而威尔逊的文章则有两个缺陷:他不假思索地接受了吉卜林的痛苦童年这个极端主义的观点,同时他完全误解了大英帝国在印度的性质。这些作家讨厌吉卜林热爱的一切。而一个年轻的英国激进主义作家、乔治·奥威尔也有这个特点。他发表于1942年2月《地平线》(Horizon)上的文章《鲁德亚德·吉卜林》("Rudyard Kipling")属于纯粹的反帝国主义宣传,没有表现出他后来在其名作《动物庄园》(Animal Farm, 1945)展现出来的叙述力量。不过,值得注意的是,奥威尔第一次指出,吉卜林并非创造"东西方永不相遇"这个句子的人,他从《圣经》中借用了这句话,目的是对其进行批评。奥威尔还指出吉卜林在《退场赞美诗》中提到的"劣等民族"不一定是指殖民地的人民。

1941年,T.S.艾略特在其名声如日中天之际编辑了一本厚厚的《吉卜林诗选》(A Choice of Kipling's Verse, 1941),并写了一篇很长的序言。艾略特的这一举动引起了广泛的注意,也震惊了文学界。艾略特详细分析了吉卜林诗歌的性质和特色,其优劣所在,最后得出结论:"所有这一切使得吉卜林成为一个不可能完全理解但又绝不能小觑的作家。"(Eliot 1975:282)艾略特将吉卜林作为一个重要作家的做法引起了一些争议。其中比较有代表性的是波里斯·福特(Boris Ford, 1917—1998)1942年1月11日发表于《细察》(Scrutiny)上的文章。在这篇被认为是最后的反对吉卜林的文章里,

福特表示他"只能感到遗憾,艾略特先生居然会认为吉卜林有什么值得注意的"。(Carrington 1978:621)

艾略特的文章中还有一点值得我们注意。他认为"将吉卜林对帝国的感情,以及他后来对苏赛克斯的感情,解释为一个没有家园的人的怀旧感,一个没有归属感的人所体验到的感情需求,这是一个错误,它会影响我们对吉卜林独特贡献的理解"。(Eliot 1975:283)这个观点与后来卡宁顿的观点类似,而与多布莱、威尔逊等人的观点有所不同。不过显然那个时代吉卜林研究的主流是更注重其作品的艺术方面。

这以后又出现了一篇题为《吉卜林的世界》("Kipling's World")的文章。这篇文章被认为是查尔斯·卡宁顿(Charles Carrington)的权威传记《鲁德亚德·吉卜林:生平与创作》(*Rudyard Kipling: His Life and Work*, 1955)问世之前最好的吉卜林批评文章。此文作者是当时英国著名批评家C. S. 刘易斯(C. S. Lewis, 1898—1963)。刘易斯认为吉卜林"是个非常伟大的作家",尽管他身上有着某些人不喜欢或者认为是缺陷的东西。对于刘易斯而言,吉卜林身上的缺陷是"他是内部小圈子(Inner Ring)的奴隶"。而对于其他批评家来说,吉卜林的缺陷则可能是有些人认为在他作品中出现的残忍,他对"法则"的坚持,以及他的帝国信念——即认为大英帝国为世界和平与繁荣带来了最好的希望。(Green 1971:31)

查尔斯·卡宁顿的《鲁德亚德·吉卜林:生平与创作》在吉卜林批评史上是部划时代的作品。作为吉卜林的权威传记,这部作品引证了不少前期批评,同时卡宁顿本人在书中也提出了许多精辟的议论。卡宁顿本人也知道这部书的分量。他在此书第三版前言中说"如果不出意外,我的传记是个里程碑。从此以后吉卜林批评家就可以划分为前卡宁顿和后卡宁顿时代的了。"(Carrington 1978:9)这话并无虚夸的成分,因为,正如卡宁顿本人所言,"因为我被允许使用了吉卜林家的私人信件等文件,而先前的传记作者们都没有得到过这些文件。因此我的书提供了更多有关吉卜林私人生活的信息。这些信息以前人们都不知道,因此可以说此前关于吉卜林的书在一定程度上都过时了。有了这些信息,后来的批评家们可以对吉卜林的文学作品进行更深刻的分析……我使用的许多证据现在都已经没有了。"(Carrington 1978:9)

20世纪50年代还出现了一本重要的吉卜林研究专著:汤姆金斯(J. M. S. Tompkins)的《鲁德亚德·吉卜林的艺术》(*The Art of Rudyard Kipling*, 1959)。在书中汤姆金斯追溯了吉卜林的艺术成长之路,从他在最初的《山中的平凡故事》中体现的那种直率甚至略带粗俗的不成熟的天才到其最后两个短篇小说集中所表现的精密细致而又不乏成熟的激情。汤姆金斯没有将吉卜林写成帝国诗人。相反,她更关注吉卜林的后期短篇小说。因为在她看来,这些小说才是"成熟的、大师般的艺术,更适合我的时代;20世纪20年代读它们时我在它们的观点中感觉不到时光的流逝。"(Tompkins 1959: preface xi)

在此期间还出现了不少吉卜林研究成果。其中值得一提的是法国土伦(Touraine)大学教授洛德(F. Leaud)写的《鲁德亚德·吉卜林的诗艺》(La Poetique de Rudyard Kipling, 1958)。这本书被认为是法国最好的吉卜林研究著作。1964年瑞典的英帝国史专家C. A. 波戴尔森(C. A. Bodelson)博士写出了《吉卜林艺术面面观》(Aspects of Kipling's Art, 1964)。同年安德鲁·鲁特福特(Andrew Rutherford)主编的《吉卜林的思想和艺术》(Kipling's Mind and Art, 1964)面世。书中包括了威尔逊、特里林、奥威尔等人的论文。鲁特福特还写了一篇颇有见地的长文作序。来自美国加利福尼亚的埃利奥特·吉尔伯特(Elliot Gilbert)也编辑出版了论文集《吉卜林与批评家们》(Kipling and the Critics, 1965),收录了从吉卜林刚出道到20世纪60年代的15篇吉卜林批评文章。这些文章都出自有影响的学者和作家之手,包括朗格、亨利·詹姆斯、多布莱、乔治·奥威尔、莱昂纳尔·特里林、T. S. 艾略特等。其中一些文章已经收在鲁特福特主编的《吉卜林的思想和艺术》中。吉尔伯特还撰写长篇序言,对这些文章的观点和写作背景进行了详细的介绍和梳理,同时对吉卜林的创作成就给予充分的肯定,从而将吉卜林研究进一步向前推进。几年后吉尔伯特又编辑出版《好的吉卜林》(The Good Kipling, 1972)一书。此书探讨了吉卜林的短篇小说,极有见地,也富有同情心,但带有些反对英国的偏见。而这一时期R. L. 格林(R. L. Green)无疑是一位重要的吉卜林批评家。他编辑出版了三部关于吉卜林的作品:一部吉卜林小说诗歌选集,还有两部论文集《吉卜林与儿童》(Kipling and the Children, 1965)和《鲁德亚德·吉卜林评论汇编》(Rudyard Kipling: the Critical Heritage, 1971)。后一本书尤其影响巨大,因为它包括了60余篇长短不一的评论文章,从1886年安德鲁·朗格写的第一篇吉卜林评论到1936年吉卜林去世时《泰晤士报文学增刊》上登载的悼念性文章,都是与吉卜林创作同时代的,褒贬不一,体现出吉卜林在世时批评界对他的接受情况,弥足珍贵。

卡宁顿认为,20世纪60年代和70年代早期,吉卜林的政治态度引起的热议已经冷却,研究界开始认为吉卜林对英国民族文化做出了较大贡献,因此出现了不少富有洞察力的研究。(Carrington 1978: 622)这其中一个突出的人物是波纳米·多布莱。他和汤姆金斯一样对现代吉卜林研究的成型功不可没,任何后来者都必须参考他的观点。汤姆金斯在自己的研究中主要关注吉卜林的小说,而多布莱则既关注吉卜林的小说,也同样关注其诗歌。多布莱在其研究专著《鲁德亚德·吉卜林:现实主义者和寓言家》(*Rudyard Kipling*: *Realist and Fabulist*,1967)中开篇就说:"现在大家都普遍承认,鲁德亚德·吉卜林比任何作家都受到更多可怕的误解和误释,因而也就受到更多的诋毁……我发现那些轻易给他贴上标签的人大部分都没有真正读过他的作品,或者就是读也都带着先入为主的偏见。"(Dobrée 1967: preface vii)在他看来,吉卜林去世之前针对他的那些批评"大都处理其不太成熟的作品"。有鉴于此,多布莱决心在自己的研究专著里对吉卜林进行全面的研究,包括其宗教态度、生活哲学、他与帝国的关系,以及其作品,特别是其诗歌,强调吉卜林职业作家的角色。1970年代还出现了不少吉卜林传记。其中以菲利普·梅森(Philip Mason)的《吉卜林:镜子、幻象与火》(*Kipling*: *The Glass*, *the Vision*, *and the Fire*, 1975)和安格斯·威尔逊(Angus Wilson)的《鲁德亚德·吉卜林骑马奇遇记》(*The Strange Ride of Rudyard Kipling*, 1977)为佳①,显示出批评界对吉卜林新的研究兴趣。

到了20世纪80年代,吉卜林研究继续维持着强劲的势头。新的吉卜林传记不断出版。譬如,詹姆斯·哈里逊(James Harrison)的《鲁德亚德·吉卜林》(*Rudyard Kipling*,1982)对吉卜林的生平和创作进行了全面的审视,并将吉卜林与同时代的著名英国作家约瑟夫·康拉德进行了简单的比较。在以后的岁月里,批评界常常将吉卜林与康拉德进行比较。但哈里逊的研究属于比较早的一个。值得一提的是著名英国文学研究专家诺曼·佩吉(Norman Page)1984年出版了《吉卜林导读》(*A Kipling Companion*,1984)。这本书对吉卜林的生平和小说诗歌创作进行了全面详细的介绍,还梳理介绍了一些重要的吉卜林研究成果,同时也不乏自己的洞见,实际上是对此前吉卜林研究的一种批判性总结,有较高的学术价值。美国耶鲁大学著名学者哈罗德·布罗姆(Harold Bloom, 1930—)在1987年分别编辑出版了《鲁德亚德·吉卜林》(*Rudyard Kipling*, 1987)和《基姆》(*Kim*, 1987)论文集,收集了当时最主要的吉卜林研究成果,也为此后的吉卜林研究指明了方向。这些都对吉卜林研究起到了推波助澜的作用。此外,罗伯特·莫斯(Robert Moss)的《鲁德亚德·吉卜林与青少年小说》(*Rudyard Kipling and the Fiction of Adolescence*,1982)探讨了吉卜林作品中所体现出来的青少年的压力、教育和分裂的自我等问题。这个研究已经偏离了传统的吉卜林研究领域,属于比较有深度的单方面研究。而20世纪70年代末期出现的

---

① 安格斯·威尔逊写的这部传记名称套用了吉卜林自己的一个非常有名的短篇小说的篇名:《莫罗比·朱克斯骑马奇遇记》("The Strange Ride of Morrowbie Jukes")。

后殖民主义思潮在吉卜林研究中也有清晰的体现。B.J. 穆尔-吉尔伯特（B. J. Moore-Gilbert）1986 年出版的《吉卜林与东方主义》（*Kipling and Orientalism*，1986）就是一例。此书深受后殖民主义创始人萨义德的影响，探讨了吉卜林与 19 世纪英印文化中的文学和政治话语之间的关系。桑德拉·坎普（Sandra Kemp）的《吉卜林的潜叙述》（*Kipling's Hidden Narrative*，1988）也是这个时期的重要研究著作。桑德拉在书中对吉卜林生平和创作中的内在和外在、个人与社会间的冲突进行了研究，将心理分析理论和叙事学理论结合在一起，因而将吉卜林研究进一步推向深入。在桑德拉看来，这些矛盾表现了吉卜林作品中的四个相互联系又彼此有区别的内容：与被认为是偶然和相对的文化符码相联系的主体性；叙述声音的含混或多重基础；谎言、秘密和沉默的叙述功能；疯狂和崩溃状态下文学和自我的根源。上述几种研究表明，随着后殖民主义和其他现代文学理论的兴起，吉卜林研究开始变得更加系统和理论化，更加关注吉卜林作品的文化层面或者是其叙述技巧。这种倾向今天还在延续。譬如，佐荷莱·沙利文（Zohreh Sullivan）于 1993 年出版的《帝国的叙述：鲁德亚德·吉卜林的小说》（*Narratives of Empire: The Fictions of Rudyard Kipling*，1993）就代表了 20 世纪 90 年代吉卜林研究的这种倾向。在沙利文看来，那些其作品反映帝国经验的作家都透露了帝国事业中心的焦虑和矛盾。沙利文对吉卜林印度题材作品的新解读重现了吉卜林早期新闻作品、小说、《基姆》以及其后期传记中所展现的文化语境，从而拓展了我们对殖民话语的了解。她勾画了吉卜林作为一个儿童、一个殖民主义者以及一个"帝国诗人"所经历的分裂，在其对儿童失落感的描写中发现了压抑的欲望和恐惧，而这些欲望和恐惧在其后来的作品中又表现出来。沙利文将吉卜林与帝国复杂而亲密的关系作为历史和叙述的连接，在吉卜林的含混中看到他的两种倾向的协商：与其金碧辉煌的、至爱的印度融为一体的欲望以及历史性的与印度分离的需要。除此之外，这个时期重要的吉卜林研究文章还包括 S. P. 莫汉蒂（S. P. Mohanty）的《吉卜林笔下的儿童与颜色线》（"Kipling's Children and Colour Line"）、萨拉·撒勒里（Sara Suleri）的《基姆的少年心性》（"The Adolescence of Kim"）、伊安·亚当（Ian Adam）的《口头的、文言的以及超越的：〈基姆〉中语言模式的政治》（"Oral/ Literate/ Transcendent: the Politics of Language Modes in *Kim*"）等。这些研究都从后殖民视角对吉卜林的作品进行了研究。莫汉蒂在其文章中就宣称，吉卜林的小说，特别是《基姆》，应从种族地位和帝国事业方面来进行解读。撒勒里认为《基姆》既为少年，又是成人的叙述。书中基姆多次的自问正体现了帝国的自我质询，而基姆的殖民教育本身就包含有疏离印度的种子。要想成为印度政府的一部分，基姆就必须与它保持距离——从积极地参与变成固定的殖民知识,从归属变成了解。撒勒里认为这部作品表达了吉卜林"对帝国徒劳无用的担心"(Childs 1999：238),因此着重讨论书中失落、交流错误和"殖民损失"等问题。伊安·亚当的文章则是对《基姆》的另一种解读。他利用德里达的结构主义策略揭示了吉卜林这部作品中的西方二元对立思维的痕迹,注重口语与书面语的对比、人物刻画与语言风格间的联系,以及本质主义、等级制度等概念,显示了后结构主义的批评模式对后殖民作品解读的影响。

到了20世纪和21世纪之交,吉卜林仍然是批评界的热点人物。西方又出版了好几部吉卜林传记:哈里·里克兹(Harry Ricketts)1999年出版的《不予宽恕的瞬间:鲁德亚德·吉卜林传》(*The Unforgiving Minute：A Life of Rudyard Kipling*,1999),安德鲁·里赛特(Andrew Lycett)1999年出版的《鲁德亚德·吉卜林传》(*Rudyard Kipling*,1999),戴维·吉尔莫(David Gilmour)2002年出版的《长长的退场赞美诗:鲁德亚德·吉卜林的帝国生活》(*The Long Recessional：The Imperial Life of Rudyard Kipling*,2002),菲利普·马莱特(Philip Mallett)2003年出版的《鲁德亚德·吉卜林的文学生活》(*Rudyard Kipling：A Literary Life*,2003),彼得·哈弗赫尔姆(Peter Havholm)2008年出版的《鲁德亚德·吉卜林小说中的政治与敬畏》(*Politics and Awe in Rudyard Kipling's Fiction*,2008)等。其中,吉尔莫的传记引起了强烈的反响。英国权威的《泰晤士报文学增刊》、《伦敦书评》以及吉卜林协会的会刊《吉卜林学刊》等也刊登了对这些传记的评论。其中比较令人瞩目的是英国牛津大学汤姆·鲍林(Tom Paulin)和纽卡瑟尔大学伯纳德·波特(Bernard Porter)分别在《泰晤士报文学增刊》(2002年3月8日)和《伦敦书评》(2002年4月25日)上发表的长篇书评。鲍林的书评注重这部新传记中体现的吉卜林的多重文化身份,而波特的书评则注重吉卜林的悲剧性格以及他在自己的时代不被了解和同情的事实。两篇文章的基调都是对吉卜林的同情,实质上是借吉卜林说事,对过去整个殖民帝国历史进行重新审视和重新表述。紧接着,美国《大西洋月刊》6月号刊登了克里斯托弗·希钦斯(Christopher Hitchens)的书评《一个永恒矛盾的人》。《纽约书评》(2002年7月18日)又刊登了牛津大学资深教授约翰·贝利(John Bayley)的一篇长篇书评《英王的吹鼓手》,赞扬吉卜林对英国诗歌的贡献,质疑过去人们将吉卜林视为英帝国吹鼓手的说法,为吉卜林进行辩护。2008年的《吉卜林会刊》(*Kipling Journal*)上也发表文章,对彼得·哈弗赫尔姆2008年出版的专著《鲁德亚德·吉卜林小说中的政治与敬畏》进行点评。2009年詹姆斯·艾里·亚当斯也在其《维多利亚时代文学史》(*A History of Victorian Literature*)专辟一节,对吉卜林一些重要作品的主题、风格、人物塑造等进行了评述,并在书中多处提及吉卜林的其他作品,明显将吉卜林作为一个重要作家来对待。2011 年英国还出现了一本新的吉卜林论著《男子与共济会员:鲁德亚德·吉卜林》(Man and Mason—Rudyard Kipling)。此书作者理查德·佳法(Richard Jaffa)是资深共济会员。他在书中纠正了一些前人关于吉卜林与共济会关系的错误观点,探讨了吉卜林的共济会经历对其思想和创作的影响,并对吉卜林的早期短篇小说、长篇小说《基姆》、后期短篇小说集《借方与贷方》及其诗歌进行了解读,认为吉卜林早年的共济会经历极大地影响了他的世界观,而其作品中大都有共济会的痕迹。

上述评论表明,当今西方的吉卜林批评依然充满活力并且趋向多元和深入。特别是西方学术界近年来已致力于从文化批评的角度来重新解读吉卜林,试图撇开吉卜林"帝国吹鼓手"的身份,对其进行重新评价,以期发现多年来吉卜林的魅力长盛不衰的秘密,同时也对大英帝国的殖民历史进行重新评价。

第二节 中国的吉卜林研究

吉卜林在中国文学批评界的接受情况与英美文学批评界较为不同。由于时间以及复杂的社会政治环境等方面的原因,吉卜林并没有像今天荣获诺贝尔文学奖的外国作家那样能够迅速得到中国文学批评界的关注和认同。相反,经历了曲折漫长的过程吉卜林才逐步得到中国学者的关注,而且在不同的时期有很大的差异。大致说来,中国的吉卜林研究可以分为三个时期:新中国建立以前的吉卜林研究;1950 年至 1970 年的吉卜林研究;以及1980 年代以来的吉卜林研究。

2.2.1 新中国成立以前的吉卜林研究

自 1898 年开办京师大学堂以后,中国陆续创办了不少大学,现代化教育逐渐起步。一些大学里也开设了英国文学等外国文学课程。但吉卜林的作品,除了少量儿童故事被译介过来外,大多数并不为国人所熟悉。就是以翻译欧美小说闻名的林纾(1852—1924),也没有翻译吉卜林的作品[①]。文学评论方面也是如此。当时的一些著名学者如胡适、鲁迅、叶公超、梁实秋、陈西滢等都写了一些外国文学研究方面的文字,但他们的文章中很少谈到吉卜

---

① 这位清末民初的大翻译家一生翻译欧美小说 180 余种,其中有 70 余种英国小说,包括莎士比亚、狄更斯、司各特等名家之作,也包括不少吉卜林同时代的通俗作家哈格德和柯南·道尔的作品,但遗憾的是没有吉卜林的作品。

林。譬如，与吉卜林同时代的英国大诗人叶芝不喜欢吉卜林的诗歌，他在选编《牛津现代诗选（1892—1935）》(Oxford Book of Modern Verse 1892—1935, 1936)时选入了不少同时代诗人，但并没有包括吉卜林，而当时对英国文学颇有研究的中国文化名人叶公超在评论这部著作时却认为："除了奥恩①之外，重要的英国诗人总算都已收集在这儿了。"(陈子善 1998:228)叶公超的这篇文字原载于 1937 年 6 月的《文学杂志》上，其时吉卜林谢世才一年光景。由此我们可以看出当时中国学术界对吉卜林的隔膜。另外，1928 年创刊的《新月》文学月刊有个"海外出版界"书评专栏，由叶公超负责主持，专事外国文学的介绍和批评，在当时颇有影响。叶公超的高足梁遇春曾为该栏目撰写了几十篇海外文学批评文章，以评论英国作家的文章为主，但其中却没有吉卜林的专论。梁遇春只是在两篇文章里提到吉卜林。一篇是发表于 1928 年 12 月 10 日《新月》上评论一部外国学者的论著《再论五位当代的诗人》的文章，其中提到"Kipling, Newbolt, Noyes, Masefield 四人的诗都带着很雄奇高壮的情调。"(高恒文 1998:7)另一篇则是梁氏为 1930 年北新书局出版的《英国诗歌选》所写的序言。在这篇长文里梁遇春梳理了英国诗歌发展的脉络，在谈到英国民歌时说："后来虽然有许多大诗人：像司各特、华兹华斯、济慈、丁尼生、罗赛蒂、吉百龄等，非常激赏古民歌，自己做出很有价值的歌谣来，但是这些新歌谣总不能像古民歌那样纯朴浑厚，他们也因此更能了解民歌的价值。"(高恒文 1998:116)在这里梁遇春所说的"吉百龄"就是吉卜林。梁遇春以作家的敏锐眼光发现了吉卜林诗歌的民谣特点，并承认他是大诗人。但尽管在这篇文章中梁遇春在梳理英国各朝诗歌时写了不少诗人小传，却没有包括吉卜林，不能不说是个遗憾。

不过当时也有少数中国学者敏锐地认识到了吉卜林的重要性。他们在自己编纂的英国文学史和欧洲文学史中往往提及吉卜林并给予高度评价。金石声在其《欧洲文学史纲》中称吉卜林的"感觉非常敏锐，以短篇小说为最著名"。(纪小军 2010:15)著名学者郑振铎于 1923 年至 1927 年间编写的洋洋 80 万言的《文学大纲》是 20 世纪 20 年代中国最杰出的世界文学史和比较文学史巨著，其中第三十章"19 世纪的英国诗歌"和第三十一章"19 世纪的英国小说"中都提到了吉卜林。郑振铎在谈其诗时指出，"到了他的《东与西之歌》("A Ballad of East and West")诸作出版后，他的真的天才，他的新辟的诗土，他的新鲜的精神，才大为人所许允。"(郑振铎 2003:231)在提到吉卜林的小说时，郑振铎认为"吉卜林比之美莱迪斯和杜·马里耶都伟大……他

---

① 即 Wilfred Owen(1893—1918)，第一次世界大战期间的英国著名诗人，以现实主义的战争诗歌著名。现一般译为威尔弗莱德·欧文。

的短篇小说,在英国是无可与之比肩的。即史的芬生,也不能及得上他。他的感觉非常的敏锐,写的东西又是很新颖的。"(郑振铎 2003:258)①应该说,郑振铎在这部书中对吉卜林的介绍虽然篇幅不大,但基本上反映了当时西方学者的主要观点,显示出当时中国一些优秀学者的敏锐感觉。

另一个学者金东雷对吉卜林的介绍更为详细,他的声音也许更能够代表这一时期国内学术界对吉卜林的认识。1937 年,金东雷花费三年时间写成的《英国文学史纲》由商务印书馆出版。据作者在前言中说,此书是第一部中国人撰写的英国文学史。该书起自英国的盎格鲁-撒克逊时代,终于第一次世界大战后的后印象主义,内容比较广泛,在当时产生了较大的影响。因此我们可以将此书作为当时中国的英国文学批评——也包括吉卜林批评——的主流声音。在这部书中,吉卜林(书中称"吉伯林")被列在最后一章"现代文学"中,独占一节,与狄更斯、哈代、梅瑞迪斯(George Meredith, 1828—1909)和王尔德等享受同等的待遇。金东雷对吉卜林的生平与创作作了介绍,并进行了比较全面的评价。他认为吉卜林是个"帝国主义作家",但比梅瑞迪斯和斯蒂文森更加伟大。他称赞吉卜林的"老练简洁"的文风,并注意到吉卜林"是以新的题目与新的形式见长",尤其善于写短篇小说。金东雷认为"吉伯林有敏锐的心智、勇敢的气象、光辉的艺术;他的一切,正像战士",但同时也指出吉卜林的弱点是其笔下的人物个性不鲜明:"吉伯林所写的个性,只是团体的个性,不是人的个性。在他作品里,确实找不到心灵的共鸣,所写的都是写特制的人的形状而已。"(金东雷 1937:437—441)此外,金东雷还在该章第十五节"耆老派诗人"中对吉卜林的诗歌进行了探讨,指出他诗歌不同于丁尼生等人的诗歌,多阳刚之气,"不愧是一个英帝国的诗人,歌唱兵士的勇敢,赞美水手的活泼,即在抒情曲中,也常是显露着盎格罗·萨克逊(Anglo-Saxon)民族的服从性与为国效力的快乐的思想。"(金东雷 1937:518—519)金东雷的著作出版时吉卜林的声誉在英美已处于低谷,但金东雷仍然对吉卜林作出了相当全面精当的评价,表现出中国学者的独立精神和卓越见识。

遗憾的是,在评论吉卜林时金东雷也出现了一些史实上的失误,如将吉卜林的《七海诗集》和《五国诗集》说成小说,声称吉卜林的小说《瑙拉卡》对其婚姻状况"记载得极为详明",以及"一八八九年以后,他的作品比以前机械化得多了,渐渐地暴露出他粗野的弱点"等。其实,1889 年吉卜林的创作生涯刚刚开始不久,"以前"之说根本无从谈起。这里金东雷显然受到了那

---

① 美莱迪斯,即 George Meridith(1828—1909),今译作乔治·梅瑞迪斯。史的芬生,即斯蒂文森(Robert Louis Stevenson,1850—1894)。

些从一开始就不喜欢吉卜林的西方学者如布坎南等人的影响。但无论如何,在多灾多难的1930年代的中国,能够像金东雷这样全面评价吉卜林的作品,已经难能可贵了。

2.2.2 1950年至1970年中国的吉卜林研究

新中国成立之初,当时中国的一切都"向苏联老大哥看齐",在外国文学作品的翻译和研究上也采取了与苏联人同样的标准。1950年代苏联人编纂的两部比较权威的英国文学史(1958年出版的苏联科学院高尔基世界文学研究所编《英国文学史·1870—1955》、1959年出版的阿尼克斯特著《英国文学史纲》)经秦水、戴镏龄等人翻译成汉文后,对中国当时的英国文学研究产生了巨大影响。在这两部文学史中,吉卜林都被称做"反动的帝国主义作家",其作品被认为是"虚假的现实主义"。不过,需要指出的是,这两部书的作者都认为吉卜林是一个天才,对其作品进行了详尽而不乏客观的分析评论。两部文学史也都单辟一节讨论吉卜林,与哈代、高尔斯华绥(John Galsworthy, 1867—1933)等类似。因此,如果我们撇开意识形态的因素,就会发现,苏联人对于吉卜林作品的艺术价值还是非常推崇的。

不过在中国当时的社会语境中,"天才"并不是个褒义词,"帝国主义"更是人人痛恨的东西。因此,当时的中国学者们研究英国维多利亚时代文学时一般重点研究"批判现实主义"作家,如狄更斯、萨克雷、高尔斯华绥等,而斥责吉卜林为"反动的帝国主义作家",对他的研究只限于批判性介绍。比如,著名学者杨周翰等人于1964年、1965年编纂的两卷本《欧洲文学史》中在"19世纪末的英国文学概述"中提及"吉卜林配合帝国主义的对外扩张,宣扬'白人的负担'和弱肉强食的'森林法律'。"(杨周翰等1979:291)①此外,该书还对吉卜林进行了简略的介绍,评述了吉卜林的《军营歌谣集》、《白种人的负担》等诗歌(集)以及《丛林之书》、《勇敢的船长》和《基姆》等小说,批判吉卜林"煽起沙文主义情绪"及其"思想的反动性",但也指出"吉卜林的小说语言流畅,一些人物和场面写得很生动"。(杨周翰:1979:307)相对于哈代、萧伯纳等人3至4页的篇幅,关于吉卜林的评介在此书中只占1页,而且具有当时特有的浓厚政治色彩,但它也体现出杨周翰等人对吉卜林作品的熟悉和较为精当的把握,殊为不易。在当时国内(大陆)学术界根本不可能进行严肃深入的吉卜林研究。特别在"文化大革命"中,不少外国文学研究专家都被打成"右派",身陷囹圄或受到批判,外国文学研究往往成为"雷区"。

---

① 此书上、下卷分别于1964年、1979年出版。涉及吉卜林的部分是全书最后一章,即第八章"十九世纪后期至二十世纪初期文学"的第四节"英国文学",在下卷中。《欧洲文学史》在当时被不少高校用为外国文学教材,影响很大。

当时人们能否接触到吉卜林的作品都是问题,更遑论深入的研究了。倒是台湾学者梁实秋1967年在回忆昔日好友、著名学者和诗人闻一多的散文作品《谈闻一多》(1967)中谈到了吉卜林。梁氏认为吉卜林诗歌"雄壮铿锵的节奏"对闻一多的创作影响很大。(江弱水 2003:135)这些大约就是1950年到1970年中国学术界对吉卜林所做的全部研究了。

2.2.3 1980年以后的吉卜林研究

改革开放以后,长期受到压抑的中国学者开始以前所未有的热情迎接新的事物。在文化领域,学生学者们如饥似渴地学习西方的各种文化经典,形成了20世纪80年代的文化热。中国的外国文学研究界也开始为这种热潮推波助澜。就是在这种情况下吉卜林重新获得了中国学人的关注。与以前纯粹从政治角度解读吉卜林不同的是,中国学者们这时采取了更理性、更公正的态度来对待吉卜林及其作品。其中一个例证是中国社会科学院研究员朱虹对吉卜林的评论。她在1981年编选英国短篇小说选时写了一篇序言《浅谈英国短篇小说的发展》。这篇序言后来收到她的论文集《英美文学散论》中,其中提到了吉卜林,认为"吉卜林在英国小说史上,特别是短篇小说史上的地位却不能完全抹杀……他创作了自己的小说风格,语言粗野而准确,结构严密,充满意想不到的曲折,给人留下深刻的印象,吉卜林作品的整体反映了一个千疮百孔的殖民地社会,但他往往是站在英国人的角度看问题(即便不是站在英国人的立场上),这就使他的眼光受到局限……的确,吉卜林的作品包含了许多粗鲁的、反民主的因素,有时把帝国主义意识掩盖在神秘主义之中,这些都是我们要批判的"。(朱虹 1984:106—107)

朱虹的这段文字可能是改革开放以后中国学者对吉卜林的首次评论。尽管这段文字还留有那个充满政治色彩的时代的痕迹,但对吉卜林的评价客观而全面,已显示出不凡的洞见和观察力,表明中国的学者们已在大步前进,努力赶超他们的西方同行。

除了朱虹的评论外,另外一个学者侯维瑞在自己撰写的《现代英国小说史》中也谈及吉卜林,特别是他在短篇小说方面的成就,以及他在作品中表现的殖民主义意识和种族优越感。梁实秋在其主编的《英国文学史》中也独辟一节讨论吉卜林。梁实秋对吉卜林的主要诗歌和小说作品进行了较为精当的点评,指出吉卜林"有观察力,有文采,但是缺乏深厚的胸襟。他是维多利亚时代帝国主义全盛时期最好的代言人中之最后的一个"。(梁实秋 1985:1822)尤其可贵的是,梁实秋在评论吉卜林的诗歌《东方和西方的歌谣》时指出,"于东西殊途之外,他(吉卜林)又指出'强人'一义,揣其用意固非等于推崇极权专制,亦不一定就是怀疑自由民主",迥异于当时一般人对这首诗歌的理解。(梁实秋 1985:1823)而当时国内最为完备的英国文学史、南京大学陈嘉教授用英文撰写的四卷本 *A History of English Literature*(《英国文学史》,1983)也给予吉卜林较为重要的地位。尽管在书中吉卜林无法与哈代或其他"批判现实主义"专家相提并论,但他毕竟独占一节,处于比较重要的位置。陈嘉教授分析了吉卜林的世界观以及他对英国文学的贡献,并对其许多作品如《基姆》、《丛林之书》等都做了研究分析。当然,从"帝国主义世界观"、"帝国主义意识形态"等用语上我们还可以看到刚刚过去的"文化大革命"时代的痕迹。但总体看来,应该说陈嘉教授的研究是 20 世纪 80 年代国内外国文学研究界对吉卜林最全面细致的研究。上述研究,加上收集在各种短篇小说集里的几篇吉卜林小说,基本上就构成了 20 世纪 80 年代国内外国文学研究界对吉卜林的整体了解。

到了 20 世纪 90 年代,国内学术界对吉卜林的研究开始增加。1994 年中国社会科学院外国文学研究专家文美惠翻译了吉卜林的《丛林之书》,1995 年她又撰写了长文《论吉卜林的印度题材短篇小说》,并将其收录在自己主编的《英国小说研究 1875—1914·超越传统的新起点》一书中。该文从主题思想和艺术风格等多个方面对吉卜林的印度题材短篇小说进行了较为详细的研究,分析细致,引证丰富,给国内的读者提供了更加清晰的吉卜林作品的原貌,是一篇重要的吉卜林研究文献。除了文美惠的研究外,1995 年著名学者王佐良教授在其编写的《英国文学史》中将吉卜林看成一个英国维多利亚时代晚期的一个重要而作品丰富的作家,并给予他和乔治·艾略特(George Eliot,1819—1880)等重要作家同等的地位。类似的倾向也出现在另一个著名学者侯维瑞主编的《英国文学通史》(1999)中。文美惠、王佐良和侯维瑞等都是当时中国的外国文学研究界有影响的学者。他们对吉卜林的态度表明,吉卜林研究已经不再是禁区,对吉卜林进行纯学术研究已经成为可能。

前述陈嘉教授的修订本《英国文学史》也体现出类似的变化。1996 年陈嘉和宋文林合作编写的两卷本 *A College History of English Literature*(《大学版英国文学史》)由商务印书馆出版。书中吉卜林依然独占一节,但从篇幅所显现的重要性上来说,显然作者已将吉卜林置于梅瑞迪斯、巴特勒(Samuel Butler,1835—1902)、斯蒂文森、王尔德等人之上。作者没有像以前那样将分析的重点放在吉卜林的"帝国主义世界观"上,而是客观而全面地分析了吉卜林的小说和诗歌。值得一提的是,陈嘉和宋文林提到了"印度的英国殖民主义者"的分裂的自我:"(吉卜林作品中的)主要角色们经常处于内心自我分裂的状态。他们一方面希望实现个人抱负,另一方面又必须坚守纪律约束,无条件地充当帝国主义和殖民主义利益的忠实维护者。"

(Chen & Song 1996:212)此外,他们还注意到吉卜林带有偏见地夸大了印度人的贫穷、饥饿、肮脏与迷信。这已与当今西方的研究成果非常接近了。遗憾的是,这部书虽然高度评价了吉卜林的重要作品《丛林之书》,却忽略了其诺贝尔奖获奖作品《基姆》。

应该说,国内学术界对吉卜林的研究大都集中在20世纪90年代末期以来的十多年里。由于后殖民主义思潮的影响,吉卜林研究在国外成为热点,国内的吉卜林研究也明显增多。吉卜林的许多重要作品如《基姆》、《丛林之书》、《勇敢的船长》等都纷纷被翻译成汉文,中国学者编纂的英国文学史类著作都纷纷给予吉卜林应有的重视。国内的外国文学研究权威期刊《外国文学评论》近年来在其"动态"栏目发表了一系列国外吉卜林研究动态的文章,实质上推动了国内的吉卜林研究。而国内的各种学术期刊上也陆续出现了四五十篇吉卜林研究文章和博士、硕士论文。这些研究尽管仍大都像西方的同类文章一样,关注吉卜林的帝国主义意识形态、文化身份等问题,但已能够将吉卜林的意识形态思想放到英国维多利亚时代晚期的社会文化语境中,说明吉卜林的帝国主义思想不是个案,而是那个时代英国社会文化思潮的具体体现,也与英国的思想文化文化传统密切相关。而少数文章探讨了吉卜林的东西方融合的思想,更具有积极意义。这些都说明中国的吉卜林研究正在逐步走向深入。此外,近年来国内的吉卜林研究在范围上也有所拓展,已不仅限于吉卜林的印度题材小说,而延伸到了他的后期作品。其中,笔者2003年完成的英文博士论文《帝国与认同:鲁德亚德·吉卜林的印度题材小说研究》从后殖民主义理论出发,对吉卜林印度题材小说中的殖民主义思想、身份危机和东西方融合的思想进行了比较详细的探讨,认为其意识形态在其印度题材小说中经历了一个从殖民主义的骄慢到呼吁东西方融合的缓慢变化的过程(陈兵2007:前言Ⅲ-Ⅳ)。这可能是国内第一篇研究吉卜林的博士论文。这篇博士论文经过修改于2007年出版,是国内首部吉卜林研究专著。此外,笔者还在国内多种重要学术期刊上发表了10余篇论述吉卜林的文章,对吉卜林的公学小说、历险小说、儿童故事名作,其教育理念及其与英国短篇小说的发展等问题进行了比较详细的探讨,并将其与美国作家杰克·伦敦进行了比较。2010年,另一本吉卜林研究专著出版,这就是李秀清在其博士论文基础上修改而成的著作《帝国意识与吉卜林的文学写作》。在这部著作中李秀清探讨了吉卜林的帝国主义意识形态、英国性的建构和其身份认同等问题,但内容已经不限于吉卜林的印度题材小说,而是拓展到吉卜林的公学小说和历史小说。此外,李秀清还在国内外重要学术期刊上发表了一系列吉卜林研究论文。特别是"Kipling in China"(《中国的吉卜林研究》)发表于2008年英国吉卜林学会的会刊《吉卜林学刊》上,使国外英美文学研究界对中国的吉卜林研究有了一定的了解,具有重要的意义。① 2010年《吉卜林学刊》上还刊登了另一个中国学者的文章,这就是谢青的"Death and Rebirth in Plain Tales from the Hills"(《〈山中的平凡故事〉中的死亡与复活》)。这篇文章对吉卜林首部短篇小说集《山中的平凡故事》中的死亡和复活母题进行了研究,认为这些小说表现了吉卜林对印度这个英国殖民地真实情况的洞察以及对古老东方世界的复杂认识。谢青还在《吉卜林的"出世"幻想与西方的误读》(2012)中通过对吉卜林的《基姆》和《丛林之书》中的短篇小说《普伦·巴嘎的奇迹》的详细解读梳理了吉卜林的宗教和政治思想。而另外一个从事比较文学和南亚问题研究的学者尹锡南则从不同的角度对吉卜林的作品进行了解读,探讨了印度思想和文化对吉卜林的影响,以及吉卜林作品中印度真实历史的缺席所反映的吉卜林的殖民主义意识形态问题。尹锡南(2008:57)还在自己的著作《英国文学中的印度》中继续探讨了吉卜林的印度书写,认为吉卜林的"印度之爱还只是一种精神流浪时期的文化归航……是在非常保守的殖民心态中孤芳自赏",并在主题、艺术手法以及对待东西方的态度等方面将吉卜林和同时期的英国作家福斯特进行了比较。多年来专攻印度文学的石海军以"空草"的笔名在《外国文学评论》上撰写有关国外吉卜林研究的动态,并在其专著《后殖民:印英文学之间》中用了近50页的篇幅探讨了吉卜林在当今后殖民语境中的研究情况,其中"印度和印度裔作家与学者眼中的吉卜林"一节谈及吉卜林对印度文学的影响及其在印度的接受情况,具有较高的学术价值。而江弱水2003年发表在国内重要学术期刊《文学评论》上的文章《帝国的铿锵:从吉卜林到闻一多》则沿着梁实秋的思路,从思想和艺术两个方面论证吉卜林对我国著名诗人闻一多产生了巨大的影响。这篇文章引起了争议。石义师的《评江弱水文:〈帝国的铿锵:从吉卜林到闻一多〉》(2004)从闻一多思想艺术观的形成入手,将闻一多的新格律诗放到中国历史文化的特殊背景中加以分析,认为闻一多思想和文艺观念的形成、发展、变化均与吉卜林无任何直接或特别关系。此外,郑云的《身份的困惑——吉卜林短篇小说"城墙上"解读》(2005)通过细致分析吉卜林的早期短篇小说《在城墙上》,探讨了小说中英国人和印度人的身份困境,宋朝的《吉卜林短篇小说的叙事策略与叙事伦理》(2008)研究了吉卜林的小说创作艺术,油小丽、牟学苑的文章《洛蒂、吉卜林与赫恩笔下的日本形象》(2010)探讨了吉卜林对日本人的充满异国风

---

① 遗憾的是,这篇向国际学术界介绍中国学者所做的吉卜林研究状况的文章中出现了一些简单的失误。譬如,为了说明中国的吉卜林研究才刚刚起步,文章声称国内目前的吉卜林研究文章均篇幅短小,每篇都不超过5,000汉字。而实际上,文中所列举的陈兵和江若水等人的几篇文章都大大超过5,000字,不少文章都在10,000字以上。

情又带有种族优越感的刻画及其对后来者的影响,陈媛等人的文章《试以格雷马斯的"符号矩阵"分析吉卜林的〈丛林故事〉》(2011)运用了格雷马斯的"符号矩阵"理论探讨了吉卜林《丛林之书》的文化内涵。而纪小军2010年发表在《大家》杂志上的《吉卜林研究在中国》一文则对中国的吉卜林研究进行了简略的总结①。这些研究突破了以往吉卜林研究中的种种藩篱,运用多种方法,从多个视角来探讨吉卜林的作品。这一切都标志着国内的吉卜林研究开始逐步走向深入。

综上所述,中国的吉卜林研究历时80余年,经历了比较曲折的过程,直到20世纪末中国学术界才开始从纯学术的角度对吉卜林进行研究。近年来学者们运用各种理论从多个方面来探讨吉卜林及其创作,涌现了不少有深度的研究成果。但是毋庸讳言,目前中国的吉卜林研究依然不尽如人意,不够全面完整。学者们关注的重点仍然是吉卜林的印度题材小说以及其中所体现的吉卜林的文化身份等问题,而对吉卜林的其他作品则甚少涉猎。吉卜林的很多优秀作品在中国还没有得到介绍和研究。特别是他创作于20世纪的后期小说及其许多优秀诗歌都还没有得到应有的重视。著名学者马丁·格林在其著作《二十世纪的英国小说:帝国的厄运》中就指出"吉卜林1918年以后的创作在英国文学中的地位比人们认识到的要重要得多"。(M. Green 1984:preface xiii)这些都是中国学者在今后的吉卜林研究中应该注意的问题。

---

① 这篇文章篇幅不长,重点介绍吉卜林在中国的译介情况,对于国内的吉卜林研究情况则着墨甚少。

第三章 吉卜林的早期小说创作

谈到吉卜林的早期小说创作,我们主要指吉卜林中学毕业后于1882年—1889年在印度工作期间及其初回英国时创作的小说作品,包括其首部短篇小说集《山中的平凡故事》(*Plain Tales form the Hills*,1888),6本"印度铁路图书馆"小说集《三个士兵》(*Three Soldiers*,1888)、《雪松下》(*Under the Deodars*,1888)、《鬼影人力车》(*Phantom Rickshaw*,1888)、《威·威利·温基》(*Wee Willie Winkie*,1888)、《黑与白》(*In Black and White*,1888)、《盖茨比一家的故事》(*The Story of the Gadsbys*,1888),《生活的阻碍》(*Life's Handicap*,1891)等短篇小说集,以及《消失的光芒》(*The Light That Failed*,1891)和《瑙拉卡》(*Naulahka*,1892)等两部长篇小说。这些作品创作的时间相近,而且大都以印度为场景(其中那些短篇小说全部都是关于印度题材,长篇小说《瑙拉卡》也以印度为故事的主要场景)。它们的主题和风格基本相似,主要描写东西方的对立冲突,体现了一种殖民主义基调,同时也表现了吉卜林的认同危机。而少量与印度题材无关的作品(如《消失的光芒》)则体现了吉卜林对其他问题——如新女性、艺术创造力——的思考。吉卜林这个时期的作品大都表现出一种焦虑和不安,与其1892年结婚后移居美国期间所写的小说体现出不同的基调,因此,可以将它们视为一个整体。吉卜林的早期小说在诸多方面体现了吉卜林思想及其创作风格,值得仔细研究。

第一节 吉卜林的早期短篇小说中殖民主义的矛盾

吉卜林1882年中学毕业后于当年10月回到印度。卡宁顿指出,吉卜林在英国待了10余年后回到印度,依然有回家的感觉:"亚洲的灿烂世界使他有一种新的乡愁。这儿,而不是黑暗的欧洲,才是他的家,他度过快乐童年的地方。"(Carrington 1978:81)但是这种对于印度的热爱却与其刚刚形成的帝国主义思想相抵牾,而在印度种族矛盾与冲突尤其尖锐,前述1883年伊尔伯特法案风波就是一个例证。我们可以想象吉卜林内心的矛盾与认同危机。这种矛盾自然也反映于其创作中。1884年9月,吉卜林在其供职的《军民报》上发表短篇小说《百愁门》。这是吉卜林发表的首篇小说。这篇小说模拟了拉合尔一个鸦片烟馆里一个垂死的瘾君子的内心独白,抚今追昔,有一种怀旧和哀伤的意味,笔调阴森抑郁,特别是"我一次次按月支取自己的六十卢比,过得挺开心"这句话在小说中反复出现,使小说有一种缠绵悱恻的基调,也暗示了主人公的贫困和凄凉。(Kipling 1994b: 277-285)吉卜林发表《百愁门》前不久刚刚与初恋女友弗洛伦斯·贾拉德解除婚约,《百愁门》的阴郁笔调可能与此有关,但是拉合尔艰苦的工作环境给吉卜林造成的压力及其内心的矛盾与认同危机无疑也是一个重要因素。此后吉卜林继续其小说和诗歌创作,并于1888年将此前发表在《军民报》上的40篇小说结集出版,取名《山中的平凡故事》。同年,吉卜林出版了《三个士兵》、《雪松下》、《鬼影人力车》、《威·威利·温基》、《黑与白》、《盖茨比一家的故事》等六部短篇小说集。1891年吉卜林又在伦敦和纽约出版了小说集《生活的阻碍》。这些集子里的小说都是关于印度题材,数量大,涉及面广。它们一反当时英国文坛描绘殖民地生活的新浪漫主义之风,以浓重的现实主义笔触生动地刻画了英国殖民者在印度的真实生活。特别是包含40篇小说的《山中的平凡故事》以其清新、有力的描写全面展现了印度各色人等的真实生活,让读者耳目一新,也受到了批评界的重视。这些小说使年轻的吉卜林声名鹊起,并为其后来的小说创作定下了基调。根据其题材,吉卜林的早期短篇小说可大致分为表现英国殖民者的英印小说、驻印英军故事、印度人故事等几大类。它们表现了一个既有浓厚的帝国主义思想,又受到认同危机困扰的作家的复杂心理。因此,这些作品中所呈现的往往是一些不和谐的,甚至是自相矛盾的基调。

3.1.1 英印小说:殖民主义者的骄慢和困境

吉卜林早期短篇小说的目标读者大都是在印度的英国人。这些小说大都描写英印殖民政府人员的日常生活,并在这些貌似普通的描述中表露了其复杂的思想。《他在生活中的机遇》("His Chance in Life",收录于《山中的平凡故事》)便是一例。小说叙述贫穷的电报员米歇尔·德克鲁兹因为平息了一次骚乱而得到提升,终于得以娶得心上人的故事,篇幅不长,文笔稚嫩,是典型的吉卜林早期作品。这篇小说的特别之处在于它明显表现了吉卜林的殖民主义思想。故事主角米歇尔·德克鲁兹是个欧亚混血儿,身上只有八分之一的白人血统。而就是这一点白人血统却使他在一次印度人的骚乱中勇敢承担起责任,指挥少数印度警察将骚乱平息。故事开始就宣称:"永远不要忘记,除非我们的权威时时直接展示在土人面前,否则他就会像一个孩子一样不理解权威的含义,也不知道不遵守权威会带来什么危险。"(Kipling 1994b: 81)这话将土人视为没有理性的孩童,带有赤裸裸的殖民主义骄慢,也有对土人的警告。而后面的故事则是这份宣言的注脚:骚乱的土人散漫无序,面对米歇尔指挥的警察一触即溃,丢下一具尸体四散奔逃。故事中的种族主义色彩还表现在对白人血统作用的描绘上。骚乱发生后所有人都惊慌失措,米歇尔的印度上司直接溜走,而惊慌的印度警察则"遵从古老的种族本能,辨别出(米歇尔身上)那滴稀薄的白人血液",请并非警察身份的米歇尔指示如何处置,而米歇尔也觉得自己是"当地仅有的英国权威的代表",豪情满怀地指挥平乱。(Kipling 1994b:82—83)与此形成鲜明对比的是,骚乱平息后,面对清晨赶来的年轻英国人,米歇尔

> 感到自己又一点一点退回到土著身份。他紧张地讲完了提巴苏骚乱事件,还歇斯底里般痛哭流涕,一方面是因为杀了人而痛苦,另一方面也因为不能像晚上那样豪情满怀而羞耻,此外他还像孩童般因为自己的舌头不能恰当地叙述自己的伟大事迹而生气。这是因为米歇尔血管里的那滴白人血液耗尽了,尽管他自己并不知道。

> (Kipling 1994b:83)

《他在生活中的机遇》展现的是赤裸裸的殖民主义骄慢和种族主义偏见。不过更多时候吉卜林表现的还是一种理想化帝国主义态度,譬如前述小说《在城墙上》(收录于《三个士兵》)的描写:

> 每一年英国都向英印政府派去新的人员。这些人往往劳累致死,或忧虑致死,或身体累垮,为的只是这块土地(印度)有一天能免于死亡、疾病、饥饿、战争,能够自己管理自己。它是永远也不可能自己管理自己的。但这个理想很美妙,人们也愿意为之献身……每当有进步时,所有的功劳都归于印度人,英国人则退至幕后,擦去自己脸上的汗水。而一旦出现失误,英国人又站出来承担责任。

> (Kipling 1946:17)

除了明显的种族主义偏见外,这段话展现的是非常理想的殖民主义者的形象。《地区长官》(收录于《生活的阻碍》)中的英国人亚德里-奥德就是这种形象。身为印度西北部一个地方的行政长官,他尽心尽力,爱民如子,驯服了桀骜不驯的边区山民,自己却得热病死去,甚至没能和从英国赶来看他的妻子见最后一面。但亚德里-奥德临死前还挂念着自己的子民,称其为"我的孩子们"。而山民们也视其为父母:"您是我们的父亲和母亲。我们该怎么办呢?现在没有人替我们说话,教我们走正道了。"(Kipling 1918:121)故事中以哀婉的笔调写垂死的亚德里-奥德对着崇敬他的部下历数此前许多像他一样死在岗位上的英国人,给读者这个印象:有无数优秀的殖民者在为印度土人的福祉拼命工作。吉卜林早期印度题材小说中颇多这类形象。但这类形象过于理想化,连有些英国的作家和批评家也不相信。小说家毛

姆(William Somerset Maugham,1874—1965)、评论家斯蒂沃特(J. I. M. Stewart)就明确表示不相信这类人物的存在。(Stewart 1962:245)其实,吉卜林自己也未始不明白这种理想化形象的虚妄。他的许多其他小说都描绘了完全不同的人物和事件。比如《盖茨比一家的故事》系列小说虽然主要通过叙述驻印英军上尉盖茨比和英国姑娘米妮之间的爱情和婚姻故事来表达"婚姻妨碍男人的工作和责任感"的主题,但这些故事也从侧面反映了当时驻印英国人中间的通奸、调情等丑恶现象。而其第一个短篇小说集《山中的平凡故事》更是全方位地描写了真实的英国殖民者生活场景:舞会、野餐、晚宴以及其中的争风吃醋、钩心斗角、打情骂俏……处处充斥着浮华和浅薄。《猪的风波》("Pig")中纳夫顿因为受到同事的冒犯就怀恨在心,利用政府资源对其打击报复;《后果》("Consequences")中交际花豪克斯比夫人为了替自己的朋友谋职位,不惜利用错送给自己的机密文件讹诈主管官员。《山中的平凡故事》中的小说体现的公报私仇、人浮于事等官僚主义作风令人触目惊心。小说集中另一篇故事《抛弃》("Thrown Away")中叙述人则感叹道:

> 在印度这个地方,人不能太认真……打情骂俏没什么,因为工作调动频繁,很快你或她就会离开这个地方,不再回来。工作做得好也没什么,因为对一个人的考核总是根据他工作中的缺点,而他的成绩总是归于别人。工作做得不好也没什么,因为别人做得更差,而在印度无能的人总能待下去……真正重要的只有回国休假和行动经费,而这些重要是因为很少。
>
> (Kipling 1994b:16—17)

这种对官僚主义的描述完全颠覆了前述理想化殖民主义者的形象,包含着明显的对英印政府官僚主义的失望。两种描述并存于吉卜林的早期印度题材小说中,从而呈现出一种奇特的不和谐。同时相对于殖民主义的骄慢,这些小说中也流露出对印度的不可理解、不可控制的焦虑和恐惧。《抛弃》中的那个年轻少尉,自小在父母的翼护下长大,来印度后处处不适应,结果自杀而死,便是这种失望和恐惧感的隐喻式表现。类似的恐惧感也体现在《在城墙上》和《他在生活中的机遇》等篇中对印度骚乱的描写。而《可怕夜晚之城》("The City of Dreadful Night",收录于《生活的阻碍》)中对炎热的八月印度拉合尔市夜景的描写也充满了恐惧和无助之感:街道、屋顶,处处躺满了在炎热中无法入睡的印度人,形同"幽灵"和"尸体"。而故事结尾一位热死的妇女的葬礼更增添了故事的恐惧和无助感。

这种恐惧和无助感在《莫罗比·朱克斯骑马奇遇记》("The Strange Ride of Morrowbie Jukes",收录于《鬼影人力车》)一篇中可能表现得更明显。在印度工作的英国工程师朱克斯在荒郊意外掉进一个极大的沙坑,与一帮印度的"活死人"——在丧礼上又活过来的不祥之人——一起生活了许多天。虽然最后朱克斯获救,但沙坑里那"死人村"的恐怖情景却始终困扰着他。他回忆自己在"死人村"中恐惧堕落的情形,宣称"我们真是一个共和国! 一群野兽组成的共和国,困在坑底,每天吃喝、打斗、睡觉直到死亡。"(Kipling 1907:190)显然,这篇故事有浓厚的象征意味。评论家康奈尔、安各斯·威尔逊都将其视为象征着英国人在印度的困境的寓言,体现了英国人在1857年印度大起义后恐惧不安的心态。(Wilson 1977:105)

中篇小说《想当国王的人》("The Man Who Would Be King",收录于《鬼影人力车》)也很好地表现了殖民主义困境的主题。小说的主体描述两个英国冒险家德拉沃特和卡内翰受狂热欲望的驱使,企图去阿富汗腹地一个叫卡菲里斯坦的地方建立自己的帝国。经过乔装打扮,两人成功地混入卡菲里斯坦。依靠先进武器和各种知识,他们成功地征服了许多村庄,建立了自己的帝国,被村民们奉为神灵。但最后因为德拉沃特坚持要和土著女子结婚,引起冲突,帝国土崩瓦解,两人也先后丧命。这个故事的叙述人与吉卜林本人类似,也是个报纸编辑。他冷静地观察并叙述着两个冒险家的活动。他的冷静与两个冒险家的狂热形成了鲜明的对比。在其冷静的观察下,两个冒险家的活动显得那么荒谬与空虚,而故事最终的结局也验证了这一点。可以说,这也是关于大英帝国在印度的困境的寓言。

有时候这种殖民主义的焦虑和恐惧不安的心态在吉卜林笔下表现得非常隐蔽。譬如,吉卜林这个时期不少故事里都出现了受过西方大学教育的印度人,而这些人往往以负面形象出现,经常受到揶揄和嘲弄。譬如,《托德修正案》(收录于《山中的平凡故事》)中的印度议员就被称为"杂种的、大学毕业的骡子",除了高谈阔论,解决不了任何实际问题。而《地区长官》中理想化殖民主义者、英国人亚德里-奥德殉职后,其管辖的地区来了个新长官。这是一个受过牛津大学教育的孟加拉人,他被描绘成小丑式的官僚主义者,胆小如鼠,被强悍的北部山地部落民众骂为"孟加拉黑狗"。由于他的任命,当地发生了骚乱,很多人被杀。最后这个孟加拉人也吓得逃离这个地区。不少评者认为《地区长官》"总结了印度管理的全部问题"。(Page 1984:94)显然,吉卜林通过这个故事表达了自己对于印度管理问题的见解,包括英印之间关系,管理人员的素质,印度不同民族的性格以及彼此间关系等等。吉卜林对于受过西方大学教育的土著的负面描写初看去有点令人费解。这里所表现的显然不仅仅是殖民主义的骄慢,因为殖民主义文学(包括吉卜林本人的作品)中殖民地属民的典型形象是懒散、肮脏、冷漠、没有受过教育。而这些受过西方教育,处处模仿英国人的印度人应该说是殖民地属民的楷模,理应受到鼓励才是。但如果我们注意到印度当时的社会历史语境,一切就会明了。19世纪中叶,英印殖民政府开始有意识地在印度提倡推广西式英语教育,意图在印度本土培养一个亲英的知识分子阶层,从而巩固英国在印度的殖民统治。为此英印政府1853年在印度推行文官考试制度,1857年在加尔各答、孟买和马德拉斯建立了3所大学,初步在印度建立起了现代西式教育体系。但是,很多印度人学习了西方的进步思想和科技知识后并没有成为亲英分子,而是开始反思印度社会的种种弊端,探索改革印度社会使其摆脱贫穷落后面貌的良方,民族意识越来越强。此外,由于英国的种族歧视政策,大批受过西式教育的印度人无法进入英印殖民政府,只得转而从事法律、新闻和教学等工作,逐渐成为正在兴起的印度民族主义组织的中坚力量。1883年印度召开了第一次全国代表大会,不久印度国大党成立。这个印度民族政党的骨干大都是那些接受过现代西式教育的印度本土人士。他们民族意识强,也具备各方面的工作能力。这些都给英国在印度的殖民统治带来了挑战,使得那些坚持英国对印度的统治的保守派人士如坐针毡。1884年,当时的印度总督利邦勋爵(Lord Ripon,1827—1909)就在写给英国的殖民事务大臣金伯利勋爵(Lord Kimberley,1826—1902)的信中忧心忡忡地表示,当时英属印度最重要的问题就是如何处理那日益庞大的接受过西式教育的印度人阶层。(Martin, Jr. 1967:68)了解了这些,我们就会明白,思想保守的吉卜林在小说中对受过西方教育的印度人的丑化实际上是殖民恐惧的曲折反映:因为害怕这一新兴阶层的力量,殖民主义者必须丑化他们才能确立自己的优越感,证明殖民统治的合法和合理。

上述种种相互矛盾的叙述在吉卜林的英印小说里还有其他形式的表现。比如,吉卜林经常警告英国人不要"越界",免得和印度人搅和在一起引起严重后果。小说《越界》("Beyond the Pale",收录于《山中的平凡故事》)就是这样一种警告。小说开篇就宣称:"无论发生什么事,一个人都应该坚守自己的种姓、种族和等级。让白人归于白人,黑人归于黑人。"(Kipling 1994b:171)随后小说通过白人职员特雷加古和印度年轻寡妇碧赛撒的爱情悲剧强化了这一思想。同样,《想当国王的人》中两个英国冒险家建立的"帝国"崩溃的直接原因是德拉沃特坚持要和土著女子结婚。这也是一种"越界",结果引起冲突,造成了"帝国"土崩瓦解的严重后果。但另一方面,吉卜林又强调:英国人要想管好印度,就必须了解印度,有时也得和他们打成一片。其实吉卜林的这种观点在当时并不鲜见。萨义德在论述东方主义思想的发展时就指出,当时许多英国人都相信知识即是权力。了解东方就能够控制东方,因为他们缺乏自我管理的能力,而自我治理则是西方人的长处。英国19世纪后期的保守党领袖贝尔福(Arthur James Balfour,1848—1930)就用这种逻辑为英国对埃及的占领作辩护,认为英国对埃及和其他东方地域的占领实际上使这些地方大为获益。(爱德华·W·萨义德 2000:39—41)吉卜林前期小说中经常出现的白人警官斯特里克兰精于化妆术,也通晓印度的各种方言,因此到处通行无阻,并依靠这些本领屡次破获大案。《山中的平凡故事》小说集中的《优噶尔小姐的马夫》("Miss Youghal's Sais")、《布隆克霍斯特离婚案》("The Bronckhorst Divorce-Case")等小说都描述了斯特里克兰的事迹。这个小说集的另一篇小说《托德修正案》中早熟儿童托德也是因为整天混迹于印度土著之中,了解他们的需求,结果利用他的知识帮助政府解决了一个关于土地租赁期限的难题,避免了可能出现的土著骚乱,而融入印度来管理印度的重要性也就凸显无疑了。上述故事所表达的思想虽貌似矛盾,实则互为表里,都是对大英帝国殖民统治的深切关注。但从另一方面来看,也可以认为吉卜林是以一种隐晦的方式表达他的认同危机。这是吉卜林后期作品中东西方融合观点的基础。

3.1.2 驻印英军故事:帝国军人的英武和残暴

吉卜林的许多小说和诗歌涉及军旅题材。其前期小说中就有不少驻印英军士兵的形象,主要是关于穆尔凡尼、李洛伊和奥塞里斯这三个普通英国士兵的故事,大都收在《三个士兵》、《山中的平凡故事》、《生活的阻碍》等短篇小说集里。吉卜林对他们的成功描绘为他赢得了很高的声誉。著名评论家贾雷尔(Randall Jarrell, 1914—1965)就说过:"吉卜林是许多时代以来第一个将英国普通士兵的真实生活展示给英国大众的英国作家。"(Jarrell 1980:356)确实,吉卜林笔下的这三个士兵虽然来自英国的不同地方,性格各异,但彼此之间有深厚的友谊,而且在粗野鄙俗之中又都坚毅乐观、幽默风趣,同时也不乏本性的纯真善良,是几个血肉丰满的形象。但从后殖民主义的角度去看,吉卜林对这些士兵的描写也反映了典型的殖民主义心态。《攻占砻登奔》("The Taking of Lungtungpen", 收录于《山中的平凡故事》)便是一例。故事中穆尔凡尼叙述了一次围剿缅甸"土匪"的行动。他们先抓住了一名土匪,迫使他交代出同伙的藏身地。夜幕降临时,穆尔凡尼和同伴们脱光衣服,涉过小河,光着身子奇袭并攻占了砻登奔,剿灭了土匪。小镇上的妇女自然大为惊恐。然而除了必要的搜查围剿之外,这些英军士兵秋毫无犯,只是"逗弄那些缅甸婴孩——肥胖的棕色小坏蛋,和画儿一样漂亮"。英军中尉甚至为自己的裸体而感到羞耻:"我们中谁都没受伤—— 也许中尉除外,而这是因为他觉得自己显得太不体面了。"末了穆尔凡尼还放出豪言:"他们光着身子攻占了砻登奔;他们要穿着裤子攻占圣彼得堡。"(Kipling 1994b:120,120,121)

这是对大英帝国士兵的热情讴歌:他们尽管粗野鄙俗,有时对大人物玩点恶作剧,却各个忠于帝国,机智英勇,有很强的荣誉感,是优秀的殖民主义战士,标准的英国绅士。这样的描写贯穿于所有关于驻印英军的故事中。譬如,《克利须那·穆尔凡尼的化身》("The Incarnation of Krishna Mulvaney",收录于《生活的阻碍》)中穆尔凡尼等人仗义出手,教训了巧立名目盘剥印度苦力的英国监工,维护了白人的声誉;[①]《三个火枪手》("The Three Musketeers",收录于《山中的平凡故事》)中穆尔凡尼等人设计捉弄了专横的贵族,维护了团队的安宁;《大兵奥塞里斯的疯癫》("the Madness of Private Ortheris",收录于《山中的平凡故事》)中他们忍受艰苦的军旅生活,珍视军人荣誉,表现出强烈的责任感;《在格林诺山上》("On Greenhow Hill",收录于《生活的阻碍》)则通过他们伏击土著逃兵和对往事的回忆表现了他们的忠于职守和普通人的感情。值得注意的是,向有"粗野放荡"之恶名的英军大兵,在吉卜林笔下成了十足的绅士,明显是对殖民主义者的美化,与前述理想化的英国殖民主义者的描述同出一辙。另一方面,我们也要疑惑:当时的印度农村贫穷落后,再加上殖民主义者的剥削,还能有这样"肥胖的棕色小坏蛋,和画儿一样漂亮"的婴孩吗? 从某种意义上来说,这种对殖民地情形的美化也是对殖民统治合理性的辩护,从而从侧面反映出吉卜林的殖民主义心态。

吉卜林的这些英军士兵故事有时也在无意识中反映出殖民主义者的血腥和残暴。而正是这些描写才使读者明白什么是真正的帝国主义。《攻占砮登奔》中穆尔凡尼对被抓"土匪"的拷打、《野兽的烙印》("The Mark of the Beast",收录于《生活的阻碍》)中警官斯特里克兰对印度麻风病祭司的折磨都反映出殖民主义者的凶暴。尤其是在《野兽的烙印》中,因为印度麻风病祭司惩罚了侮辱印度圣庙里神像的白人,使其变得像个野兽,斯特里克兰就觉得有十足的理由来折磨这个祭司,而故事的叙述者也完全赞同。这些都赤裸裸地表达了帝国主义的骄慢和种族主义歧视。难怪当时曾大力提携吉卜林的英国著名评论家安德鲁·朗格看到《野兽的烙印》这篇故事时极为不快,称其为"有毒的东西",而另一位评论家夏普则建议将其烧掉,并预言此小说的作者将活不到 30 岁就会发疯而死。(Orel 1986:140—141)而在《在城墙上》中,守城的英军看到印度人发生骚乱,人人都非常高兴,期待着一场大屠杀:炮兵们暗暗期待长官允许他们在近距离内炮轰城池,将其夷为平地;欠钱的军官们希望碰见自己的印度债主,这样好趁乱杀掉债主——整个是一群无赖与野兽! 吉卜林的这类无意的描写更加真实,比他那些将殖

[①] 克利须那是印度教神灵。此故事中穆尔凡尼阴差阳错闯进印度教祷神仪式,被误认为克利须那。小说标题中将其放在穆尔凡尼名前,有揶揄之意。

统治浪漫化的小说有意义得多,同时也颠覆了他自己笔下的那些理想化的殖民者形象。类似的颠覆性描写也见于他对这些士兵作为普通人的情感的描写。《大兵奥塞里斯的疯癫》里奥塞里斯想做逃兵,回家去过普通人的生活,《在格林诺山上》中李洛伊为自己所爱的姑娘的死的伤感,都写得生动感人。这些都一反他们平常英勇无畏、粗犷乐观的形象,令人深思。特别值得一提的是,在吉卜林笔下李洛伊被爱所唤起的人性甚至延伸到了印度人身上。当《在格林诺山上》中那个向英军士兵打冷枪的印度逃兵倒在奥塞里斯枪下时,李洛伊甚至感到了一种同情:"也许他家里也有个姑娘在等着他。"(Kipling 1918:96)在《在格林诺山上》这篇直接处理英国人和印度人之间冲突的故事中吉卜林借李洛伊之口对印度人表达的同情意义非凡。故事中那个印度逃兵鼓励自己的军中同伴掉转枪口打击英军,他自己则勇敢地向英军袭击,使英军士兵大为惊恐。虽然他在故事中不是个核心人物,但他的形象基本上是正面的,并没有像典型的殖民主义文学中那样被妖魔化。正是这些描写使得吉卜林的驻印英军小说更加血肉丰满而不仅仅是简单的殖民主义宣传。从某种意义上来说,它们也反映了吉卜林内心的感情冲突以及他对印度和印度人的矛盾心理。

3.1.3 印度人故事:类型化的东方人及高尚的东方人

吉卜林的早期短篇小说中也有一些是关于印度本地人的。不过,尽管有些批评家如詹姆斯·哈里森等认为这类小说在吉卜林整个印度作品中质量属于最好之列(Harrison 1982:39),它们却显然不属于吉卜林注意的中心,因为吉卜林这个时期的小说主要以在印度的英国人为目标读者,因此其中很少有形象鲜明的印度人。特别是在那些涉及英国人和印度人的故事中,吉卜林对印度人的描写很符合殖民文学的范式——他们一般都作为勤劳、正直、无私的英国人的对立面来写的:懦怯、懒惰、肮脏、不负责任。《在城墙上》、《他在生活中的机遇》中的土著骚乱、《在苏德胡的房子里》("In the House of Suddhoo",收录于《山中的平凡故事》)中土著的欺骗和谋杀、《恐惧夜晚之城》(收录于《生活的阻碍》)里的拉合尔夜景,都给人以印度人无法、无序、自私、冷漠的印象。而《布隆克霍斯特离婚案》(收录于《山中的平凡故事》)中的叙述人则公开宣称:"我们知道,在这块土地上没有哪个评审团会依靠本地人的证据来给一个受到犯罪指控的人定罪,因为在这里只要花五十四个卢比就可以买到一整套谋杀指控,连尸首都有。"(Kipling 1994b:249)《克利须那·穆尔凡尼的化身》中有不少关于印度土著的场景。但其中那些苦力无知、懦怯、散漫无序,神庙里的祭司则贪婪、无能,那些王公贵妇们则无知奢华且迷信。总而言之,吉卜林早期短篇小说中的印度人大都是典型的殖民文学中类型化的东方人形象。

但是,在有些印度人故事里,吉卜林也表现出对印度本地人的同情。他的第一篇小说《百愁门》(收录于《山中的平凡故事》)里就是一例。小说描写了拉合尔一个偏僻的鸦片烟馆的变迁,笔调阴郁,有一种忧伤怀旧的意味。《小托布拉》("Little Tobrah",收录于《生活的阻碍》)则描述了印度孤儿托布拉的悲惨遭遇,反映了印度的贫困。在饥荒中濒临饿死的托布拉将瞎眼的小妹妹推进井里淹死,声言"死比挨饿强"。故事冷静的笔调下饱含着深厚的同情。而《默罕玛德·丁的故事》("The Story of Muhammad Din",收录于《山中的平凡故事》)更是以其对聪明、大胆、活泼可爱的印度男童默罕玛德·丁的杰出描绘被誉为"吉卜林早期最好的儿童小说"。(Jarrell 1980: 353)而考虑到吉卜林本人的经历和观点,我们也可以从这篇故事中读出他对印度的热爱以及他对这种爱和种族和谐不能持久的恐惧——故事中默罕玛德·丁的死结束了他和"我"(一个英国人)之间的所有温情。故事实际上反映了吉卜林对存在于英国人和印度人间的种族鸿沟的悲观态度。这一点吉卜林在《生活的阻碍》前言中表达得很清楚:"英国人和印度人考虑问题不一样……于是英国人和印度人只能毫无办法地站在相互误解的巨大鸿沟两边注视着对方。"(Kipling 1918: Preface ix)吉卜林对英印种族鸿沟的悲叹尤其体现在他的英国人和印度女子的爱情悲剧故事里。这些故事里的印度女子不再是类型化的东方人形象,而往往具有高尚的人格。如《没有教会豁免权的情侣》("Without Benefit of Clergy",收录于《生活的阻碍》)叙述了英国职员荷尔顿与印度姑娘阿米拉的凄婉爱情。故事也以悲剧结束,但它的意义在于,印度姑娘阿米拉为了爱情奋不顾身,比那些天一热就躲进山里、丢下自己丈夫的"白人女士"要崇高得多。阿米拉临死前的爱情誓言更让人心碎:"我作证—— 我作证—— 没有上帝,只有你,我的爱!"(Kipling 1918: 178)小说《丽丝佩司》("Lispeth",收录于《山中的平凡故事》)描绘了一位美丽善良、忠实坚强的印度山姑丽丝佩司。她被玩弄她的英国人抛弃后,义正词严地斥责合伙骗她的英国牧师:"你们英国人都是骗子。"(Kipling 1994b: 7)作为吉卜林的第一个小说集《山中的平凡故事》的首篇小说,《丽丝佩司》无疑有着特别的意义。评论家佩吉就指出"吉卜林的用意在于说明英国人道德标准的浅薄(那个英国男子的负心、牧师妻子的撒谎),而他的讽刺也突出了这个女子的高贵的诚实。"(Page 1984: 102)与此类似,《乔基·波基》("Goergie Porgie",收录于《生活的阻碍》)也讲述了一个英国人对土著女子始乱终弃的故事。故事中的缅甸女子乔治娜深爱着买下自己的"丈夫"、英国人乔基·波基,全心全意地服侍他。乔基·波基后来借故远走。乔治娜不知道自己已经被抛弃,千里寻夫,其执著和深情甚至感动了乔基·波基过去的同事。他们一起给乔治娜捐款助其寻夫。故事结尾是一幅对比强烈的图画：乔基·波基与其新婚的英国妻子在舒适的房子里其乐融融，而千里寻夫后得知真相的乔治娜衣衫褴褛，在山脚下痛哭。这个结尾余音袅袅，叙述人的褒贬不言自明。在这些故事里，吉卜林一反传统的东方主义话语模式，对印度女性倾注了深深的同情。

吉卜林对印度女性的同情描绘有着不同寻常的意义。19世纪的英国，妇女的地位并不高，而在印度，女性地位更是低下。如果说夏洛蒂·勃朗特（Charlotte Brontë，1816—1855）的《简·爱》（*Jane Eyre*，1847）突破了英国文学中"女性是家庭里的天使"话语传统的话，吉卜林让印度女性成为自己小说里的主角，并且赋予她们高尚的人格品质，无疑具有双重的意义。他不仅颠覆了英国文学中的东方主义话语传统，将真实的印度呈现给读者，而且在描绘女性方面比《简·爱》更具有革命性：受英国殖民者和印度夫权双重歧视和压迫的印度女性也一样有尊严、有梦想、敢作敢为。特别是她们还敢于否定上帝的存在和斥责殖民统治者的虚伪和残酷，就更令人敬佩了。吉卜林同时代的作家康拉德虽然在其名作《黑暗的心脏》（*Heart of Darkness*，1902）中揭露了殖民主义在非洲的罪恶。但他对非洲土人以及库尔兹的非洲情妇的描写也还没有脱离东方主义话语传统，将他们描写成只知喊叫冲杀的野蛮人。相比之下，吉卜林这位"帝国主义诗人"对殖民地人民的正面描绘就显得格外不同寻常了。

吉卜林早期短篇小说中还有几篇描写印度犹太人的故事值得研究。《漫游的犹太人》（"The Wandering Jew"，收录于《生活的阻碍》）记叙继承巨额遗产的犹太人约翰·哈伊为了延长自己的寿命，利用当时已有的地理科学知识，坚信"向东绕地球一圈即能给自己的生命增加一天"，于是不断向东环球旅行。后来他又听从一个医生的荒谬建议，将自己吊挂在屋子的天花板上，"让圆圆的地球在自己脚底下自由飞驰。这比汽轮和火车都强，因为每过一天他就增加一天，因此就可以像太阳一样永不死亡。"（Kipling 1918：317）这个故事构思奇特，笔调平静，字里行间既有对约翰·哈伊虚妄梦想的讽刺，又有对他的同情。特别是故事结尾，约翰·哈伊的疑惑"为何太阳不是一直停留在我的头顶"在平静的叙述中又微露讽刺和同情之意，余味悠长。此外，这个故事也显示出吉卜林对于科学和技术的迷恋。而《蜀山的犹太人》（"Jews in Shushan"，收录于《生活的阻碍》）则描述了印度北部城市蜀山的一个普通犹太收费员伊弗莱姆的苦难生活。这个安静、谨慎的犹太人与亲戚朋友共8人一起生活。他一直梦想着能将犹太人数增加到10人，这样他们就可以根据犹太教规建立犹太会堂。但是夏天的热病袭击了这个城市，伊弗莱姆的妻子儿女纷纷死去。伊弗莱姆只好带着剩下的亲友离开这个城市去加尔各答,其建立犹太会堂的梦想也成为泡影。故事笔调平静而忧伤,表现了吉卜林对于伊弗莱姆遭遇的同情。特别是故事结尾,伊弗莱姆悲伤地离开时,旁边一个不知情的少尉却在悠闲地哼着小曲。两幅画面呈现出强烈的对比,而淡淡的忧伤则弥漫其中,叙述人的同情也就不言而喻了。

吉卜林写的关于犹太人的小说虽然数量不多,却有着特别的意义。我们知道,在欧洲信奉基督教的民族中,犹太人自古以来就被当做邪恶的种族,被认为具有恶魔般的品性,在欧洲各国一直受到仇视与欺凌,动辄被驱赶出境或强迫改宗基督教。英国历史上反犹主义也很严重,许多文学名家——比如乔叟(Geoffrey Chaucer, 1340—1400)、马洛(Christopher Marlowe, 1564—1593)、莎士比亚(William Shakespeare, 1564—1616)等——都不能避免对犹太人的偏见。① 维多利亚时代盛行的社会达尔文主义把生物学中的遗传、变异、自然选择等概念引入了社会学领域,认为人类的本性、行为以及语言等直接源自其生物性,一个民族的特性也都源自种族的遗传,不能更改或消灭。这些观念使得反犹主义更加甚嚣尘上。譬如,开启维多利亚时代小说传统的大小说家狄更斯就很鄙视犹太民族。他不仅在《雾都孤儿》等小说中将犹太人描写成邪恶的群体,而且面对有识之士的质疑时还公开表达自己的反犹主义思想。(乔国强 2004:63—67)而吉卜林却在自己的犹太人小说里对犹太人的遭遇表示同情,不能不说是一种超越。

对于吉卜林的早期短篇小说,评论家们观点各异。小说史家瓦尔特·艾伦认为吉卜林的许多早期小说类似于新闻报道,其主要价值在于它们生动地再现了19世纪末英印社会生活。(Allen 1981:61)评论家贾雷尔认为"《山中的平凡故事》四十篇中只有六七篇非常好……但作为一个整体,它却比吉卜林最好的故事都强,而且极为全面生动地描绘了故事产生于中的那个社会。"(Jarrell 1980:353)安格斯·威尔逊认为《生活的阻碍》中包括一些吉卜林所写的最好的短篇小说。(Wilson 1977:223)而哈里森则认为吉卜林的这些早期小说有的虽然短小、浅显,却已显示出笔调简洁以及传达气氛、把握人物形象的能力,为他后来成为一个大作家做好了准备。(Harrison 1982:29)笔者认为,尽管在艺术上吉卜林的一些早期印度题材小说还无法与其后期的印度题材小说——如《丛林之书》或《基姆》——相比,但它们已经基本包含了吉卜林小说创作的所有主题和风格特征,特别是其中所展现的殖民主义态度和认同危机是其后期作品的基础,而"艰辛七年"的经历则

---

① 比如,乔叟的《坎特伯雷故事集》(*The Canterbury Tales*, 1387—1400)、马洛的《马耳他的犹太人》(*The Jew of Malta*, 1590)、莎士比亚的《威尼斯商人》(*The Merchant of Venice*, 1598)等作品中都有明显的反犹主义描写。

赋予这些作品以其后期印度题材小说所没有的现实主义氛围,能够更真实地反映英国殖民者在印度的生活状况以及他们与印度人之间的对立和隔阂,从而从内部颠覆当时为英国大众所接受的殖民主义神话。从这个意义上来说,吉卜林的早期短篇小说有着特殊的意义,值得仔细研究。

第二节 《消失的光芒》中的两性冲突

长期以来,在欧美文坛,特别是小说领域,人们一直重视长篇小说。因为长篇小说容量大,可以充分地反映世间万象,揭示人生的真谛。同时,写长篇小说对作家的写作功力也是很大的考验:如何有效地谋篇布局?如何塑造生动感人的人物形象?如何合理地遣词造句?这些往往都是些棘手的问题,必须处理好它们才有可能写出出色的长篇小说。而短篇小说篇幅要小得多,往往只描写一个生活场景或者一个印象,表达作家瞬间对生活的感悟,相比之下没有那么复杂。因此,但凡谈到"作家",人们一般都指"长篇小说作家"(novelist),而短篇小说则被称为"故事"(story),短篇小说作家被称为"写故事的人"(story-writer),地位低得多。一般人并不把它看成一种艺术形式。直到19世纪下半叶,情况才有所改变。法国的莫泊桑(Guy de Maupassant, 1850—1893)、俄国的契诃夫(Anton Chekhov, 1860—1904)创造了短篇小说的两种风格,使得短篇小说风行一时。但在英国,直到19世纪后期,短篇小说创作仍然不能跻身艺术的殿堂。因此,许多靠写短篇小说成名的作家都努力去写长篇小说,以期博得"长篇小说作家"的名号。吉卜林也不例外。他于19世纪80年代后期凭借几本极具韵味的歌谣集和几本充满异域风情而又富有严峻的现实主义风格的短篇小说集而声名鹊起。此后他一直努力尝试长篇小说的写作。吉卜林在自传中谈到,其父亲认为吉卜林的生活经历和工作不利于长篇小说的创作,因此他认为吉卜林不太可能成为长篇小说作家。吉卜林也认可这一说法。(Kipling 1937:218—219)[①]但写作大部头小说一直是吉卜林的梦想。因此,尽管这不是他的强项,他还是努力去写作长篇小说。而《消失的光芒》(*The Light That Failed*, 1891)就是他在这方面的首次尝试[②]。

---

① 吉卜林的父亲对他的创作影响甚大,是他的良师益友。两人经常在一起探讨艺术和文学问题。

② 吉卜林写作《消失的光芒》时,英国维多利亚时代伟大的现实主义长篇小说传统已近尾声。这个时代长篇小说传统的旗手狄更斯早已过世,萨克雷、特罗洛普也已不在人间,英国小说领域缺少领军人物。哈代虽然读者众多,但由于其主题等的超前,经常受到批评界和读者的误解。吉卜林年纪轻轻就迅速成名,而其作品又清新有力,一如初的狄更斯。实际上,这时的吉卜林已被部分评论家视为狄更斯的继承者。因此,吉卜林必须要用长篇小说杰作来进一步证明自己。

《消失的光芒》描写一个从苏丹战场回到英国的画家迪克·海尔达,在伦敦成名后偶遇自己儿时在寄养人家的伙伴、小女孩梅西。迪克爱上了梅西。但梅西并不爱迪克。她此时只热衷于绘画,希望能够借此成名。梅西利用迪克对自己的爱让他传授自己绘画技艺,但明确表示自己不能爱他。迪克为了打击她的虚荣心,选了与她一样的绘画题材,画出了自己的杰作。但迪克始终得不到梅西的爱情。后来他因旧伤复发而失明,无法再从事自己的绘画事业,画出的杰作也被别人毁掉。而梅西也离他而去。迪克万念俱灰,挣扎着回到苏丹战场,不幸被流弹击中,死在好友战地记者陶鹏豪尔的怀里。

《消失的光芒》曾出版过两个版本。第一个版本由吉卜林的密友沃尔科特·巴勒斯蒂艾于 1890 年 11 月在纽约出版,篇幅要长些,有一个大团圆的结局:书中主角迪克和梅西结成伉俪。而第二版本要短一些,有个悲剧性结局。它于 1891 年 3 月在伦敦由麦克米伦图书公司出版,从此成为该书的固定版本。有趣的是,1891 年该书第二版出版时,还附有一个作者的短笺:"这是《消失的光芒》作者原先要写的故事。"(Seymour-Smith 1989:171)一般认为,这个短笺有愤怒之意,含有一种指责。在评论家塞伊墨·史密斯(Seymour-Smith 1989:171)看来,这个指责是针对吉卜林的密友沃尔科特的:他在没有征得吉卜林同意的情况下,就擅自迎合市场的需要,出版了带有大团圆结局的版本。这并不符合吉卜林的原意,也不符合故事发展逻辑。当然,也有批评家指出,这个短笺批评的对象既有沃尔科特,又有吉卜林的母亲,因为吉卜林母亲在这部小说第一版的出版上也给了吉卜林很大的压力。实际上,《消失的光芒》篇首的献诗,深情地歌颂了母亲的爱,就是吉卜林对批评母亲的一种补偿和安抚。(Wilson 1977:218—219)

《消失的光芒》出版后受到读者的欢迎,多年来一直很畅销。但批评界的反应却大相径庭。此书刚出版,就有评者认为此书表明吉卜林是继狄更斯以来最强悍、最具创新活力的作家(Green 1971:29),但大多数评者还是表示了失望。吉卜林同时代的著名作家、一度被梅瑞迪斯和斯蒂文森等人非常看好的詹姆斯·巴里于 1891 年 3 月在《当代评论》上发表长文,全面评论了吉卜林的创作。在高度评价吉卜林的创作同时,巴里也对《消失的光芒》提出了批评,指出吉卜林缺乏对生活的了解和对人性的同情,而这些正是长篇小说的灵魂。(Green 1971:29)曾大力提携过吉卜林的著名评论家安德鲁·朗格在给友人的信中明确表示自己不喜欢这部作品,并在一篇评论中指出此小说中的人物塑造和叙述铺陈等都不如其短篇作品。(Green 1971:21,75)名作家亨利·詹姆斯也认为这部小说不成熟,在叙述、结构等艺术方面都有缺陷。(Green 1971:68)当代英国著名作家、评论家安格斯·

威尔逊则认为厌女症完全毁掉了这部不均衡的小说,而小说主旨就是对女性的攻击、自怜自艾和虚假的英雄主义。(Wilson 1977:203,212)《消失的光芒》尽管没有受到批评界的充分肯定,但在整个吉卜林的创作上却很有意义。因为它是吉卜林的第一部长篇小说,不仅向我们展现了吉卜林小说创作艺术的发展,还在多个方面表达了他的思想感情及其所关注的主题,对于我们深入了解吉卜林有重要的意义。

3.2.1 吉卜林自身经历的感悟

吉卜林在自己的自传中声称《消失的光芒》的写作源于他阅读18世纪法国作家普莱沃斯特(Antoine Francois Prevost,1697—1763)的畅销爱情小说《玛侬·来斯科特》(Manon Lescaut,1731)时获得的灵感。(Kipling 1937:219)而吉卜林最权威的传记作者卡宁顿却认为,此书的源头是勃朗宁夫人的叙事长诗《奥罗拉·雷伊》(Aurora Leigh,1856),指出《消失的光芒》的书名和中心情节都与其类似。(Carrington 1978:215)但很多批评家都指出,这部作品有很强的自传色彩。安格斯·威尔逊更是在自己的吉卜林传记中指出,吉卜林本人关于《消失的光芒》源头的说法是一种掩饰,其背后隐藏着诸多个人的、隐秘的主题。(Wilson 1977:83)确实,熟悉吉卜林生活经历的明眼人可以从小说的人物和情节中看出,实际上《消失的光芒》带有很强烈的自传色彩。这体现在小说的情节和主要人物的塑造上。可以说,小说的主旨是吉卜林对于自身经历的感悟。

我们知道,吉卜林6岁时被父母送回英国,与妹妹爱丽丝一起在寄养人家里生活了5年,受了不少虐待,特别是淘气的吉卜林经常受到女主人棍棒的殴打。论者多认为这段经历给吉卜林留下了深深的心灵创伤,也成为他日后创作中的一个重要的主题。早年吉卜林就在短篇小说《咩咩黑羊》中对这段经历加以表现,这段经历在《消失的光芒》也有类似的表现。故事中男女主角迪克和梅西幼年时也寄养在别人家,两人都受到女主人詹妮特夫人的虐待。迪克也经常受到詹妮特夫人的棍棒殴打。显然,我们可以在迪克·海尔达身上看到吉卜林的影子。迪克后来也像吉卜林一样去了东方,经过几年艰苦奋斗,成为一个画家,后来他又去了埃及战场,在那里经历了生与死的考验,结识了陶鹏豪尔等好友,回到伦敦后一起奋斗。这里,迪克的有些经历与吉卜林不符,但仍然可以理解。吉卜林少时常去其姨妈家,其姨夫伯恩-琼斯是当时著名画家,吉卜林因此对绘画艺术有相当程度的了解,将迪克化身为画家并非难事。吉卜林对于迪克在非洲沙漠的艰苦生活和战斗场面描写得非常真实传神,至今令读者感到震撼。但吉卜林既没有去过非洲沙漠,也没有参加过真正的战斗,他对迪克这段经历的描写应该是他在印度当记者期间对于军旅生活的了解与想象力的结合,体现了一个大作家的艺术功力。

迪克初到伦敦的经历也与吉卜林从印度回到英国的经历相符。吉卜林1889年10月到了伦敦。虽然有安德鲁·朗格等人的引荐,这个在印度小有名气的年轻作家一开始还是很不适应伦敦的生活。他在伦敦有不少亲朋好友,但还是感到孤独难耐。与卡洛琳·泰勒小姐的婚约解散,加上伦敦的一些著名文人对其作品的攻击都让他感到痛苦,因而他特别怀念印度的时光。此外,初到伦敦的吉卜林手头拮据,甚至到了考虑典当衣物的境地。但是性情高傲的吉卜林耻于找亲友帮忙,也不愿找出版商,认为这等于承认自己的失败,因此宁愿自己默默地艰难度日。(Carrington 1978:177-178)与此类似,《消失的光芒》中迪克初到伦敦时也一样孤独、贫穷、高傲。特别是他宁愿忍饥挨饿一个月也不愿意向画商告贷的描写更是夸张地艺术再现了初到伦敦的吉卜林的窘况。迪克不喜欢伦敦,认为那里的文人圈子恶俗无趣,他也讨厌那些自以为是的批评家和到处钻营的画商,担心伦敦的世俗和金钱崇拜会损害自己的艺术创作。所有这些都是吉卜林性情的真实写照,也表现了年轻的吉卜林对于自己的艺术才能在陌生的环境里不能得到施展,才华会湮没的担心和焦虑。

小说的女主角梅西在吉卜林的生活中也有原型。小说第一章男女主角在寄养人家的生活是吉卜林兄妹幼年经历的重现,但在吉卜林笔下男女主角不再是兄妹关系,所以吉卜林才能够描绘他们之间那青涩的恋情。在接下去的章节里梅西的形象更多的是来自吉卜林的初恋情人弗洛伦斯·贾拉德。1880年,在联合服务学院上学的吉卜林去看望仍然住在寄养人家的妹妹,在那里遇见了弗洛伦斯·贾拉德并对她一见钟情。但弗洛伦斯对吉卜林却若即若离。两人的恋情始终没有什么结果,随着吉卜林1882年中学毕业去了印度,这段恋情也就无疾而终。但1990年初,也就是吉卜林从印度回英国不久,吉卜林在伦敦大街上又看到了弗洛伦斯,再次为之倾倒。但弗洛伦斯仍然没有答应这个已经小有名气的年轻作家的追求,令吉卜林痛苦万分。吉卜林的这种情感在小说中表现得非常明显。譬如,在小说自传色彩很强的第一章里,我们看到了迪克对梅西的爱的表达。从他们欲说还休的羞涩和笨拙的初吻中,我们看到的不是懵懂幼童间两小无猜的纯真,而是情窦初开的少男少女之间的那种恋情。故事中的迪克正是现实生活中吉卜林初见弗洛伦斯时的年龄,他的炽热的爱情也正是吉卜林当时对弗洛伦斯的情感。在现实中弗洛伦斯对吉卜林不冷不热,若即若离。而故事中的梅西对迪克炽热的爱情也很冷淡。面对迪克充满爱意的宣言"你属于我——永永远远",梅西只是敷衍道:"是的,我们属于——永远。这很好。"(Kipling

1969：16)这种冷淡的反应预示着日后迪克爱情的悲剧。现实生活中的弗洛伦斯也像书中的梅西一样养着一头宠物羊。此外,她也和梅西一样在巴黎学过艺术,而且和一个女性朋友梅宝·普莱斯(Mabel Price)住在一起。这个梅宝就是小说中红发女郎的原型。1890年2月份已经结婚的吉卜林妹妹爱丽丝从印度回到英国。她去看望哥哥时发现吉卜林已经被这段无望的恋情折磨得很憔悴。在爱丽丝看来,弗洛伦斯生性冷淡,整天只热衷于画些无聊的画儿,想借此成名。(Wilson 1977：210)而《消失的光芒》中的梅西正是如此。① 出身保守家庭的吉卜林一直对女性持有贬斥的态度,与弗洛伦斯的绝望恋情显然加强了吉卜林对女性、婚姻和爱情的怀疑态度,认为她们是对男人工作的妨碍。《消失的光芒》对梅西和其他女性形象的描绘就突出地表现了这个主题。

此外,书中迪克的失明及其因此引起的痛苦其实也反映了现实生活中吉卜林自己对失明的恐惧——我们知道,吉卜林由于在寄养人家受到虐待,经常偷偷在昏暗的光线下看书解闷,结果导致视力急剧下降,几乎失明,这给他带来了深深的恐惧。而吉卜林早早戴上了深度眼镜也给他带来了屈辱。在联合服务学院上中学时,吉卜林是唯一戴眼镜的学生,这使他无法参加许多体育运动。在当时英国公学普遍热衷于体育运动的风气中,这一点当然是不利因素,吉卜林因此获得了"眼镜片儿"(Gig Lamps)的侮辱性绰号。吉卜林在其后来的创作中经常以各种方式表现了对失明的担忧。《消失的光芒》中迪克的失明便是一例。其实,小说的标题"消失的光芒"就包含了这一担忧。不仅如此,"消失的光芒"还隐含了吉卜林对爱情的绝望以及对于丧失艺术创造力的恐惧。

3.2.2 新女性的威胁

不少论者认为,《消失的光芒》是反对女性的宣传。确实,吉卜林一直对女性持有怀疑态度,认为她们会妨碍男人的工作。其最早的小说集之一《盖茨比一家的故事》中的《约旦河涨水了》便明确指出"婚姻——哪怕是像我这样美满的婚姻——都妨碍男人的工作。"(Page 1984：124)而吉卜林在《消失的光芒》之后写的短篇小说《世上最好的故事》("The Finest Story in the World",收录于《许多发明》,1893)又是一例。在这篇1891年发表的小说里,一个银行职员查理·梅尔斯天赋异禀,可以记起自己多世之前的生活。

---

① 不过安格斯·威尔逊也指出,批评界对爱丽丝的话可能过于当真了。爱丽丝爱自己的哥哥。而吉卜林的这段恋情也因为他前去看望她才引起,所以可能爱丽丝还有点内疚。因此她肆意贬低弗洛伦斯也并非不可能。See Angus Wilson. *The Strange Ride of Rudyard Kipling*. London：Granada Publishing Limited, 1977, p. 210。

叙述人认为可以利用查理的这种禀赋和其渴望成为作家的心理创作世上最好的故事。可惜一切在查理恋爱后都结束了，他失去了那种才能，世上最好的故事也就没有写成。显然，这篇小说的主旨也是"婚姻／爱情毁掉艺术创造力。"吉卜林的女性观既源于其保守的家庭，又有时代的因素。

我们知道，传统英国社会里男尊女卑，女性并无多少权利。英国维多利亚时代总体上趋于保守，对女性的要求是做相夫教子的贤妻良母。1854年诗人考文垂·帕特莫（Coventry Patmore，1823—1896）发表长篇叙事诗《家庭天使》（The Angel in the House）后，很快"家庭天使"就成为维多利亚时代理想女性的代称。贤妻良母式的女子被称为"家庭天使"，而与其对应的就是"妖女"。一时间社会各界人士纷纷应和，文艺界也不例外。不少作家如狄更斯等都在自己的作品中宣扬这种观念。但与此形成对照的是，18世纪后期英国的工业革命造成了英国社会政治、经济和思想意识方面的剧烈变化，英国女性意识在18世纪末开始觉醒。1792年，女作家玛丽·沃尔斯通克罗夫特（Mary Wollstonecraft，1759—1797）发表《为女权一辩》（"A Vindication of the Rights of Woman"），强烈呼吁女性平等受教育的权利。此后越来越多的英国女性开始努力追求自己的权利，并得到许多思想开明的绅士的呼应。譬如维多利亚时代的著名政治经济学家、鼓吹个人自由的哲学家约翰·斯图亚特·密尔（John Stuart Mill，1806—1873）就曾在《女性的征服》（"The Subjection of Women"，1869）等文章中积极呼吁女性的权利。随着《离婚法案》（Matrimonial Causes Act，1857）、《已婚妇女财产法案》（The Married Women's Property Act，1870）等一系列法案的颁布，英国女性的权利开始得到保障，她们的社会地位和生活环境逐渐得到提高和改善。到了维多利亚时代后期，随着英国工业革命的完成，越来越多的妇女迈出家门，在不同行业发挥自己的作用。有些妇女开始反抗传统的"家庭天使"角色，不再以嫁人、生儿育女、相夫教子、料理家务为生活目的，而以"新女性"形象示人。她们往往受过教育，独立意识强，有女权主义思想。这些"新女性"形象也反映在当时的文学创作中。易卜生（Henrik Ibsen，1828—1906）的《玩偶之家》（A Doll's House，1879）、萧伯纳的《华伦夫人的职业》（Mrs. Warren's Profession，1893）等都描写了这种人物形象。在19世纪80至90年代，英国甚至出现了以描写"新女性"为题材的"新女性小说"。而《消失的光芒》所借鉴的勃朗宁夫人的叙事长诗《奥罗拉·雷伊》其实也包含这方面的内容。其女主人公奥罗拉·雷伊就是一个"新女性"形象。她在传统婚姻和成为一个独立的艺术家的梦想之间苦苦挣扎，最终她勇敢地追求自己的艺术理想，通过艰苦努力成为一个成功的诗人，同时也收获了爱情。可以说，《消失的光芒》在一定程度上是对《奥罗拉·雷伊》的回应。不过，在吉卜林的这部小说中"新女性"并没有经过个人努力获得爱情和事业双丰收,相反,她们才能平庸却精于算计,为了自己的利益不惜牺牲他人——尤其是深爱她们的男子——的一切。她们对男人的事业和生活都形成了巨大的威胁。

《消失的光芒》中着力刻画的女性形象并不多,只有梅西、蓓西、红发女郎,以及潦倒的艺术家夫人、酒馆老板娘比纳特夫人等寥寥数人。但这几个人都很难说是正面形象。蓓西不用说了,本是个穷帮工,饿晕在迪克家门口被迪克的朋友陶鹏豪尔救回。迪克出于怜悯找她做模特后,她试图勾引陶鹏豪尔,被迪克阻止后心生怨恨,竟然毁了迪克的杰作,使迪克失去了最后的生存支柱。这是个典型的"魔鬼"型女子,在书中迪克就称其为"耶洗别"——《圣经》中那个恶毒淫荡的女子。(Kipling 1969:132)应该说,迪克对蓓西的看法在很大程度上代表了吉卜林对一般下层女子的印象。迪克从一开始就表现了对蓓西这个下层女子的鄙视。当他回到住所,看到睡在沙发上衣衫褴褛的蓓西时就责怪陶鹏豪尔:"你不该带这种人上来。她们会在屋子里偷东西。"(Kipling 1969:124)而当他以艺术家的眼光审视熟睡的蓓西的面庞时,又说这脸上"没有一点不道德,有的只是愚蠢"。(Kipling 1969:125)而后来蓓西出于感激要对陶鹏豪尔以身相许,为他洗衣做饭,做他的情人,直到陶鹏豪尔结婚。陶鹏豪尔几乎答应,但迪克断然加以阻止。面对蓓西的怨恨和陶鹏豪尔的责怪,迪克却丝毫不以为意。他独自对着他们的宠物狗宾基感慨道:"我说过她并没有不道德。我错了。她说她会煮饭。那就是有预谋的罪恶。啊,宾基啊,如果你是个男人,你会走向毁灭;但如果你是个女人,而且说你会烧饭,那你就会走向更坏的地方。"(Kipling 1969:132)迪克失明后曾偶遇蓓西。不知蓓西恶行的迪克一度想利用自己的富有诱使蓓西和自己同居,让其照顾自己。而蓓西也想傍上迪克从此一辈子吃穿不愁。但当迪克知道蓓西毁了自己的杰作之后立刻打消了与其同居的念头,只是用钱迫使其为自己买去非洲的船票,整理行装。可以说,蓓西对于迪克最终的悲惨命运负有不可推卸的责任。

和梅西住在一起的红发女郎形象有点含混。如前所述,她的原型是弗洛伦斯在巴黎学艺术时的室友梅宝·普莱斯,与吉卜林并无什么联系,在小说中也不是重点刻画的人物。但从对其有限的描写来看她是个颇有心机的人物。她特别关注迪克与梅西的关系,时常以监护人自居指点梅西,阻碍两人的交往。每次见到迪克与梅西比较亲热时她都会不满,比如迪克送她们去法国时在码头亲吻了梅西,红发女郎就"双眼冒出冷冷的火焰",叱责梅西说她与迪克并无什么特别关系,不该让迪克亲吻。(Kipling 1969:124)其充满道德腔调的叱责明显透露出一种强烈的嫉妒心。另一方面,她经常偷偷注视迪克,显得甚为关心他。特别是迪克失明后,梅西在陶鹏豪尔的催促下赶来看了他一眼就冷酷地离开,而红发女郎却在迪克绝望之际送来了一封信,表白了自己的心迹:"我本可以给你爱。我本可以向你奉献你绝对没有梦想过的忠诚。你以为我在意你是什么人吗?但你却对这些都置之不理。对此我唯一的解释就是你太年轻了。"(Kipling 1969:185)很难说这些描写表明红发女郎内心怀着对迪克的深沉的爱情。毋宁说她也和蓓西一样是个"猎手",只不过她不像蓓西那样直截了当,而是一直潜踪匿迹,小心翼翼地等待时机来获取自己的"猎物"。其对男人的潜在威胁也不可忽视。有些论者认为红发女郎是指现实生活中吉卜林后来的夫人卡洛琳。写这部小说时吉卜林正与卡洛琳之弟巴勒斯蒂艾交往。而在卡洛琳几个兄弟姊妹中卡洛琳相貌平平,不太引人注目。故事中红发女郎偷偷注视迪克的情状正是卡洛琳本人的状态。① 当然,没有更多的证据证明红发女郎与卡洛琳之间有直接联系。退一步说,她们之间即便有联系也很正常,因为卡洛琳性情强悍,占有欲强,结婚后接手了吉卜林生活和工作中的一切管理事务,给吉卜林也带来了不小的烦恼。可以说,在一定程度上她是"新女性"威胁男人生活和工作的现实体现。

当然,书中着墨最多的仍然是女主角梅西。如前所述,梅西基于吉卜林的初恋情人佛罗伦斯,是个渴望成为成功画家的"新女性"形象。但是,与奥罗拉·雷伊等"新女性"不同的是,梅西缺乏成为一个优秀艺术家所需的才华,也不够勤奋,只是利用迪克对他的爱情,希望他帮助她实现自己的梦想。梅西的这种自私自利在小说第一章关于少年迪克和梅西的情节中就表现出来。相对于迪克全心全意的奉献和痴情,梅西则要自私得多。在共同存钱买枪的事情上她就表现出自私之心:"你存钱比我快,迪克。我喜欢吃好东西,你就无所谓。再说了,男孩子就该做这些事。"(Kipling 1969:7)此外,梅西经常任意使唤迪克却无视其感受。迪克尽管也不满意梅西的这些举动,却对这位孤独和困境中的伙伴全心全意,甚至在梅西差点误伤自己后仍然不顾自己,而是竭力劝慰吓坏了的梅西。少年迪克那天晚上的梦预示了他的爱的徒劳:"那天晚上他做了一个狂野的梦。他赢得了整个世界,将其装在一个子弹盒子里带给梅西。但她用脚将其弄翻了。她没有说'谢谢',而是哭道:'你答应弄给山羊阿莫玛的青草项圈在哪儿呢?啊,你真自私!'"(Kipling 1969:17)

也许梅西最大的缺点是缺少女性的柔情,而又急功近利。从小时起"她从不主动表示友好,除非迪克先表示"。(Kipling 1969:9)迪克知道梅西不

---

① 实际上,当时吉卜林不少朋友都对吉卜林和卡洛琳的婚姻感到诧异。就连在吉卜林婚礼上充当女方家长的名作家亨利·詹姆斯也不看好他们的婚姻。See Charles Carrington. *Rudyard Kipling: His Life and Work*. London: Macmillan London Limited, 1978, p.241。

久将离开后依依不舍,而面对迪克充满爱意的宣言"你属于我——永永远远",梅西只是敷衍道:"是的,我们属于——永远。这很好。"(Kipling 1969:16)在伦敦巧遇梅西后,已是画坛新秀的迪克重新燃起了爱的火焰。而面对迪克的示爱,梅西只是加以拒绝。她请迪克在绘画上帮助自己,但明确表示自己不能爱他,也承认自己很自私。(Kipling 1969:58—59)果然,迪克此后的柔情和执著都无法将梅西拉回自己身边。即便迪克带着梅西故地重游,回到他们儿时居住的小镇,回忆同甘共苦的经历,同时邀请她与自己漫游世界,也没能打动梅西的心。在故事最后,迪克动身前往非洲前安排身后事。他烧毁一切用不着的东西,又写遗嘱将自己所有的财产留给梅西,自己只带着梅西写给自己的三封信离开,表现了对爱情的执著。与此相比,梅西的行为却相当冷酷:迪克失明后,她只在陶鹏豪尔的催促下从巴黎赶来看了他一眼,尔后就找借口离开了。而其对绘画艺术和名望的痴迷更是对传统男性领域的侵入,体现了一种男性的强悍和对传统女性价值观的背离。实际上迪克也指出梅西太像男子了。(Kipling 1969:87)如果说,蓓西毁掉迪克的杰作是其丧失生活希望的直接原因,那么梅西则是迪克绝望的根源。

也许书中潦倒的艺术家夫人、酒馆老板娘比纳特夫人还带有少量的正面特征。从迪克一开始与她夫妇交往时,她就表现出母性的关怀。特别是后来已经失明的迪克处理了后事,独身前往非洲找陶鹏豪尔时,比纳特夫人更是像慈母一般照顾他。但书中对比纳特夫人的描述除了母性的亲切外,也有不少负面的成分。从当初迪克在非洲刚与他们夫妇交往时比纳特夫人不得体的衣着和行为上,我们就可以看到一个泼辣的女性现象。而在迪克失明后再次回到非洲找到比纳特夫人时,比纳特先生已经去世,比纳特夫人也成了一个在当地小有名气的小酒馆老板娘,其酒馆成了当地三教九流的人物聚会和藏污纳垢之地。为了与这些人打交道,比纳特夫人也变得泼辣彪悍,八面玲珑,必要时也会使用不正当的手段。比如为了送迪克前往前线,她通过贿赂的手段替他找到船只和车辆,又通过利诱和人质威逼的手段替他找到了一个向导。这些描写尽管让我们体会到了比纳特夫人对迪克慈母般的关怀,但其经常使用非法手段的行为仍然让我们感觉到其形象的负面特征,与19世纪后期英国报刊上那些剪短发、叼香烟、穿短裙,言谈粗俗,举止轻浮的"新女性"形象并无二致,也同样是对男性的潜在威胁。

其实,《消失的光芒》的故事结构本身就隐隐暗示了吉卜林的性别观。整个故事的走向是从对女性的爱情转向对男性的友谊。在故事开头我们看到对爱执著的少年迪克和自私的梅西。此后在其成长的过程中迪克不断受到女人的伤害:梅西没有回报他的爱情,却利用他的感情索取他的帮助;蓓西毁了他的艺术杰作,也毁了他的生存欲望;红发女郎也在寻机"捕猎"他。

后来迪克只有在艺术家和记者朋友的圈子里才找到友谊和真正的关怀。在故事结尾,迪克死在好友陶鹏豪尔怀里,从而完成了这个最后转变的过程。

综上所述,我们在《消失的光芒》中很难看到英国维多利亚时期宣扬的"家庭天使"般女性形象,而更多的是以"新女性"形象出现的"妖女"。她们对男性的生活和工作都是一种威胁。所有这些都使得这部小说表达的女性观更倾向于负面。因此不少评者都认为吉卜林有厌女症倾向。其实说吉卜林有厌女症可能有点过分,因为在此前的作品中吉卜林也着力刻画了不少值得同情、可亲可敬的女性形象,这其中甚至包括印度女性。① 只是维多利亚时代晚期的社会氛围对女性比较歧视,而吉卜林的清教家庭背景又使得他的社会观念比较保守。其所日常接触的女性如其母、其妻等也同样比较保守,反对当时已经兴起的女权主义思想。所有这些,加上吉卜林这一段时间在爱情上的挫折,使得他在作品中刻画了不少负面的女性形象。

3.2.3 男子汉的坚持

除了对女性的抨击外,《消失的光芒》也传达了吉卜林一贯坚持的男子汉的价值观念。吉卜林笔下的男子汉尽管形象不一,但一般都孤独而又坚强,有着斯多噶般的自我克制能力,与吉卜林本人非常相像。本书的男主角迪克·海尔达就是这样一个男子汉形象。他从一出场就是个孤独的形象。他住在寄养人家,受到各种虐待,一如吉卜林本人当年的情形。他得不到任何爱和同情,最后在寄养人家的主人詹妮特夫人关于上帝的惩罚的威胁下,他连对上帝的信仰也化成了恨。在这种情况下,他对一同住在那个寄养人家的女童梅西产生了一种特别的依恋。两个少男少女同病相怜,一同住在令人窒息的环境中,而他们的消遣居然是打枪游戏:"孩子们发现,如果没有这种打枪游戏,他们的生活会无法忍受。"(Kipling 1969:7)可见他们平时十分缺乏爱的滋润。另一方面,梅西并不能抚慰迪克那渴望爱和同情的心灵,因为她是个自我中心式的人物,爱指使别人,而且并不顾及迪克的感受。迪克了解也指出她的这一弱点,但他的孤独感又使得他对爱有着强烈的需要。

---

① 除了前述令人同情的印度女性形象外,吉卜林还塑造了其他类型的正面女性形象。譬如,《山中的平凡故事》中的《丘比特之箭》("Cupid's Arrows")就以印度度假胜地西姆拉为背景,用轻快的笔调描写一个擅长射箭的漂亮英国姑娘不顾家人反对,巧妙地挫败一个既老又丑的官员的求爱,勇敢地追求自己幸福的故事,而《巴达莉亚·希罗兹海特的记录》("The Record of Badalia Herodsfoot", 1890)则以同情的笔调描写伦敦贫民区一个诚实、开朗、做慈善工作的女子如何被暴虐的丈夫抛弃,后又被其殴打致死的遭遇,表现了对当时英国下层社会中男性暴力问题的关注,在当时引起了很大的反响。其《七海诗集》(The Seven Seas, 1896)中的《玛利亚,可怜女人吧》("Mary, Pity Women")也以一个已有身孕的英国女子的口吻痛斥抛弃她的负心汉,表现了吉卜林对女性深深的同情以及对当时英国男权社会中种种丑恶现象的反思。

这是一个两难的处境。打枪游戏过后迪克的梦表明迪克知道梅西的自私和自己的爱的徒劳,从而进一步彰显了迪克的孤独。

成年后迪克孤独依旧。他到处游荡,观察各式各样的人和事,从事自己的艺术追求。但他往往需要独自面对事业和生活中的各种艰难。譬如,他声名渐起时,就有贪婪的公司老板想占有他的一批画作。而他画成的杰作又被蓓西毁掉。后来他旧伤复发,最终失明,无法自理,又不断遭到房东的欺骗。所有这一切都使得迪克愈加体味到生活的孤独与无奈。但面对种种困难,孤独的迪克是坚强的。早在寄养人家受虐待时,迪克就表现了不畏强暴的秉性。面对詹妮特夫人的淫威,小迪克经常勇敢抗议,维护自己和梅西的权利。成年后的迪克也一直维持自己的独立性:为了自己的尊严和独立,他宁愿在一个月的时间里忍饥挨饿也不向公司求助;而面对想侵占其画作的公司老板,他又奋起抗争,坚决维护自己的权益。即使在自己失明后,虽然他非常痛苦,但为了不影响陶鹏豪尔等人的事业,他还是故作潇洒,表现出异常的坚强;他凭着惊人的毅力,在失明前画出了自己的杰作;在失明后又克服种种困难,重返他以前熟悉的非洲战场,也可以视为他对生活的不幸的抗争。

在孤独的成长路上迪克重新遇到了梅西,他的心中重新燃起爱的火焰。他想让梅西成为爱的港湾,使他孤独的心灵得到抚慰。但梅西明确拒绝了他的求爱,却又自私地索取他的帮助:"我这样确实没良心,但是……但是只要能给我带来我需要的东西,我甚至会把你牺牲掉。"(Kipling 1969:86)梅西的无情和自私给迪克带来了新的创伤。有些评者说故事中迪克对梅西的爱不够真实。但实际上我们应该说,对梅西的爱情从少时起就是孤独的迪克生活中的一大支柱。在书中多处描写中我们都可以感受到这一点。少时他对梅西的示爱、在战场上受伤昏迷后呼唤梅西的名字、重新遇见梅西后他的热烈追求等等,都是一个孤独的人对爱和同情的渴望。故事中的这些描写并不突兀,而是比较自然而真实的。

在爱情无望的情况下,迪克发现生活中唯一的慰藉除了工作就是男性之间的友谊。这其中他和战地记者陶鹏豪尔间的友谊尤其成为他人生路上的安慰。从他们在苏丹战场上相识开始,两人就志趣相投、兄弟情深:两人曾一同恶作剧灌醉邮局电报员,偷取竞争对手的新闻电报;在遭到阿拉伯人偷袭时迪克还救了陶鹏豪尔一命;回到英国伦敦后两人依然住在一起。迪克在陶鹏豪尔迷茫时助其摆脱蓓西的纠缠,而陶鹏豪尔则时时关注迪克的艺术前途,帮助他战胜功利的诱惑;迪克失明后情绪极度低落,竟像一个孩子般拉着陶鹏豪尔的手入睡;而陶鹏豪尔也远赴法国找到梅西,催促她回来照顾迪克。

正是这样的兄弟情谊,使得迪克在失去视力、艺术、爱情后,决心以残废之身,再赴非洲,寻找陶鹏豪尔(当时非洲战事又起,陶鹏豪尔等战地记者又去了非洲)。在故事的结尾,迪克最后历尽艰难,终于找到了陶鹏豪尔,却不幸为流弹击中,死在陶鹏豪尔怀里。这个结尾有点矫情,但也有其合理的地方:迪克已失去视力、艺术、爱情,只剩下友情以及当初在苏丹战场上获得的生命活力能给予他一些生存的勇气。

正因为吉卜林在作品中经常描写赞颂男性之间的友谊,加上他和巴勒斯蒂艾之间不寻常的交往,不少评者怀疑吉卜林具有同性恋的倾向。有些论者更是从此出发,认为《消失的光芒》中的女主角梅西的原型实际上是弗洛伦斯和巴勒斯蒂艾的混合,而此书实际上是对水平一般而又醉心于功利的巴勒斯蒂艾的委婉的批评。(Seymour-Smith 1989:162—190)

吉卜林是否同性恋,今天的我们已经无法得知。吉卜林在世时尽管声名远播,却不喜欢抛头露面,尤其厌恶媒体对其私事的探究。临死前他更是销毁了大部分私人信件和手稿,使得后人对其创作的许多情况无法了解。他还写了一首诗《请求》("The Appeal"),恳求人们把注意力集中到他的作品上,不要去刺探他的隐私。(Kipling 1994a:851)摒除这种请求的个人目的外,我们觉得它自有其合理之处。确实,一件艺术作品是艺术家心灵的声音,它包含着艺术家对这个世界的深沉的思考,能启发我们更好地认识这个世界以及我们自己。如果一味索隐追踪,将艺术作品仅仅看成艺术家个人的传记,那就属于舍本逐末的行为了。

《消失的光芒》具有典型的自传特征,也反映了吉卜林独特的性别观。书中有对新女性的威胁的抨击和恐惧,也有对男子汉气概的坚持。小说的标题"消失的光芒"实际上就包含着这些意义:这里"光芒"既可理解为"视力",又可理解为"爱情或艺术的理想"。对于书中的男主角迪克·海尔达来说,所有的"光芒"都消失了,而这都源于在男性和女性的争斗中女性所展示的毁灭性力量。从这个角度来说,吉卜林在《消失的光芒》中的描写与英国著名现代主义作家劳伦斯(D. H. Lawrence,1885—1930)在自己作品中的描写倒是不无相通之处。只是劳伦斯将男女之间的争斗与现代文明的弊病联系了起来,表达了自己对现代文明的反思,从而使自己的作品达到了新的高度。而吉卜林对男女之间关系的探讨更具有维多利亚时代的大男子主义特征,强调传统的女性特点。这一点是吉卜林不及劳伦斯的地方。此外,正如汤姆金斯(Tompkins 1959:13—14)等人所指出的那样,《消失的光芒》的主题呈现和所叙述时间之间存在逻辑上的问题。比如,第一章中梅西险些枪伤迪克以及她的长发挡住迪克眼睛,影响其瞄准这个情节以各种形式在小说中不断重复出现,暗寓"无情的女性毁灭男性"之意,从而凸显小说的主题。但是尽管成年后的迪克与梅西的偶遇曾短暂影响了迪克的生活,但他对自己的人生和艺术目标其实很清楚,并没有真正受梅西的影响和伤害。迪克的失明也是战场上的旧伤复发,与梅西无关,而且迪克清楚自己早晚会失明。这样小说的主题就没有得到情节的有力支撑,结果就影响了小说的表现力。曾有论者将《消失的光芒》与劳伦斯的《查特莱夫人的情人》(*Lady Chatterley's Lover*,1928)和哈代的《无名的裘德》(*Jude the Obscure*,1896)相比,认为它们都是"有重大缺陷的长篇小说,也是天才的平庸作品"。(Kipling 1969:5)今天看来,这种比较也许并不恰当,但将《消失的光芒》称作"天才的平庸作品"堪称公允。

第三节 《瑙拉卡》中的新女性与东方主义

继《消失的光芒》之后,吉卜林继续尝试创作长篇小说。1890年夏他与好友、年轻的美国出版商沃尔科特·巴勒斯蒂艾合作,创作了长篇小说《瑙拉卡》(*Naulahka*,1892)。小说于1891年11月至1892年7月在《世纪杂志》上连载,但故事开始连载不久,巴勒斯蒂艾就患伤寒而死(1891年12月5日),让吉卜林异常悲痛。小说的单行本于1892年在伦敦和纽约同时发行。小说的标题"瑙拉卡"指一条传说中的印度宝石项链。吉卜林后来和巴勒斯蒂艾的姐姐卡洛琳结婚。婚后他们移居巴勒斯蒂艾的老家,美国弗蒙特州的布拉特布罗镇。为了纪念沃尔科特·巴勒斯蒂艾,吉卜林将自己在那里建造的房子命名为"瑙拉卡"。

关于吉卜林和巴勒斯蒂艾在这部小说中的分工协作问题,评论界说法不一。吉卜林的一个传记作者认为小说的美国部分出自巴勒斯蒂艾之手,而吉卜林则写了印度部分的内容。但有评者指出这种说法不可靠,因为小说的美国部分只有前四章,其余十七章都是印度部分的内容,若按上述分工则很不平衡。(Page 1984:146)也许,吉卜林的权威传记作者卡宁顿的著作中所包含的大量第一手当事人的资料能够帮助我们看出一点端倪。我们看到,巴勒斯蒂艾在1891年2月18日写给一位朋友的信中声称,他正在与吉卜林合写一部小说,已接近完成。他本人写了美国部分的几章,又参与了印度部分的写作。同时卡宁顿还援引了1891年11月份一家美国报纸关于这本小说的报道,称在小说的合作中打字工作全部由巴勒斯蒂艾完成,吉卜林则口述自己的想法。两人一同思考,轮番提出建议和批评,激活彼此的思想。(Carrington 1978:228)如此看来,现在很难说清这本小说的具体分工情况和两人各自的思想表达。但是考虑到巴勒斯蒂艾才气有限,①而当时吉卜林已经比较有名,且印度是吉卜林熟悉的地方,可以推论这本小说的合作是以吉卜林为主导的。因此,尽管有些评论家在讨论吉卜林的作品时忽略了这部作品,我们仍然可以认为这部作品表现了吉卜林那个时期的创作主题和风格。

《瑙拉卡》的副标题是"一个关于东方和西方的故事"。它借鉴了当时风行的历险小说的形式,以美国西部科罗拉多州小镇托帕兹的青年政治家尼可拉斯·塔尔文与青梅竹马的女友凯特·谢里夫的爱情故事为主线,叙述了尼可拉斯和凯特在印度一个土邦的种种见闻。年轻的凯特意志刚强,在了解了印度妇女的悲惨遭遇后,不愿听从尼可拉斯的意见留在小镇和他结婚生子,做个家庭天使,而要听从内心的召唤,去印度解救印度妇女的苦难。而尼可拉斯则为了小镇的繁荣,结识了一对铁路大亨夫妇。为了让大亨将铁路建进托帕兹,尼可拉斯许诺到印度寻找传说中的宝石项链"瑙拉卡"来送给大亨夫人,让她来说服丈夫。凯特在接受了医护训练后来到印度拉吉普塔纳邦的首府拉托尔,接收了当地一家乱糟糟的医院,并迅速展开了对当地生病土著的治疗工作。与此同时,尼可拉斯也追寻"瑙拉卡"来到这里,遇见了凯特。两人分别以自己的方式对付昏庸的土王、恶毒的新王后、邪恶的祭司以及愚昧的土著民众,锄强扶弱,保护幼小而又开明的王子免遭新王后毒手。最后,尼可拉斯以毒攻毒,从新王后那里获得了"瑙拉卡",但在凯特义正词严的道德谴责下将其归还,而凯特已经经营起色的医院却因为邪恶祭司的煽动和民众的愚昧,病人纷纷离开,被迫关闭。故事结尾,凯特从自己"拯救印度妇女"的幻梦中醒来,认识到了自己的幼稚与错误。她与尼可拉斯结了婚,并一起踏上了返回美国的旅途。

《瑙拉卡》出版后受到读者的欢迎,但评论界则评价不一。有些评者很欣赏这部作品,特别对书中关于印度奇风异俗的描写赞赏有加。比如,当时一个比较著名的学者 J. H. 米拉 1898 年在《黑木杂志》上发表长文《吉卜林先生的作品》,在谈到《瑙拉卡》时称赞说"《瑙拉卡》中对印度拉吉普特国王宫廷生活的描写抵得上无数蓝皮书和政治小册子,揭示了那些根深蒂固的思想习惯和社会习俗",并认为《瑙拉卡》与《消失的光芒》一样,可读性很强,超过了当时的大部分作品。他甚至认为《瑙拉卡》与斯蒂文森的《金银岛》一样生动刺激。(Green 1971: 206, 208)20 世纪后期的名作家、批评家金斯利·艾米斯认为"这绝不是本坏书",(Page 1984: 145)另一位名作家、批评家安

---

① 巴勒斯蒂艾虽然热衷于写作,但没什么才气。他和伦敦的不少文人交往,并希望与其中的一些作家合作创作,但均遭到拒绝。See Hilton Brown. *Rudyard Kipling: A New Appreciation*. London: Hamish Hamilton, 1945, p. 69.

格斯·威尔逊则说"《瑙拉卡》不是一部杰作,但是极好的读物"。(Wilson 1977:222)但是也有不少批评家并不看好这部作品。学者鲁伯特·克劳福特-库克认为小说人物形象单薄,故事沉闷,情节也不自然。(Croft-Cooke 1948:41)另一位著名学者汤姆金斯也认为此书的合作撰写"造成了艺术上的混乱",整部书就是"拼凑而成的"。(Tompkins 1959:1-2)不少批评家都认为,此书证明吉卜林不具备写作长篇小说杰作的能力。(Page 1984:145)不过,虽然这部作品的整体水平受到不少学者的质疑,小说在人物刻画、场景描绘和意识形态的表达等方面还是有一些特色,可以帮助我们进一步了解吉卜林的创作特点,应该加以重视。

3.3.1 "挽救东方"的新女性

《瑙拉卡》的女主角凯特·谢里夫的形象刻画可能是这部作品一个比较引人注目的地方。卡宁顿在其吉卜林传记中认为,《瑙拉卡》的人物刻画主要归功于吉卜林,小说的两个主要人物实际上就是从《消失的光芒》中发展而来。小说的男主角尼可拉斯·塔尔文就是说着美国式英语的迪克·海尔达,而女主角凯特·谢里夫则是更为柔顺和迷人的梅西。(Carrington 1978:228)卡宁顿的说法可以说从一个侧面证明吉卜林主导了这部小说的写作,不过《瑙拉卡》的人物刻画是否与《消失的光芒》中的一致倒有待商榷。譬如,尼可拉斯·塔尔文是浪漫的情人,又是美国小镇能干的政客,主动热情,能文能武,充满年轻人的激情和活力,与《消失的光芒》中那个痴情但孤独无助的迪克·海尔达显然不是一种人物。至于凯特·谢里夫倒是与梅西有几分相似之处。两人都是19世纪后期开始涌现的那种思想独立、意识超前、重事业不重家庭的"新女性"形象。不同的是,梅西自私自利,一心只想着个人的名利,而凯特则毫无私心,为了印度妇女的福祉不惜牺牲自己的个人幸福。可以说凯特·谢里夫是个圣徒式的、"挽救东方"的新女性形象。

故事一开始就给我们呈现了一个性格坚强的新女性形象。凯特·谢里夫自幼随工程师父亲东奔西走,经历过不少风雨,养成了坚韧独立的性格,不像19世纪末的普通英美女子那样软弱,对男性有依赖性。她与小镇上的年轻政客尼可拉斯·塔尔文自幼青梅竹马,彼此倾慕。尼可拉斯对女性的看法很保守。他希望凯特留在家乡,在他身边做个"家庭天使"。但是凯特尽管也很喜欢尼可拉斯,却不愿做"家庭天使",而是有更高尚的目标:"她喜欢他(尼可拉斯),但她在别的地方有职责要完成。她所谓的这个职责,说简单点,就是到东方去,努力去改善印度妇女的处境。"(Kipling 1922:2)凯特在学校听说了印度妇女的悲惨生活状况后就产生了这个想法。为了实现这个目标,凯特参加了护理学校的培训,还决心牺牲家庭和婚姻的幸福。为了克服自己可能出现的软弱情绪,她还坚决拒绝尼可拉斯与其同行,而是决定孤身一人,万里迢迢赶赴印度去完成自己的神圣使命,声称自己哪怕能够减轻一点这些人的苦难也好。(Kipling 1922:52)尽管身边的亲友不断地劝阻她,尼可拉斯还浪漫地表白说"没有你我活不下去",凯特却仍然坚持自己的理想:"她咬着嘴唇。她有自己的意愿。"(Kipling 1922:6)这里的凯特独立意识强,不依附于男性,有自己的生活理想,是个典型的新女性形象,而且比《消失的光芒》中的梅西更加光辉夺目,因为梅西只追求个人的事业成功,而凯特则是为了一种高尚的理想而献身。到了印度一个土邦后,凯特在极其困难的情况下开展对印度土著妇女的医疗救助工作,不仅要面对当地数千年的陋习、所救助妇女的无知和拒斥,还要提防医院里印度护理人员的嫉恨和掣肘以及土邦上层人物的怀疑,处境非常艰难。连在那里已工作多年的美国传教士艾斯蒂斯夫妇都觉得凯特不可能成功,劝其放弃一切,和追随她到印度来的尼可拉斯一起回美国。但凯特依然坚持自己的理想,并对尼可拉斯说:"你想让我使你的生活更完满;你想让我帮你实现其他的理想。不是这样吗?……婚姻就是那样的。那是对的。婚姻就意味着那样——被吸收进另一个人的生活:你过的不是自己的生活,而是另外一个人的生活。那是好生活。那是女性的生活。我可以喜欢它,我可以相信它。但在这种生活中我看不见自己。在婚姻中——在所有幸福的婚姻中女性都把自己全部奉献出来了。我没有全部的自己可以奉献。它属于其他事情"。(Kipling 1922:261)这段话表达了凯特清晰的女性主义意识,使得凯特的新女性形象分外突出。可惜凯特的女性主义独立性并不彻底,因为凯特的女性主义意识并没有包括所有女性。总体而言她并不反对父权制度,只是将自己作为一个特例。在尼可拉斯攻击易卜生《玩偶之家》中的娜拉等新女性时她虽然不完全同意尼可拉斯的观点,但也表示自己并不欣赏娜拉。(Kipling 1922:113—114)故事结尾,凯特苦心经营的医院已经颇具气象,但因为得罪了土邦邪恶的新王后,结果新王后派了一个祭司来到凯特主持的医院挑拨离间,病人纷纷离去,医院也就顿时倒闭。心力交瘁的凯特经过这次打击后最终回归到"家庭天使"的身份上。她对尼可拉斯说:"这是个错误……我来这儿。我以为自己能做到。这不是女孩子的活儿……我放弃了,尼克。带我回家吧。"(Kipling 1922:315)应该说,故事结尾的这种情节设计有点突兀而随意,缺乏内在的逻辑:凯特的医院居然如此不堪一击,而凯特的幻灭此前也缺乏铺垫,只是突然间一改先前意志坚强,全心全意奉献自己的精神,承认自己来印度是个错误,接着仓促与尼可拉斯在印度结婚,然后一心想着回到美国。不少评者批评这个结尾,也有学者认为,这也许是因为沃尔科特去世时《瑙拉卡》还没有写完,由蜜月旅行中的吉卜林将其完成。而此时的吉卜林显然全无心绪,所以只是让故事草草收场了事。(Seymour-Smith 1989:192)无论如何,除了结尾之外,这部小说中的凯特是个充满女权主义精神的新女性形象。

除了女权主义色彩,凯特身上还具有圣徒式的献身精神和神秘意味。如前所述,凯特在学校里听说了印度妇女的悲惨遭遇后犹如受到神召,立刻明白自己生活的目的所在。她决心牺牲自己的家庭和婚姻幸福,去印度救助那些土著妇女。叙述人一再使用"圣灵降临了"、"上帝的天使向她发出召唤"等字句来描述凯特听说印度妇女悲惨处境后的感受,表明凯特所做决定的高尚和神圣。(Kipling 1922:2—3)而面对周围亲友对其"邪恶"想法的指责,凯特毫不动摇,反复声明自己受到了神召:"我受到了神召。我摆脱不了。我不能不听。我不能不去(印度)。"(Kipling 1922:8)凯特的这种带有神秘色彩的理想令人想到16世纪西班牙的圣特蕾莎修女(Saint Teresa of Avila, 1515—1582)。这位西班牙阿维拉的伟大宗教改革家自幼即立志献身宗教。她成年后经历过多次神秘的宗教感应,此后弃绝俗世的荣华与欢乐,终生苦行苦修,写下许多神学著作,改革并振兴了天主教神秘主义宗派加尔默罗修会,是欧洲历史上极受敬仰的人物。《瑙拉卡》中有意无意将凯特与特蕾莎隐隐相连。且不说凯特的神秘主义感应与特蕾莎如出一辙,其牺牲个人的俗世欢乐而献身于一个伟大的理想也与特蕾莎一脉相承。而且书中也提及凯特与修女之间的联系。譬如,凯特到了印度后尼可拉斯寻踪而来,想继续凭借自己的真诚打动凯特,让她放弃印度的事业,和他回美国结婚。凯特严词拒绝:"我不再属于这些东西了——一点可能性都没有。你就将我看做一个修女吧。"(Kipling 1922:107)显然,在这些描写中凯特是个受到神召的、注定要用毕生精力完成伟大事业的圣徒形象。

值得注意的是,凯特尽管决心牺牲自己的个人幸福,前去救助印度妇女,却根本看不起印度人。面对尼可拉斯对印度的指责,她宣称:"他们和我们不一样……如果他们很聪明,很睿智,那我们能替他们做什么?正是因为他们迷失了方向,胡乱摸索,愚蠢无比,他们才需要我们。"(Kipling 1922:107)这里的凯特既有圣特蕾莎修女的宗教虔诚,又有东方主义式的傲慢——贫穷落后而又无知愚昧的东方人无法自理,需要文明的白人前去帮助他们解除苦难。在这一点上凯特与尼可拉斯的观点是一致的。同时我们也发现,凯特与吉卜林此前在《在城墙上》等作品中描写的理想化英国殖民主义者形象并无二致。可以说,她是个集圣徒与理想化殖民主义者于一身的新女性形象。吉卜林的作品中的女性大多意志坚强,但像凯特这样的新女性形象还是比较少见的。

3.3.2 殖民主义的傲慢与焦虑

从小说形式上来说,《瑙拉卡》属于英国维多利亚时代比较风行的历险小说。[①] 巴兰坦(R. M. Ballantyne, 1825—1894)的《珊瑚岛》(*The Coral Island*, 1857)、吉卜林的好友拉伊德·哈格德的《所罗门王的宝藏》(*King Solomon's Mines*, 1885)、《艾伦·奎特曼》(*Allan Quatermain*, 1887),罗伯特·路易斯·斯蒂文森的《金银岛》(*Treasure Island*, 1883)等作品就是这种文学形式的代表。但与这些历险小说名家相比,吉卜林的《瑙拉卡》显得比较薄弱。因为它既缺少哈格德作品的曲折情节和快节奏,又没有斯蒂文森作品的思想深度和比较丰满的人物形象塑造。只是在当时历险小说习惯表达的殖民主义意识形态方面《瑙拉卡》与《所罗门王的宝藏》等历险小说如出一辙。在这部情节并不复杂的小说中处处充斥着殖民主义的陈词滥调。尽管小说的副标题是"一个关于东方和西方的故事",我们在这里却看不到东西方文化的平等交流与碰撞,只能见到从两个美国主人公的视角出发对东方居高临下的鄙视和嘲弄。

首先,我们看到美国人的文化和心理上的优越感。尽管印度并不是美国的殖民地,但19世纪末的美国已经崛起,而且对外进行殖民开拓的热情也有增无减。在这种文化的大背景下,美国人面对东方国家也同样具有一种种族和文化上的优越感。这些都非常明显地反映在《瑙拉卡》中。譬如,故事开头谈到凯特父亲是铁路工程师,到处做工程,而"电灯照耀之处,即见文明的曙光。"(Kipling 1922:2)在作者的笔下,美国人友善而又文明:尼可拉斯·塔尔文刚到拉托尔,就受到当地美国长老会传教士夫妇的邀请:"埃斯蒂斯夫人是那种慈爱友善的女子,天生就会做家务,能把一个山洞变成一个家。"(Kipling 1922:85)他们也热爱家乡:"西部公民最珍贵的财产就是其家乡自豪感","塔尔文像对宗教一样珍惜这份情感"(Kipling 1922:29),而尼可拉斯为了家乡的发展万里迢迢去东方冒险的故事更是强化了这种精神。此外,文明的美国人也充满活力和竞争精神。但即便是相互竞争,他们也显得光明磊落,充满自由和公正竞争的精神:"这两个镇(托帕兹和拉斯勒)互相憎恨,就像西部的城镇那样相互憎恨——充满恶意但又快乐……如果托帕兹或拉斯勒能靠更多的干劲、活力,或者依靠地方报纸的闪电杀死对方的话,幸存的一方一定会组织胜利游行和舞会。但除了这些天赋的策划能力、干劲和贸易等方式外,用任何其他方法来毁灭对方都会给幸存一方带来巨

[①] 英国学者艾勒克·博埃默(1998:13)指出,英国维多利亚时代最典型的两大文类是三卷本小说和历险小说。参见艾勒克·博埃默:《殖民和后殖民文学》,盛宁、韩敏中译,沈阳:辽宁教育出版社,1998年,第13页。

大的痛苦"(Kipling 1922：28—29)——显然,这是作者沃尔科特对美国人的赞美,尽管有做作之嫌。

在肯定自身的同时,尼可拉斯等人面对东方表现出明显的殖民主义的骄慢。尼可拉斯和凯特之前并没有去过印度,对其并不了解。但尼可拉斯在劝阻凯特去印度时却对其进行恶毒的攻击:"那地方对老鼠都不适合;那是个腐坏之地——是的,那就是它的本质,一片巨大的腐坏之地——道德上,物质上,农业上都是腐坏之地。它对白人男子都不是合适的地方,更不用说白人女子了;那儿没有好气候,好政府,好排水系统;只有霍乱,炎热和争斗,弄得你无法休息。这些你都可以在星期日报纸里找到。"(Kipling 1922：6—7)"这些你都可以在星期日报纸里找到"表明当时在欧美普遍存在的东方主义态度及其对普通人的影响。尼可拉斯还运用《圣经·旧约》中的语言称自己从未见过的印度人为富有而厚颜无耻的"异教徒"(Kipling 1922：18),甚至称凯特要去印度救助印度妇女的高尚行为是"邪恶"(Kipling 1922：46)。就连凯特本人心中也同样充满对当地土著的歧视。

在尼可拉斯和凯特殖民主义的注视下,印度,特别是他们去的拉吉普塔纳邦呈现出一片腐败混乱和无序的景象:车站的火车时刻表形同虚设,尼可拉斯靠缓慢的牛车经过漫长的时间才到达目的地;电报局里居然有牛进出,电报局长则懒散地睡在地板上,而紧急电报上布满了灰尘;讨价还价声和吵架声随处可闻,"接着就是一幅激烈争吵的画面。比起这争吵,里德维尔城赌场里的争吵就是小事一桩了"。(Kipling 1922：60)土王的王宫里是毒杀等罪恶的渊薮,九岁的王太子要和三岁的女孩举行童婚,为此要举行三天三夜的庆典,更是东方奢华和疯狂的明证。即便是救死扶伤的医院,在这里也表现出无序和混乱:医院又脏又乱,传染病人不隔离,病人随意接待亲朋,(Kipling 1922：131)土著医生给病人服用鸦片,还整天盘算着通过购买医疗器械和药品赚取佣金。(Kipling 1922：130,131)而那里的土著则被描写成奢华、愚昧、懒惰、肮脏、无能又毫无理性的群氓。拉吉普塔纳邦的土王就是其中的代表。他双眼无神,衣着奢华而肮脏,每天靠鸦片提神,感兴趣的事就是打猎。这个糊涂昏庸的土王是印度最富庶的土王之一,但并不清楚自己的财富有多少。而且他虽富有但却欠债不还——"因为他是个土著"。(Kipling 1922：73)这话里的理由虽然简单,却充满了对东方的殖民主义歧视。尼可拉斯等人明确告诉他新王后屡屡下毒害他钟爱的王太子,而他却受邪恶王后的迷惑,一直拒绝相信此事。值得注意的是,书中对其外貌的描写特别提及他身材高大而手脚极小,比例明显不协调,显得非常丑恶。(Kipling 1922：91)这种描写实际上反映了19世纪后期带有浓厚殖民主义色彩的西方人种学的特点——试图从身体构造上来说明东方人乃是天生无能低下。

如果说土王的特点是昏庸无能,那么其新王后则可以称得上是妖艳邪恶。她"看起来是个柔软、黑头发的年轻姑娘,声音柔和得像夜间的流水,一双眼睛里毫无恐惧"。(Kipling 1922:191)当她浑身上下披金戴银,慵懒地靠在一大堆精致的褥子上时,那就是一个十足的《圣经》里的巴比伦城淫妇形象。正是这个毒死了其前夫、被昏庸的土王一时高兴娶回去的妖艳女子实际上在主宰着王国的命运。她将前王后、王太子的母亲逼入冷宫,又下毒谋害王太子。因为尼可拉斯和凯特碍她的事,她就派人屡次刺杀尼可拉斯,最后也逼迫凯特的医院倒闭。甚至作为王国命脉的运河,因为从她的宫院旁边经过,妨碍了她,她就吵着迫使土王花费了王国一年四分之一的税收来将其改道,连英国政府委派的首相几乎流泪劝谏也无果。

土王和王后如此,其他人可想而知。比如,在王后指使下将愚昧的病人骗走的祭司是这个样子的:"在院子的中央坐着一个土著祭司,像曾经在那儿生活过的一个疯子那样一丝不挂。他满身尘土、长发蓬乱、手像鹰爪一样,疯疯癫癫的。他在头上挥舞着一个鹿角棍,棍的一端像长矛一样锋利。与此同时,他用单调的声音大声唱着一支歌,让那些男男女女忙活得更快。"(Kipling 1922:278)这种描写与哈格德的名作《所罗门王的宝藏》中南非土著王国里的女巫何其相似!与十年后吉卜林的名作《基姆》中对西藏喇嘛和印度祭司神秘中不乏庄严的描写相比,此书中的描写极尽丑化之能事,带有典型的东方主义特征,表现了明显的殖民主义偏见。

在尼可拉斯面前,印度人不仅猥琐,而且无能。譬如,王后派来刺杀尼可拉斯的枪手居然不熟悉自己的枪械。结果尼可拉斯当场将其缴械,还戏弄地教其如何使用,最后还将枪支归还杀手——东方人的猥琐无能和西方男子汉的精明强干与光明磊落就一览无遗了。(Kipling 1922:254-255)

尼可拉斯面对东方的一切都表现出了殖民主义的骄慢。尼可拉斯在与印度人打交道时表现出一种居高临下的态度。他不仅蔑视印度土著,而且第一次看到"瑙拉卡"项链就决心将其弄到手,仿佛它是无主之物。"塔尔文对于印度神庙里——这些偶像的仆人们居然掌握着一条足以改变其家乡命运的项链很愤怒。"(Kipling 1922:212)应该说,尼可拉斯发展家乡的思想虽然美好,但为此目的到印度去寻找,乃至掠取举世闻名的珍宝却谈不上是文明之举。尼可拉斯探知"瑙拉卡"就在拉吉普塔纳土邦后,尽力接近土王,打探项链的消息。他声称可以拦河淘金,并要土王提供大量的人力物力支持。尼可拉斯后来在凯特面前承认这一切都是他寻宝的烟幕。当凯特批评他不该浪费土王的钱财时,尼可拉斯竟然说这只是个很好玩的玩笑,尽显殖民主义的贪婪和骄狂。(Kipling 1922:317)

值得注意的是,在书中丑恶的印度土著中也有少量开明的人,这些人都非常信任和依赖尼可拉斯和凯特。而正是这种对白人的信赖才使他们有了些许正面的特征。我们首先注意到的是王太子。这个九岁的孩子虽然也和其他印度人一样有东方人的奢华和弱点,却有男子汉的气质:"王太子渴望战斗,渴望男子汉的生活,想成为真正的王子。"(Kipling 1922:268—269)即便是他在被下毒、身体变得很虚弱后仍然坚持表现得像个大人。这使他表现出一定的正面特征。此外,王太子痴迷于学英语,而且希望成为一个英国人:"我们州的旗子上有五种颜色。我为它而战后,也许我就能成为一个英国人。"(Kipling 1922:137)这种对于土著身份的摈弃和对英国人身份的向往,更加彰显了他的"开明"。而其母亲,那个被冷落的前王后也因为其深深的母爱、平民意识以及与其他印度人的疏离而呈现出正面的特征。而这母子俩都对尼可拉斯和凯特有着深深的依赖。王太子一见到尼可拉斯和凯特就黏在他们身边,在其被童婚婚礼折腾得精疲力尽后还跑到凯特面前去哭诉。(Kipling 1922:214)而其母则请求凯特照顾保护王太子,同时帮助他们摆脱邪恶精灵和魔咒。(Kipling 1922:121,292)甚至连土王也多次请求尼可拉斯和凯特照顾王太子。而故事中那个曾经显贵,却最终沦落的沙漠女子,只因为凯特救治了其丈夫,使其死前和自己说了话,便视其为自己的主人,处处维护她。当医院里其他病人纷纷离去时,只有这个沙漠女子一直跟在凯特身边。她怒斥吵闹的暴民:"安静点,你们这些狗!谁敢动这个大夫一指头!她为你们做了一切。"(Kipling 1922:277)这些人对尼可拉斯和凯特的依赖进一步彰显了西方人的无所不能和土著的幼稚,让我们想起了吉卜林的诗歌《白人的负担》中描写土著"半是魔鬼,半是孩童"的著名诗句。

但是,在小说对印度和东方的恶毒攻击中我们也可以看到一种焦虑不安的情绪。小说对东方的邪恶、混乱与不可理解的反复渲染暗示那里潜藏着极大的危险,欧洲白人不但对此无能为力,还有可能受到伤害。前述尼可拉斯在劝阻凯特不要去印度时所说的话就表达了这种观点。而故事的发展也似乎印证了这一点:满腔热情的凯特在印度不仅举步维艰,还时时面临危险。从这个意义上来说,故事结尾凯特理想幻灭并踏上回归美国的旅途这种情节安排虽然缺少铺垫,有点突兀,却是对小说主题很好的诠释。这一点在《瑙拉卡》第五章篇首所引用的诗句中也有很好的表现:

去逼迫雅利安黑人不利于基督徒的健康,[①]
基督徒会暴躁,雅利安人会微笑,将基督徒拖垮;

[①] 印度人虽大都皮肤黝黑,却包含多个人种。《瑙拉卡》中所描写的拉吉普塔纳邦一带的印度人基本上属于雅利安人种。此处"雅利安黑人"泛指印度人。

争斗的结果是一块白色的墓碑,上面刻着死者的名字,
还有那阴沉的碑文:"此处躺着想逼迫东方的傻瓜。"

(Kipling 1922:56)

有评者认为,这些诗句表明吉卜林思想的两面,也体现出吉卜林内心的矛盾和认同危机。(Green 1971:361)但若综合考虑小说的整体情节设置和主题表达,这些诗句显然是对想尽快改变印度落后面貌的欧洲白人的一种警告,从而透露出一种焦虑不安的情绪——印度/东方的混乱与丑恶令人无奈,欧洲白人无法措手,只能随遇而安,否则只能给自己带来伤害。年轻的凯特无法成功,只能回国,而美国传教士埃斯蒂斯夫妇的经历也是一种反证。他们由刚来印度时的雄心万丈变成最后的心灰意冷、暮气沉沉:"'在拉托尔每个人很快就变懒了,'埃斯蒂斯夫人轻叹道。她想到丈夫鲁西安曾经的雄心壮志以及他做出的巨大努力,而这些早就化成了一种温和的冷漠。"(Kipling 1922:126)她早就预言凯特不可能成功。而故事的结尾也印证了其预见的准确性,从而再一次证明了东方的无可救药。而相对于美国人的心灰意冷,故事中的英国人则堕落得和印度人一样圆滑世故。譬如在九岁土太子的童婚闹剧中,英国总督代表将其视为一个重要的政治事件,派5名英国男子和3名英国妇女去参加婚礼。书中的描写是"他们走在城里,目光无神,对自己要担当的角色腻烦不已","英国人已习惯这一切(指土著的胡闹),甚至嫉妒塔尔文的热情。"(Kipling 1922:203,205)可以说,这些英国人在某种意义上已经"死亡"——他们已经丧失了自己的理想与意志,变得与自己想要改造的对象一般无二,因此无异于行尸走肉。① 所有这些描写都在殖民主义的骄慢中混合着一种焦虑不安,表现了吉卜林这个时期创作中

---

① 有必要指出,在《瑙拉卡》这部由英国人和美国人合写的小说中有明显的褒美贬英的立场。小说的主角是美国人。而书中有多处对英国人的隐晦批评。譬如,土王担心王太子的健康,有一次对尼可拉斯说:"他(王太子)真的必须每天去看医生女士(凯特)吗?我的人都在骗我,只希望讨我的欢心;甚至诺兰上校也说那孩子很强壮。讲出实情吧。他是我的第一个儿子。"(Kipling 1922:139)这段话明显表现出对诺兰上校——英国政府派驻土王王宫的官员——的不信任,也是对其圆滑和世故的批评。类似的英国人的世故也体现在王太子童婚的闹剧中。尼可拉斯感到义愤填膺,不明白为什么政府居然能够容忍这种童婚闹剧。而总督代表则说这是政治,同时认为尼可拉斯是个"狂野的美国人"。(Kipling 1922:204)英国人不但阻止不了这场闹剧,还得派人去参加婚礼。这种对比实际上与当时美国著名作家亨利·詹姆斯在其国际题材小说中描写的"天真的美国人和世故的欧洲人"主题如出一辙。这些描写清楚地表明作者褒美贬英的立场。当然,我们可以相信,这种褒美贬英的立场应该属于巴勒斯蒂艾,而不是出身英国保守家庭,一直以大英帝国为傲的吉卜林。譬如,吉卜林在1892年——也即《瑙拉卡》出版后的第二年——写的短篇小说《事实如此》就通过英关记者对待受伤在海蛇的不同态度表现了一种对英国悠久历史的自豪感和褒英贬美的态度。同样的态度也见于他写于1905年的短篇小说《强制的住所》(收录于《行动与反应》,1909)。故事中生病的美国大亨最终在英国乡下恢复了身体的健康和精神的安宁。

的一种基本情绪。

著名学者佩吉(Page 1984：148)指出,《瑙拉卡》尽管人物形象比较单薄,主题表现比较混乱,但小说也自有其长处,那就是在其两种场景的描绘上。这个评论和前述米拉的观点异曲同工,实际上都是对吉卜林的赞扬。因为小说的主要部分是关于印度的那些章节,而这些应该大都出自吉卜林的手笔。吉卜林熟悉印度的风土人情,文笔洗练,为对"神秘的东方"充满好奇心的西方读者写起印度来自然驾轻就熟。譬如,尼可拉斯夜探废弃古城"奶牛嘴",找寻"瑙拉卡"的经历就写得生动形象,惊险万状,让人读后觉得冷气森森,体现了吉卜林描摹印度地方风情的特殊才能。但是,除此之外,《瑙拉卡》情节拖沓,人物形象平板,语言缺乏表现力,实在难称上乘之作。应该说,这是一部为了迎合当时欧美读者对"奇异的东方"的窥视欲望而创作的爱情和历险小说。需要指出的是,《瑙拉卡》中的描写对印度和东方民族进行了极端的歪曲和丑化。如果前述关于此书的合作撰写的情况属实,那么大致可以确定,这种极端的殖民主义和种族主义姿态应该属于巴勒斯蒂艾,而不是出自出生于印度,对印度怀着比较复杂情感的吉卜林。再加上书中贬英褒美的态度,显然,在合写《瑙拉卡》的过程中,巴勒斯蒂艾起的作用也不小。这也与前述巴勒斯蒂艾在自己信件中的叙述相吻合。当然,我们不能就此将这部小说的不成功完全归咎于巴勒斯蒂艾。作为合作者,吉卜林在这里也没有表现出对长篇小说的出色驾驭能力。

对于自己试水长篇小说创作的这两部作品,吉卜林在自传《我自己的一些事》中着墨甚少。除了谈到《消失的光芒》的创作渊源外,书中再没有提及这两本小说,与频频提及《基姆》、《丛林之书》的情形大为不同。这也从一个侧面表明吉卜林对这两部作品的不满意。无论如何,直到五年后其第三部长篇小说《勇敢的船长们》出版,期间吉卜林再没有写过长篇小说。

第四章　吉卜林居留美国期间的小说创作

　　1892年1月,吉卜林与卡洛琳·巴勒斯蒂艾结婚。2月初夫妇俩开始环游世界。期间他们探访了卡洛琳的娘家、美国弗蒙特州布拉特布罗镇,此后继续周游。在日本横滨期间吉卜林发现自己存款的银行倒闭,他的存款丧失殆尽。于是夫妇俩折返美国,并于7月26日到达布拉特布罗镇,从此开始了吉卜林在该镇4年的生活。布拉特布罗镇宁静幽雅,吉卜林素来喜静,怕受人打扰,在宁静的生活中创作热情高涨,佳作迭出。他创作并发表了《七海诗集》(*The Seven Seas*,1896)、短篇小说集《许多发明》(*Many Inventions*,1893)、两卷本童话短篇小说集《丛林之书》(*The Jungle Books*,1894;*The Second Jungle Books*,1895),完成了长篇小说《勇敢的船长们》(*Captains Courageous*,1897)及其诺贝尔文学奖获奖作品《基姆》(*Kim*,1901)的一部分。吉卜林在居留美国期间写的小说题材比较广泛,其中不少小说以英国为背景,但印度题材作品更多,像《许多发明》中的很多小说以及两本《丛林之书》都属于印度题材小说。从这些小说中我们仍然可以看到吉卜林内心的焦虑和认同危机,但与吉卜林早期创作相比,这些小说明显少了些现实主义的氛围,而多了些浪漫主义的色彩。此外,宁静平和的心境也使得吉卜林开始关注其他问题,譬如《丛林之书》及其长篇小说《勇敢的船长们》都讨论了青少年成长问题。总而言之,吉卜林这一时期的小说创作表现了与其前期创作不同的特征,需要我们加以关注。

第一节　帝国与家:《丛林之书》与其他短篇小说

　　吉卜林在布拉特布罗创作的短篇小说主要收集在《许多发明》和《丛林之书》等三个短篇小说集里,此外还有些小说收在1898年出版的小说集《白天的工作》中,如吉卜林写于1893年的《建桥人》("The Bridge-Builders")、写于1895年的《征服者威廉》("William the Conqueror")以及《柴堆男孩》("The Brushwood Boy")等名篇。其中《许多发明》共14篇小说,有些小说写于吉卜林赴美之前,收入小说集前已经发表过。这些小说主题各不相同,场景富于变化,故事生动有趣,受到读者的欢迎和许多评者的赞扬。但吉卜林这个阶段短篇小说的代表性作品无疑是童话短篇小说集《丛林之书》。

《丛林之书》分两卷,共 15 个故事,分别出版于 1894、1895 年。其主体是莫格里系列故事,以一个母狼喂养大的印度男孩莫格里为中心人物,描写了印度丛林世界的奇异风光以及莫格里与其动物"兄弟们"的悲欢离合,出版后广受欢迎,被认为是吉卜林最有名的短篇小说集。(Votteler & Young 1990:258)1907 年吉卜林获诺贝尔奖去瑞典领奖时当地孩子甚至以为他会"像《丛林故事》中驱遣百兽的毛格利一样手中握着一条蛇",可见其影响的广泛。(肖涤 1992:157)吉卜林自己对于《丛林之书》也很满意。他在自传中多次提及这部作品,称其是在灵魔(Daemon)控制下写成的。此外,吉卜林还在自传中谈及《丛林之书》的写作渊源。他说自己儿时在寄养人家有一次读到一个故事,说一个南非的猎狮人误入狮群,而这些狮子都是共济会员。于是他们一起合谋对付邪恶的狒狒。这个故事一直潜伏在他的心中,直到多年后反映在《丛林之书》的写作中。(Kipling 1937:9)这样看来,吉卜林写《丛林之书》时显然有关于家、身份认同等方面的思考。

《丛林之书》出版后一直受到评论家的关注。其中英国评论家汤姆金斯的"三层次"说比较有代表性。汤姆金斯认为《丛林之书》有三重世界:首先是儿童的游戏世界,故事中的动物在现实生活中都能找到原型;其次是寓言世界,包含一些道德教训;而比前两个世界更重要的是第三重世界,即古老久远的世界,具有神话、圣经和古老民间传说层面上的意义。(Tompkins 1959:66—68)汤姆金斯的"三层次"说得到不少后来评者的赞同,尤其是她关于神话圣经层面的说法。一些评者如著名吉卜林评论家莫思(Moss 1982:110)、佩吉(Page 1984:48)等都随声附和。哈里森(Harrison 1982:63)则进一步阐发道:《丛林之书》描述了一个伊甸园般的世界,而莫格里便是其中的亚当。但笔者认为,将《丛林之书》作神话或圣经式解读有点牵强。吉卜林呈现给我们的是典型的儿童故事世界,而且其中渗透了近代西方的种种价值观念,带有明显的说教特征,并非伊甸园中的无忧无虑、无知无识。此外,吉卜林在《丛林之书》之前还写过一篇莫格里故事《在丛林里》("In the Rukh",1893),讲述的是莫格里故事的大结局:莫格里长大成人,娶了妻,在英印政府里找了一份看林人的工作,和他的狼兄弟一起,帮助林务官保护印度丛林。尽管从出版时间上说,这个故事比《丛林之书》早一年出版(它收在吉卜林 1893 年出版的《许多发明》里),但论者如斯蒂沃特等都认为吉卜林在出版前可能已经对其进行了修改以与后来的莫格里故事相配(Votteler & Young 1990:287),可见吉卜林并未有意将其写成神话故事。书中唯一带有神话色彩的是《恐惧的由来》("How Fear Came")。在这篇故事中,海逖象叙述了世界的创始、原初的混沌、和谐状态,以及老虎偶然犯罪引发了一系列的不和谐和争斗,导致了世界的堕落和恐惧的产生。这一篇确实有点《圣经》中创世纪故事和亚当堕落故事相结合的意味。但这一篇分量并不重,且属于《丛林之书》第二卷,不是统摄全书的关键。《丛林之书》的首篇《莫格里的弟兄们》("Mowgli's Brothers")才是统摄全书之作,以后各篇中的角色、价值观念等等都是此篇的延伸和强化。其实《丛林之书》吸引我们的正是吉卜林以自己雄浑而又细腻的笔触给我们创造的充满浪漫色彩的印度丛林世界。吉卜林在创造这个梦幻般的世界时又一次重温了他在印度度过的快乐童年。因此,可以说《丛林之书》在童话的外表下讲述的依然是帝国和家的故事,它们与吉卜林这个时期创作的其他小说一起向我们全面展现了吉卜林的思想。这些思想有其前期作品主题的延续,也有吉卜林在新的环境里对不同问题的思考。

4.1.1 丛林法则与帝国少年的成长

《丛林之书》故事的主人公都是少年,他们都是通过艰苦的考验而长大成人的:莫格里机智勇敢,杀死瘸虎谢尔汗后才渐渐成熟,最终成为丛林之主;考图库在饥荒中靠极大的勇气拯救了整个部落,荣归后开始建立自己的家庭;托迈看到神秘的象舞后被允许与成年人一起猎象;小獴力杀眼镜蛇、救了主人全家后也实现了自己的理想……所有这些都表明《丛林之书》有着明显的成长故事特征。

《丛林之书》中的少年主人公在成长的过程中首先学会了忠诚和勇敢的品德。他们的身上时时闪耀着英雄主义的光辉。《红狗》("Red Dog")中莫格里不计前嫌、帮助狼群迎战凶悍的红狗群,《獴》("Rikki-tikki-tavi")中小獴勇斗眼镜蛇,《白海豹》("The White Seal")中的白海豹考提克不畏艰险替海豹群寻找安全住所……这些故事都充满了正义和尊严,读上去令人荡气回肠。意大利共产党领袖葛兰西(Antonio Gramsci,1891—1937)曾盛赞《丛林之书》故事"荡漾着一种奋发的精神和意志力",并在法西斯狱中写信给妻子,建议让他们的孩子读读这部作品。(文美惠 1995:227)

此外,这些少年主人公在成长的过程中还培养了自我克制、纪律约束、责任/使命感等品质。这些都是吉卜林所欣赏的品质。他尤其强调艰苦环境的磨炼和专门知识/技能的重要。《丛林之书》中莫格里在熊师巴鲁的严厉责罚下学习丛林中生存所需的种种本领,考图库用二十五英尺的长鞭驯狗,冒着零下二十五度的严寒在海豹呼吸的冰洞旁一动不动守候十个小时……这些津津有味的、具有浓厚斯多葛派哲学坚韧特征的描述充分体现了吉卜林的这种教育理念。

吉卜林所宣扬的这些品质也符合维多利亚时代后期英帝国主义殖民扩张的需要。因此,《丛林之书》中的少年主人公经过这些品质的培养考验,最终都成长为合格的帝国英雄。这一点突出地表现在书中不断提及的"丛林法则"思想上。"丛林法则"主要存在于莫格里系列故事中。在莫格里的成长过程中,熊师巴鲁、黑豹巴希拉等莫格里的师傅们都反复向他灌输这个观念,提醒他必须遵守这个法则才能在丛林中生存。可以说,莫格里的成长过程也就是学习和认同"丛林法则"的过程。

那么,"丛林法则"具有什么样的内涵呢? 1907年吉卜林获诺贝尔文学奖时瑞典文学院常任秘书威尔逊在颁奖辞中这样说:"丛林法则就是宇宙法则,如果要问这些法则的主旨是什么,吉卜林就会简单了之地告诉我们是:奋斗、尽职和遵从。"(肖涤 1992:150)中国学者文美惠也认为,"丛林法则"是吉卜林贡献出来的一条治世良方,表达了这样的思想:在人类社会里,和动物世界一样,人和人的个人利益是相互制约、相互依靠的。所以,为了人类的生存和繁荣,人人都要遵守一定的社会秩序。(文美惠 1995:227)

在《丛林之书》中"丛林法则"并没有系统的阐述,而是散见于各篇故事当中,以关于狼的活动准则居多:狼不应像鬣狗那样跟在老虎后面吃些残羹冷炙,而应自己捕猎食物;狼群合力捕获的猎物为大家所共有,应就地食用,不得擅自携走;成年狼不得以任何借口杀死狼崽,违者处死;不准杀人,以免招来人的报复……此外,书中还有别的一些规定,如:各种动物都有自己的活动范围以及自己的"口令";旱季时丛林里唯一的水源是禁猎区,任何食肉动物不准在此猎杀麋鹿兔羊等弱小动物等。

从上述规则中可以看出,"丛林法则"不能简单地称之为弱肉强食规律,而是强调秩序、自尊自强的精神和一种生存竞争中必要的纪律约束,因此确实可以认为"丛林法则"是吉卜林贡献出来的一条治世良方。从这个角度出发,则此书中《白海豹》等故事虽不属莫格里故事系列,但都是吉卜林思想的进一步阐述,与莫格里系列故事在精神上是一致的。它们或强调组织纪律(《女王的仆人》),或赞颂逆境中坚强不屈的性格(《八足灵獒》、《白海豹》),或宣扬忠诚敬业的精神(《獴》)。所以评论家哈里森感叹道:"吉卜林的思想对今日的年轻人有百利而无一害:自由在于主动服从高于自身的纪律约束。"(Harrison 1982:63)

然而,吉卜林的思想又很复杂。尽管他精心编织自己的"治世良方",但素有"帝国诗人"之称的他还是在不自觉中流露出自己的殖民主义思想。作为浪漫的动物童话故事,《丛林之书》中的殖民主义思想表现得更隐蔽,不像其前期作品如小说《在城墙上》那样直露,但仔细分析,我们还是能够看出来。《丛林之书》首篇《莫格里的弟兄们》中黑豹巴希拉对莫格里说:"什么是丛林法则？先打,然后再讲道理",明确指出"丛林法则"的实质在于"强权胜过公理"。(Kipling 1986:16)瘸虎谢尔汗自恃勇力就胆敢随时随地破坏这些法则。而"丛林法则"的维护也需要强力作后盾。公认的丛林之主大象海逖在迫使谢尔汗守法时就往往需要诉诸武力。莫格里靠勇力与智慧成了新的丛林之主后,他幼年的恩人老狼阿克拉仅仅因为认定他是人而不是狼就差点被其击杀。而在遭到质问时,莫格里竟蛮横地回答:"我爱怎么做,还用找理由吗？"(Kipling 1986:176)——活脱脱一副强盗面孔！难怪巴希拉对巴鲁感叹道:"这就是与人相处的结果。现在丛林里不止有丛林法则啦。"(Kipling 1986:177)巴鲁无言以对。莫格里这个他昔日的学生如今已经成为强悍的丛林之主,他已无法再扮演严师的角色,就是以前大家公认的丛林之主海逖象现在听到巴希拉向他传达的莫格里的命令后也不得不率领儿子们匆忙赶来听命,而面对德高望重的海逖象及其儿子们,莫格里态度傲慢,甚至连头都不抬一下。从某种程度上来说,小说中莫格里从流落丛林到成长为丛林之主的过程就是欧洲殖民主义者登陆、居住、剥削和欺压弱小民族的一个缩影。

　　问题在于,吉卜林在这些描写中并没有采取批评的立场。相反,他似乎很欣赏莫格里的权威。巴希拉和巴鲁的感慨似乎是吉卜林仅有的不安的表现。很快我们又被他那雄浑的笔力带到莫格里导演的精彩场面中去了。而书中关注的都是丛林的"主人们":狼的敏捷和凶猛、黑豹巴希拉强健的肌肉和锋利的犬齿、蟒蛇卡阿巨大的身躯和撞墙锤一样强大的冲击力……吉卜林对强力的礼赞让我们分明感受到他对弱肉强食原则的推崇和对帝国主义/殖民主义的拥抱。[①]

　　其实细想一下也不奇怪。19世纪后期尼采的超人哲学和斯宾塞的社会进化论甚嚣尘上,对西方列强的殖民主义政策起到了不可忽视的推动作用。优胜劣汰,强者为王,白人优越,征服"劣等"民族,这些似乎都是天经地义的事。政客军人且不论,连素来头脑清醒、有批评传统的英国文人也热衷于鼓吹帝国的荣光。甚至连我国人民一向景仰的、开明的社会主义者萧伯纳也写道:"在(社会主义者的)世界联盟变成一个事实之前,我们必须接受最为负责的帝国主义联盟作为它的一种替代物。"(博埃默 1998:39,46,49)在这

[①] 吉卜林笔下的丛林是男性的天下,充满阳刚之气。《丛林之书》中仅有的女性是莫格里的养母默苏娅和母狼拉克莎。从这一点来说,《丛林之书》具有典型的殖民主义文学特点。艾勒克·博埃默在《殖民与后殖民文学》中指出,殖民主义文学的特点之一就是以男性为中心,少有女性的位置。因为殖民地的拓展、帝国的建设都是男人的事业。参见艾勒克·博埃默:《殖民与后殖民文学》,盛宁、韩敏中译,沈阳:辽宁教育出版社,1998年,第84—89页。

样的氛围里,吉卜林这个从专门为英帝国各殖民地培养人才的联合服务学院毕业的学生具有一些帝国主义/殖民主义思想,似乎也很自然。他像所有的殖民主义者一样,相信白人优越论:白人生来就要统治殖民地的劣等民族,因为"他们不会自己管理自己"。① 在这个意义上,《丛林之书》也是一个殖民主义的隐喻。如果我们把丛林比做殖民地,那么莫格里便像白人一样具有一种天生的优越性:从很小时他就发现,任何动物,无论它多么凶猛,都无法与他长时间对视。这预示着莫格里天生就高兽们一等,注定要做它们的主人。在《莫格里的兄弟们》和《老虎!老虎!》("Tiger-Tiger!")两篇中,年仅十二三岁的莫格里偷来火种,吓退不守丛林法则的群狼,又驱赶牛群前后包抄,杀死了瘸虎谢尔汗,显出少年英雄本色。这又符合殖民文学的范式:少年殖民者有勇有谋,无往而不胜。② 而当莫格里强壮起来,做了丛林之主后,运筹帷幄,指挥若定,使众动物经常惊惧交加。当初用一头牛赎下莫格里的黑豹巴希拉强健机警,此时却情不自禁地拜倒在莫格里面前:"丛林的主人啊,等我的气力衰退后为我说情吧!—— 为巴鲁说情吧—— 为我们大家都说说情吧!在你面前我们只是弱不禁风的小崽子!是脚下踩断的枯枝!是失去母亲的小鹿!"(Kipling 1986:193)在这里我们仿佛再次看到了《地区长官》中强悍的印度北部山民拜服在英国殖民者亚德里-奥德面前的模样。

就这样,往日威风八面的黑豹—— 以及海逊象和其他动物,自动降志辱身,做了莫格里—— 这人崽、这殖民者—— 的臣民,并祈求得到他的垂青。而莫格里无疑也是尽职尽责的丛林之主。特别是《红狗》中他不计前嫌、帮助狼群迎战凶残的红狗,体现了吉卜林的理想化殖民主义者形象:为了治下的(土人)子民能够免于饥寒、疾病和战乱,他们不惜牺牲自己的健康和生命。而《白海豹》中年轻的白海豹考提克高瞻远瞩,为使海豹群免遭猎人屠戮,不畏艰险替其寻找安全住所,并强迫其愚蠢的同类搬迁。在他身上,也

---

① 吉卜林在其短篇小说《城墙上》开头介绍妓女拉伦时提到,在西方,人们对妓女行业深恶痛绝,常常口诛笔伐来保证社会道德的纯洁;而在东方,妓女行业却是世袭的,由母亲传给女儿,从来无人过问,这就足以证明东方无法管好自己的事情。这种殖民主义的傲慢与无知虽然可笑,在当时却很有普遍性。See Rudyard Kipling. *Twenty-One Tales*. London: The Reprint Society, 1946), p. 15.

② 典型殖民文学中的少年英雄大都是优秀的殖民主义者:勤劳、正直、智勇兼备。另一方面,吉卜林似乎很喜欢刻画少年英雄形象。以本书论,有莫格里、《獴》中的獴、《白海豹》中的白海豹、《赶象的托迈》中的小托迈、《八足灵獒》中的考图库等。其诺贝尔获奖作品《基姆》中的基姆也是这种形象。评论家莫思认为吉卜林一直没有超越自己的青少年时代,他心中有一个永恒的少年情结。See Robert Moss. *Rudyard Kipling and the Fiction of Adolescence*. New York: St. Martin's Press, 1982, p. 32.

有吉卜林式殖民主义者的影子。①

　　动物们在莫格里面前不足道,丛林边村庄里的人更是如此。相对于忠心耿耿、与莫格里亦师亦友的动物们来说,村庄里的人更低一等。因为他们反对莫格里,曾将其赶出村庄,因此被一律脸谱化、小丑化——像典型的殖民文学里的土著一样,半是魔鬼、半是儿童。② 他们都愚蠢、幼稚:他们听任村中长老和猎人的欺骗,相信巫术;又贪婪可鄙:猎人布尔迪奥贪图政府赏金,向莫格里强索他打死的老虎,遭拒绝后遂回村诬其为魔鬼。而村中人都觊觎富户默苏娅的财产,此时便借她曾抚养莫格里为由,要将其处死并瓜分其财产;也胆小无能:几声狼嗥豹吼就使他们家家闭户。特别是当我们读到猎人布尔迪奥寻狼踪而来,却不知莫格里和几匹狼就在一旁监视着他时,我们实在忍不住要说:这不可能。一个住在丛林边、天天与野兽打交道的著名猎手不会如此无能。而在人与动物的较量中,动物们来无影、去无踪。村人的小屋对它们等于无物:黑豹一掌就可以将门打碎,而它躺在村民的炕上时竟将炕压塌。狼兄弟也说:"我们几个可以将他们(上百个村民)赶得团团转,像系在树上的山羊一样。"(Kipling 1986:179)无疑,动物们的力量被极大地夸大了。这样很自然,因为它们都是莫格里的兄弟们。就像《女王的仆人》中英军和印度军人教训阿富汗人一样:印度军人固然无法与英军相比,但毕竟受英军训练。浸润日久,又受英女王陛下统御,沾了些"正宗"的气派,自然有资格教训那些阿富汗"蛮子"。

　　如果说丛林可以比做殖民地,那么"丛林法则"自然成了殖民管理的规则。将其放到当时的历史语境里去看,则吉卜林所宣扬的秩序、纪律、法则等都直接关系着英帝国,实际上就是殖民宣传。这一点吉卜林在《女王的仆

---

① 除了《丛林之书》外,这个时期的吉卜林还在其他一些小说中刻画了不少理想化殖民主义者形象。比如《征服者威廉》就讲述了英国姑娘威尔海尔米娜(绰号"征服者威廉")帮助哥哥及其同事司各特在印度南部赈灾的故事。印度历史上多次发生灾荒,每次均造成大规模人员死亡。由于英国殖民者的剥削压迫,印度灾荒在英国统治期间情况更为严重。但在吉卜林的这篇小说中,我们看到的却是完全不同的景象:英国政府高效有序地组织了赈灾活动,最大限度地减少了印度人的死亡,增进了他们的幸福。而像司各特、威廉这种普通英国人的奉献和牺牲则保证了赈灾计划的顺利实施。小说虽然描写印度灾荒,却很少凄惨阴郁的场面,反而呈现出一种宁静祥和的气氛,表明这个时期吉卜林心态的平和。小说中的威廉和司各特与前述《地区长官》中的亚德里-奥德一样,都是吉卜林早期印度题材小说中的理想化殖民主义者形象。类似的理想化殖民主义者也见于小说《建桥人》中。故事中负责在恒河上建桥的英国工程师芬德莱森在恒河暴涨威胁大桥安全时拼命工作以挽救大桥。故事中这样描述芬德莱森的责任感和荣誉感:"对他来说大桥的垮塌就意味着一切都完了——使得艰苦的生活变得有意义的一切都结束了。"(Kipling 1946:236)而其他英国人也表现了类似的品质:"洛克哈特负责的大型水利工程垮塌成一堆砖块和烂泥后,他的精神被击垮了,于是他就死掉了。"(Kipling 1946:236)这些人物身上都体现了吉卜林的斯多噶式生活态度以及责任、荣誉等价值观念。

② 康拉德的小说《黑暗的心脏》、哈格德的小说《所罗门王的宝藏》、《艾伦·奎特曼》等都是如此。

人》一篇中解释得非常直露:"牲畜和人一样守纪律。骡子也好,马、象、牛也好,大家都服从各自的驭手;驭手则听军士的;军士又服从中尉,中尉服从上尉,上尉服从少校,少校服从上校,上校服从准将旅长,旅长服从将军,将军又服从总督,而总督则是女王的仆人。"吉卜林还唯恐读者不明白,又借印度军官之口教训阿富汗酋长:"就因为你们不服从你们的头领,他才必须到这儿来听取我们总督的命令。"(Kipling 1986:133—134)吉卜林还在《恐惧的由来》篇尾诗《丛林法则》中强调:"丛林法则有许多条,但最基本、最重要的一条就是——服从!"(Kipling 1986:158)原来一切纪律、秩序都是服务于帝国的需要,而吉卜林反复强调"服从",也反映了英国殖民者在1857年印度大起义后害怕失控的恐惧心理。此外,莫格里非常了解丛林中各种动物的习性、生活区域以及它们的"语言"——即动物们各自领地上的"口令"(Password),因而在整个丛林里畅通无阻。这也让我们想起了吉卜林早期印度题材小说中经常出现的白人警察斯特里克兰。斯特里克兰正是凭借自己对印度各种姓、社会阶层的语言和习俗的了解而在印度大地上自由穿行,屡破奇案,维护了英国的殖民统治。从这个意义上来说,莫格里就是印度丛林里的斯特里克兰,他对动物们的了解使得他能够更好地统治它们。这里体现的仍然是东方主义的思想:知识就是权力,了解东方就能控制东方。

另外,吉卜林对《丛林之书》结构的处理也体现了他的殖民主义情结。《丛林之书》里能降熊伏虎的天神般的少年莫格里,在前述的莫格里结局故事《在丛林里》中成为英国殖民政府中的一名小职员,并且期望将来能领到一份退休金,实在有点煞风景,而吉卜林心中的殖民主义情结也就袒露无疑了。这让我们想到《丛林之书》里的另一篇故事《獴》,它反映的也是同样的情绪。故事中那个机智勇敢的小獴从小就受教导:獴最好的归宿就是给白人老爷做一个忠仆。(Kipling 1986:87)而它也冒着生命危险救护了主人一家,成了吉卜林笔下的模范仆人。

莫格里系列故事是《丛林之书》的主体。莫格里在"丛林法则"指导下的成长历程包含着浓厚的殖民主义气息。《丛林之书》的其他故事虽然没有这样显在的殖民主义意味,但在精神上与莫格里故事并无二致。从这个意义上来说,这些少年主人公的成长都是帝国少年的成长。

4.1.2 家的追寻与吉卜林的认同危机

吉卜林在布拉特布罗的宁静生活并没有使他完全摆脱焦虑不安的心态和认同危机的困扰,这一点也表现在其这个时期的小说创作中。《柴堆男孩》中的乔治·科塔尔的生活就分成白天的斯巴达式公学生活和夜晚的黑暗梦幻世界两个部分。其白天的世界整齐有序,而夜晚的梦世界则具有奇异色彩,经常表现为变幻不定,有时还阴森可怕的旅程。科塔尔非常恐惧其梦的世界——其梦中那躺在床上的"生病的东西",以及他在旅途中遇见的凶恶的"他们",都那么具有威胁。有些学者从弗洛伊德心理学出发,将小说解读成对乱伦欲望的压抑以及对惩罚的恐惧。(Bloom 1987b:67)但如果我们考虑到科塔尔的梦中不断出现的"炎热的热带夜晚",以及大海和山谷等意象,我们可以将其梦的世界理解为广袤、奇异又不可理解的印度。科塔尔的一个梦尤其能够说明这一点。在这个梦里出现了一个警察,宣称:"我是白日警察,刚从睡梦之城回来。"(Kipling 1946:290)警察和白天代表秩序和安全,在这里我们可以将"白日警察"理解为吉卜林潜意识里躲避"睡梦之城"里的恐惧的愿望,而"睡梦之城"不能不让我们想起吉卜林的早期小说《恐怖夜晚之城》。《恐怖夜晚之城》描述了夏季炎热的夜晚印度拉合尔那一片死寂的恐怖景象。这样一来,小说中科塔尔的两个世界及其恐惧就很容易了解了——它们实际上表现了吉卜林的认同危机以及一种焦虑不安的心理。

吉卜林的这种恐惧和焦虑也以隐晦的方式更加深刻地表现在《丛林之书》中。在评论家富尔斯看来,"莫格里系列故事代表了吉卜林先生的自我、他的理想主义、他对文明的厌烦以及对原始世界的热爱"。(Falls 1972:26)确实,吉卜林给我们展现了一个充满浪漫主义色彩的理想化丛林世界。不过,对于吉卜林是否厌烦文明,热爱原始,笔者以为应具体分析。富尔斯认为吉卜林"厌烦文明",无疑是因为莫格里在故事中被这些小丑化的村民赶出村庄,而且以后拒不承认自己是人,甚至差点为此杀了老狼阿克拉;在《开放森林》("Letting in the Jungle")中他又命令海逖象率领众动物毁掉村庄,让森林延伸过去;而《国王的象叉》("The King's Ankus")又贬斥了人的贪婪。吉卜林描写莫格里对丛林世界的留恋以及他对村民的激烈的拒斥态度确实容易使人认为他厌弃人类、厌弃文明。但是,我们也应看到,在《丛林之书》首篇《莫格里的弟兄们》中,少年莫格里也曾被狼群抛弃。吉卜林以同样愤激而厌恶的笔调描述了狼群如何背信弃义,准备将其交给瘸虎谢尔汗,并痛快淋漓地描写莫格里用偷来的"红花"(火)烧得众狼四散逃窜。然而胜利后的莫格里却泪流满面。他为离开自己眷恋的世界而痛苦。在《老虎!老虎!》中离开丛林但又受到村民驱逐的莫格里无奈地说:"人群和狼群都抛弃了我。现在我只能一个人在丛林里打猎了。"(Kipling 1986:63)所有这些其实都反映了吉卜林的一种焦虑和无归属感。

如前所述,由于其早年的经历,吉卜林一直有强烈的被弃感和认同危机。于是一种焦虑感和无归属感就伴随着吉卜林,使他到处游荡。他的笔下也多这种游荡而无归属感的人物。莫格里便是这样一个人物形象。从这个角度来说,《丛林之书》有着自传的性质:少时被弃、徘徊于两个世界之间,不知自己确切身份的莫格里便是吉卜林自己。①

  莫格里的无归属感首先表现在他的两难处境上。《丛林之书》描绘了两个相互对立的世界:丛林和村庄。莫格里在这两个世界上的位置很尴尬:他来自村庄,却在丛林中长大;他是人,却成了林中百兽的主人;他回到村庄,又被当做魔鬼赶走;他欲长住丛林,然而身上的人性却又催他回归人类。对两个世界的选择也并非易事。固然,相对于村民们的吵闹、猥琐、贪婪、懦弱,丛林世界和谐、淳朴、有尊卑、有情义,使莫格里无限眷念。但村庄里的生活也有莫格里留恋的地方。比如小说中对莫格里牧牛生涯的描绘:

> 牧牛在印度是世上最懒散的事儿。牛群移动着,咯吱咯吱地吃着草,躺下休息,然后又开始移动。它们甚至都懒得叫一声……牧童们睡着,醒来,又沉沉睡去。他们用干草编制小篮子,放进蚱蜢……也许他们还会用泥巴做城堡,里面有泥人、泥马和泥牛。

(Kipling 1986:54)

  这段描写充满浪漫的色彩,既有欧洲传统牧歌风味,又有东方的异国情调,体现出他对印度乡村的喜爱,其笔调与吉卜林自传《我自己的一些事》中对其儿时的孟买水果市场的描绘如出一辙。两相比较,我们就更能体会到吉卜林对印度的留恋。

  但更令莫格里留恋的,是他的养母默苏娅。莫格里初回人群,默苏娅就认定他是自己那失踪的儿子,充满爱意地抚养他。默苏娅的母爱使得村庄具有了家的意味,成为莫格里割舍不下的地方。在这里我们发现书中一个有趣的现象。一方面,莫格里是弃儿,被母狼养大的狼孩,后来又被狼群和人类抛弃,内心非常孤独;但是另一方面,丛林和村庄又都是他的家,他有很多疼爱他的"父母":除了默苏娅和狼爸爸、狼妈妈,熊师巴鲁、黑豹巴希拉、蟒蛇卡阿都是"父亲"。《丛林之书》中的亲情、友情写得特别柔婉动人。默苏娅自不消说,当初幼小的莫格里初进狼窝,母狼拉克莎立即视之为己出,爱护备至,甚至为保护他而准备与瘸虎谢尔汗拼命。莫格里被猴群掳走时巴鲁急得在地上滚来滚去,抱头悲号,而强悍的巴希拉也不惜纡尊降贵,去

---

  ① 评论家莫斯认为莫格里与吉卜林本人中间存在明显的联系,因此莫格里故事可以说是吉卜林少时经历的一种隐喻:一个男孩被父母抛弃在陌生的环境里,由多个好坏不等的"养父母"养大,受环境所迫培养出了非凡的力量和本领,最终又在两种完全不同的文化间摇摆不定。甚至莫格里成为丛林之主也可以在吉卜林的文学生涯上找到对应:印度不如英国发达,但吉卜林依靠其在印度的生活积累和创作在伦敦成为文坛新星,《丛林之书》中村庄中的人不如丛林中的野兽,但莫格里却是因为其人的特殊禀赋而逐渐确立了其在丛林中的霸主地位。See Robert F. Moss. *Rudyard Kipling and the Fiction of Adolescence*. London: The Macmillan Press Ltd. ,1982, pp.112—113.

求蟒蛇卡阿帮忙,并明确表示"我——我们——爱他(莫格里)。"正如著名评论家贾瑞尔所言:"对于吉卜林来说,世界就是一个到处都是家的黑暗森林。因此当你的爸爸妈妈将你丢弃在森林里时,过来吃你的狼总是成了狼爸爸和狼妈妈"。(Bloom 1987b:21)弗洛伊德(1987:36)曾经断言:"一篇创造性作品像一场白日梦一样,是童年时代曾做过的游戏的继续和代替物",其具体过程是"现时的强烈经验唤起了作家对早年经验(通常是童年时代的经验)的记忆,现在,从这个记忆中产生了一个愿望,这个愿望又在作品中得到实现"。从这个角度出发,我们发现,《丛林之书》中这些柔情的描写是吉卜林对其痛苦记忆的一种补偿,体现了无归属感的吉卜林对"家—父母"的寻求和渴望。①

莫格里的认同危机还体现在他对村民的态度上。尽管他恨他们,并曾因为阿克拉认为他是人而差点将其击杀,但当村民们要杀死其养母默苏娅、他去替她报复时却不愿直接插手:"不要让人们知道我在这次活动中扮演了什么角色",他这样命令手下的动物们。(Kipling 1986:188)而当狼兄弟打算去杀死村民们时,他在急切中又阻止道:"回来! 人不吃人!"(Kipling 1986:176)就这样,他一方面不承认自己是人,但在潜意识里却又明白自己的身份。毕竟,莫格里的血管里流着的是人类的血液,最终他还是要回归的。这正如吉卜林本人一样:尽管他喜爱印度,但他是白人,他终究要回到自己的族群里去——在吉卜林的丛林世界里总是物归其类的。这一点黑豹巴希拉早就预测过:"你是一个人崽。就像我要回到我的丛林一样,你也最终要回到人们中间。"(Kipling 1986:15)莫格里的这些行为实际上都是吉卜林认同危机的隐喻性表现。

这种认同危机在《丛林之书》的最后一篇小说《春跑》中表达得更为清晰。故事中,随着春天到来,丛林中万物欣欣向荣,动物们纷纷离开莫格里唱起自己快乐的春之歌。作为人,莫格里无法理解动物们的感受。而他自己也感到力量的消退和一种莫名的痛苦:"日日夜夜我在自己的踪迹上都听到另外一个脚步。而当我转过头去察看时,又觉得仿佛是一个人立刻躲开了……我躺下,却无法休息;我做了春跑,但我的心却静不下来;我洗澡,却

---

① 《丛林之书》中不少故事都描写了温馨的家庭生活场景。如描写北极因纽特人的《八足灵獒》开篇就描摹了这样一个场景:雪屋里暖洋洋的。主人打猎归来,满足地看着十四岁的儿子考图库用海象牙刻东西;主妇忙着烧饭并将新生的小狗放进油灯上方暖和的皮袋里。旁边的小屋里,群犬吠然。而屋子外面则冰天雪地,一派极地寒景象。(Kipling 1986:239)《丛林之书》中许多故事的结构也体现了这种对家的寻求。莫格里系列故事就是从莫格里被弃开始(《莫格里的兄弟们》),到莫格里回到人群和母亲怀抱结束的(《春跑》)。而从某种意义上来说,《白海豹》中考提克对安全居住地的寻求、《八足灵獒》中考图库为了部落的生存对食物的寻求,都是寻求"家—父母"的隐喻形式:家=父母=食物+安全。

依然浑身灼热……"(Kipling 1986:301)显然,正如故事中老狼阿克拉所说的那样,这是莫格里内心的人性在召唤他回归人类。熊师巴鲁和蟒蛇卡阿也宣称人回归人类是丛林的法则。莫格里在春跑的尽头遇见等着他回家的养母默苏娅,这是个巧合,也有象征的意味。而巴希拉再次杀死的一头牛了结了莫格里与丛林的恩怨。故事结尾,当巴希拉长啸离开,莫格里与巴鲁相拥而泣的时候,我们能够深深体会到吉卜林内心的痛苦和冲突。

4.1.3 东方与西方的连接

吉卜林在布拉特布罗的创作也体现出一种新的倾向,那就是他开始对英印或者说东西方之间的关系进行更为深入的思考。他创作于1895年的短篇小说《建桥人》就是一例。这篇小说刻画了不少理想化英国殖民主义者,如芬德莱森、希切科克等,但我们也看到小说中有个重要的印度人形象佩鲁。他和芬德莱森一样努力工作,而且非常熟悉工程技术。叙述人这样评价他:"凭他对滑车和处理重物的知识,佩鲁要多高的工钱都值。但是习俗规定了高空作业的人的工资,佩鲁拿的工钱远比他应得的要少。"(Kipling 1946:226)我们知道,吉卜林一向重视个人对专业知识的熟练掌握,因此叙述人的这种评价是明显的赞美。此外,小说还描写佩鲁像英国人一样有强烈的责任感和荣誉感:"'我的荣誉就是这座桥的荣誉',他(佩鲁)对即将被解雇的人这样说。""佩鲁和其手下都光着上身,为了那比生命还重要的荣誉和信用而努力工作。"(Kipling 1946:226,232)

小说中刻画的佩鲁这个令人尊敬的印度人形象不同凡响。吉卜林早期作品中的印度人以负面形象为主,尽管也有丽丝佩斯和阿米拉这样正面的印度女性形象,但她们还属于柔弱的、被动的形象,在读者心中引发的主要是同情。而佩鲁则不同。他坚韧、果敢,有丰富的专业知识,重荣誉和责任,是一个典型的吉卜林式英雄形象。这样的正面印度人形象表明吉卜林已经开始重新思考印度人的价值和英印或者说东西方之间的关系。这种思考在小说的后半部分表现得更明显。被洪水冲到一个河心沙洲上的芬德莱森和佩鲁为了治病吃了些鸦片,坠入梦境。在梦中他们看到印度教诸神在谈论人们正在建造的恒河大桥。恒河女神要求惩罚建造大桥约束其神力的建桥人,其他神灵则激烈地辩论大桥和火车对他们的利弊。有些神灵比较乐观,认为火车会增加前来朝觐他们的信众人数:"火车一个一个地开动,每个火车都装了一千个朝拜的信徒。他们不用再步行前来,而是坐在滚动的车轮上。我的荣耀也增加了。"(Kipling 1946:245)这些神灵们还相信:"所有的话说完以后,所有的谈论结束以后,人们最终会回归湿婆神。"(Kipling 1946:246)但是也有些神灵对西方文化的入侵有更加清醒的认识,他们没有上述诸神的乐观,但对他们宗教的同化能力依然充满信心:"他们的神灵来了,我们将其改变。我抓住那个女神,让她长出十二条胳膊。① 我们也会如法炮制改变其他的神灵。"(Kipling 1946:251)还有少数神灵清楚西方文化的影响力,对自己的未来产生了忧虑:"已经太迟了。你们应该在一开始就进行杀戮,那时大水那边过来的人还没有教会我们的信众什么东西。现在我们的信众看到了他们的工作,就走开思考去了。他们不再考虑神灵了。他们开始思考火车和建桥人做的其他事情,而你们的祭司伸手要施舍的时候,他们只是很不情愿地给那么一点点。"(Kipling 1946:251)因此他们感叹道:"大王们哪,结束的征兆已经显现。火车叫喊的是新的神灵,不是用了新名字的老神灵。"(Kipling 1946:252)

小说中这些神灵的讨论具有浓厚的象征色彩,表现了吉卜林对东西方文明和关系的深刻思考。学者们很早就注意到小说的象征意味。比如小说发表后《麦克米兰杂志》上就发表了这样的评论:"恒河大桥不仅是一项工程,它还代表着一场战争,东方古老的神灵在和新的精神力量打一场失败的战争。"(Page 1984:72)这个论断可以在小说的结尾找到支撑:一个土邦王子拉奥乘坐汽艇前来搭救芬德莱森和佩鲁。这位接受过英国教育的王子对印度古老宗教充满不屑:"我下午两点四十五分要去参加国庙的一个仪式。我们要在那儿竖立一个新偶像……这些宗教仪式挺烦人的,是吧,芬莱森②?"(Kipling 1946:256-257)而获救的佩鲁也对印度宗教失去了信心,打算回去惩罚那个与其争辩的祭司。这个结尾显然预示着印度古老宗教的衰落和西方文明的入侵,但有意味的是,拉奥王子的"现代"态度和讨好英国人的口吻呈现的是一个负面形象,表明吉卜林并不完全欣赏现代西方文明的扩张。占故事一半篇幅的印度教诸神的热烈谈论实际上反映了吉卜林内心的纠结及其对东西方文明冲突的严肃思考。"大桥"在这里是个寓意复杂的象征。它不仅代表殖民控制和现代西方文明的扩张,也可以理解为连接东西方文明的纽带。故事中印度教神灵宣称大桥和火车会带来更多的朝圣信众就是这种连接的具体体现。而其中猴神哈努曼的话更是点明了这一主旨:"我是真正的建桥人——连接这个和那个的桥梁。每座桥最后肯定都会连向我们。"(Kipling 1946:247)也许,"连接"是吉卜林在《建桥人》中为东西方文明冲突问题找到的答案。但是故事中神灵们的担忧以及结尾的情节安

---

① "那个女神"指基督教里的圣母玛利亚,印度教里的十二臂女神是大神湿婆的妻子雪山神女帕尔瓦蒂的化身迦梨女神。

② 此处原文缺音节,模拟印度王子发音不准,有讥讽之意,故翻译时也略去一字,将"芬德莱森"译为"芬莱森"。

排表明吉卜林对这种东西方的"连接"并没有充分的信心。①

吉卜林对东西方文明关系的思考还表现在《丛林之书》中的另外一篇故事《普伦·巴噶的奇迹》("the Miracle of Purun Bhagat")中。这篇故事叙述印度一个土邦的首相如何接受西方先进教育,改革社会,办教育、搞医疗,成效显著,名播海内外。但就在他名声如日中天时他却抛却名缰利锁,隐姓埋名,成了游方僧人。后来他行至喜马拉雅山下,定居于一山峰之上修道,受山下村人供奉,终日静思,看白云苍狗,世事沉浮。终于在一次山洪暴发、山体将塌之时,他知道解脱之时已到,不愿离开。但他又想到了山下的村民,于是在鹿猴等动物的帮助下冲下山唤醒村民,帮他们逃至安全地带。自己却因年老体衰,劳顿过度而溘然长逝。这个故事之不同寻常之处在于普伦·巴噶这个人物显然是东西两种文化的代表—— 他前半生做首相,为民谋福,改革弊政,出没于伦敦社交场的衣香鬓影之间,显然代表着西方文化,而其后半生的苦行僧生活无疑又有着东方古老智慧的神秘意味。普伦·巴噶一身而兼东西方文化,显然,吉卜林在《建桥人》中东西方文化的连接思想在这里已经发展成为东西方融合的思想。不过在普伦·巴噶身上东西方文化体现于其生命的不同时期,泾渭分明,互不相干,融合的特征并不明显,可以说,普伦·巴噶仍然是一座连接东西方文化的"桥",吉卜林关于东西方融合的思想在后来的《基姆》中才真正得到体现。普伦·巴噶的故事是吉卜林解决其认同危机的一种努力。遗憾的是,他的这种努力在这篇故事里并不很成功。普伦·巴噶何以突然放弃荣华,穿上僧袍,吉卜林在故事中只有很简单的解释:"印度是世界上唯一的地方,一个人可以做其想做的事而不会受人注意、查问。普伦·达斯爵士(即后来隐姓埋名的普伦·巴噶)辞了职,离开宫廷和权力,拿起乞钵,穿上僧衣,没有人认为这有什么不寻常。"(Kipling 1986:161)这两句很轻巧的解释表明,东方在吉卜林的眼里仍然是神秘而不可理喻的。这种典型的东方主义态度使吉卜林一方面不可能真正理解东方文化,同时在试图融合东西方文化的过程中又必然以西方文化为

---

① 《建桥人》还体现了吉卜林作品的新阐释维度:吉卜林对机器的理解和接受。小说中的"火车"和"汽艇"意象都是机器的象征,代表了现代西方工业文明,而印度及其古老的宗教显然代表着农业文明。总体而言,吉卜林相信英国维多利亚时代的工业进步话语,认为机器带来社会繁荣和文明的进步。他在英国作家中最早拥有汽车,也在自己的小说和诗歌创作中频繁描写机器。除了这篇小说外,前述《瑙拉卡》中"铁路带来繁荣"和"电灯所到之处,即见文明的曙光"的理念,以及《基姆》中锡克工匠对火车的赞美等都表明了吉卜林对机械文明的肯定。但另一方面,吉卜林也热爱英国乡村的宁静和幽美,加上他与印度古老农业文明的联系,他有时也对现代机械文明的扩张感到一种困惑。《建桥人》中占一半篇幅的印度教诸神的辩论即反映了这种矛盾心理,而其写于 1904 年的短篇小说《他们》更是反映了这一点:小说中汽车的噪音破坏了乡村的宁静和幽美,但它也凭借其速度挽救了生病儿童的生命。

主体。这一点在故事后半部表现得比较明显——吉卜林宣称普伦·巴噶在山体将塌的危急时刻舍弃了宗教,不再是印度教圣者,而是重新变成了首相普伦·达斯爵士,以行动救民于急难(Kipling 1986:169),并在结尾强调村民奠祭已逝的圣者,但并不知道他就是以前叱咤风云的首相——其早期的殖民主义态度仍旧存在:西方殖民者为了当地人的福祉拼命工作,而这些"半是魔鬼、半是孩童"的土人却懵懵懂懂,不知就里。

由于其独特性,《普伦·巴噶的奇迹》颇受评者的关注。许多评者都认为这是吉卜林融合东西方文化的一种努力。譬如,哈里森就说它是"东西方价值观念的成功融合"(Harrison 1982:51),沙哈尼也说"在普伦·巴噶的性格中基督教价值观念与印度教生活方式微妙地结合在一起"。(Votteler & Young 1990:295)问题在于,评者大都和吉卜林一样,认为普伦·巴噶最后的舍身救人行为乃是他放弃了印度教圣者的静思无为而重新恢复当初大邦首相的身份,以行动救民于急难。在评论家任尼克看来,"普伦·巴噶最后的行为对于婆罗门来说是异端,正如一个正统的婆罗门的静思无为对于一个英国军官也是异端一样……从我们西欧的观点来看,普伦·巴噶的行为是正确的,而从印度的观点来看他的行为则会万劫不复"。(Rutherford 1964:14)

显然,对于吉卜林和这些评者来说,做印度教圣者就意味着静心苦修,不问外事。笔者以为这是一种偏见。实际上,尽管印度教讲究远离红尘,苦行苦修,但它与佛教一样有济世度人之心(印度教在发展过程中吸收了不少佛教的理论),都强调生死轮回、因果报应。行善事的得善报,甚至超越生死,作恶的则转世受罚。因此,像普伦·巴噶那样的高僧大德在危急关头舍己救人乃是很自然的事,①而吉卜林和上述西方学者却将其行为仅仅归结为西方文化中的人文主义思想,明显是对东方文化的误解。这种误解主要源于他们对东方文化和宗教的不了解。譬如,有学者指出,吉卜林对印度宗教并不真正了解。他在自己的作品中常常将各种宗教混淆在一起。乔杜里在分析吉卜林代表作《基姆》中的西藏喇嘛时指出,这位佛教喇嘛身上有着印度教和基督教的因素,而吉卜林本人似乎并没有意识到这种混淆。(Childs 1999:275)吉卜林的评者中也有类似情况。除了前述任尼克的偏见外,伊安·亚当在讨论佛教时谈到大乘佛教主要注重自我解脱,而小乘佛教则兼顾普度众生。(Childs 1999:266)实则正好相反。对于东方文化的隔膜使得

---

① 明末清初中国西南佛教领袖破山和尚所为即如此。当时张献忠起义军所过之处,杀戮颇多。一天张献忠部下李定国见到破山和尚,破山和尚为民请命,要求别再屠城。李定国叫人堆出羊肉、猪肉、狗肉,对破山和尚说:"你和尚吃这些,我就封刀!"破山和尚说:"老僧为百万生灵,何惜如来一戒!"就立刻吃给李定国看,李定国也守信用,只好封刀。

吉卜林和上述西方学者将东方文化简单化、神秘化。小说中普伦·巴噶的行为就变得神秘而难以理解，小说"连接"东西方文化的主旨自然也就没有得到有效的传达。此时我们的耳边是不是又响起了那遥远的声音："东方是东方，西方是西方，双方永不相会"？①

英国当代著名作家、评论家布拉德布里(Malcolm Bradbury)在其著作《现代英国小说》中说："吉卜林被许多人认为是当时最重要、最具代表性的英国作家。"(Bradbury 2005:56)但多年来，由于吉卜林所背负的"帝国主义作家"的恶名及其作品里时常出现的殖民主义态度，我国外国文学界对他一直研究甚少。今天大英帝国早已灰飞烟灭，殖民主义已成过街老鼠，不用再担心《丛林之书》等吉卜林作品可能存在的煽动作用。后殖民主义等当代文学理论的出现也给我们的外国文学研究提供了许多新的视角和手段。而现代世界的喧嚣、复杂和浮躁使人们的物理距离越来越近而心灵距离却越来越远。这使得书中的人间温情和单纯世界显得尤为可贵。徜徉其中，我们可以饱览印度丛林的优美风光，体会莫格里及其伙伴们的悲欢离合，同时也思考吉卜林提出的奋斗、尽职、遵从等永恒的价值观念和人生的主旨。

第二节 《勇敢的船长们》：实践工作的教育

如前所述，《丛林之书》包含成长小说的因素，从侧面描写了帝国少年的成长，在一定程度上体现了吉卜林对于青少年教育的思考。众所周知，青少年教育是英国维多利亚时代的重要问题。帝国的扩张需要大量强健、能干、符合大英帝国需要的人才，这使得青少年教育变得异常重要。于是英国社会的有识之士们纷纷关注这个问题，心系大英帝国的吉卜林也不例外。他在布拉特布罗镇居留期间创作的长篇小说《勇敢的船长们》(Captains Courageous, 1897)也讨论了这个问题。《勇敢的船长们》的创作始于1896年2月。那是吉卜林一家居住在布拉特布罗镇的最后一个年头。当时吉卜林的二女儿娥尔曦刚刚出生，家庭医生康兰德(Dr. James Conland)经常前来探视。康兰德年轻时做过水手，谈话中常涉及航海的话题。吉卜林于是产生了写一部描写美国人航海故事的念头。此后，吉卜林一面向康兰德讨教航海和捕鱼方面的知识，一面实地考察了马萨诸塞州的葛洛赛斯特等渔港，同时动手写作。到了下半年，小说完成，开始在杂志上连载。第二年也

---

① 见吉卜林诗作《东方和西方的歌谣》(Rudyard Kipling. *The Collected Poems of Rudyard Kipling*. Hertfordshire: Wordsworth Edition Limited. pp. 245—248). 此诗作于1889年，比较受人瞩目，其中有明显的东方主义思想。论者多以此来说明吉卜林的帝国主义态度。不过值得注意的是，作者在诗中也表现了对没有种族、出身、国界之分的大同世界的向往。

即 1897 年,《勇敢的船长们》在伦敦和纽约出版单行本。这是吉卜林的第三部长篇小说,也是他唯一一部纯粹描写美国和美国人的作品。小说描写一个美国富家纨绔少年哈维·彻恩在乘游轮赴欧洲时落水,被美国捕鱼船"我们在这里"号救起,此后在渔船上开始了三个月的艰苦工作,终于成长为一个坚韧勤劳的男子汉。这是一部典型的教育小说,其书名源自 18 世纪英国主教帕西(Thomas Percy,1729—1811)辑录的《古英语诗歌拾遗》(*The Reliques of Ancient English Poetry*,1765)诗集中一篇歌谣的开头一行:"那些勇敢的船长们,死亡都不能让其低头"。(Page 1984:150)这一行诗句不仅给吉卜林的这部作品提供了书名,也为其定下了坚强和乐观的基调。小说对美国葛洛赛斯特海岸的渔民生活有非常细腻准确的描述,文笔简洁自然,尤其对海上捕鱼生活的描绘常常带有一种诗意的抒情笔调。此书一直深为少年所喜爱,曾被认为是适宜十几岁青少年阅读的最好的几本英语小说之一。(Shanks 1940:66)不过,尽管吉卜林本人很喜欢这部作品,《勇敢的船长们》却与其前两部长篇小说《消失的光芒》和《瑙拉卡》一样没有完全得到评论界的认可。学者们认为小说中人物性格的刻画比较单一,情节设置也不尽合理。(Carrington 1978:285;Gilmour 2002:105)因此这部作品没有引起西方评论界的重视,国内也基本上没有人加以关注。不过值得注意的是,尽管这部小说讲述的是美国渔民的生活和美国少年的成长,书中传达的理念却与维多利亚时代晚期的青少年教育理念一脉相承,对于我们进一步了解维多利亚时代的青少年教育和吉卜林自己的教育理念都很有帮助。我们发现,吉卜林和英国维多利亚时代晚期许多人一样,注重培养青少年的勇敢、坚韧、克己、团队协作精神等品质。但在培养手段上,吉卜林与当时许多人看法不一。当时普遍认为体育运动是培养这些品质的有效手段。而吉卜林则由于自己独特的经历与思想,更主张通过艰苦的工作来获得这些品质。

4.2.1 体育运动与英国维多利亚时代的青少年教育

自古以来体育运动一直在人类的生活中占据重要的地位,也是教育体系中的一个重要组成部分。中国古代贵族教育体系"六艺"中有"射"、"御"(射箭、驾车)的内容。而在西方,古希腊的奥林匹克运动会更是影响深远。从很早的时候起,人们就认为体育运动对于培养个人的道德品质有着特殊的作用。譬如,中国西周时的"礼射"便是利用射箭这种体育活动来彰显"君臣之义、长幼之序",具有明显的社会道德意图。古希腊哲学家色诺芬(Xenophon,约 430BC—354BC)认为打猎能够赋予年轻人以他们的祖先天生就具备的一些美德。而在 18 世纪的德国,已经有了关于体育运动的教育功能的理论。教育家贝司多(Johann Bernhard Basedow,1724—1790)认为沐浴、滑冰、摔跤、跳跃和爬山具有教育意义,能够培养资产阶级赖以成功的秩序、严谨和创造性等个人品质。另一个德国人约翰·穆斯(Johann Guts Muths,1759—1839)也撰写了多部著作,宣扬其体育教育哲学,认为体育运动能培养"强健的体魄、力量、勇气和男子汉气概",还能培养人的心灵。(Green 1993:63)

体育运动与道德品质之间的联系也一直存在于英国的文化中。从古英语史诗《贝奥武甫》中渲染的英雄的强悍、勇敢、豪爽、负责任到中世纪骑士的武勇、忠诚与纯洁,勇武和高尚的道德一直如影随形,成为英雄的标志。而18世纪的英国精英知识阶层用骑士精神来教化新兴的资产阶级,更是将这种融勇敢与道德为一体的体育精神带入英国绅士阶层的教育当中,并在维多利亚时代达到了顶峰。当时英国国力强盛,开始在全球范围内大肆扩张。帝国的建设与维护需要大量体格强健、品质优秀、有领导才能和办事能力的殖民地人才。而英国旧的公学教育体系已难以满足这种要求。此时在英国社会中崇尚严肃、勤勉、克己,富于传道激情的新教福音派人士逐渐得势,开始对英国社会的各个方面进行检讨,抨击各种恶习,同时提倡宗教、道德、责任感和勤勉精神,净化社会环境。在青少年教育方面,他们也大力推行改革。这方面影响最大的当数教育家托马斯·阿诺德(Thomas Arnold,1795—1842)博士。他自1828年担任拉各比公学校长以后着手改革学校教育,将福音派的道德理念引入公学教育,更加强调宗教、道德精神的培养和智性的价值,同时重视体育训练。阿诺德的公学改革获得了极大的成功,此后英国的公学都基本上按照阿诺德的模式发展。但后来的公学在模仿阿诺德的过程中往往忽视了对学生智力的培养,而是更加重视体育训练。板球、足球几乎成了所有公学学生的必修课,体育比赛在学校里几乎成为宗教性的节日。这种对体育的重视不仅在各种公学里大行其道,而且很快在社会上发展成一种宗教式的狂热。这就是当时所谓的"强健的基督教"(Muscular Christianity),注重培养青少年的"男子汉气概",也就是矫健、勇敢、自信、克己等品格以及忠诚、服从和团队协助的精神。而当时普遍认为,所有这些品格都可由体育运动来获得。下面这段话就典型地代表了这一态度:

> 健康、忍耐、勇气、判断力,特别是公平竞争的意识,都能在足球场上获得。一个踢足球的人必须学会,也一定能学会在激烈的比赛中公平竞争。正是这些品质使得一个国家变得勇敢而强大。运动富于男子气概,也特别适合英国人。它将勇气注入他们的心中,使他们能勇敢地面对敌人。(Horrocks 1995:149)

在这里体育运动已和高尚道德的培养密不可分,而这些又隐含着维多利亚时代大英帝国殖民扩张所需要的强悍体魄和精神的结合。难怪当时一个有名的公学校长阿尔蒙德(Hely Hutchinson Almond,1832—1903)看到吉卜林的诗歌《岛民们》("The Islanders",1902)中对踢足球者有不敬之词就大为恼火。在他看来,一个人要是足球踢得好就绝不可能是坏人。(Mangan 1998:27)这种看法今天当然显得很可笑,但在维多利亚时代晚期相信它的却大有人在。1881年至1895年间担任著名的哈罗公学校长的威尔顿(J. E. C. Welldon,1854—1937)就认为,英国人强于法国人和德国人的地方不在于他们头脑更聪明、人更勤奋、科学更发达,而在于他们有着体育运动培养出的强健身体和良好的秉性。他甚至认为当时英国几场以弱胜强的守卫战的胜利也来自这些公学的板球和足球运动场上。他的结论是:"大英帝国的历史上清楚写着,英国的统治要归功于她的体育运动。"(Mangan 1998:35—36)其他许多著名人物,如后来担任温切斯特学院校长的伦达尔(M. J. Rendall)、担任哈罗公学校长的诺伍德(Cyril Norwood,1875—1956)等都持有类似的观点。

这种认为体育运动维系着大英帝国的统治的观点在维多利亚时代甚为流行,使得当时许多教育家在青少年教育中将体育运动置于智力训练之上。1884年至1905年间担任伊顿公学校长的埃德蒙德·沃热(Edmond Warre,1837—1920)就明确认为强健的身体比健全的智力更重要。前述的阿尔蒙德校长更是对书本知识不屑一顾:"在学者和运动员两者间,谁会更敏感,更能准确地解释耳闻目睹的那些转瞬即逝的微弱印象呢……两者哪个更能摆脱病菌,很快从伤痛中恢复,或者更能忍受日晒雨淋和疲乏之苦呢?"(Mangan 1998:23,28)

这里呈现的是纯粹的实用主义逻辑,体现了维多利亚时代晚期的英国人对大英帝国的关注。这种极端重视体育运动而忽视智力培养的实用主义逻辑也体现于当时的公学小说中,并影响了整个社会的文化氛围。

4.2.2 《勇敢的船长们》中哈维的教育

前文说过,英国维多利亚时代的教育理念中看重体育运动,认为运动能锤炼青少年的性格,将其培养成当时大英帝国所需要的坚强、勇敢、克己、有团队协作精神的杰出人才。作为大英帝国的吹鼓手,吉卜林无疑是赞同培养青少年的这些品质的,《勇敢的船长们》宣扬的便是这些品质。从这个意义上来说,这部小说尽管并没有直接涉及大英帝国,但其背后始终有着帝国的巨大身影。但与当时英国盛行的教育理念不同的是,《勇敢的船长们》中哈维的教育不是通过公学中的体育运动,而是通过他在渔船上的工作来进行的。

书中主人公哈维·彻恩初次出场时是一个典型的纨绔子弟形象:这个不满16岁的少年穿着时髦,嘴里吹着口哨,举止傲慢而粗鲁,脸上一副吊儿郎当的神情,口袋里揣着一百多美元的零花钱——这在当时可算是一笔不小的财富。这还不算,为了取乐,当他发现自己乘坐的游轮周围都是渔船时竟然希望撞翻一只,觉得那样一定很好玩。(Kipling 1995a:8)这样一个花花公子当然受到全船人的鄙视。来自世界各地的旅客谈起他来都觉得他是个愣头青,招人厌。所以当有人提到哈维随妈妈一起乘游轮去欧洲,目的是完成他的教育时,另外一个旅客立即说:"教育还没有开始。"(Kipling 1995a:7)这样,小说一开始就确定了其教育主题。同时,从同船旅客之口,我们知道哈维其实本质不坏,只是他那富翁爸爸整天忙于事业,没时间管他,而他母亲又管不好他,只知道随他心意,骄纵无度,带着他从小满世界旅游,并没有真正给予他良好的教育。

随后故事的发展自然而又具有象征意味:娇惯蛮横的哈维受到众旅客的捉弄。为了在那些成人旅客面前撑面子,他抽起了别人递过来的雪茄,结果抽醉了烟,失足落水。

落水的情节在这里有着明显的象征意味。我们知道,在西方基督教文化传统里,在水中浸泡、甚至淹死等细节都往往与基督教的洗礼相联系,往往象征着旧生命的死亡和新生命的诞生。20世纪初的现代主义大诗人T.S.艾略特的名作《荒原》中就有"水中生"的象征性情节。同样,《勇敢的船长们》中哈维落水这个情节也象征着他的新生的开始。而搭救哈维的渔船"我们在这里"号正是其新生开始的地方。"我们在这里"这个船名在这里也具有象征意味:它表明这里有吉卜林理想的教育。

哈维在船上学到的第一条生活准则便是纪律和服从。这是从船长迪斯科给他的一拳开始的。从教育小说的角度来看,迪斯科就是哈维成长过程中的导师。这个比所有人都熟悉捕鱼业的渔民强悍、豪爽,从各个方面都符合当时盛行的"男子汉气概"的标准。由他来将花花公子哈维领上正道,正是再合适不过。哈维刚被救起时还没改变纨绔习气,嫌渔船上肮脏狭窄。他在渔民面前颐指气使,要花钱让渔民送他回家。面对船长迪斯科给他分派的任务——跟着自己的儿子丹在船上干活,每月工资十个半美元,哈维嗤之以鼻。他傲慢地贬低这些渔民,还诬陷渔民偷了他的钱,终于激怒了迪斯科,被毫不客气地一拳打倒。(Kipling 1995a:19)这种暴力性场景是吉卜林的小说中经常出现的镜头。尽管批评家们对此颇有微词,但像维多利亚时代的教育家们一样,吉卜林一直相信拳头和棍棒在青少年教育中的作用。①本书中有多处借丹和老哈维之口说明迪斯科打哈维是为了他好。(Kipling 1995a：22，145)。这一拳打掉了哈维的傲慢。不久他向迪斯科道歉,也得到了他的原谅,从而开始了他在船上的工作。

由于条件艰苦,为了保证工作的顺利进行,渔船上确立了严格的等级和纪律。船长迪斯科身为一船之主,又是最优秀的渔民,其权威自然不容挑战,违者会受到惩罚。就连其弟强悍的渔民索尔特斯冒犯了他,也一样受到惩罚。(Kipling 1995a：48)而对于哈维而言,所有的渔民,包括丹,都是他的上司。他必须服从他们的命令,否则也一样受到鞭打等惩罚,而其他人绝不会干涉。(Kipling 1995a：37，51)船上的等级观念甚至也体现在吃饭的先后次序上。为了保证主要捕鱼人的营养和休息,每次开饭总让他们先吃,然后才轮到打杂的和哈维他们。其他规则像星期天不工作、不同的事情要分清等规则都得到遵守,也是秩序的体现。故事结尾哈维与丹再见面时,一个是船主,一个是大副,而往日船上的厨子已成了哈维的跟班。这种戏剧性变化进一步强化了渔船上的等级秩序,将其扩大到一般的生活中。

在渔船上高强度的工作中哈维学会了坚韧、克己的精神,也培养了自己的荣誉感和责任感。渔船上的工作是艰苦的,对于哈维这样一个富家纨绔子弟更是如此。在捕鱼季节,工作异常繁重,渔民们有时会极度疲劳,甚至吃完饭放下碗筷就会立刻睡着。哈维尽管开始时干的是最轻的活儿,如打打下手,洗刷碗碟,晚上值前夜班,却仍然累得经常边干活边哭泣,还常因出错或者动作迟缓而受到鞭打。哈维刚开始工作时,负责指挥他的丹还拿着鞭子监督他。(Kipling 1995a：37)但是,经过一段时间的工作,哈维开始适应这项工作,逐渐习惯了浪打、钩刺、鞭抽等日常的艰辛劳作和处罚,人也变得越来越坚强勇敢。他第一次看到渔船边冒出一头虎鲸时吓得尖叫,但此时居然敢于和丹一道把旧刺刀绑在木棍上去捕猎鲨鱼！慢慢地他也越来越热爱自己的工作,甚至对这项工作产生了一种自豪感。当他第一次独立钓到一条一百多磅的大比目鱼时,就拒绝了其他渔民的帮助,坚持要自己将其拉上船:"这是我的第一条鱼。""看着这个灰色花点的大家伙,他感到一种说不出的骄傲。"(Kipling 1995a：42—43)他积极地向迪斯科及其他渔民学习他们的熟练技巧,并为此赢得了众渔民的赞赏。(Kipling 1995a：79)甚至最后与父母重逢时,他在激动高兴之余,还惦念着第二天要去完成自己的工作。而老哈维为了考验他,建议他找人替他做时,哈维拒绝了——他要履行

---

① 体罚是维多利亚时代青少年教育中的常见手段。《汤姆·布朗的求学时代》、《斯托凯与其同党》等公学小说对此有详细的描写。许多维多利亚时代的现实主义小说如著名小说家萨克雷的《名利场》、夏洛特·勃朗特的《简·爱》中也有类似描述。

自己会计的职责。这个职责是船长分配给他的,而船长是非常公正的。
(Kipling 1995a:141)至此,哈维在"我们在这里"号上的教育终于完成:他已
成长为一个坚韧克己、有责任心和荣誉感的男子汉。故事后来老哈维和儿
子谈心,再次强调工作和吃苦的必要,并告诫他知识——特别是实用知
识——的重要,劝他去上大学。(Kipling 1995a:156-159)这些教训实际上
是前面迪斯科教育的延伸。因为在故事的后半部,老哈维已代替迪斯科充
当了哈维的导师——此时的迪斯科由于发现自己以前对哈维判断有误,已
丧失自信,无法再充当日趋成熟的哈维的导师,而同样勤勉、克己、坚强的老
哈维凭着自己的财富和见识能力,自然是迪斯科最合适的接班人。只是前
面的故事已经形象地传达了作者的教育理念,此时再由老哈维反复阐述,似
有蛇足之嫌。

吉卜林的团队意识体现在哈维融入"我们在这里"号渔民团体的过程
中。不过,吉卜林的团体都是一种由共同的世界观、喜好和独特的语言等形
成的封闭的小圈子,而且带有共济会的民主特征。像其作品《三个士兵》里
的穆尔凡尼、李洛伊和奥塞里斯、《丛林之书》里的莫格里与黑豹巴格拉和熊
师巴鲁、《斯托凯与其同党》里的斯托凯和默托克,比托尔等都属于这种封闭
的小圈子、理想的社会。论者一般认为,吉卜林小时在寄养人家受到虐待,
有很强的孤独感,因而产生了强烈的归属欲望,而封闭的小圈子则满足了他
的这种渴望。(Moss 1982:13)此后吉卜林在联合服务学院里的第五号宿
舍、中学毕业后去印度工作期间常参与的西姆拉小社会,甚至吉卜林备感珍
惜的"家庭方阵"(Family Square),都满足了吉卜林的这种归属的欲望。《勇
敢的船长们》中的"我们在这里"号渔船就是这样一个封闭的团体,也是一个
理想的男性社会。渔船上虽有等级,但大家都以一种渔民特有的粗犷方式
相互帮助、相互尊重。譬如原为牧师,后因水灾而家破人亡因而失忆的潘
恩,在船上一直是大家照顾的对象。这个小团体也有自己的标志性特征,如
渔民装束、自己的方言、体态语等。

哈维初为渔民时虽疲惫不堪,但很快第一次感受到属于一个男人工作
团体的自豪,正是这种自豪感让他强忍疲乏,勉力支持。(Kipling 1995a:
35)不久,哈维因表现不错而被允许换上渔民装束。(Kipling 1995a:39)这
种标志性的举动说明哈维正在被渔民团体接纳。哈维逐渐习惯了船上的生
活和渔民的服装与语言。他的身上带上了许多渔民特有的伤痕,进一步标
明他已是团体的一分子。(Kipling 1995a:75)"他成了'我们在这里'号上所
有事物的一部分,在餐桌上有自己的位置,也有了属于自己的铺位。大风暴
不能出海时大家一起聊天,他也有讲述自己故事的权力,这时其他人总是认
真地听他讲那些他们说是'童话般'的岸上生活故事。"(Kipling 1995a:76)

哈维开始喜欢这种生活,经常带着欣赏的神情看着眼前的一切,甚至希望能告诉自己的母亲这种"奇妙的新生活"。(Kipling 1995a:76)而他与丹晚上悄悄起来到厨房里偷饼吃更是典型的吉卜林式恶作剧,标明他已彻底融入船上的小社会,成了一个地地道道的渔夫。(Kipling 1995a:100)他甚至对以前自己的花花公子装束以及那种觉得撞翻渔船一定很好玩的幼稚想法感到羞愧。众渔民也细心调教他。一切都和谐融洽,体现出一种高度理想化社会的特征。哈维就这样成长起来了。

4.2.3 吉卜林的工作理念及其渊源

如果说吉卜林的青少年教育理念以工作为核心,不同于维多利亚时代晚期的体育狂热的话,这种观念也有其深厚的社会根源,那就是维多利亚时代的工作伦理。可以说,在那个时代体育狂热与工作伦理并行不悖,共同形成了人们的行为规范。体育狂热的着眼点在培养未来的大英帝国建设人才,培养对象是帝国的青少年,而工作伦理则是为了框范成人世界。但是在吉卜林的小说世界里,成人和青少年之间似乎并没有什么界限。少年英雄一直是吉卜林关注的中心,像《丛林之书》中以莫格里为代表的少年主人公、《斯托凯与其同党》中的公学少年、《基姆》中的基姆、本小说中的哈维和丹等,都是十六七岁的少年。而吉卜林笔下的成人则往往是少年的延伸,如其早期作品里塑造的著名的三个士兵,《消失的光芒》中的迪克·海尔达等,其行为举止也都像十几岁的少年那样单纯,甚至有点幼稚。评论家莫思认为吉卜林一直没有超越自己的青少年时代,他心中有一个永恒的少年情结。(Moss 1982:32)因此,吉卜林在自己的青少年教育思想中融入了工作伦理并无什么奇特之处。

维多利亚时代工作伦理的核心是工作神圣的理念。这种理念至少可以追溯到欧洲的宗教改革时期。20世纪初德国著名社会学家马克斯·韦伯(Max Weber,1864—1920)在其名著《新教伦理与资本主义精神》(*The Protestant Ethic and the Spirit of Capitalism*,1905)中谈到宗教改革家马丁·路德的职业概念时对"工作、职业"的词源进行了详细的探讨,指出通行于新教国家的calling一词在英语中既有"职业",又有"神召"之意,指出宗教改革使人们改变了中世纪的那种鄙视世俗工作的观念,而是将职业和工作看成上帝赋予他们在尘世中的责任和义务。职业思想成为所有新教教派(特别是清教)的核心教理。(韩水法 2000:288—295)对于新教徒来说,工作本身成了带有道德和宗教色彩的价值观念,依靠勤奋工作获得财富的多寡往往标志着上帝的救赎与否。这种情形在信奉勤勉、克己的英国清教徒中尤其如此。韦伯认为正是新教的这种工作伦理使大批人投身到积极的贸易和生产中去,促进了英国的资本原始积累,从而推动了英国资本主义的发展。英国文学作品中对工作的讴歌也不乏其人。17世纪英国著名清教诗人弥尔顿(John Milton, 1608—1674)在《谈失明》一诗中便表达了自己因双眼失明而无法工作、完成自己神圣使命的无奈。18世纪初出身清教家庭的英国作家丹尼尔·笛福(Daniel Defoe, 1661—1731)在其小说《鲁宾逊漂流记》中津津有味、巨细无遗地描述鲁宾逊在荒岛上伐木造船、烧陶建屋等一系列工作经历,实际上也是其清教徒的工作伦理的反映。从这个意义上来说,评论家C. S. 刘易斯称赞吉卜林"首次在文学中表现工作这个庞大的领域"可能言过其实。(Green 1971:4)应该说,在吉卜林对工作的热情讴歌中,我们能依稀看见笛福以及其他清教作家勤奋工作的背影。

到了维多利亚时代,工作的价值进一步得到强化。19世纪30年代,也就是维多利亚时代刚开始,具有清教色彩的福音派便在英国社会中开始得势,致力于社会改革,强调道德、勤勉和克己。工作被认为是国家繁荣强盛的基础。而在当时的著名思想家托马斯·卡莱尔、约翰·罗斯金眼里,工作更成了一种道德和宗教责任,是防止贫穷、堕落和罪恶的保证。譬如,托马斯·卡莱尔在其《黑鬼问题》中就声称,无论白人黑人,诚实有效地工作都是他们永远的责任。但是黑人懒惰,不愿意工作,因此有必要奴役他们,迫使他们进行劳动。(Raskin 1971:94)卡莱尔号称"切尔西的圣哲",其思想对维多利亚时代的英国人影响极大。他将工作的勤奋与否甚至与一个人的独立与自由联系在一起,可见当时人们对工作伦理的重视。

除了维多利亚时代崇尚勤勉工作的社会氛围,吉卜林的清教家庭背景以及自己的清教倾向(以及其小时寄养家庭的加尔文教背景)也强化了吉卜林的这一思想。如前所述,他赞赏一种斯多噶式的隐忍克己与勤奋工作相结合的生活态度,与前述卡莱尔的思想遥相呼应。吉卜林在自己的作品中常常津津乐道各种工作和技术细节。如《勇敢的船长们》(1897)中的捕鱼细节、"建桥人"(收录于《日常的工作》,1898)中的建桥场面、《失措的黎明》(收录于《极限与更新》,1932)中的版本伪造等等,都是以赞赏的口吻细细描画的。《安拉之眼》("The Eye of Allah",收录于《借方与贷方》,1926)则叙述了不同的人对待新发明的态度。他自己更是以身作则。对于吉卜林来说,工作还具有一种宗教般的抚慰心灵、摆脱痛苦,甚至挽救灵魂的作用。他曾说过:"没有什么麻醉药比一个人沉浸在自己的工作中更彻底有效。"(Dobrée 1967:35)其小说《黄道十二宫的孩子们》("The Children of the Zodiac",收录于《许多发明》,1893)、《安拉之眼》中都有工作能帮助人们摆脱痛苦的描述。《勇敢的船长们》中老哈维得知爱子落水失踪后,便一面安慰几近崩溃的妻子,一面拼命工作,以此来排解心中的痛苦。无独有偶,吉卜林的独子约翰1915年参加爱尔兰卫队开赴第一次世界大战的法国战场，但初次参战便告失踪。面对这个巨大打击，吉卜林强忍心中悲痛，说："我得做我必须做的工作。"(Page 1984：187)他积极撰写爱子所在的爱尔兰卫队的战史，并参加战争公墓委员会，用沉浸在工作中的方法来减轻心中的哀伤。1926年他还写了著名的短篇小说《园丁》，表达了自己心中的痛苦。

另一方面，吉卜林对体育运动的轻视，可能与其不擅长体育运动有关。吉卜林在其小说中塑造了许多强悍、勇敢、运动才能突出的人物形象，如穆尔凡尼等三个士兵、狼孩莫格里等，但现实生活中的吉卜林却内向、温和，并没有多少运动才能。吉卜林在自传《我自己的一些事》中声称自己在联合服务学院上中学时喜欢游泳、也踢足球，只不过因为视力差而没能入选学校的候补球队。(Kipling 1937：26)但据其在联合服务学院的同学马尔科姆(G. H. Malcolm)称，吉卜林在中学时讨厌板球、足球和任何学校规定必须参加的体育运动。(Page 1984：31)从其带有自传色彩的公学小说《斯托凯与其同党》中描写的情况来看，马尔科姆所说可能更为可信。当时的公学里弱肉强食的现象非常普遍，吉卜林也承认自己上中学时常受欺负。(Kipling 1937：26)吉卜林的温和甚至懦弱从他在美国居留期间与内弟的争吵事件中也能清楚地看出。吉卜林非常喜欢其妻子的娘家、美国弗蒙特州布拉特布罗镇，本拟一辈子在那里定居。但居住四年后他与内弟发生争吵。面对其内弟的无赖行为，吉卜林步步退让，最后只能狼狈回到英国，并且由于其内弟的威胁，吉卜林此后终身没有再踏足弗蒙特州。吉卜林离开美国前对来访的朋友说："世界上只有两个地方我想居住：孟买和布拉特布罗。但这两个地方我都无法住下去"，表现得非常伤感和无奈。(Carrington 1978：294)当初吉卜林和其内弟的邻居弗雷德里克·沃特(Frederic F. Van de Water)在记述这个事件时开玩笑地说："写作最强悍的散文或诗歌的作家也许在内心是个最温顺的人。"(Water 1981：93)这些可能都说明吉卜林缺乏由体育训练培养出来的强悍之气。也许正是这样，吉卜林在自己的作品里才不那么推崇体育运动。

19世纪末的英美文坛流行各种历险小说，像康拉德的《水仙号上的黑家伙》(*The Nigger of the "Narcissus"*，1897)、美国作家麦尔维尔(Herman Melville, 1819—1891)的《白鲸》(*Moby Dick*，1851)等都是航海历险小说名篇。但上述作家都通过海上航船这个封闭的小社会来进行道德探索，进行人性的探讨等，从而增加了作品的内涵，而《勇敢的船长们》则是一部教育小说，其中的小社会"我们在这里"号是一个和谐理想之地，专为哈维的教育而设。从这个意义上来说，《勇敢的船长们》更像一种教育理念的宣传，缺少前述几部作品的深度。因此这部作品没有受到批评界的重视也属自然。但此书对于我们了解英国维多利亚时代的社会价值观念和吉卜林的创作都有重要意义。而且,这部作品以当时流行的历险故事形式传达了独特的教育理念,无论在当时还是现在,对于青少年教育都有相当积极的意义。这一点值得我们仔细品味。

第五章　吉卜林 19 世纪与 20 世纪之交的小说创作

　　吉卜林一家住在布拉特布罗镇期间与卡洛琳的兄弟发生了激烈的争吵，最后对簿公堂。一向不喜抛头露面、珍视个人隐私的吉卜林深感羞辱。为此，吉卜林一家于 1896 年 8 月从美国返回英国。刚回英国时他们居住在英国西南港口托基附近。次年 5 月吉卜林一家不堪忍受当地的沉闷氛围，搬离该地，不久移居布莱顿附近的小渔村洛廷定。他们在那里居住了五年时光，期间他们还去过几次南非。吉卜林在那里结识了英国在南非的钻石大王、殖民巨子塞西尔·罗德斯，两人惺惺相惜。1899—1902 年的布尔战争期间吉卜林积极写诗撰文鼓舞英军士气，还为前线英军士兵筹款，并以特派员身份亲上前线，表现了"帝国号手"的本色。

　　从 1896 年自美国回到英国，直到 1902 年 9 月在苏赛克斯郡乡下最终定居，吉卜林一家的居住地一直动荡不定，可以说他们还在寻找自己的心灵家园。不过在此期间吉卜林一直继续自己的创作。1897 年维多利亚女王登基 60 周年庆典之际吉卜林于 7 月 17 日在《泰晤士报》发表《退场赞美诗》，在英国举国欢庆之际表达了对大英帝国前途的忧虑，呼吁上帝继续眷顾英国。1898 年美西战争爆发后吉卜林写作诗歌《白人的负担》，将其寄给当时美国的海军部副部长、后来的总统西奥多·罗斯福，呼吁"说英语的白人"国家承担起对于"劣等"民族的责任。这些诗歌被当做吉卜林帝国主义思想的明证，在当时产生了很大的反响，也引起了不少争议。此外，他还完成并发表了长篇小说《基姆》，并创作发表了游历书信集《从大海到大海》，以及短篇小说集《白天的工作》、《斯托凯与其同党》、《本来如此的故事》等。吉卜林在这个时期基本上延续了在美国居留期间的创作主题和风格，但是其思想更加成熟，创作风格愈加多样，艺术上也更成熟。

第一节　《斯托凯与其同党》：公学小说的异端

　　刚从美国回英国时吉卜林一家居住在英国西南港口托基附近。期间吉卜林的中学校长考迈尔·普拉斯曾经来访，两人畅谈吉卜林的中学时光，也探讨了青少年教育问题。吉卜林的短篇小说集《斯托凯与其同党》便写于这段时间并题献给考迈尔·普拉斯。这些小说延续了此前吉卜林对青少年教育问题的关注,而且目标更为具体明确。吉卜林在自传《我自己的一些事》中说道:"我们住在托基时我想到要写点关于年轻人教育的小册子。这些考虑后来不知怎么的就成了一本叫做《斯托凯与其同党》的故事集。"(Kipling 1937:130)这些故事先是零星发表,1899年结集出版时包括九篇故事,后逐渐增加,到1929年出版《斯托凯与其同党全集》时已包括十四篇故事。这部小说集自传性很强,它以吉卜林自己在联合服务学院上中学的经历为基础,以吉卜林本人及其两个好友为主人公原型,描写了淘气机灵又不失勇敢正直的斯托凯和默托克、比托尔等学生的公学生活及其针对老师和同学们的种种恶作剧。当时描写英国公学学生生活的小说正在流行,此书又是出自名家之手,书中故事清新有趣,所以小说出版后也行销一时。但批评界的反应则有所不同。尽管有人赞扬其清新自然,富于情趣和创造力,是极好的公学小说,(Green 1971:226;Page 1984:54)但是负面的批评还是占据多数。不少人批评书中主人公过于成人化,粗野顽劣、暴力倾向严重,缺乏道德意识,并质疑小说对当时英国中学生的影响。曾经大力提携过吉卜林的著名文人安德鲁·朗格、名作家亨利·詹姆斯、H. G. 威尔斯(Herbert George Wells,1866—1946)等都明确表示不喜欢这部作品。(Green 1971:21,70)甚至有评者认为小说中公学的原型,也即吉卜林自己就学的联合服务学院,根本算不得正统的公学,所以小说描写的不算是真正的公学生活。(Mallet 1989:21;Kipling 1987:Introduction xxiii)其中最激烈的批评来自当时小有名气的作家和评论家布坎南的长文《流氓的声音》:"只有被已完全变得粗野残酷的民众宠坏了的孩子才有可能写出《斯托凯与其同党》,或者说,写了后敢于发表。"(Green 1971:244)因此吉卜林研究专家格林称此书为"吉卜林最受争议的一部作品"。(Green 1971:226)时至今日,英国的批评家们还认为《斯托凯与其同党》使得吉卜林失去了不少读者,即便今天对新的读者来说仍然是种挑战。(Mallet 2003:107)

一部致力于青少年教育的名家作品居然在批评界遭受如此的非议自然令人深思。也许著名儿童文学学者哈维·达顿(F. J. Harvey Darton,1878—1936)的分析更为准确。他在《英国儿童作品:五百年的社会生活》(*Children's Books in England: Five Centuries of Social Life*,1932)中为《斯托凯与其同党》辩护,认为随着公学小说的日臻成熟,它们离真实的校园生活也越来越远。其实很多孩子本质上都是可恶的小坏蛋,但成年人往往忽略了这一点。《斯托凯与其同党》之所以受攻击,包括有人宣称书中所表现的联合服务学院根本算不得真正的公学,正是因为小说展现了真实的校园生活——而不是父辈们期望看到的校园生活。简而言之,它受到攻击是因为它违反了当时尊奉的道德准则。(Darton 1958:309)考虑到维多利亚时代的道德风气以及英国公学小说的发展，那么《斯托凯与其同党》确实与传统英国公学小说有很多不同点。但是细究之下，我们发现，其实《斯托凯与其同党》与传统英国公学小说本质上是一样的，都致力于培养大英帝国未来的建设人才。只是由于吉卜林的教育理念与当时的公学有所不同，才使得这部小说集呈现出不同的特征。

5.1.1 英国公学改革与公学小说

英国公学小说是伴随着19世纪英国公学的改革而兴起的。18世纪及19世纪初摄政时期，英国公学教育面窄，主要面向贵族子弟，教育方式追求贵族式的自由散漫，校园里充斥酗酒、赌博甚至嫖娼等恶习，暴力现象非常严重，结果声名狼藉。且这些学校所开设的课程陈旧，无法适应新形势下英国对人才的需要，故而颇受诟病。像伊顿、威斯敏斯特、圣保罗等著名公学在19世纪初都受到过激烈的抨击。(Richards 1988：10)到了英国维多利亚时代，随着大英帝国的迅速扩张，英国迫切需要大量体魄强健，有开拓精神和工作能力的殖民人才。此时崇尚严肃、勤勉、克己，富于传道激情的新教福音派人士在英国社会中得势，对英国社会的各个方面进行检讨，抨击各种恶习，同时提倡宗教、教育、责任感和勤勉精神，净化社会环境。他们也将目光转向公学教育，试图用自己的理念来塑造新型人才。而日益强大的中产阶级也要求社会为其子弟提供体面、道德，有助于其今后发展的教育。显然，旧的公学体制已不符合时代的要求，改革势在必行。

改革者中最著名的当数教育家托马斯·阿诺德。他在1828年担任拉各比公学校长以后着手改革学校教育，将福音派的理念引入公学教育，在原有公学和语法学校的基础上创立了新公学。新公学根据社会的要求扩大了教育面，主要面向英国社会的中上阶层，致力于精英教育，为社会培养品行优秀、能力突出的绅士和领袖人才。他们规范管理，引进优秀教师，增加设备，改进课程设置。新公学统一校服，重视体育训练和宗教精神，并以体育比赛、校歌、校刊和校友联合会等措施来培养学生的竞争意识、集体荣誉感和协作精神。这些当时的创新措施今天已为世界各国的学校教育所采用，对世界教育的发展贡献很大。尽管学校课程仍以古希腊罗马经典作品为主，稍显老派，但改革者们认为这种做法有利于培养学生的口头表达及逻辑思维能力，为他们提供同样的文化背景以促进他们相互之间的整体认同感。同时，他们也希望用古希腊罗马的道德品质对学生进行潜移默化的影响，从而培养他们的高尚情操。

这种新式学校迅速发展，特别是学校对体育的重视很快发展成一种宗教式的狂热。这就是当时所谓的"强健的基督教"(Muscular Christianity)，而这种体育狂热正好契合了当时英国社会中普遍流行的帝国主义思潮,使得新公学成为"帝国建设者的工厂",为大英帝国培养出大批殖民人才。据说1810年至1848年间英国负责殖民地人才征募工作的雷基诺德·弗斯爵士(Sir Reginald Furse)就非常欣赏公学的办学理念与培养模式,主要从公学中选择英国殖民地所需的各类人才。(Richards 1988:12)尽管到了维多利亚时代晚期有些英国人士开始质疑阿诺德博士的公学教育理念,要求进一步进行公学改革,但总体而言,英国的公学教育基本上还是根据阿诺德的理念来进行的。而公学小说的出现则进一步扩大了阿诺德式公学的影响。①

伴随公学的繁荣,专门描写公学生活的小说开始出现。尽管之前出现过一些学校背景的小说,但公认的第一部标志性公学小说当属托马斯·休斯(Thomas Hughes, 1822—1896)出版于1857年的《汤姆·布朗的求学时代》(*Tom Brown's School Days*)。此小说以托马斯·阿诺德主政的拉各比公学为背景,以松散的情节描述了少年汤姆·布朗经过公学教育,从一个懵懂少年成长为一个体格强健、道德高尚、热爱体育运动、具有男子气概和领袖素质的十九岁青年,俨然成为大英帝国未来的栋梁。此书几乎完全复制了托马斯·阿诺德理想中的公学,宣扬当时流行的"强健的基督教",提倡团队精神,出版后风靡一时,成为后来许多公学小说模仿的对象。当时另外一本广受欢迎的公学小说是F. W. 法拉(F. W. Farrar, 1831—1903)出版于1858年的《埃里克》(*Eric, or Little by Little*)。相对于《汤姆·布朗的求学时代》的男子气概、重行动和团队协作的风格,此书更注重个人的内省和宗教道德修养。它以悲悯的笔调描写了公学少年埃里克如何因不拘小节而一步步走向堕落,最终只能以死亡来得到救赎的故事。尽管当时许多读者不喜欢这部小说的道德说教和感伤风格,但其严肃的清教徒意识仍旧赢得了不少维多利亚读者的认同。此后公学小说基本上沿着《汤姆·布朗的求学时代》和《埃里克》开创的道路前进,在维多利亚时代有利的社会经济文化大

---

① 到了维多利亚时代晚期,英国开始在世界范围内受到德国、美国等新兴资本主义国家的挑战,不少英国人为帝国的未来感到焦虑,旨在为大英帝国培养人才的公学教育体系也成为争议的焦点。有人认为这个体系很完美,如杰弗里·德拉格(Geoffrey Drage, 1860—1955)在《伊顿公学与帝国》(*Eton and Empire*, 1890)中声称伊顿公学所教的爱国主义、宗教虔诚以及对上级的服从将帝国团结在一起。但是反对的声音也不少。如曾当过公学校长的格雷(Herbert Branston Gray, 1851—1929)就认为公学体系削弱了大英帝国。他在《公学与帝国》(*The Public Schools and the Empire*, 1913)中对公学中奉行的步调一致、体育狂热、狭隘的校园爱国主义等原则进行了抨击。一向具有强烈社会责任感的英国小说家们也参与了这场教育争论。参见 Jeffrey Richards. *Happiest Days: the Public Schools in English Fiction*. Manchester University Press, 1988, pp. 143—145. 从这个意义上来说《斯托凯与其同党》也是这场教育争论的一部分。而且从这些小说对传统英国公学小说理念的颠覆性描写来看,吉卜林显然也是现行英国公学教育体系的反对者。

气候下日趋繁荣,发展成为一种独特的通俗文学样式,①在整个维多利亚时代长盛不衰,并延续至20世纪。有评者指出,甚至到了20世纪60年代,英国公学小说还以不同方式表现在一些当代作家的作品里。(Townsend 1996:80)

5.1.2 《斯托凯与其同党》对英国传统公学小说基本理念的颠覆

如果将《斯托凯与其同党》与《汤姆·布朗的求学时代》等公学小说相比,我们就会发现,这部小说在许多方面都颠覆了英国传统公学的基本理念。首先是道德教训的缺失。我们知道,传统公学小说中一般有明显的道德说教。《汤姆·布朗的求学时代》就是明显的例子。在小说第一部分汤姆受到学校里坏学生的影响,染上了一些坏习惯,经常违反校规,差点被开除。而小说第二部分正是描述少年汤姆如何步步克服自己的弱点,最后成长为一个坚强、负责任、有荣誉感的男子汉。故事的情节安排中蕴含着清晰的道德意图,第二部分第一章的标题"潮流的转变"就表明了这一点。故事中新来的瘦弱少年亚瑟尽管常受校园流氓欺负,却以自己的宗教虔诚感动了汤姆,使他摈弃了自己的种种陋习,得到了道德上的提升。实际上,《汤姆·布朗的求学时代》的作者托马斯·休斯在该书第六版序言中就指出,道德说教正是此书的主要目的。(Hughes 1968:13)而《埃里克》更是充满道德教训的内容,教育青少年要注意小节,否则可能一步步堕落下去。但《斯托凯与其同党》显然缺少这种成长特征。书中的几个少年自始至终全无顾忌。他们言语粗俗,喜欢骂人,偷偷抽烟喝酒,经常违反校规,整天想着恶作剧,不是捉弄老师,便是整蛊同学,是典型的"坏小子"。甚至取笑严肃认真的《埃里克》也成了他们的一种日常消遣。譬如在《难闻的插曲》("An Unsavoury Interlude")一开头斯托凯等人就不去参加板球比赛,而是躲在宿舍里商量着将斯托凯姑妈送给他的《埃里克》典当掉换东西吃,当不成时就拿《埃里克》的内容寻开心。(Kipling 1987:72)而《印象主义者》("The Impressionists")、《道德革新者》("The Moral Reformers")等篇中也充斥着几个人对《埃里克》的语言的模仿取笑。(Kipling 1987:115,124)《斯托凯与其同党》中几个另类少年的表现使它成了"毒草",让维多利亚时代的老夫子们避之唯恐不及,也使得一直欣赏提携吉卜林的安德鲁·朗格等人扼腕长叹。

---

① 英国评论家马斯格雷夫(P. W. MusGrave)归纳出公学小说的4个基本特征:1.从少年的视角看待情节的发展;2.将学校看做一个机构;3.小说的主人公性格在故事中有发展;4.故事中有明显的道德说教。See Phillip Mallett. *Rudyard Kipling: A Literary Life*. New York: Palgrave Macmillan, 2003, p.103。

《斯托凯与其同党》对学校权威人物的刻画也不同于传统公学小说。在典型的公学小说中,校长、舍监、老师等权威人物基本上都是正面形象,是真理、知识和道德的化身,也是学生们学习的榜样。《汤姆·布朗的求学时代》里的校长阿诺德博士就是这样一个形象。他是当时理想化的领袖人物,严肃、公正、严于律己、明察秋毫而又富于人情味。他经常亲自领着学生们进行祷告,引导他们养成良好的品行。尽管体罚在当时的公学里非常流行,他却极少动手处罚学生,以至于有一次他在盛怒之下打了一个学生一个耳光后,全班学生都大惊失色。(Hughes 1968:134)除阿诺德博士外,在《汤姆·布朗的求学时代》里较少出现其他的舍监、教师之类人物,剩下的权威人物就是负责监管低年级同学的高年级学生了。他们也大都是模范学生,如学校足球队长布鲁克公正、强悍、守纪律、有集体荣誉感和领袖气质,俨然一个具体而微的阿诺德博士(事实上他也在向低年级同学演讲等时候处处维护博士的权威)。尽管中间有败类如富拉西门,但并不能掩盖拉各比学校里权威人物的高尚和表率作用。但《斯托凯与其同党》里的权威人物身上则没有这种神圣的光环。舍监金、普拉尔特等人没有见识和能力,心胸狭隘,经常为各自的利益钩心斗角,根本不能起到应有的表率作用。比如在《难闻的插曲》中金和普拉尔特就纵容各自管辖的学生嘲弄辱骂对方,无端惹起许多事端,甚至连两位舍监也加入了争斗,无聊之极。(Kipling 1987:89)由于自身不正,他们往往靠体罚来维持学校秩序。甚至连校长有时也用一些不正当手段来处理棘手的事情,比如为了学生的考试贿赂考官等等。(Kipling 1987:183)。① 而对于代表学校权威的校规校纪,《斯托凯与其同党》也表现出不同的态度。在《汤姆·布朗的求学时代》里上至校长、下至仆役都自觉遵守校规校纪。模范学生如布鲁克等也一再向学弟们灌输遵守规则的理念。少数偶尔出现的轻度违规行为也都被视为小小的恶习,需要加以匡正。书中叙述人有时甚至直接出面进行遵纪守法、服从权威的说教。但在《斯托凯与其同党》里叙述人似乎带着欣赏的态度描写斯托凯等人的违规行为。小说中斯托凯等人经常不遵守学校的规章制度,偷偷抽烟、喝酒、打架、抄袭作业、进行私人决斗等。而面对违纪所带来的处罚,他们要么无所谓,要么通过恶作剧来逃避惩罚,作弄舍监、级长等权威人物。譬如,在《伏击》("In Ambush")、《难闻的插曲》、《灯奴》("Slaves of the Lamp")等篇中斯托凯等人为逃避舍监金等人的监视,报复他对他们的不公对待,用巧妙的恶作剧捉

---

① 这种描写倒是与英国维多利亚晚期和 20 世纪初颠覆权威的时代精神相通。譬如,传记名家斯特拉奇(Lytton Strachey,1880—1932)在《维多利亚名人传》(*Eminent Victorians*,1918)里也以颠覆性的描写刻画了现代护理学创始人南丁格尔、主持公学改革的阿诺德博士、戈登将军、曼宁红衣主教等当时的风云人物。

弄他们,使他们当众出丑。在《他们国家的旗帜》("The Flag of Their Country")中斯托凯等人嘲笑肤浅的只知口头宣扬爱国主义的议员;《印象主义者》中他们又捉弄舍监普拉尔特和两个级长。在所有这些叙述中舍监等权威人物都被刻画成挟嫌报复、心胸狭隘的负面形象,从而使得斯托凯等人的恶作剧具有了正义的色彩。甚至连学校的精神导师、神父约翰也请斯托凯等人帮忙处理校园流氓问题。斯托凯等人对权威的反抗颠覆使得《斯托凯与其同党》呈现出与传统公学小说不同的面貌。

不仅如此,《斯托凯与其同党》中也缺少英国传统公学小说中宣扬的体育精神。前面说过,托马斯·阿诺德改革后的公学,宣扬当时流行的"强健的基督教",宣扬体育精神,对板球等体育竞赛特别重视,认为这不仅能锻炼学生的体格,也能通过这些对抗性很强的团体比赛来培养学生们的男子气概、集体荣誉感和竞争意识,从而提升他们的道德水平。《汤姆·布朗的求学时代》里对体育比赛极为重视。体育好手,如学校足球队长布鲁克,被所有的同学当做英雄来崇拜。一旦有比赛,则学校如过节般热闹,教师、学生都踊跃前往,甚至校长本人都亲临观战。书里面有多次比赛场面的详细描写,甚至把比赛比做战斗,将比赛中对垒的两支球队比做滑铁卢之战中的英法军队。(Hughes 1968:94—96)汤姆刚去学校,就在体育比赛中表现出顽强拼搏的精神,直至最后被压晕,由此赢得了所有人的称赞。(Hughes 1968:97)与此相反,《斯托凯与其同党》中的几个少年则明显缺少这种精神。他们想方设法逃避学校里的各种比赛。在很多时候他们还故意嘲弄这种精神。甚至公学小说里经常出现的学生们之间的斗殴场景,在《斯托凯与其同党》里也缺少强悍的精神,比较一下《斯托凯与其同党》和《汤姆·布朗的求学时代》中的斗殴场景就可以明白这一点。《汤姆·布朗的求学时代》里有两次汤姆·布朗与高年级同学的斗殴描写,一次是为了维护自己的尊严与校园流氓富拉西门打斗,另一次则是为了保护朋友亚瑟不受欺负而与另一个学长打斗。两次打斗的结果都是汤姆·布朗凭借着自己的灵活、坚韧和勇气取胜,充分体现了典型的体育精神和强悍气质。叙述人甚至还宣称:"打架是英国少年处理争端的自然方式,也是典型的英国方法。"他还鼓励少年读者要学会拳击,在非打架不可时"要打就打到底。只要你还能站立,还能看得见,就不要认输。"(Hughes 1968:231)但《斯托凯与其同党》里《道德革新者》一篇中斯托凯等人制伏两个校园流氓,靠的是机智,而不是凭借自己的勇力。他们身上没有"强健的基督教"精神,有的只是一些小聪明,甚至可以说狡诈。有意思的是,书中的反面角色舍监金宣称"只有竞赛能挽救这些孩子,若不管他们就会迷失。他们应予以纪律约束",(Kipling 1987:73)同时坚持拉丁文教育,并认为"性格、节制和背景,这就是人文学科教育的精髓"。(Kipling 1987：178)而这些都是托马斯·阿诺德改革后的新公学所坚持的教育理念。但金等人的虚伪和喋喋不休只会增加人们对他们所宣布的教条的反感。而学校的规定——无故不参加足球比赛的要受鞭刑处罚(Kipling 1987：167)——也显得相当武断。这样一来,传统公学小说里的一些重要的教育理念在这里却变成了令人难以接受的教条。于是斯托凯等人的反抗也就少了些"坏孩子"色彩。这些都反映了吉卜林与传统公学不同的教育理念。

5.1.3 《斯托凯与其同党》对英国传统公学小说基本理念的认同

尽管斯托凯等人的行为不符合传统公学小说的一些理念,但如果我们仔细追究就会发现,《斯托凯与其同党》在深层次上并没有颠覆公学教育的基本精神。以对权威和规则的服从为例。本书开头充满说教色彩的卷首诗就谆谆教诲年轻人要"服从命令"。(Kipling 1987：6)这与吉卜林此前在《丛林之书》、《勇敢的船长们》等作品中倡导的"丛林法则"以及等级秩序等原则一脉相承,都是一种对纪律和秩序的强调。书中斯托凯等人尽管充满反叛精神,但并不完全蔑视规矩和权威。他们常说的一句话是"例外证明规则"("exceptions prove the rule")。(Kipling 1987：36)实际上他们对权威的反抗只是表面上的,有限度的,针对的是那些只会死抠那些关于公平竞争和集体荣誉的教条,或者利用权威的身份自私自利的虚伪之徒。① 像他们经常捉弄的舍监金就是这样一个人物。此人死守教条且心胸狭隘,容不得丝毫的越规行为,还喜欢利用自己舍监的身份,纵容自己的学生,打击压制其他楼舍的学生。可想而知,这样的人自然很难受到学生的爱戴。斯托凯等人认为他非常不公正(Kipling 1987：227),甚至连同僚们也不喜欢他(Kipling 1987：90—91)。但是,对于真正的权威人物,他们则非常崇敬。书中的校长和学校神父便是这种理想化的权威人物。他们理解这几个少年,知道他们虽偶尔犯点小错,但本质不坏,都是可造之才,因此时常因势利导,引导他们正确地处理学习、游戏之间关系,而且总是尽可能地在规则之内豁免他们的出格行为。(Kipling 1987：232—233)就是在需要实施处罚时也考虑到他们的年纪,尽量不当众鞭打他们,从而体现出对他们的宽容和尊重。这与金对他们的态度形成鲜明的对比。而校长自己也是道德的楷模。《一次小小的准备》("A Little Prep.")中校长自己冒着生命危险挽救了一个学生的生命,

---

① 这种情况类似鲁迅先生在《魏晋风度及文章与药及酒的关系》中谈到魏晋名士时所说的情形:魏晋时嵇康阮籍等名士表面上反对礼教,实际上内心是十分珍视礼教的。只不过当时的豪强和虚伪之徒大都利用礼教行自私自利之事,他们愤激不平又无计可施,所以表现出不信礼教的态度以与这些虚伪之徒保持距离。参见《鲁迅杂文全集》,河南人民出版社,1994年,第295页。

事后却不声张。这种勇敢的绅士行为博得了学生们的衷心爱戴。

斯托凯等人不仅认同真正的权威,对荣誉感和道德意识也有自己的理解,同时也并不缺乏勇气和坚韧。尽管他们声称在这学校待了 6 年,不该再指望公平,(Kipling 1987:75)但他们自己还是有非常强烈的公平意识。譬如,在《绅士的满足》("The Satisfaction of a Gentleman")一篇中几个少年因为受辱而决定像成人那样进行决斗,并在决斗中讲究百分之百的公平,不汲汲于实际利益,而且见血即停,因为血洗去了他们所受的侮辱。(Kipling 1987:249)在《斯托凯》("Stalky")中,为了解救被几个农夫逮住的同学,斯托凯等人设计将农夫锁在屋里,后发现农夫的奶牛需要挤奶,就冒着被识破的危险又放了农夫。(Kipling 1987:22)《雷古勒斯》("Regulus")中向来胆小的学生温顿不堪受辱而出手殴打对手,反而受到尊敬并升为副级长;《他们国家的旗帜》更能表现斯托凯等人深沉的爱国心:也许他们不善表达,但实际上他们把这种感情深深藏在心灵深处。但是那个夸夸其谈的议员却任意评说"责任"、"爱国心",破坏了这种神圣的感觉,结果故事结尾斯托凯为神圣情感的被亵渎而号哭。这些都表明了斯托凯等人独特的荣誉感和道德意识。

也许,《斯托凯与其同党》与英国传统公学小说最大的共同点在于它们对大英帝国事业的忠诚上。前面已经说过,改革后的公学正是为了适应大英帝国殖民事业的需要。英国传统公学小说中所宣扬的爱国、服从、强悍与团队精神等品质成为英国维多利亚时代帝国开拓人才的标志性特征,所以才有"滑铁卢大战赢在伊顿公学的操场上"这种戏语。(Hughes 1968:3)而在《斯托凯与其同党》中貌似单纯吵闹的校园生活背后也始终有着帝国的巨大身影。吉卜林创作这部作品时正关注大英帝国的未来。1897 年 7 月维多利亚女王登位 60 周年大庆之际,他发表了著名的《退场赞美诗》,在举国欢庆的时候表达了对帝国前途的忧虑,而就在此前不久他发表了《斯托凯与其同党》中的《灯奴》及其续篇。① 1898 年 11 月他在完成了殖民主义意味十分浓厚的诗歌《白人的负担》的同时也在创作《斯托凯与其同党》中的两篇故事《斯托凯》和《他们国家的旗帜》。而《斯托凯与其同党》卷首诗明确地说明学校培养的是未来的殖民地人才。(Kipling 1987:5)《他们国家的旗帜》中斯托凯积极创建并训练学生军训队。《一次小小的准备》一篇中叙述斯托凯所在的公学如何已有九个毕业生为了大英帝国战死在疆场并赢得了公学学生包括斯托凯的尊敬。(Kipling 1987:182)而那些往日的学生又在衣锦荣归、返校团聚时强化了学生毕业后献身大英帝国的殖民事业、争取荣誉的理念。

---

① 此 2 篇小说分别发表于 1897 年 4 月和 5 月,是《斯托凯与其同党》中最早发表的两篇小说。

特别是书中的两篇故事《灯奴》及其续篇首尾呼应,将校园生活中斯托凯恶作剧的机灵与其日后在殖民地战场上的机智并置,说明学校训练正是为日后殖民地开拓工作所作的准备,具有明显的说教意义。

但是,同样是为了帝国,英国传统公学小说却与《斯托凯与其同党》表现出不同的特征。正统的公学教育为了帝国殖民主义事业的需要而讲究循规蹈矩,用板球运动、楼舍间比赛等方式来培养学生的荣誉感、强悍气质、公正态度和团队精神,实际上反映了维多利亚时代盛行的一种理想的帝国主义态度。吉卜林的作品中也常有理想化帝国主义色彩,但是他在印度度过的"艰辛七年"使他对殖民地社会的现实有着更深切的了解。在他看来,大英帝国当时正面临着种种潜在的危机。正统的公学教育培养出来的人物很难应付殖民地复杂的社会现实。因此,对青少年的教育中需要的不是僵化的规则和条条框框和"公正"、"男子汉气质"、"道德感"等高尚的口号,而是实践经验和随机应变的能力。关于这一点小说集卷首诗说得也很清楚:学校里真正的智者应该教学生们常识性的、实践性的东西,这比纯粹的书本知识更好。(Kipling 1987:5)其实吉卜林一直重视实践经验的教育。比如在其早期小说《抛弃》(收录于《山中的平凡故事》)一开头,他就以教训的口吻说得很清楚:保护性教育体系不利于年轻人的成长。应该让他们在实际生活中吃点苦头,磨炼意志和本领,才能成长为真正的有用之才。(Kipling 1994b:15—16)故事中的那个年轻少尉,自小受保护性教育体系培养,各门功课都很优秀,人们也对他抱有很大的期望。但他来印度后一接触现实便处处不适应,最后自杀而死。显然,吉卜林想说明实践能力比条条框框更为重要。

从这个角度来看《斯托凯与其同党》,我们就会发现,斯托凯等人正是吉卜林心目中理想的帝国捍卫者。他们在各种恶作剧中培养了自己的实践经验和随机应变的能力。《灯奴》中斯托凯在校园恶作剧中表现出来的智慧,使其日后在殖民战争中大显身手。在《灯奴》的续篇中斯托凯在印度战场上用几乎与当初在校园恶作剧中一模一样的手段克敌制胜,击败了数倍于己的土著强敌。再延伸一点,我们可以说,斯托凯等三人就是吉卜林早期作品中的那三个著名士兵:穆尔凡尼、李洛伊和奥塞里斯。在吉卜林眼里,他们是理想的军人和大英帝国捍卫者。他们粗野鄙俗,但又都坚毅乐观,在殖民地战斗中与斯托凯等人在校园中一样,往往表现出一种恶作剧似的机智。《攻占耆登奔》中围剿缅甸"土匪"的行动便是一例。穆尔凡尼先抓住了一名土匪,迫使他交代出同伙的藏身地。夜幕降临时,穆尔凡尼和同伴们脱光衣服,涉过小河,光着身子奇袭并攻占了耆登奔,剿灭了土匪。《攻占耆登奔》和《灯奴》本质上是一样的,都是浪漫的殖民主义颂歌,带着种校园恶作剧式的轻松和游戏心态,也是吉卜林教育理念的体现。

吉卜林不仅看重实践经验和智慧,也注重培养青少年的坚忍克己的生活态度。在吉卜林眼里,这种斯多噶式的精神是一种更实用、更适合殖民地现实的"体育精神"。一般认为,吉卜林童年在寄养的人家受到的虐待以及后来在联合服务学院上学时所受的欺侮使他养成了坚忍的生活态度和暴力倾向。(Moss 1982:6)吉卜林后来对于早年受到的苦难并不在意,因为他坚信苦难有助于一个人的成长。《斯托凯与其同党》卷首诗为公学里的体罚现象唱颂歌,声称日常的体罚是为了"对我们的爱"。(Kipling 1987:5)书中受尊敬的神父也对斯托凯等人宣称,一周打他们一顿会对他们大有好处。(Kipling 1987:119)故事中几个少年显然都具有这种坚忍的品格。他们在滂沱大雨中平静地做着自己的事,任凭大雨将他们淋得透湿。(Kipling 1987:12)而彼此间的踢打和身体折磨更是家常便饭。

吉卜林的暴力倾向一直受到评论家们的诟病。譬如,小说刚出版就有评者指责小说"毫无必要地堆砌年轻人的残暴"。(Page 1984:53)其实正统公学小说里宣扬的"男子气概"也常常涉及暴力。《汤姆·布朗的求学时代》就有多处校园暴力现象的描写。但《汤姆·布朗的求学时代》等小说里的暴力往往蒙上了矫枉纠错的道德面纱,所以易于为大众所接受。而吉卜林的小说往往表现出以暴制暴的心理,强调实际效果,而并不在乎使用什么手段。比如《道德改革家》中斯托凯等人在惩治几个校园流氓时,完全是以其人之道还治其人之身,叙述人以欣赏的口吻仔细描写斯托凯等人如何用校园流氓曾经用过的酷刑来慢慢折磨他们直到他们最终崩溃。著名评论家H.G.威尔斯指出,斯托凯故事中《道德改革家》一篇揭示了19世纪末大英帝国的政治心理:为自己的暴力找个正当的理由,然后就可以为所欲为。(Green 1971:307)果真如此,吉卜林对暴力的讴歌饱受抨击也就容易理解了——它们击碎了维多利亚时代理想帝国主义者的梦幻,破坏了他们在道德、文化和种族上的心理优越感,自然应该加以大力抨击了。

《斯托凯与其同党》一书是吉卜林对自己少年生活的一种回忆和肯定,同时也是他在《丛林之书》、《勇敢的船长们》等作品的基础上对于自己青少年教育理念的进一步梳理和总结。从表面上来看,小说在体育精神、道德教训和服从权威等方面都背离了英国维多利亚时代的公学小说传统。从这个意义上来说,小说具有颠覆性意义。但是,从更深的层面上来看,这部小说在帝国主义观念等方面又是对英国传统公学小说基本理念方面的一种认同。但是由于吉卜林独特的经历和思想,他的帝国主义观念更注重实用性,因而在针对青少年的教育中也就更注重实际经验和实践能力的培养。

《斯托凯与其同党》出版已百余年,期间盛衰荣辱,历经几度沉浮,今天仍受不少人喜爱。(Tompkins 1959:58)如今大英帝国已成明日黄花,但《斯托凯与其同党》中所提出的青少年教育问题依然值得我们深思。当我们看到英国这个极端崇尚个人主义的国度依然推崇爱国、荣誉、忠诚、勇敢、忘我、献身等品质时,①我们不能不想到,今天重温《斯托凯与其同党》等大英帝国盛期的青少年教育作品,体味一下其中所宣扬的种种集体主义品质,对于时下中国某些信奉极端利己主义、拜金主义思潮的年轻人,也未始不是一剂清醒的良药。

第二节 《基姆》:东西方的融合

吉卜林的诺贝尔文学奖获奖作品《基姆》(1901)是其最后一部印度题材小说,讲的是印度的一个英籍爱尔兰士兵的遗孤基姆与一个西藏喇嘛在印度游荡,寻找传说中的"箭河"和进行"大游戏"的故事。这部作品脱胎于吉卜林早年在印度写的一部长篇小说的手稿,后又经吉卜林数易其稿,前后共历十余年才最终于1900年在英国完成。吉卜林本人对《基姆》很满意。在其自传《我自己的一些事》中他详细叙述了《基姆》的写作过程,宣称此书是在灵感激发下写成的。(Kipling 1937:133—137)《基姆》为吉卜林赢得了1907年的诺贝尔文学奖,被认为是其"最成熟的印度题材作品、最伟大的小说"。(Eliot 1975:289)

关于《基姆》的主题和性质,多年来批评界意见不一。有人认为《基姆》与《勇敢的船长们》、《丛林之书》等小说(集)一样都描写了少年主人公的成长,属于成长故事,也有人认为它属于维多利亚时代比较流行的历险小说。这些看法无疑都有其道理。不过在多数评论家眼里,《基姆》首先是一部关于大英帝国的小说。书中的结构主线是基姆参与其中的"大游戏"(与此平行的喇嘛寻求"箭河"的线索实际上是其辅助),而这是英国情报部门为了更好地控制印度,防止法国以及沙俄对印度的渗透而采取的间谍措施。但与普通帝国小说不同的是,吉卜林在《基姆》中以现实主义的细腻笔触,充满温情地描写了印度的山水、习俗和人民,同时也描写了英国人和印度人的相互尊敬以及他们精诚合作,共抗外来威胁的团结精神。书中对"箭河"的寻求、"大游戏"、基姆和喇嘛等人物形象都有着浓厚的象征意味。所有这些使批评家们在将《基姆》看做帝国小说时也有着截然相反的观点。譬如,对重振吉卜林声名非常重要的评论家艾德蒙·威尔逊就批评基姆"将自己所爱的

---

① 譬如,英国人今日仍大都赞成保留公学,因为他们欣赏传统英国公学中所宣扬的这些品质。顺便说一下,英国公众印象中的英国公学仍然保持着良好的形象,主要归功于公学小说里对英国公学形象的塑造。See Jeffrey Richards. *Happiest Days: The Public Schools in English Fiction.* Manchester: Manchester University Press, 1988, p.2.

人送入英国侵略者之手","利用自己对当地的了解来防止和压制当地人对英国的反抗"。(Rutherford 1964：30—31)威尔逊在研究界的声望使得他的这种观点影响广泛。这一派意见的代表还有帕特里克·威廉姆斯(Patrick Williams)和以《东方主义》(*Orientalism*，1978)、《文化与帝国主义》(*Culture and Imperialism*，1993)等书闻名天下的爱德华·萨义德。不过也有不少评论家不同意这种观点。菲力普·梅森就认为威尔逊的观点"完全误解了吉卜林"。在他看来,《基姆》中充满了温情、爱和清新的气息,因此"本质上是本快乐的书"。(Bloom 1987a：27—28)吉卜林的传记作者卡林顿也认为《基姆》是一部温情的告别之作,充满了吉卜林儿时怀有的对印度的热爱。(Carrington 1978：423)其他评论家如欧文·豪(Irving Howe)也都表达过类似的观点:"生活最终也许是荒谬的,但《基姆》中对我们走向荒谬的旅途的每一步描写都充满了快乐。"(Bloom 1987a：31—32)

其实,如果我们以发展的眼光看待《基姆》,将其视为吉卜林印度题材作品的一个部分,情况也许会明朗一些。多年来西方评者大都将吉卜林的印度题材作品视为一个不变的整体。但笔者以为,尽管吉卜林在其印度题材小说中都表现了不同程度的帝国主义倾向,他在这些作品中还是经历了一种意识形态的变化。其早期的小说中帝国主义倾向比较明显,经常表现为理想的殖民主义者为了愚昧的土人而拼命工作,以及殖民主义者和当地人之间的隔阂与对立。吉卜林这一时期小说中的印度人形象并不多,少数几个也多为典型殖民文学中的类型化形象。偶尔吉卜林也表现出对印度人的同情。吉卜林中期的印度题材小说主要写于他婚后定居于美国弗蒙特州布拉特布罗镇的几年。这一时期吉卜林的帝国主义态度仍旧很明显,体现在他笔下的理想殖民主义者和"丛林法则"等方面。但在《建桥人》、《普伦·巴噶的奇迹》等故事中吉卜林已表现出对东方/印度的尊重,开始刻画佩鲁、普伦·巴噶等令人敬佩的印度人形象,并认真探讨东西方的"连接"问题。《基姆》(1901)作为吉卜林的最后一部印度题材作品,可以看做是吉卜林印度题材小说的最后一个时期。与其前两个时期的印度题材作品相比,《基姆》无疑更全面地体现了吉卜林关于东西方融合的观念。小说充满温情地描写了印度的山水、习俗和人民,同时也描写了英国人和印度人的相互尊敬以及他们精诚合作,共抗外来威胁的团结精神。小说中还刻画了喇嘛等丝毫不逊于英国人的当地人形象。而吉卜林对原稿的修改尤其反映了他对东方/印度态度的转变。

5.2.1 英印对立与英印一体

爱德华·萨义德谈到《基姆》时说吉卜林"不仅从殖民占领者白人的角

度来写这本书,更是从一个庞大的殖民体系的视角出发来写这本书。"(Said 1993:134)这话不仅说明了吉卜林个人的殖民主义意识,更揭示了《基姆》出版时的社会历史语境。确实,在 19 世纪末社会达尔文主义盛行,英、法、德、俄等帝国主义列强肆虐全球的社会大背景下,帝国主义/殖民主义成了这些国家里人们普遍接受的意识形态。号称"帝国诗人"的吉卜林自然也不例外。《基姆》中有着明显的殖民主义观点。作为全书结构主线的"大游戏",本是英国为更好地控制印度,防止沙俄渗透所采取的间谍措施,在书中却成了维护印度安宁的英雄行为,其成员都表现出一种高度的奉献精神,这便是明证。而对英国人和印度人的描写更能体现这一点。英国人的效率、活力和技术与印度人的落后和混乱恰成对比。火车是英国人这种特征的极好体现。它使落后的印度人对英国人充满了敬畏。连超群脱俗的喇嘛在它面前也踌躇不安。英国人的高效更体现在小牛团队的士兵身上。他们是秩序和纪律的化身,使基姆感叹不已:"他以前从未见过一个久经考验的团队在三十分钟内扎好营。"(Kipling 1983:73)而一夜狂欢之后,他们仍然能"精神饱满、行列整齐地出现在车站站台上"。(Kipling 1983:89)

与英国人的高效、技术、勃勃生机相比,农业自然经济条件下的印度人显得散漫、低效、滞重。对他们的描写在很大程度上还是典型的东方主义的类型化描写。这首先表现在他们对待时间的观念上。我们被告知,印度人是没有时间概念的:"一天二十四小时每个小时对东方人都是一样的"、"很快地——以东方人计算时间的标准"。(Kipling 1983:20,23)这样的句子在书中俯拾即是。有了这样的时间观念,自然也很难有效率。于是我们发现书中的印度社会散漫而低效,大干道上混乱的交通即是一例。吉卜林在书中称印度为"没有形状的、灰蒙蒙的一大团",不仅指印度的广大,也指印度的混乱。此外,书中的印度人也普遍粗俗、狡诈、爱撒谎,而且高度迷信,是典型的殖民文学中的土著形象。这些都与吉卜林早、中期印度题材小说中的印度人形象一脉相承。

但是,《基姆》也表现出与吉卜林早、中期印度题材小说明显不同的特征。在其早、中期印度题材小说里,吉卜林着力表现殖民主义者与印度人的对立和隔阂(如早期《山中的平凡故事》等小说集里殖民主义者在殖民地的恐惧以及土人的神秘、可怕、不可理喻;中期《丛林之书》里丛林与村庄的对立),小说的基调经常是抑郁、阴暗的。但《基姆》中尽管有明显的殖民主义态度,整体基调却是和谐、温暖的。这在小说的开端就露出端倪。象征着古老印度的拉合尔博物馆处在象征英国权威的大炮的虎视眈眈之下,暗寓对立之意。但是所有这一切都出自儿童的视角,于是大炮成了"喷火龙",博物馆成了"妙屋",尖锐对立的现实化作童话世界,这种对立的尖锐性就大为降低,反而呈现出一种单纯与和谐。此外,虽然书中充斥着诅咒、符咒和迷信之类低级的东西,但都带着一种神秘浪漫的色彩。结果,我们在书中看不到19世纪末困扰印度的贫穷、不公、种姓和种族矛盾。相反,它成了"世界上唯一民主的国度"。(Kipling 1983:4)大干道上涌动着生命和热情。书中也没有吉卜林早期小说中常有的暴力、仇恨的场景。书中甚至没有真正意义上的邪恶人物。英国国教牧师贝内特确实狭隘、愚蠢、没有同情心,但他并不坏,而且说到底他只是个次要角色。至于俄国间谍更是漫画式人物,没有什么危险性。总之,书中的描写是包容性的,对大干道、对这块"大而美的土地"上的生活充满了热情。基姆在大干道上的第一站醒来时就发现"他想要的那种生活——熙熙攘攘、吵吵闹闹,扣皮带声、赶牛声、车轮的吱呀声与点火、做饭的声音混在一起。而且对于会欣赏的眼睛,每一步都有新的景致"。(Kipling 1983:66)难怪梅森感叹道:"书的整体基调是温暖、正面的,充满了热爱。"(Bloom 1987a:29)

《基姆》中的这种和谐基调与吉卜林以前的印度题材作品迥然不同,体现了吉卜林对英印关系的新思考。这与当时英国的时势有部分关系。此时大英帝国虽正处于巅峰时期,却也衰象已现:在当时正进行的布尔战争(1899—1902)初期英军就连遭败绩。而德、俄等国也已崛起,开始对"日不落帝国"的各殖民地虎视眈眈。吉卜林为此忧心如焚。尤其是自19世纪中期开始,俄国与英国反复争夺中亚的控制权,对大英帝国,特别是印度边疆的安全产生了极大的威胁,使得许多英国人开始担心俄国对印度的入侵。吉卜林的"俄国威胁"思想则由于其在印度的记者经历而特别强烈。1885年,关注阿富汗事务(俄国的威胁主要通过阿富汗来实现)的印度总督杜佛林勋爵(Lord Dufferin,1826—1902)与阿富汗酋长约定在白沙瓦会晤,但由于俄国军队入侵阿富汗边疆,会晤只好在另外一个地方举行。年轻的吉卜林受报社委派,报道了这次会议。从那时起,"俄国威胁"的思想就在吉卜林的心中扎下了根。他在自己早期的印度题材小说里曾表达了对这种威胁的焦虑。譬如,《想当国王的人》(收录于《鬼影人力车》,1888)中的冒险家德拉沃特谈到训练卡菲里斯坦的军队时就说他们能够得到"二十五万士兵……而且全是英国人!……二十五万士兵,一旦俄国入侵印度就随时可以插入她的右翼!"(Kipling 1907:236)而《攻占耷登奔》(收录于《山中的平凡故事》)中穆尔凡尼的豪言"他们光着身子攻占了耷登奔;他们要穿着裤子攻占圣彼得堡"也表达了类似的反沙俄情绪。(Kipling 1994b:121)

面对这种严峻形势,大英帝国出路何在?对于吉卜林而言,大英帝国必须与她的各殖民地联合起来,共同面对各种威胁。吉卜林的这种思想早在布尔战争前就有表露:他曾断言一场对外的战争能让大英帝国与其殖民地更紧密地团结在一起。(Carrington 1978:362)而布尔战争中澳大利亚与新西兰这两个殖民地派兵帮助母国的举动证实了他的断言,这无疑使他大受鼓舞。

了解了这些,我们也许能更好地明白《基姆》中的和谐基调:这里没有吉卜林早期印度题材小说中的英国殖民者与印度人之间的对立,而是表现了英印一体,共抗沙俄的团结精神。实际上,在整部《基姆》中吉卜林都力图营造出一种英国人和印度人和谐相处的景象。我们看到,普通印度人对英国人是信任的。当喇嘛第一次看见火车犹豫不决时,一个锡克工匠就对他说:"别担心……上去吧!这东西是政府造的。"(Kipling 1983:24)赞赏之情,溢于言表。小说的后半一个贾特农夫也发出了同样的赞叹。而大干道上人潮涌动、各民族、种族、国家的人和谐共处的生动描写、印度乡村清晨的宁静美丽、"肥短的"乡下孩子的嬉戏都传达出这种宁静与和谐的印象。甚至一向恶名昭著的英军士兵在书中也很文明,"除非喝醉了酒,否则他们不会打人"。(Kipling 1983:71)更能说明问题的是书中对1857年印度大起义的描绘。这次起义是印度人对于英国殖民者压迫的反抗,涉及印度全国各个种姓和社会阶层,范围广,持续时间长,是殖民占领以来英印之间最激烈的冲突,使其后几代英国殖民者都胆战心惊,而英国殖民者对印度起义军民的血腥屠杀也在印度民族记忆中留下了深深的创伤。但《基姆》中只有一次提及这次起义,而且出自一个印度老兵之口。他曾参与过对起义者的大屠杀。在他眼里,起义是"疯狂",因此对起义者的屠杀是合理的:"要是恶人不杀掉,那么对于没有武器的梦想者来说,这就不是个好世界了。"(Kipling 1983:46)这个已经成为普通农民的老兵无疑代表普通印度人。他对印度大起义的看法实际上是从英国殖民者的视角表达的,表明他对英国殖民统治的认同。小说中的这种描写强化了英国对印度统治的合法性,体现了吉卜林的殖民主义视角,同时也表现了吉卜林渴望英印成为一体的"大帝国"思想。

《基姆》中大英帝国的威胁主要来自印度西北边陲俄国的虎视眈眈。俄国人和印度西北边疆的土王们沆瀣一气,密谋分裂,成为帝国的巨大威胁。而作为书中主线之一的大游戏则主要针对这种威胁。它虽然是英国特工部门的活动,参与其中的却不止是英国人。主要成员之一的马贩子马哈布·阿里是个阿富汗穆斯林。他虽然狡猾,却忠于职守,常常冒着生命危险去完成任务。同样狡猾而忠于职守的还有贺瑞巴布。这个精于化装的胖孟加拉人虽然貌似胆小,实际上却非常坚强勇敢。为了从两个俄国和法国间谍手里获取所需情报,他假扮导游,忍受着饥寒和生命危险(如被识破的话)一路陪伴他们。尽管吉卜林对他的描写时有揶揄之处——如嘲笑其肥胖、蹩脚英语以及怯懦,但他无疑很欣赏他的忠诚、机智和坚强意志。另一个短暂出场的特工"E. 23"是个马拉他人,同样忠诚而勇敢。甚至大游戏的主脑之一,英国人罗干大人也被刻画成一个怪异的印度人模样。所有这些人,英国人也好,其他人也好,都齐心协力,共同维护帝国的安全。

大游戏中这种民族和种族的融合深具象征之意。显然它表明整个大英帝国是个由众多民族和种族组成的整体,其安全和稳定需要大家的集体努力。所以,评论家威尔逊说:"要想理解《基姆》,我们只需知道:吉卜林和当时印度的大多数英国人都相信俄国人试图侵略印度。"(Bloom 1987a:52)

5.2.2 东西方的融合

在《基姆》这种温情的基调中我们也能体会吉卜林对印度所怀有的特殊情感。正如卡林顿所指出的,《基姆》是吉卜林离开印度之后十年所作,他心中的印度还是他儿时度过快乐时光的印度,故小说中有着怀旧的温情。不少评论家如佩吉等都赞同这种说法。不仅如此,此时的吉卜林对帝国主义和东西方关系有了新的认识。这在他写于1895年10月的一封信中表现得非常明显:"出生在白人所谓的'异教徒'中间并在很大程度上在他们中间长大,对于我是一种福气。尽管我同意每个白人都有一种崇高的职责,要遵从自己宗教和良心的教导,万事循法则而行。但那些白人——他们的政府装备着最先进的杀人武器——凭着自己并不十分了解的关于救赎的教条和一套别人不懂的道德规则来吓唬、打击异族同类,破坏他们珍视的习俗,侮辱他们的神灵,这是一种残忍。"(Carrington 1978:426)

从这封信里我们可以看到吉卜林身上的人文主义精神、他对东方/印度的热爱和对帝国主义者的厌恶。这与他在自传《我自己的一些事》里谈到在其后来的作品里对其早期作品里的帝国主义因素作了总结和纠正是相吻合的。(Kipling 1937:182-183)其实,吉卜林的人文主义精神在他的早期印度题材作品里就有体现,尽管那时他的帝国主义思想最为强烈。譬如,《野兽的烙印》(收录于《生活的阻碍》,1891)就表现了殖民者的粗俗残暴,使得曾大力提携吉卜林的英国著名文艺评论家安德鲁·朗格称其为"有毒的东西",而另一位评论家夏普则建议将其烧掉,并预言此小说的作者将活不到30岁就会发疯而死。(Orel 1986:140-141)而《攻占砻登奔》(收录于《山中的平凡故事》,1888)等小说里也有英军士兵穆尔凡尼等拷打土人俘虏的描写,引起了不少英美批评家的非议。其中期的印度题材作品,特别是《建桥人》、《普伦·巴噶的奇迹》等小说中更是表现出对东方/印度的尊重,并开始考虑"连接"东西方的可能性。而《基姆》则将吉卜林此前东西方"连接"的思想发展成为东西方"融合"的思想,也即从强调东西方的平等交流转而更加强调东西方的融合一体。这里有功利性的、维持大英帝国的需要,但更反映了吉卜林对印度的眷恋以及他对东方民族价值的新思考。从吉卜林对大干道、壮丽的喜马拉雅雪山和富有魅力的印度生活方式的温情描写中,我们可以感受到他对印度的眷恋。吉卜林还带着欣赏和热爱的态度描写了不少印度人。实际上,卡林顿就指出《基姆》中的印度人形象比英国人鲜活。(Carrington 1978:426)如果说小说中有高效、发达的英国与落后、混乱的印度之间的对比,那么小说中还有英国人的实用性和印度人的精神性之间的对立。在这种对立中印度人不像英国人那样精明、实用,而是更具宗教宽容和自由精神。他们诚恳、好客。基姆和喇嘛在火车上碰到的农妇,以及印度老军人、老夫人都对他们热情有加。尤其是那个老夫人,虽然有点琐碎,却真心真意地照顾喇嘛和基姆,甚至在和他们分手时流下了泪水。无怪乎基姆"极愿意走出来,嚼着蒌叶,看这温和的大世界里新的人物"并且宣称"这是个好地方,这南方"。(Kipling 1983:113)

但书中刻画得最成功的当地人形象无疑是那个西藏喇嘛。在英国人的实用性与印度人的精神性二元对立中他可以看做印度的象征。他具有吉卜林笔下英国人的所有优秀品质。他单纯得如同孩童,连熟谙所有当地人狡猾、爱撒谎恶习的基姆对他的诚实也惊叹不已。他那不顾年高体迈,决心走遍印度大地寻找箭河以求证真理的精神尤其令人感佩。他的庄重和渊博赢得了拉合尔博物馆的英国馆长的尊敬和友谊。甚至连粗俗的马哈布·阿里也在他的纯朴和宽容精神感召下改变了洗劫印度老夫人的初衷。此外,念咒驯服发怒的眼镜蛇以及不让自己的信徒惩罚抢劫他并将其打伤的俄国间谍等情节也表现了他的超群脱俗和高超的宗教修为。另一方面,吉卜林也描绘了他作为凡人的一面:一个慈爱的普通老人。他喜欢孩子,为他们唱歌,又让他们随意抚弄自己的念珠。他在不经意中也时常流露出思乡之情:"啊,那雪山,还有那山上的雪!"(Kipling 1983:64)纯朴的感喟令人动容。对于基姆他怀着一种父亲般的爱。他教他大法,晚上睡觉时"将一大半被子盖在基姆身上"。基姆的教育本与他无关,但当他看到那两个英国神甫为基姆的学费斤斤计较时,就慷慨地为基姆付了学费。他还鼓励基姆努力学习以"积累功德",尽管这意味着此后他要独自上路,自己照顾自己。而书末的情景更是体现出喇嘛的慈悲胸怀。当他已证大道、融入宇宙的"大灵魂"时却对在尘世的基姆充满了慈悲之情。于是他忍受着大痛苦回来拯救基姆。全书是以喇嘛宝像庄严一如佛祖的形象而结束的:"他双手相扣放在膝上,微笑着,正如一个人拯救了自己和自己的至爱后会有的神情"。(Kipling 1983:261)由于这些描写,喇嘛被认为是"吉卜林所描绘的第一个睿智、庄严、渊博的非欧洲人形象"。(Bloom 1987a:66)

吉卜林也欣赏印度的古老。拉合尔博物馆里那些塑像无疑是印度古老的见证。而在书的后半部分,俄国间谍说喇嘛那深邃的眼神"让人感到我们是那么年轻的一个民族"。(Kipling 1983:216)这实际上是对喇嘛和印度的赞叹。我们知道,吉卜林对历史悠久的国度总是怀着一种尊敬。他的不少小说都表现了这一点。《事实如此》(收录于《许多发明》,1893)中字里行间透着对于英国历史长于美国的自豪,而《强制的住所》(收录于《作用与反作用》,1909)则不仅表现了这种自豪,还称赞了伴随着古老历史而来的和平、安宁、敬畏万物的品质。因此,我们可以说吉卜林对印度的古老的迷恋也表现了他对它的敬畏之情。

伴随着印度古老历史的,是其民族和信仰上的宽容。"整个印度到处是各式各样的圣者,用各种语言传播着真理。"(Kipling 1983:29)这不仅是宗教虔诚,更是一种宽容和相互理解的精神。无疑吉卜林非常欣赏这种境界。在《基姆》中他借喇嘛之口宣称:"对于追求大道的人来说,没有黑人、白人、印度斯坦人和波提亚人之分"。(Kipling 1983:191)甚至连英国特工马哈布·阿里也说:"信仰就像马匹一样。每一种在它的国度里都自有价值。"(Kipling 1983:129)这些都表达了吉卜林的民族和宗教宽容的理念以及对民族和谐的真诚向往。《基姆》第十四章的篇首诗也体现了类似的情绪:"我的兄弟跪倒(卡比尔这样说道)/在石头和黄铜面前,用异教徒方式/但在我兄弟的声音里我听到/我自己的没有解决的苦恼。/他的神如其命运所赐——/他的祈祷是全世界的,也是我的祷告。"(Kipling 1983:226)

吉卜林的东西方融合的思想在《基姆》的主人公基姆身上得到最好的体现。基姆无疑是书中塑造得最成功的形象。评者常将他与吉卜林作品里的其他人物形象——如《丛林之书》中的莫格里——联系起来。(Rutherford 1964:31;Page 1984:151)此外,不少人也指出吉卜林与基姆间的种种联系。(Bloom 1987a:117;Page 1984:151-152)所有这些说明,基姆是吉卜林心目中理想的殖民主义管理人物。他在印度自由地穿行,受到所有人的喜爱,并因此而得到"世界小友"的绰号。① 这本身就表明了一种对待印度的拥抱态度。实际上可以说基姆这个形象就代表了一种民族的融合:他是爱尔兰人,却在印度由一个欧亚混血妇女养大,后来又参加"大游戏"为英国人服务。在小说中基姆同时具有东方人和西方人的品格。一方面,吉卜林不断提醒我们基姆实际上是个英国人——而正是这一点暴露了吉卜林的殖民主义局限性。基姆自己也明白自己是英国人这个事实。在小说开篇与其他孩子争夺赞姆-赞玛大炮这个象征性场景中基姆就表现出英国人的权威:他

---

① 吉卜林的妹妹爱丽丝在其回忆录里指出,吉卜林小时很活泼调皮,像基姆一样,家里的印度仆人都称其为"世界小友"。See Orel, Harold, ed. *Kipling: Interviews and Recollections*. Vol.1. London: The Macmillan Press Ltd., 1983, p.10.

将土著儿童踢下炮身,宣称"所有的伊斯兰人早就跌下了赞姆-赞玛大炮……印度人也跌下去了"。(Kipling 1983:4)当他带着喇嘛找到马哈布·阿里并受到后者训斥时他说:"啊,马哈布·阿里,但我是印度人吗?"(Kipling 1983:21)显然,基姆明白自己作为"优等民族"一分子所享有的特权。而吉卜林也赋予他诚实、爱冒险探索等所谓的"西方人优秀品质",使得基姆作为统治阶层精英分子的身份确定无疑。但是另一方面,他完全像一个土著:他"晒得黑黑的,就像当地人一样","很愿意说当地的土话",而且"和市场上的其他小孩子完全平等地交朋友"。(Kipling 1983:1)他喜欢穿印度衣服,吃印度食物,迷恋印度的一切。

基姆对两种文化的拥抱使他经常为自己的身份感到困惑。小说中基姆多次自问:"谁是基姆-基姆-基姆?"(Kipling 1983:106,128,167,203,254)他初到圣查威尔学校时并不习惯那里的西式饭菜和衣服,而是渴望自己往常所过的自由自在的印度式生活。但同时他又意识到自己是个"洋大人"。在罗干大人处受训时,他不断提醒自己:"我是个洋大人,还是个洋大人的儿子",但这思索却是用印地语完成的!小说第八章的篇首诗表达了基姆对自己双重身份的困惑,但同时也明确地表达了融合两种身份的愿望:

> 我感谢这块土地:
> 它哺育了我的生命——
> 可我最感激真主,
> 他给了我的头不同的两面。
>
> 衣食尽可没有,
> 朋友亦可抛弃,
> 但我不要片刻失去
> 我的头的任何一面。

(Kipling 1983:117)

不过,在多数情况下,基姆身上的东方和西方品格并不相互矛盾,而是很好地交融在一起。他自由地穿行于印度大地,因为他熟悉而且喜爱这块土地,就像一个孩子对于他的母亲那样。① 而他对知识的渴望又使他在自己并不喜爱的圣查威尔学校里安之若素。于是我们看到这样的

---

① 有意思的是,吉卜林1891年最后一次访问印度时,写了一篇有浓厚怀旧意味的文章,取名为"家"。据评论家伊那穆尔·卡里姆说,吉卜林此时经历了一种"失落的孩子和等待的母亲之间那种神秘的团圆"。See Harold Bloom (ed). *Kim*. New York & New Haven: Chelsea House Publishers, 1987, p.117。

场景:平时他在学校里努力学习。到了假期他则走上大路,过着印度人那种自在的生活。具有象征意味的是基姆的衣着。自到圣查威尔学校后,他平时穿着洋大人的制服衬衫,而自己又在别处藏有一件印度人的外套,可以随时取用。基姆这种自由出入于两种文化之间,而又为双方所喜爱的能力从某种意义上来说也是吉卜林自己的梦想,表达了他融合东西方文化的渴望。①

5.2.3 对殖民主义的超越:吉卜林对《基姆》的修改

不仅如此,吉卜林对小说的修改也表现了他这一时期对东西方关系的新思考。我们知道,吉卜林说自己在写作时常受一种神秘的灵感控制,他称之为 Daemon。他的好作品如《丛林之书》等都是这样写出来的。《基姆》也不例外。不少评者如安格斯·威尔逊等都认同这种说法。但是马格丽特·菲丽却依据仅存的《基姆》手稿,指出情况正好相反。② 比较此稿与《基姆》的 1901 年出版稿,可以发现,吉卜林在写作《基姆》时并非在 Daemon 的控制下进行无意识的写作,而实际上是作为一个自觉的艺术家对其进行了反复的系统的修改。而正是这些修改极大地提高了《基姆》的艺术品位——我们知道,《基姆》源于他早期写于印度的一部手稿《马图琳妈妈》(*Mother Maturin*),到最后定稿前后历时 16 年。据菲丽称,《基姆》原稿种族主义倾向严重,但在发表的《基姆》里吉卜林已经在许多方面超越了他的种族主义。他删去了原稿中不少种族主义话语,同时增加了对印度的观察和温情的描写。他对原稿前三章里诌媚的西藏喇嘛形象进行了重新塑造,改写了第五章,又删去了第十一章里带有种族主义色彩的一个片段。菲丽认为小说原稿中种族主义色彩浓厚的部分都来源于《马图琳妈妈》,在修改原稿时吉卜林已经超越了自己早期的殖民主义态度,正和小说中的基姆一样经历着认同危机,而且在感情上更偏向于东方。(Bloom 1987a:63)这些在小说的人物塑造上体现得非常明显。吉卜林在修改时减少了英国人形象的正面描写:克雷顿上校着墨不多,是次要人物;罗干大人在原稿中是个热爱小动物、具有宗教虔诚的特工,但在发表的《基姆》里罗干大人则没有这些正面特质,且其对基姆的催眠反而使其具有了一种阴险的特征。两位英国神职人员贝

---

① 基姆对印度各社会阶层和语言习俗的了解使得他能够在印度各地通行无阻。在这方面他和吉卜林早期印度题材小说中的斯特里克兰以及《丛林之书》里的莫格里一样,都是吉卜林笔下理想化的殖民管理人员。

② 由于无法见到吉卜林的《基姆》原稿,以下论述主要采用马格丽特·菲丽文章中的材料。See Margaret P. Feeley. "The *Kim* that Nobody Reads", in Harold Bloom (ed). *Kim*. New York & New Haven: Chelsea House Publishers, 1987, pp. 57—74.

内特和维克多更是负面形象:他们先是无端地认为基姆是小偷,直到发现他是白人后才改口,后来又在基姆的教育费用问题上纠缠不休,形象明显有点猥琐。在主人公基姆的塑造上,吉卜林在修改时也淡化了其白人特征,特意描写基姆对于印度的亲切感、认同感以及他如何自由地在印度大地上穿行。原稿中描写基姆为保护喇嘛与俄国人打架时"爬起来朝着那挺起的肚子最后踹了一脚(亚洲人打架不是为了尊严,而是要伤害别人),然后往山上跑去",(Bloom 1987a: 64)这话无端贬斥东方人,认为他们阴险恶毒,具有明显的种族主义色彩,这些后来都被吉卜林删去了。原稿中的基姆非常热衷于大游戏,但修改后基姆则更理性地思考这个问题。另一方面,吉卜林也改变了原稿中对印度人的类型化描写,使他们更具有真实性和自己的尊严。原稿中的喇嘛是个普通的西藏喇嘛,幼稚、无知、无能,对别人谄媚讨好,而修改后的喇嘛形象要更为高大。他成了一个西藏寺庙的主持,知识渊博,行为举止简朴而庄严,在英国人面前不卑不亢,为追求大道执著无悔,令人敬佩。而马哈布·阿里、贺瑞巴布也不再是典型东方主义话语里的狡诈、阴险、反复无常的东方人形象,而具有了各自的特征和可敬的品格。此外吉卜林还刻意减少了东西方文化摩擦和冲突的内容。如原稿中马哈布·阿里的父亲在战争中被英国人杀死。这个内容后来就被吉卜林删去了。基姆救助特工E.23 的情节在原稿中有浓厚的种族主义色彩:E.23 因为诱拐了一个土王的宫女而受到追杀。基姆和 E.23 一起在火车上对付"黑鬼"杀手,成功地将其赶走。在修改后的场景中吉卜林淡化了土王、宫女等情节,也删去了"黑鬼"等对土人的侮辱性称谓,只是描写基姆为 E.23 疗伤、化装来帮助其摆脱杀手,从而减少了原稿的种族主义倾向。①

　　从上述分析中可以看出,作为吉卜林最后的印度题材小说,《基姆》标志着他对东西方关系思考的新阶段。尽管书中还残留着不少帝国主义意识形态的痕迹,但对印度这块土地及其人民的充满温情的描写,各民族、种族的成员同心协力共抗沙俄、维护帝国的行动都表明吉卜林对英国和印度、东方和西方融为一体的愿望。他对《基姆》原稿的修改表明,尽管吉卜林还不能摆脱他的历史局限性,但作为一个自觉的艺术家,他不仅已超越了自己早期的帝国主义态度,而且对于东西方文化及其关系的认识比以往任何时候都清醒。他在其中期印度题材作品里表现出来的对东西方文化融合的方法和可能性的探讨此时终于结出了硕果——这便是《基姆》,"有史以来最伟大的

---

① 菲丽等学者认为,这种修改也表明此时的吉卜林强调"治疗"主题甚于其早期热衷的"报复"主题,预示着吉卜林后期作品的新的主题和风格。See Margaret P. Feeley. "The *Kim* That Nobody Reads", in Harold Bloom (ed). *Kim*. New York & New Haven: Chelsea House Publishers, 1987, pp. 73—74.

英语小说之一"。(Green 1971:29)

第三节 《本来如此的故事》:童真与东方主义

吉卜林的短篇小说集《本来如此的故事》出版于 1902 年,共收集了 12 篇短篇小说和 12 首诗歌。集子里的故事写于 1897—1902 年间,结集出版前大部分故事都已经在各种杂志上发表过。学者马莱特指出,这些故事都是吉卜林为其大女儿约瑟芬而写的,其中有些写于吉卜林一家居留美国弗蒙特州期间,有些写为南非,还有些故事则写于约瑟芬病亡后,寄托了吉卜林对亡女的思念。(Mallett 2003:74,116−117)[①]威尔逊也指出《豹子身上的斑点是怎么来的》中描绘了非洲的草原和热带雨林,而《象之子》中提到的"河水灰绿、油腻,两岸长满了金鸡纳树的林波波河",是吉卜林一家于 1898 年第一次去南非时才见到的。(Wilson 1978:306)不过,也有学者持不同意见。譬如,著名评论家佩吉(Page 1984:54−55)就认为《本来如此的故事》中的故事写于南非,且读给娥尔曦和约翰姐弟听的。[②] 吉卜林在其自传《我自己的一些事》中对这部作品语焉不详,但用了不少篇幅描述了他们一家在南非过冬时住在当时的英国殖民巨子罗德斯提供的农庄上的情形,以及他们如何与农庄周围的各种动物和谐相处,笔调相当悠闲,与《本来如此的故事》中故事的基调吻合。(Kipling 1937:161−165)[③]值得一提的是,这部作品还是吉卜林唯一亲自画插图的作品,在插图的说明中叙述人耐心细致地(向儿童听众)讲解画中以及故事中的内容,明显可以看出一个慈父的形象。但这些文字说明的对象应为有一定理解力的幼童。这也进一步证明这部作品是为

---

① 约瑟芬金发碧眼,伶俐可爱,深得吉卜林喜爱,可惜在 1899 年初吉卜林一家去美国时病亡,时年只有 6 岁,让吉卜林伤心不已。本书中不少故事明显表达了作者对女儿浓浓的爱意。譬如,马莱特指出,约瑟芬的昵称是"艾菲",就是《字母表是怎么来的》两篇故事中的小女孩苔菲。此外,小说集的前三篇故事都发表于 1897 年,其中第一篇故事《鲸鱼的喉咙是怎么来的》发表时约瑟芬刚刚 5 岁,而《字母表是怎么来的》一篇中提到苔古麦和苔菲父女花了整整 5 年时间做了一条奇妙的包括所有字母的项链——当时约瑟芬正好是 5 岁,而吉卜林将这些故事结成一个集子前后也花了 5 年。See Phillip Mallett. *Rudyard Kipling: A Literary Life*. New York: Palgrave Macmillan, 2003, p.116。

② 综合各家说法,此说可能有误。吉卜林一家 1898 年初次到南非时,二女儿娥尔曦才两岁,儿子约翰才半岁,只有 5 岁多的大女儿约瑟芬才是合适的听众。因此本文采用学者马莱特的看法。

③ 吉卜林在在自传《我自己的一些事》中对这部作品着墨甚少,很可能像他在自传中不提儿子约翰在第一次世界大战战场上的失踪一样,是以一种斯多噶般的克己工夫来掩饰自己内心的忧伤。连其唯一幸存的孩子娥尔曦后来在回忆录中谈到其父母的隐忍态度时也说:"我的父母默默地勇敢承受了他们生活中的两大痛苦(指她姐姐约瑟芬和弟弟约翰之死),不过也许是太沉默了,对他们没什么好处。"See Harold Bloom, ed. *Rudyard Kipling*. New York & New Haven: Chelsea House Publishers, 1987, p.104。

约瑟芬而写。

《本来如此的故事》出版后颇受欢迎,当时就有数篇书评赞扬其清新有趣和可爱的童真色彩。(Green 1971:272—274)20 世纪中期的评论家汤姆金斯也以怀念的口吻描述自己儿时阅读这部作品的快乐。(Tompkins 1956:55—56)著名小说家和评论家安格斯·威尔逊(Wilson 1978:296)也称这本书是"第一流的儿童作品"。书中的故事以极为丰富的想象力和简洁流畅如童谣般的语言塑造了一个个生动可爱的动物和儿童形象,处处弥漫着爱与温情。不过,与此同时,我们发现,在这部作品童真的表面下仍然是那个心系大英帝国的吉卜林。这些看似简单的故事实际上传达了吉卜林一贯的青少年教育理念,也在不知不觉中表现了吉卜林的东方主义思想。

5.3.1 纯真的儿童故事:童趣、温情与教育

《本来如此的故事》引人入胜之处,首先在于用充沛的想象力讲述了一个个简单而生动的儿童故事。被鲸鱼吞下去的水手在鲸鱼肚子里狂舞乱蹦,弄得鲸鱼只好让他出来。他又用折叠刀将自己的竹筏切成小块,用吊袜带把它们穿起来,撑在鲸鱼嘴里成为它的喉咙(《鲸鱼的喉咙是怎么来的》);装满营养的驼峰是造化之神对懒惰的骆驼的惩罚(《骆驼背上的包是怎么来的》);犀牛打皱褶的皮和暴躁脾气是它贪吃和不懂礼貌而遭受的报复(《犀牛身上的皮是怎么来的》);豹子身上的斑点是黑人手指头按出来的(《豹子身上的斑点是怎么来的》);小象的鼻子是被鳄鱼拉长的(《象之子》);而袋鼠强壮有力的后腿是被野狗追着蹦出来的(《袋鼠老兄的歌》);犰狳是刺猬和乌龟为适应环境努力锻炼出来的结果(《犰狳的由来》)。除了天真烂漫的儿童,谁能有这些奇思妙想?难怪威尔逊(Wilson 1977:306)要说这七篇故事是书中的精华。但他(Wilson 1977:307)批评关于字母表的由来的两篇故事有点过于异想天开,笔者不能苟同。在这两篇故事中,吉卜林以其俊逸奇才和丰富的想象力讲述了原始部落中的苔古麦和苔菲父女如何遭遇信息传递的困难,以及创造字母表的故事,生动形象,充满童真又丝丝入扣,合情合理,而且通篇弥漫着父女间的深情,读了让人不禁叹服。笔者以为,1902 年《本来如此的故事》刚出版时《雅典娜》杂志上一篇无名书评的意见更加中肯:"(书中)有些故事,譬如一个穴居人的女儿发明了信件,创造了字母表,以及家猫的独立性和小象长鼻子的由来等,都极为完美,别的短篇小说作者只能望洋兴叹,叹为观止。"(Green 1971:272)

书中在讲述生动故事的同时也创造了不少可爱的动物和儿童形象。懒惰的骆驼,暴躁的犀牛,对世界充满好奇心的小象,天真可爱又十分懂事的苔菲,都让人难以忘怀。值得注意的是,可能正因为这些故事都是为作者年

仅 5 岁的女儿而写,在这部书中我们很少看到吉卜林作品中常见的暴力和血腥场景,而是处处洋溢着爱与温情,连那些捕猎的场景也没有以往吉卜林作品中的血腥气。以《豹子身上的斑点是怎么来的》("How the Leopard Got His Spots")为例。当斑马和长颈鹿等动物通过改变自身的颜色躲避埃塞俄比亚人和豹子的捕猎后,有一次两位猎手碰巧又撞到了这些动物。书中这样描写豹子抓住已经改变身体颜色的斑马:"(豹子)逮到的猎物闻起来像斑马,摸起来也像斑马。豹子把它扑倒时,它也像斑马那样踢腾,但豹子却看不见它。于是豹子说:'安静点吧,你这隐身的家伙。我要坐在你的头上直到天亮,因为你身上有些东西我搞不懂'。"(Kipling 1986:338)而故事结尾也是典型的童话式的:"于是他们(埃塞俄比亚人和豹子)走开了,从此过着幸福快乐的生活。"(Kipling 1986:343)这里,我们不再看见吉卜林广受欢迎的早期动物故事集《丛林之书》中的强悍和暴力,而多了一种童真和祥和,也许还有一点点吉卜林作品惯有的恶作剧特征。① 其他像鲸鱼吞吃水手,鳄鱼咬小象的鼻子等情节都具有类似的特点。

也许,《本来如此的故事》中父女情深的场面更能体现故事中的爱与温情。《豹子身上的斑点是怎么来的》中的篇尾诗以儿童的口吻,表示要趁妈妈不在家,和爸爸"让我们融入周围的景色中——就我们两个/让我们……哦,做什么都行,爸爸,只要是你和我"。(Kipling 1986:343)《与大海嬉戏的螃蟹》("The Crab That Played with the Sea")中这样写道:"但到了傍晚,万物都变得焦躁倦怠起来。这时人过来了(是不是带着他的小女儿?)——是的,他钟爱的小女儿坐在他的肩头。"(Kipling 1986:401)而最能表现父女情深的当数《第一封信是怎么写出来的》("How the First Letter Was Written")和《字母表是怎么来的》("How the Alphabet Was Made")两篇故事。两篇故事都描述小女孩苔菲和爸爸一起打猎玩耍,并由此发明了字母表的故事,充满了童趣、想象力和父女间的温情。在第一篇故事中小女孩苔菲从"刚会走路,就跟着爸爸到处跑了"。而当部落里的人发现自己弄错了,一起朝苔菲发火时,我们看到这样的描写:"'亲爱的苔菲,恐怕我们有点麻烦了。'她爸爸说着,伸出胳膊搂住她,这样她就不害怕了。"(Kipling 1986:384)简单的细节都表现出父女间的深情。故事结尾,叙述人这样告诉我们:

---

① 吉卜林的作品中常有恶作剧的场景,本书也不例外。譬如,《犀牛身上的皮是怎么来的》中受到犀牛欺负的帕西人将干硬的蛋糕屑和烤焦的葡萄干揉进犀牛的皮里,使其奇痒难耐;《象之子》中的小象谦恭有礼,但因充满好奇心老是被家人痛打。小象意外得到灵活自如的长鼻子后也将以前打他的家人痛打一顿;《第一封信是怎么写出来的》中替苔菲送信的陌生人受到误解,结果被部落里的妇女将泥巴涂了一身,整得够呛。这些情节都表现了孩子式的淘气,具有浓厚的吉卜林式恶作剧色彩。

"从那天起到现在(我想这都怪苔菲),很少有小女孩喜欢学习读书写字的。她们大都喜欢画画儿,或者跟爸爸玩儿——就像苔菲那样。"(Kipling 1986:385)第二篇故事则以极为丰富的想象力讲述了苔古麦和苔菲父女在游戏中发明字母表的故事,表现出父女间的默契。篇尾诗将苔菲描绘成一个自由美丽的小精灵,而"苔古麦独自顺着烟走过来 / 找到了女儿,他的一切"。(Kipling 1986:400)不仅如此,这部书中许多故事的叙述人都是慈父的形象。譬如,书中大多数故事都以慈爱的呼唤"我最亲爱的"("My Best Beloved")开篇,而且在故事中反复出现。仅第一篇故事《鲸鱼的喉咙是怎么来的》("How the Whale Got His Throat")中就有三处,《犰狳的由来》("The Beginning of Armadillos")前四段中就出现了四处"我最亲爱的"。这些呼唤使得故事中洋溢着一股浓浓的亲情,还强化了叙述人的慈爱形象。而不少故事中都不断出现插入语,也提醒我们这个慈爱的叙述人的存在。《鲸鱼的喉咙是怎么来的》中的叙述人不断用插入语提醒"你可一定得记住吊袜带喽,我最亲爱的",而且在叙述翻船事故的水手用脚趾头在水中划来划去时还用插入语提醒听故事的小读者/听众:"他得到了妈妈的允许划水,要不然他才不会这么做呢,因为他是个既聪明又勇敢的人",(Kipling 1986:314)话里显然有告诫小听众不能随便玩水的意思。而《犀牛身上的皮是怎么来的》("How the Rhinoceros Got His Skin")中叙述人也告诫小听众火炉潜在的危险:"帕西人住在红海边,什么都没有,就只有一顶帽子,一把刀和一个炉子——你千万不能碰的那种。"(Kipling 1986:327)所有这些都使得这些故事亲切而充满温情。

《本来如此的故事》的语言使用也表现了同样的儿童化语言特征。这些故事中的句子都很简短,词语简单易懂。特别是作为优秀诗人的吉卜林在故事中经常运用英语诗歌中常见的头韵、重复等手法使得故事的叙述具有一种强烈的节奏,富有乐感,极具童谣风味。譬如《鲸鱼的喉咙是怎么来的》是这样开头的:"很久很久以前,我最亲爱的,大海里有一条鲸鱼。他吃各种各样的鱼。他吃海星,也吃雀鳝;吃螃蟹,也吃比目鱼;吃欧鲽,也吃鲮鱼;吃鳐鱼,也吃其同伴;吃鲭鱼,也吃梭子鱼;还吃扭来扭去滑滑溜溜的海鳝。"(Kipling 1986:311)我们可以明显感觉到这儿童语言中的节奏和音韵。① 另外,吉卜林还常用同样或近似句子的重复使故事的叙述和语言上都形成一定的节奏,既朗朗上口又简洁明了,利于儿童理解。比如在《袋鼠老兄的歌》("The Sing-song of Old Man Kangaroo")中,狂傲的袋鼠去见小神、中神和

---

① 汉译文无法传达原文由头韵、尾韵等诗歌手法的使用所形成的强烈童谣音韵和节奏。但即便如此,我们依然可以感受到其中的简洁和童趣。

大神时说的都是近似的话:"限你在下午五点前把我变得与所有动物都不同,而且大受欢迎和追求",这句话以及几位神灵的不同反应形成了故事向前推进的节奏。而在描述野狗受大神之命狂追袋鼠时,作者交替使用"他非跑不可"、"他非追不可"、"他非蹦不可"等句子打断故事的叙述,生动形象地表现了袋鼠在野狗的追逐下跑过丛林、高山和沙漠的情景,极为形象又具节奏感,仿佛让人身临其境。

多年以来,评者大都将《本来如此的故事》看成一部纯粹的儿童故事集,很少讨论其中的意识形态特征。但如果我们仔细探讨就会发现,在《本来如此的故事》童真的表面下,我们看到的还是那个为大英帝国的未来忧心忡忡的"帝国号手"。众所周知,19世纪末的英国是世界上最强大的帝国,占有全球四分之一的土地。但与此同时,德国、俄国、美国等列强纷纷崛起,开始对外扩张,与法国等英国传统的老对手一起,对大英帝国的利益造成了巨大的威胁。而大英帝国内部对待殖民地和殖民扩张问题却有两种不同的态度,相互掣肘。另外,大英帝国各殖民地也出现了离心倾向。所有这些都预示着大英帝国潜在的危机。对此吉卜林这位"帝国号手"一直寝食不安。《退场赞美诗》、《白人的负担》等充满忧患意识的诗歌就表达了他对帝国未来的焦虑。吉卜林写《本来如此的故事》时与他写《退场赞美诗》(1897)、《白人的负担》(1898)等诗歌的时间大体相同,也正是他为大英帝国的未来感到忧虑的时候。他开始关注民众,特别是儿童和青少年的教育,致力于培养帝国未来的建设人才。① 他发表于1897年的长篇小说《勇敢的船长们》和1899年的短篇小说集《斯托凯与其同党》都是这种青少年教育小说。《本来如此的故事》虽是为年纪更小的幼童所写,较为单纯,但值此多事之秋,吉卜林心系帝国,还是不自觉地在书中表现了自己的一些教育理念。

如前所述,具有清教背景的吉卜林一直强调勤勉、谦恭、忠诚,服从,以及吃苦耐劳的精神。在他看来,必须具备这种精神才能很好地维护大英帝国。《本来如此的故事》中的《骆驼背上的包是怎么来的》("How the Camel Got His Hump")一篇就很好地体现了吉卜林的这种工作理念。文中反复强调世界创立之初,有无数的事要做,强调了工作的重要性。(Kipling 1986: 319—322)那个懒惰而没有礼貌的骆驼却整天游手好闲,对别人的工作以及

---

① 维多利亚社会比较重视青少年教育。很多作家都写了青少年教育作品。譬如,与吉卜林同时的名作家罗伯特·路易斯·斯蒂文森在其广为传颂的诗集《一个孩子的诗园》中也传达了不少教育理念,如其中的第2首"一个思想"教导孩子宗教虔诚,第5首"孩子的全部责任"教导孩子诚实、有礼,第19首"制度",第20首"好孩子"教导孩子虔诚清洁懂礼貌,第27首诗歌"好孩子和坏孩子"就要求孩子们端庄、简朴、诚实、快乐、健康。See Robert Louis Stevenson. *A Child's Garden of Verses*. Penguin Books, 1994, p.4, 7, 29, 30, pp.42—43。

规劝都不理不睬。最终它受到了惩罚:背上长出了一个难看的鼓包,而且被命令从此必须勤劳地工作,不能休息。篇尾诗中对此进行了强调,具有明显的说教意图:"小孩、大人也一样,/ 如果我们不干活想偷懒,/ 我们也会长个包——/ 就像骆驼背上的包——乌黑青肿真难看!"(Kipling 1986:326)同时值得注意的是,这首篇尾诗也表明吉卜林注重实践,而不太看重书本知识:"要治这坏毛病整天闲坐可不行,/ 靠在火边读书也难好;/ 得拿个大铲和锄头,/ 挖得浑身冒汗病才消。"(Kipling 1986:326)而《犀牛身上的皮是怎么来的》、《袋鼠老兄的歌》、《跺脚的蝴蝶》("The Butterfly That Stamped")等篇则用形象的儿童故事批评了骄狂无礼的恶习。粗鲁无礼的犀牛、狂妄的袋鼠都因为自己的缺点受到了惩罚。前者因为擅自吃了帕西人的蛋糕而受到报复,在自己光滑的皮上弄出了很多皱褶,而且全身发痒难受,后者则因为狂妄地命令大神改变自己的形象而被野狗追得到处乱窜。而这篇故事的篇尾诗不仅用谐趣的笔调描述了这一切,同时也借助袋鼠形象的变化宣扬了斯多噶式的勤勉克己精神:"假设你很能跑/ 从阿德莱德市到太平洋边,/ 一个下午跑完——/ 跑的路有那两位先生的一半——/ 你定会热得难熬,/ 但你会练出厉害的腿脚,/ 是的,我性急的小儿,/ 你会成为出色的小男子汉!"(Kipling 1986:362)《跺脚的蝴蝶》中聪明的国王所罗门也因为自己的狂傲而受到羞辱。《与大海嬉戏的螃蟹》中的魔法师也通过惩罚狂妄的螃蟹传达了谦卑、服从的观念。吉卜林在这些故事中传达的教育理念与他在《丛林之书》、《勇敢的船长们》、《斯托凯与其同党》以及《退场赞美诗》和《白人的负担》等作品中所宣扬的东西一脉相承,都强调谦恭、克己、勤勉、服从,目的都是为了培养优秀的大英帝国未来的建设人才。这些都体现了他对大英帝国前途的关注。

5.3.2 吉卜林的传统女性观和东方主义思想

《本来如此的故事》也表现了吉卜林对待女性的态度。像英国维多利亚社会的大多数人一样,吉卜林思想比较保守,其女性观也比较传统。他欣赏"家庭天使"式的女性,贬斥不守妇道的"妖女"或"魔女"。① 这两类女子在小说集的最后一篇故事《跺脚的蝴蝶》中都有代表性人物。故事中所罗门王的

---

① 吉卜林的传统女性观还可以从以下事实中看出。19世纪末20世纪初英国女权主义运动日渐高涨,但吉卜林反对女权主义运动,也反对给女子以选举权。其1911年的诗歌《物种中的雌性》("The Female of the Species")就是对妇女选举权运动的攻击,宣称"各种物种中雌性都比雄性更恶毒"。他甚至反对女子参加工作,认为独立工作的女子丧失了魅力。See David Gilmour. *The Long Recessional: the Imperial Life of Rudyard Kipling*. London: John Murray (Publishers) Ltd., 2002, pp. 227—228.

王后巴尔奇斯是典型的"家庭天使"。她美丽、优雅、高贵,聪明而且忠诚。她"太爱他(所罗门)了。她要么坐在金碧辉煌的宫殿中属于自己的房间里,要么在花园里散步,并为他感到难过"。(Kipling 1986:432)她也从不嫉妒,只想着帮助夫君摆脱烦恼。故事还借巴尔奇斯之口,让她通过蝴蝶夫妻的这段争吵告诫所罗门那些爱吵闹的嫔妃们要"低声说话,谦卑礼让,这些是做蝴蝶的妻子必备的品质"。(Kipling 1986:437)故事中的所罗门也告诫蝴蝶的妻子:"经过这次后要记住,在任何事情上都要取悦你的丈夫,以免他被激怒,再次跺脚。"(Kipling 1986:440)这篇故事带有明显的说教特征,体现了吉卜林的传统女性观。

另一方面,这篇故事也表现了吉卜林对女性的轻视。他在寄养期间所受的养母的虐待更是加深了这一倾向。同时有学者指出,吉卜林对其妻子卡洛琳并不满意,特别是讨厌其强烈的占有欲和控制欲。学者们指出,吉卜林夫妻感情并不好。吉卜林成名后其妻代理了他的一切事务,如版权、财务等。甚至关于他是否见媒体也要其妻来决定。吉卜林对此颇有怨言。学者马莱特指出,19和20世纪之交,随着吉卜林名声越来越大,他日趋成为一个公众人物,而年近40的妻子卡洛琳则日益担心别人和她争夺吉卜林的情感,几乎患上抑郁症,为此吉卜林还写信向岳母抱怨。(Mallet 2003:113)而吉卜林的二女儿后来也在回忆文章中称其母亲"把什么事都弄得很紧张,有时甚至有点歇斯底里",其他人也觉得卡洛琳焦躁、好管闲事。(Mallet 2003:74)而1899年1月,卡洛琳不顾天寒地冻执意要全家越洋赴美,结果家里多人染病。吉卜林钟爱的女儿约瑟芬病死,吉卜林自己也几乎未能幸免。吉卜林为此颇为怨恨其妻。这一切都使得吉卜林在作品中往往对女性采取一种贬斥的态度。这一点在《跺脚的蝴蝶》中也有表现。故事中不仅所罗门的嫔妃们整日争吵,令人心烦,连花园里的公蝴蝶也被其妻子吵闹得头疼不已。在这里叙述人借蝴蝶之口说道:"您也知道妻子们是什么德行。"(Kipling 1986:434)而蝴蝶的妻子明显是一副泼妇的架势。当公蝴蝶吓唬她说她要是再惹他生气他就会跺脚让所罗门的宫殿消失不见时,她吵道:"你说的话我一点都不信……你跺脚连草叶都弄不弯。不服气就跺跺看。跺呀!跺呀!跺呀!"(Kipling 1986:435)而当宫殿花园被精灵们搬走,四处一片漆黑时,"蝴蝶的妻子在黑暗中瑟瑟发抖,哭着求道:'哎呀,我今后一定乖乖的。我很难过自己竟说出那样的话来。只请你把花园变回来,亲爱的夫君,从今以后我再也不冲撞你了'"。(Kipling 1986:436)在这种对蝴蝶之妻狼狈形象的描述里我们明显可以感受到吉卜林的一种报复的快感。《独来独往的猫》中那只自私的猫,凭借自己的聪明混进人的火塘边,最终却受到人、狗一致的攻击。这种描写恐怕也表达了吉卜林对泼悍女性的厌恶。

而该故事的篇尾诗也将猫的自私虚伪和狗(宾奇)的忠诚作了尖锐的对比:"猫咪会用她的头蹭蹭我的膝盖,/假装她非常爱我;但只要我一上床睡觉/猫咪一下就跑出老远,/在外一待就到天亮;/所以我知道她是装出来的;/而宾奇,整夜在我脚边打呼噜,/他是我真正的好朋友!"(Kipling 1986:428)这里我们几乎见到吉卜林对其儿时养母的直接抨击了。

不仅如此,《本来如此的故事》在生动可爱的儿童故事外表下也包含有东方主义思想。这部作品尽管目标读者是幼童,但写于南非乃至整个欧洲时局风云变幻的时候,一直心系大英帝国的吉卜林在自己的作品中还是不自觉地暴露出殖民主义的心态。① 这在《跺脚的蝴蝶》中表现得最为明显。故事中的国王所罗门(在这个故事中叫做撒雷曼·宾·达伍德)聪明睿智,宽厚仁慈,是理想的统治者形象。他除了有个聪明的来自"西巴和萨比王国和南方金河的"王后巴尔奇斯外,还有九百九十九个来自"埃及、埃塞俄比亚、阿比西尼亚、波斯、印度和中国"的嫔妃。她们终日争吵不休,让所罗门很烦恼,但他又不忍惩罚她们。最后借助一对蝴蝶夫妻的争吵,巴尔奇斯说服所罗门帮助公蝴蝶。所罗门稍微展示了一下自己的力量:他命令精灵施法力搬走宫殿,于是一声霹雳中一切都不见了,天地间到处一片漆黑,景象十分可怕。这些嫔妃们顿时惊慌失措:"这时传来一阵可怕的声音,原来是那九百九十九个嫔妃一起冲出了宫殿。她们又是喊,又是叫,招呼着孩子,乱成一团。"(Kipling 1986:437)

在对这些来自东方的嫔妃们的负面描写中,我们看到了典型的东方主义态度。在殖民主义文学作品中东方往往被女性化,而这篇故事中来自东方的嫔妃正是这种态度的象征性表现。而故事中对她们的描写也体现了典型的殖民主义作品中对待东方人的态度:东方人是低等民族,粗俗无知,没有秩序,只会无理吵闹。但同时他们也愚蠢懦怯,很容易被制伏:所罗门略施法力就让她们惊慌失措。一句话,她们就像吉卜林在《白人的负担》诗中所说的那样:"一半是魔鬼,一半是孩童。"而所罗门则与吉卜林前期作品中的理想殖民者一样表现了优秀的品质:他宽宏大量,宅心仁厚,尽管自己法力无边,却宁可自己忍受嫔妃们的吵闹也不忍心去责罚她们。应该说,这个故事与那个时期流行的历险小说等文学作品一样,都表现了一种殖民主义的意识形态。而由于故事本身的生动可爱以及目标读者的单纯,这种故事

---

① 吉卜林在自传《我自己的一些事》中谈到自己的南非经历时,一面悠闲地叙述一家人在南非农庄上的惬意生活,一面也记述了当时南非的时局和人物,包括自己在布尔战争中为南非的英军军报撰稿,为前线的英军士兵募捐等行为,同时还不忘诋毁与英国为敌的布尔人,将他们描写成懒惰、贪婪、忘恩负义的无赖。See Rudyard Kipling. *Something of Myself*. New York: Charles Scribner's Sons, 1937, pp.141—168。

可能会有更加强大的潜移默化的影响。此外,《与大海嬉戏的螃蟹》中对人的描述也表达了类似的思想。故事中魔法师对不愿划船回家的渔民说:"你很懒……你的子孙一定也懒,他们会是世界上最懒的人。他们应该叫做'马来西人'——懒人"。(Kipling 1986:412)在这里,"马来西人"(Malazy)是对"马来西亚"(Malaysia)的模仿,特别是文中叙述渔民的小船经新加坡、马六甲海峡、西朗格(马来西亚一州名)进了帕拉克(马来西亚一地名)河口,这种指代更是非常明显。而文中潜在的殖民主义态度也就昭然若揭了。

另外,《本来如此的故事》中显而易见的进化论思想可能也隐藏着殖民主义心态。《豹子身上的斑点是怎么来的》中长颈鹿、斑马等动物为了躲避埃塞俄比亚人和豹子的捕猎,纷纷根据生活的环境披上了伪装的色彩和斑点,从而很好地保护了自己,而猎手们也只好跟着改变自己,才不至于饿肚子。同样,《犰狳的由来》中刺猬和乌龟为了逃避美洲虎的捕猎,也只好学习新的本领,最后外形也改变了,成了新的物种,而美洲虎也获得了新的知识。这些故事都很简单,却生动形象地传达了"物竞天择,适者生存"的生物进化思想。其他故事像《象之子》、《袋鼠老兄的歌》也同样用恶作剧式的手法叙述了大象的长鼻子和袋鼠强劲有力的后腿的来历,读来清新有趣,又发人深省。这些进化论故事中有没有潜藏着殖民主义心态?这个问题值得研究。我们知道,19世纪末达尔文的生物进化理论被英国学者赫伯特·斯宾塞等人引入到社会政治领域,发展成为社会达尔文主义,并受到曲解,变成帝国主义和种族主义的理论基础,成为西方殖民扩张和掠夺的理论依据。有了这个社会语境,是否可以认为《本来如此的故事》中的这些进化论故事是作者殖民主义心态的一种曲折的表达?这是个值得探讨的问题。

《本来如此的故事》是吉卜林为5岁的女儿和其他幼童所写的儿童故事集,纯净、生动,充满童趣和想象力。但即便在这些故事童真的表面下我们依然可以清楚地发现吉卜林无意中所表现出的殖民主义心态和他为了维护大英帝国所提出的教育理念。这再次证明了著名学者萨义德在其名著《东方学》里提出的观点:没有纯粹的知识。知识的产生总是与意识形态相联系的。(萨义德 2000:12—15)了解了这一点,我们在阅读和欣赏西方文学作品的时候就不应当跟随西方的评者亦步亦趋,而要拉开距离,采取不同的视角,这样也许会有新的发现。也许这样的态度才是鲁迅先生赞许的那种"拿来主义"的态度。

第六章　吉卜林 20 世纪早期的小说创作

20 世纪之前,吉卜林的心随着大英帝国的兴衰而跳动。这一点突出地表现在其前期小说诗歌对帝国的强烈关注中,也表现在他对布尔战争的积极参与中。但英国政府在布尔战争中的官僚和无能的表现也使吉卜林非常不满。他开始对大英帝国感到失望。[①] 布尔战争之后帝国主义在英国受到了自由主义知识分子的批评。吉卜林的声誉也受到了损害。与此同时,吉卜林也结束了自己的漫游和对理想中的"家"的搜寻,最终于 1902 年 9 月定居在英国苏赛克斯郡乡下。吉卜林非常喜欢苏赛克斯郡乡下的优美风光和英国古老的历史,这在他这个时期创作的《他们》(收录于《交通与发现》,1904)、《强制的住所》(收录于《作用与反作用》,1909)等小说中都有体现。从其在英国苏赛克斯郡乡下定居到 1910 年和 1911 年其父母离世,这是吉卜林心态比较稳定,创作力也比较旺盛的一个时期。他仍然关注英国时局,但同时对英国历史表现出很大的兴趣。在此期间吉卜林创作发表了《五国诗集》(1903),以及《交通与发现》、《普克山的帕克》(1906)、《作用与反作用》、《报偿与仙女》(1910)等小说集。其中《交通与发现》和《作用与反作用》收集的小说题材和主题比较庞杂,涵盖了南非布尔战争、科幻、心理治疗、幻觉、乡村生活等领域,艺术水准也参差不齐。《普克山的帕克》与《报偿与仙人》也许更能代表吉卜林这个时期的创作主题和风格,并从新的角度体现了他对大英帝国——这个吉卜林心目中永恒的"家"——的关注。

《普克山的帕克》与《报偿与仙人》两个短篇小说集是吉卜林在 20 世纪初定居英国苏赛克斯郡乡下写成的英国历史故事集。两部作品属于姊妹篇,都以两姐弟尤娜(Una)和丹(Dan)[②]在乡下自家附近的游玩经历为主线,叙述他们如何遇见英国古代传说中的小仙人帕克,听帕克讲述不同阶段的英国历史并引见各种历史人物来讲述他们自己的故事,由此构成故事的叙述框架。同

[①] 这一点也可以从吉卜林对待南非的态度中看出来。从 1898 年开始,吉卜林一家几乎每年都去南非过冬。特别是在殖民巨子罗德斯送给他 The Woolsack 的房子后,吉卜林更是将那里看成自己的第二个家。这种情况一直维持到 1907 年,即便在罗德斯去世(1902 年)后也是如此。但在 1908 年罗德斯的好友詹姆逊(L.S. Jameson,1853—1917)失去南非开普殖民地首相位置,由一个布尔人继任首相。吉卜林从此再没有去过南非。

[②] 他们的原型就是吉卜林本人的女儿娥尔曦和儿子约翰。

时像这个时期吉卜林的其他短篇小说一样，这两个集子中的各篇故事也大都有篇首和篇尾诗，对故事的主题进行进一步的阐发和解释。其中，《普克山的帕克》创作于1904年底，源于吉卜林与自己的儿女们玩的游戏。当时吉卜林在自己的房子"贝特曼"外的山坡上和两个儿女娥尔曦和约翰演出莎士比亚戏剧《仲夏夜之梦》(A Midsummer Night's Dream, 1596)，其中涉及英国民间传说中的仙人帕克和提坦尼雅。而"普克山"则是苏赛克斯当地常见的地名。吉卜林就拿它来称呼自己房子外面的山坡。《普克山的帕克》也是以他们演出《仲夏夜之梦》中的故事开篇的。而《报偿与仙人》的名称则来自吉卜林儿时所读的英国17世纪科伯特(Ricahrd Corbet, 1582—1635)主教的一首诗歌《仙人的告别》，其中有这样的诗行："别了，报偿与仙人。"(Kipling 1937: 9)《普克山的帕克》中第一篇故事《维兰德之剑》的篇首诗中包含了此诗的开头部分，而此故事集的最后一篇故事也提到了这首诗。所以，从它们的起源来看，这两部作品与《本来如此的故事》一样，都是为自己的两个孩子而写，属于青少年教育作品。大体而言，《普克山的帕克》中的10篇故事叙述的主要是文艺复兴前的英国历史，依次为英国远古异教时代故事(1篇)、诺曼征服故事(3篇)、罗马统治时代故事(3篇)、亨利七世时期故事(1篇)以及1篇亨利八世改革时代故事，最后以一篇13世纪初英国国王与贵族签订《大宪章》的故事收尾，相对脉络比较清晰。而《报偿与仙人》的11篇故事则时间跳跃性很大，编排次序也不很清晰。其中首篇"冷铁"是纯粹的寓言童话，没有明确的时间。剩下的则为4篇16世纪英国历史故事，分别涉及伊丽莎白女王、亨利七世等，1篇新石器时代故事，2篇18世纪末美国立国不久与英国交恶时期故事，1篇基督教在英国传播时期故事，1篇17世纪英国内战时期故事，最后仍旧以诺曼征服不久时的一篇故事收尾。

　　这两部作品一出版就很受欢迎，但评论界的反应却不一致。有些评者认为它们不值一哂。譬如《普克山的帕克》刚一出版就有人指责吉卜林完全放弃了讲故事，而是将自己的才能全用在爱国激情上了。(Green 1971: 23)这两部作品的叙事框架由内外两层叙述构成。这种写法虽然早在"英国诗歌之父"乔叟的《坎特伯雷故事集》(The Canterbury Tales, 1387—1400)中就有运用，在维多利亚时代的小说创作中却比较新颖少见，因此曾得到某些评者的赞赏："一系列的故事，由遗忘隔开，就如同梦境由睡眠隔开一样，使得《普克山的帕克》与《报偿与仙人》成为特别快乐的创造。"(Page 1984: 57)维多利亚时代早期著名作家艾米丽·勃朗特(Emily Brontë, 1818—1848)的《呼啸山庄》(Wuthering Heights, 1848)也有这样一种叙述结构。不过，与《呼啸山庄》中内外两层叙述相互交错，形成非常复杂而又内涵丰富的叙述结构不同的是，《普克山的帕克》与《报偿与仙人》的内外叙述之间缺少互动。

外层叙述中的主角丹(Dan)和尤娜(Una)大部分时间都是被动的倾听者,并没有参与到内层叙述中的事件中去,与内层叙述之中的人物缺少真正的沟通与交流,因此故事就缺少《呼啸山庄》那样丰富的内涵,略显单调。而且丹和尤娜只起到听故事人的作用,本身没有塑造得很丰满。这些都造成这两部作品艺术上的单调。因此早期批评家们对这两部作品并没有太高的评价。(Page 1984:57—58)不过,随着吉卜林研究的深入,不少批评家开始改变看法。评论家汤姆金斯在自己的著作《鲁德亚德·吉卜林的艺术》中回顾了自己少年时代阅读吉卜林的这几部少儿作品的经历,认为其中有不少精品。(Tompkins 1959:57)著名作家和评论家安格斯·威尔逊在其传记《鲁德亚德·吉卜林骑马奇遇记》中对吉卜林的这两部作品也是赞赏有加。他认为吉卜林自完成名作《基姆》后,想象之泉干涸,而这两部作品则属于《基姆》之后吉卜林最富想象力、也最完整的系列作品,并高度赞扬吉卜林在故事中对历史人物的塑造以及系列故事独具匠心的安排所展现的历史循环观以及文明更新的主题。不过威尔逊也认为两部作品外层叙事框架上的各种闲叙影响了小说的优秀品质。(Wilson 1977:247—248,296,387,388)

吉卜林本人对于这两部作品是比较满意的。一个标志就是,他声称这两部作品与其闻名遐迩的《丛林之书》、《基姆》一样,都是在灵魔(Daemon)控制下写成的。(Kipling 1937:201)与吉卜林以前的作品一样,这两部作品在貌似无邪的童话的外表下,也寄寓着吉卜林对英国当时时局的思考。这一点吉卜林在其自传《我自己的一些事》中也说得很清楚:"这些故事得由孩子们来读,而后人们才会意识到它们是为成人而写的;而由于它们必须对我过去的'帝国主义'作品作一种平衡,同时也是一种总结,所以我用不同的色彩和结构对材料进行了三四个不同层次的处理。其含义由于不同读者的性别、年龄和经验不同会有不同的理解。"(Kipling 1937:182)确实,作为儿童读物这两部作品并不出色。除了外层叙述中的丹和尤娜是孩子外,故事本身比较沉闷,说教色彩比较明显,并没有儿童故事应有的活泼和生动。而且人物塑造比较简单,还使用了很多方言,对于儿童来说是比较晦涩的,与吉卜林早期的童话故事集《丛林之书》不可同日而语,就是与吉卜林创作于同一时期的童话故事集《本来如此的故事》相比也逊色不少。不过这两部作品也有其自身的连续性,特别是《普克山的帕克》。它以英格兰古老传说中的异教匠神维兰德为开端,而后又以13世纪英国约翰王时代社会动荡,最后终于签订《大宪章》使社会复归秩序为结尾。书中还通过帕克之口,宣称"维兰德铸了剑,剑带来财富,而财富带来法则"。(Kipling 1994c:215)

吉卜林最权威的传记作者卡宁顿在其传记《鲁德亚德·吉卜林的生平与创作》中谈到这两部作品时也同意吉卜林本人的说法,认为这些故事虽为儿童所写,但吉卜林写时确实心中自有成人读者在,而故事集的主题就是英国的土地和人民。卡宁顿强调指出,《普克山的帕克》中"罗马军官守长城"三篇故事影响了整整一代英国人的思想,鼓起了第一次、第二次世界大战中许多英国士兵的勇气——特别是在头领们不再履行职责,而政客只关心自己的前程的时候。故事中的那些罗马士兵与吉卜林早期作品中的驻印英军士兵非常相似,一脉相承。卡宁顿还指出,这两部书中的诗歌是吉卜林最好的诗歌:技巧圆熟,充满柔情,没有早期英印诗歌情感上的粗糙。(Carrington 1978:443—447)

听了吉卜林本人和批评家们的不同声音,我们再将目光投射到当时英国的时局时,就会发现,在这两部作品和平恬静的表面下隐藏着吉卜林对当时大英帝国时局的焦虑以及他的期望。换句话说,吉卜林以其远见卓识预见到大英帝国的衰落。他试图在英国古老的传说和历史中找到那些构成所谓的"英国性"的优秀品质,希望借此来唤起英国民众,使他们重获活力,奋起保卫帝国。从这个角度来说,卡宁顿的观点是颇具洞察力的。

第一节 吉卜林对大英帝国现状的忧虑

《普克山的帕克》与《报偿与仙人》写作的年代,正是大英帝国由盛转衰的时期。作为心系帝国的"帝国号手",吉卜林感到了一种深深的忧虑。他在这一时期的作品中用不同的方式表现了这种忧虑。这两部作品尽管是带有童话色彩的历史故事集,但也同样反映了他心中的那种焦虑不安。

从文化潮流的角度上来说,《普克山的帕克》与《报偿与仙人》的写作顺应了19世纪末英国的复古潮流。当时不少英国的文化人都致力于英国的地方历史以及方言、民间故事的整理上,从而发掘所谓的"纯粹英国传统"和"英国性"。比如当时的学者约瑟夫·莱特(Joseph Wright)于1898年至1905年间出版了6卷本的《英国方言词典》。而据统计,到了吉卜林1911年加入民间文学学会时,英国40个郡中已有29个郡出版了关于当地风俗的田野调查报告。(Mallet 2003:139)不少当时的著名作家都加入这股复古的潮流之中。在南部的多赛特郡,著名作家托马斯·哈代、威廉·巴恩斯(William Barnes,1801—1886)都在感慨方言的沦落。巴恩斯更是在自己的创作中偏爱"我们自己强悍古老的盎格鲁-撒克逊言语",并试图用诺曼征服之前的英语词汇来替代拉丁词源的词汇。当时的著名诗人霍普金斯(Gerard Manley Hopkins,1844—1889)也努力在自己的诗歌中重现他心目中盎格鲁-撒克逊语言的纯洁。学者爱德华·弗里曼(Edward Freeman,1823—1892)也认为法语词和拉丁语词是危险的入侵者,因而在修订自己的著作如

《诺曼征服史》(*The History of the Norman Conquest of England, Its Causes and Its Results*, 1867)时也尽量用英语词来替换原来不小心使用的外来词。(Mallet 2003：139)

应该说,这种对英国传统和"英国性"的强调中体现出的民族情感多少表现了当时一些文化精英人物对大英帝国前途所感到的隐隐的不安。众所周知,从19世纪70年代开始,德国、俄国、美国等逐渐崛起,纷纷开始对外扩张,而法国这个英国传统的老对手也与她时分时合,对英国的利益也时有觊觎之意。所有这些都对英国的众多殖民地造成了巨大的威胁。而大英帝国内部对待殖民扩张却有两种不同的态度。一些人仍旧主张沿用19世纪20年代-30年代以来的"自由帝国主义"政策,希望凭借英国强大的经济实力和海上霸权,在全世界范围内实行自由贸易,为英国赢得最大的利益,而不必花费大量人力物力进行扩张和维持一个正式的帝国。但也有很多人从时代的变迁中感受到了危机,特别是德国、俄国等其他欧洲列强的崛起所带来的压力。他们忧心忡忡地呼吁英国要在世界范围内保护自己的市场和贸易,因此有必要进行殖民扩张,同时巩固现有的帝国。由于在对待帝国的问题上意见不一,这个时期的英国政府在制定相关政策上游移不定,往往成为两派意见的妥协产物。1880年至1885年的第二届格拉斯通政府在爱尔兰问题、南非德兰士瓦、阿富汗以及埃及等问题上的相关政策都是英国议会内部矛盾妥协的产物,结果政策混乱,损害了英国的利益,导致民怨沸腾。因此此时大英帝国虽然貌似无比强大,但在许多事情上都开始表现得力不从心。拿布尔战争来说,英国政府前后共派出45万军队,比布尔人的总数还要多。此外英国还调动了其他殖民地参战支持,结果花了3年时间才征服了布尔人这个小小的民族,也表现了帝国的虚弱。而且当时的强国大都不支持英国的战争,英国国内的自由主义者也谴责战争。英国深深感受到了自己的孤立。布尔战争是大英帝国发展史上的一道分水岭。它标志着英国的殖民扩张达到了巅峰,但同时也预示着帝国衰落的开始。

与此同时,曾经强大无比的大英帝国内部也出现了离心倾向。这种倾向表现在"帝国联邦"的失败上。19世纪后期,英国思想界出现了帝国统一的思想,以约翰·西利的《英格兰的扩张》和詹姆斯·弗劳德的《大洋国》为代表。当时的自由党联合派代表人物约瑟夫·张伯伦也致力于建立"帝国联邦",也即将大英帝国中各个白人殖民地联合成一个政治实体,设置统一的法律、议会,实行统一的贸易和外交政策,而以英国为联邦之首。1884年英国还成立了一个"帝国联邦协会",参与者不乏政府高官和殖民地官员。在这个协会的努力下,英国政府还召开了几次殖民地会议以商讨并推动帝国联邦的建立。在经济上,张伯伦等人也致力于共同关税制,希望通过实行共同的关税使得大英帝国成为一个经济共同体,从而确保帝国不受外来竞争的危害。但两次殖民地会议都无疾而终,帝国联邦和共同关税制都没有实现。其实各殖民地出现离心倾向也很自然。因为自18世纪美国独立以来,英国为了避免其他殖民地出现类似情况,便给他们以自治的权利。而"自治必然导致离心,自治的必然结果是出现新的国家。"(钱乘旦、许洁明2002:308)这些殖民地大都与英国远隔重洋,经过长期的发展已经逐渐成熟,开始出现一种"民族"的情感,不再愿意像子女依赖父母那样集合在母国的羽翼之下了。

一方面是列强的崛起和虎视眈眈,另一方面是内部的矛盾和殖民地的离心。所有这些都预示着大英帝国潜在的危机。但是,当时并没有多少英国人能够清楚地看到这一点。大部分英国人还沉浸在英国的辉煌之中,欢呼大英帝国的强悍。在这众声喧哗的时候,吉卜林却清醒地看到大英帝国内部潜在的危机。这使得一直关注帝国命运的吉卜林寝食不安。除了前述的《退场赞美诗》外,吉卜林更是在其1902年发表的《岛民们》一诗中猛烈抨击当时英国统治阶层在德国的威胁和其他危险面前满足于现状、无所作为的情形。吉卜林甚至早就预测到了十余年后发生的第一次世界大战。(Green 1971:23)但当时整个英国都笼罩在乐观主义的情绪之中,吉卜林的这首诗歌未免有点煞风景。但其后世界局势的发展彰显了吉卜林的远见和睿智,更显得吉卜林这位"帝国号手"的孤独。而这种情绪也反映在《普克山的帕克》与《报偿与仙人》中。

这些貌似超脱的历史故事明显体现了吉卜林对大英帝国的关注。这一点仅从《普克山的帕克》的"罗马军官守长城"系列故事中就可以看出。我们知道,在维多利亚时代晚期的英国,不少人将大英帝国比做古老的罗马帝国,亨利·詹姆斯等人就是如此,吉卜林也不例外。《在长城上》("On the Great Wall")的篇首诗里就明确了这一点。而故事中的帕纳西斯等人其实与吉卜林早期印度故事中的英军士兵穆尔凡尼等人十分相像:忠诚、坚韧,有强烈的荣誉感和责任感,富于自我牺牲的精神。就是帕纳西斯用盾牌和矛柄的敲打来维持军中的秩序等行为也都与穆尔凡尼等人如出一辙。此外,故事中称呼北方游牧民族皮科特人为"小动物",声称应理解他们、安抚他们,这些都与吉卜林早期印度故事中英国殖民者对待印度人的态度相一致。甚至故事中对帕纳西斯等人的称呼"男孩/少年",也与其在其印度故事中对英军士兵的称呼相同。所有这些都表明了这两部故事集并没有表面上的那样远离现实。前述卡宁顿就指出"罗马军官守长城"系列故事与吉卜林早期印度故事的相似。其他如《快乐历险的骑士们》("The Knights of the Joyous Venture")、《单纯的西蒙》("Simple Simon")等故事中对战斗场面的游戏式描写,《仍然是个教士》("A Priest in Spite of Himself")、《医生》("A Doctor of Medicine")等故事中为了挽救病人不惜冒着生命危险的人物,以及故事中无处不在的对工作的描写和重视等等,都有吉卜林前期作品的影子。而吉卜林本人所说的这些故事实乃为英国成人而写,就更显得如此了。所有这些都表明,尽管《普克山的帕克》和《报偿与仙人》中的故事是吉卜林对英国历史的重述,其着眼点仍然是大英帝国的现实状况。

在这些故事中我们明显可以感受到一种焦虑感。这种焦虑感首先表现在故事所呈现的种种尖锐的内外冲突之中。《普克山的帕克》中"罗马军官守长城"系列故事、诺曼征服系列中的《潘文赛的老人们》("Old Men at Pevensey")、《画画的哈尔》("Hal o' the Draft")展现了英国历史上英格兰与北边游牧民族、与法国的对立和冲突,《报偿与仙人》中的《格洛丽安娜》("Gloriana")、《错事》("The Wrong Thing")、《方趾兄弟》("Brother Square-Toes")、《单纯的西蒙》则表现了英格兰与西班牙、法国和新生的美国之间的矛盾和战争。这些冲突不能不让我们想到这些故事写作时大英帝国强敌环伺的情形,也清楚表明了吉卜林心中的焦虑感。此外,除了这些外部的矛盾,两部故事集还以大量篇幅表现了英国历史上的内部纷争。这其中有权力和财富的争夺,如《潘文赛的老人们》、《财富与法则》("The Treasure and the Law")、《错事》、《医生》等故事中侧面展现的英国内战、贵族之间的倾轧和争权夺利,乃至普通人之间的尔虞我诈("罗马军官守长城"系列故事中驻扎英国的将军马克西姆斯率军回罗马争夺皇位也是一种对英国内部王位之争的隐喻表达);也有民族和种族矛盾,如诺曼征服系列、《财富与法则》、《正义之树》("The Tree of Justice")中体现的诺曼人与撒克逊人之间、他们与犹太人之间的矛盾;还有宗教迫害,如《迪姆切奇大逃亡》("Dymchurch Flit")所体现的英国宗教改革时期的宗教迫害。

面对这种种矛盾,故事中的叙述人经常表现出对时移世易,社会变迁所感到的无奈,或是无人理解的孤独和苍凉。这种无奈和苍凉与《退场赞美诗》中表现的是同样的情绪,都是一个心系帝国、生性保守的英国人看到大英帝国已呈衰象,而大众却还骄狂不已时所感到的忧虑。《普克山的帕克》的开篇故事《维兰德之剑》("Weland's Sword")和《报偿与仙人》的开篇故事《冷铁》("Cold Iron")都表达了这种情绪。《维兰德之剑》通过英国异教古老匠神维兰德的沦落展现了英国古代社会的变迁以及基督教的确立。但故事中诚实勤奋、单纯豁达,颇能博人好感的匠神维兰德由最初的香火鼎盛最后沦落为普通俗人的佣工,要靠为人钉马掌来维持生存,不能不让人慨叹。说起农夫要他为其老马钉马掌,维兰德说道:"我记得以前将它这把老骨头献祭给我我都不会要,现在我却很高兴地给它打掌,只收一文钱。"(Kipling

1994c：22)这话虽是笑谈,其中却明显有一丝苦涩。这正是面对大英帝国的衰落作者心理感受的真实写照。《冷铁》中的人间弃儿被仙人养大,授以种种本领,本拟让其回到人间当国王或圣贤,但此弃儿长大后却不幸于无意中戴上了奴隶的项圈,从此只能终身为人们服役,而仙人失望之余,也只能以其能干聊以自慰了。在诺曼征服系列故事中骑士理查德与修等朋友的尴尬处境也同样透露出这种无奈。理查德与修出外远游历险时虽艰险备尝,但意气豪放,机智勇敢地战胜了各种敌人,克服了诸多困难,获得大批黄金,回来时却身心俱残,庄园也已由儿子接管,两个已经残废的骑士有家难回,只好又去依附原来的主人。故事中理查德感慨万千:"修和我都看得清楚——我们的日子过去了。我成了个跛子,而修则成了个独臂人……事情的结果就是这样,我们富得难以置信,但却很孤独。非常孤独。"(Kipling 1994c：79)这里丝毫没有历险成功的喜悦,只有无奈和悲凉。其他故事如《迪姆切奇大逃亡》中亨利八世时期的宗教迫害、"罗马军官守长城"系列故事中的将军之死和主人公帕纳西斯最后解甲归田的结局等等,都透着一种无奈和悲凉。另一方面,不少故事中的主人公做出巨大的奉献和牺牲却无人理解,也透出一股苍凉之意。《报偿与仙人》中的《刀与裸露的白垩》("The Knife and Naked Chalk")便清楚地表达了这一点。这篇寓言式的故事叙述了一个自我牺牲的故事:一个石器时代部落的男子牺牲了自己的右眼从另外一个先进的部族处换得钢刀,从此其部落免受恶狼的侵扰,因而拯救了整个部落。但从此他被部落敬为神灵,无人亲近他,其深爱的少女也离他而去,让他感受到无比的悲凉。当他允许自己的童年好友与自己的心上人组成家庭时,心中的悲痛再也无法忍受:"我的心一下子变得又小又冷。我的耳边有风在呼啸,眼前发黑。"(Kipling 1995b：118)"罗马军官守长城"中的帕纳西斯接受将军马克西姆斯的命令驻守长城,部下却不断被马克西姆斯抽调走参加内战。面对边疆游牧部族的侵扰,他苦守待援。数年后马克西姆斯在内战中战死,他也须发皆白,苦等来的援军已是新皇的部队,他甚至不知道自己以后的命运。文中可以明显感受到命运无常的苦涩。而《潘文赛的老人们》中的德·阿奎拉、理查德等英雄也逐渐老去。他们虽忠于王事,整军经武,竭力防范海峡对岸法国军队的入侵,但同时却不得不对付管家的背叛,小人的谗言以及国王的怀疑。尽管故事最后以喜剧收场,但故事中无处不在的紧张和焦虑感却使读者难以感受到应有的欣慰。

还有一点值得注意。这两部故事集虽然是儿童历史故事,但除了外层叙述中丹和尤娜的互动透露出儿童的天真以外,内层核心故事的叙述风格基本上是现实主义风格的,很少童话故事的单纯和可爱,因而故事中的种种矛盾常常给人尖锐而冷峻之感。这些都清楚表现了吉卜林心中的焦虑和无奈。它说明，吉卜林即便是在阐述英国历史时，心中挂念的仍然是大英帝国的现状。

第二节 吉卜林对大英帝国未来的期望

前文说过，吉卜林预见到大英帝国面临的种种危机，《普克山的帕克》和《报偿与仙人》就表现了吉卜林对大英帝国现状的焦虑。另一方面，吉卜林也努力唤起英国民众的爱国热情，同时通过对英国历史上一些重要片段和人物的重构，将其刻意宣扬的品质内化为英国的"民族性"，并通过渲染英格兰的古老来说明这些品质的重要，希望以此来激励英国民众，使他们重新拥有这些品质，从而共同努力，维护大英帝国的安宁[①]。而正是他竭力宣扬的这种"民族性"使得两部作品中那些貌似彼此毫无关联的故事之间有了一种内在的联系和延续性。

阅读这两部作品，我们可以感受到其中弥漫的爱国热情。《普克山的帕克》开篇故事《维兰德之剑》的篇首诗追忆了英格兰的古老历史，字里行间洋溢着对英格兰的热爱之情。同样，《报偿与仙人》故事集的开篇诗歌《护身符》("A Charm")深情地赞颂了英国的泥土和鲜花，讴歌他们能护佑人身心，启人心智，给人安宁与快乐。《刀与裸露的白垩》的篇首诗也热情赞颂了苏赛克斯乡下之美，笔端充满对家乡的热爱。而在各篇故事的外层叙述中，叙述人也通过丹和尤娜之眼，描绘了美丽的英格兰乡下风光。无疑，吉卜林想用这些充满感情的描述来唤起英国普通民众和读者的爱国热情，让他们一起来努力应对大英帝国所面临的种种危机。而面对这些危机，吉卜林开出的药方仍然是他在早期作品中反复宣扬过的品质：斯多噶般的坚韧、责任和荣誉感、自我牺牲精神和努力工作的态度。与其以前作品稍有不同的是，吉卜林在这两部作品中借助对一些英国历史片断的重述重新建构历史，刻意强调了民族团结和种族、宗教间的宽容和理解，将这些品质内化为"英国性"的一部分，希望这些品质能给已现衰象的英国注入一些活力。

《普克山的帕克》首篇故事《维兰德之剑》中修道院长对诚实工作并给修士铸剑的异教匠神维兰德的赞许就包含着宗教宽容的意旨。(Kipling 1994c: 26)而这种对民族和宗教的宽容、和谐和团结在接下来描写诺曼征服的几篇故事中表现得更明显。《普克山的帕克》第二篇故事《庄园中的年轻

[①] 实际上，《维兰德之剑》的篇尾诗《树之歌》则赞颂了橡树、梣树和荆棘，认为它们见证了英国的古老和成长，同时其宽广和荫庇又体现出一种奉献精神。考虑到帕克将这三种树叶作为忘川之水，每次都让丹姐弟俩咀嚼以忘却听到的故事，因此可以认为故事中这三种树是英国民族性的隐喻表现。

第六章 吉卜林20世纪早期的小说创作　　155

人》("Young Men at the Manor")描写了诺曼武士理查德追随其主子诺曼贵族德·阿奎拉前去征服英国过程中的一个插曲,也可以说是诺曼征服的一个缩影。我们知道,在真实的诺曼征服史上充满了血腥的屠杀和奸淫掳掠。据史料记载,黑斯廷斯战役之后,征服者威廉率军向东北方向一路挺进,沿途烧杀抢掠,实行焦土政策,大片地方成为废墟,约克到达勒姆之间没有一块可以居住的土地。大批的英国人被任意杀害,而侥幸逃过杀戮的人则往往冻饿而死,呈现了一幅"白骨露于野,千里无鸡鸣"的惨痛景象。英国剑桥大学的历史学家怀特(R.J. White)谈到这里感慨道:"英国历史上很少有大规模的烧杀抢掠。诺曼征服和宗教改革是两个例外。"(White 1967:45)同时他还指出,威廉及其部下对于英国人的这种大规模杀戮并非不可避免的战时野蛮行为,因为他已经赢得了战争。"这完全是征服者的恐怖主义行为,而且规模之大,在英国历史上从未有过。"(White 1967:45)这种残酷的杀戮造成了诺曼征服者和受压迫的英国人之间长时间的仇恨。怀特指出,甚至在诺曼征服一个世纪后,英国人还经常在偏僻之地袭击诺曼人,结果诺曼统治者当局不得不出台"英国人法案",通过连坐、重罚等措施来惩罚这种袭击诺曼人的行为。(White 1967:43)

　　英国撒克逊民众和诺曼统治者之间的矛盾和仇恨一直延续了两三个世纪之久。但在吉卜林的历史故事中我们却看不到彼此间的仇恨,只看到他们相互间的宽容和理解。在《庄园中的年轻人》中理查德本人尽管征服了撒克逊庄园主修,但两人却惺惺相惜,不但没有相互屠杀,反而并肩作战,多次打退前来抢掠的诺曼散兵和土匪。令人匪夷所思的是,失去自己庄园的修由于担心庄园的新主子理查德会被自己的属下行刺,竟然整天只身和理查德在一起保护他。而理查德在对待修,特别是对待其姐姐时也充分表现了武士的风度。他按剑发誓,没有修的姐姐的允许,他绝不踏进庄园的厅堂。理查德严守誓约,即便在上司德·阿奎拉来视察时也只在自己的小屋里接待他。而先前预言理查德很快就会死在撒克逊人手里的德·阿奎拉感于修的忠勇,又封修为贵族,并赐给他一个新庄园。此外,古今中外的历史上征服者在军事征服的同时一般也要进行文化征服,总要强迫被征服者放弃自己的语言而改用征服者的语言。以英国为例,诺曼征服后法语就成为英国的官方语言,撒克逊语被统治者摈弃,沦落为乡野村夫的语言。直到近三个世纪后,诺曼征服者与撒克逊人完成了民族融合,英王亨利四世才开始用英文签署正式文件。而故事中的德·阿奎拉却在刚征服英国时就试图"用谁也听不懂、但他自己却发誓是标准的撒克逊语言"来和修他们进行交流。(Kipling 1994c:47—48)故事中理查德强调英国古老传统的魅力,声称自己前去征服英国,却"不知道英国会征服我",因为不到六个月,英格兰的传统就征服了他和他的部下。他对古老的英格兰赞叹不已:"啊,多可爱的人们啊,我爱他们所有的人!"德·阿奎拉预言"过一段时间之后,英国就既没有诺曼人,也没有撒克逊人了"。(Kipling 1994c:34,42,46)故事中理查德、修、德·阿奎拉三人很快变得像兄弟般亲密,理查德和修的姐姐也很快缔结秦晋之好。这样的情节安排显然有民族融合的象征意义。这种主旨在《潘文塞的老人们》中说得更清楚。德·阿奎拉爵士对修等人明确表示:"我不是诺曼人,理查德爵士,也不是撒克逊人,修爵士。我是英国人。"(Kipling 1994c:86)甚至这些故事的排列顺序也包含着作者的良苦用心:前文说过,《普克山的帕克》中的故事时间脉络比较清楚,但三篇诺曼征服故事却紧随《维兰德之剑》,排在三篇"罗马军官守长城"故事之前,非常惹眼,表达了作者期望民族融合和团结的迫切心情。

在这里,我们可以将吉卜林和英国历史小说家瓦尔特·司各特(Walter Scott,1771—1832)进行一点小小的对比。我们知道,吉卜林早期的成名源于其风格冷峻、现实主义色彩浓厚的印度题材小说,而司各特的历史小说则充满了浪漫主义色彩。但比较两人有关诺曼征服历史的作品,我们发现,吉卜林在重述历史时远没有司各特的作品具有现实主义色彩。司各特的名作《艾凡赫》(*Ivanhoe*,1820)尽管也宣扬完整统一的英国以及民族间的和解,但却以现实主义的细节展现了诺曼征服后英国的情形,使我们能充分了解到当时的英国时局、诺曼统治者的荒淫残暴、撒克逊人的悲惨处境以及两个民族之间的仇恨。但这些在吉卜林的作品里统统不见了。我们只能说,吉卜林曲解并重构英国的诺曼征服史的确是煞费苦心,目的是宣扬民族间的和谐和团结,希望当时已露衰象的大英帝国各殖民地精诚团结,共同维护大英帝国的强大与完整。从这个角度来说,这个故事所表达的主题,与吉卜林的名作《基姆》中各民族特工精诚合作共同维护大英帝国的主旨并没有什么区别。

这种各种民族和信仰的人精诚团结,为了共同的目标而努力的情形在第三篇故事《快乐历险的武士们》中进一步得到寓言式的表述。在这里我们看到理查德、修,甚至后来还有带着指南针的中国人一起乘船到非洲历险,同心协力,共同与巨人(实为大猩猩)搏斗,最后获取大量黄金回国。故事中的理查德、修、中国人、丹麦海盗分属不同的民族和宗教信仰,却在航海历险中成为一个精诚团结的整体。这种结构和情节安排与《基姆》中印度各种民族和宗教信仰的特工在英国人领导下进行"大游戏",挫败俄国人的阴谋,维护了大英帝国的完整这种情节更是如出一辙。

此外,《普克山的帕克》中的《迪姆切奇大逃亡》在重述英国亨利八世的宗教改革引起的混乱时抨击了宗教改革煽起的宗教仇恨、宗教和种族迫害,而《财富与法则》在述及13世纪英国约翰王在贵族的逼迫下签署《大宪章》等历史故事时批评基督徒比摩尔人更残忍极端。(Kipling 1994c：204)这些故事也从侧面宣扬了种族和宗教的和谐。

在强调民族与种族间宽容和谐的同时,吉卜林也着重强调了其心目中英国民族的其他优秀品质:斯多噶般的坚韧、责任和荣誉感、自我牺牲精神和努力工作的态度。《维兰德之剑》叙述了英国异教神灵的沦落,但却以赞许的笔调描写了异教匠神维兰德如何勇敢面对这种失落,并凭借其出色的手艺、诚实的工作继续维持自己的存在,从而讴歌了诚实、工作、感恩等古老的英格兰所具有的品质。尤其是感恩。故事中得到维兰德帮助的农夫拒绝感谢这位匠神,结果受到帕克的惩罚,而知道感恩、祝福维兰德的修也好人得好报,得到了匠神尽心竭力为其铸造的一把神剑。

"罗马军官守长城"的三篇系列故事基本上概括了"英国民族性"的内涵,强调了责任、牺牲、勇气、工作等品质,与吉卜林前期印度题材作品一致,但少了冷峻的现实主义氛围,多了些浪漫主义色彩。《第三十军团的百夫长》描写出生于英国的罗马下级军官帕纳西斯尽管受到罗马本土军官的歧视①,但忠于职守,勇于奉献,同时不谋名利,不追随自己的将军去角逐罗马皇位,而宁愿带兵去北方守卫长城②的故事,讴歌了忠诚、责任、牺牲等高贵品质。故事借帕纳西斯父亲之口,指出他们自身的责任,同时也告诫说:"如果你(帕纳西斯)的心思在(为帝国)服务上,那么你的位置在长城上的士兵们之间,而不是在城市中的女人们中间"。(Kipling 1994c：111)同时,从帕纳西斯外用严厉的处罚、内用怀柔之策的带兵细节上,我们又可以依稀看到吉卜林早期印度题材小说中的理想殖民主义者,体会到吉卜林对纪律、工作、效率等品质的坚持。这个系列故事的第二篇《在长城上》通过对"罗马步伐"——全副武装,8小时行军24英里,既不多也不少——的描绘,讴歌了罗马军人的强悍和严明的纪律。而对壮观的哈德良长城的赞叹又体现了一种对家乡的热爱。这个故事虽然描写帕纳西斯守卫长城,但从吉卜林对长城守军种族众多,纪律松弛等状况的描绘上,从他对北方的皮科特人"没有远见的小动物"的称谓上,从他借帕纳西斯等人之口,主张与皮科特人和睦相处,理解他们,让他们自理,需要时接济他们的见解上,我们都能明显看到早期吉卜林对印度的关注以及他的焦虑。而《飞帽子》则通过帕纳西斯在极为

---

① 这与维多利亚时代印度的英国人情形相似。英国本土的人总是自视高人一等,歧视各殖民地的英国人。

② 古罗马征服了英格兰,但没能征服苏格兰。古罗马皇帝哈德良统治时期为了防范苏格兰游牧民族的侵扰,于公元122年-128年间在英格兰和苏格兰边境修造了高近5米,长100多公里的长城,称为"哈德良长城"。

艰苦的条件下拒绝敌人的利诱,坚守长城,直到援军到来的故事,进一步歌颂了责任感、自我牺牲等优秀品质和男子汉气概。帕纳西斯一方面拒绝"飞帽子"提出的共同推翻罗马在英国的统治,共同掳掠英国的建议,同时在自己的上司已经去世,对他的守卫长城的命令已经解除的情况下仍然坚守岗位,令人敬佩。新皇帝的使节到来后许以高官厚禄,但帕纳西斯不愿侍奉二主,执意要解甲归田,而使节也了解他的心意:"在战争就像在恋爱中一样,不管对方好坏,一个人只能将自己的一切奉献给一个人",(Kipling 1994c:160)肯定了他对马克西姆斯、也就是新皇的对手的忠诚。

忠诚在这两部作品里受到特别的重视。除了上述故事对帕纳西斯耿耿忠心的描述,《报偿与仙人》的最后两篇故事也浓墨重彩地讴歌了这一品质。《单纯的西蒙》中的西蒙忠于奉伊丽莎白女王之命在海上打击西班牙人的德雷克爵士(Sir Francis Drake,1540—1596),不计名利,冒着枪林弹雨为德雷克运送军需品,连见多识广的德雷克也不禁动容:"这是一个朋友,比兄弟还亲。"(Kipling 1995b:236)在《正义之树》这篇描写诺曼征服四十年后的故事中归顺的撒克逊贵族修在随亨利国王打猎时偶然发现诺曼征服前的英王哈罗德(Harold Godwinson,1022—1066)并没有死,只是已成为一个失去记忆、疯疯癫癫的教士,于是不顾在场的亨利王和其他诺曼贵族,立即前去侍奉他,同时谴责亨利王不该羞辱哈罗德和自己。这时亨利的回答颇为耐人寻味:"羞辱你?倘若我失去王位,独自一人,疯疯癫癫,而哈罗德带着我的王冠,我的男爵们有谁会对我下跪?"(Kipling 1995b:259)言语之中充满对修的忠诚的赞赏。联系到大英帝国当时各殖民地纷纷离心的社会语境,我们不难想到吉卜林这种描写和赞颂的良苦用心。

吉卜林宣扬的这些品质在其他各篇故事中进一步得到强化。《画画的哈尔》宣扬了宽厚和仁慈。故事中的哈尔严守法则,追回了为英国舰队制造,但走私犯打算偷运出境的火炮,却又宽大为怀,没有彻底追究此事,从而使半个村子免于刑罚,因此被称为"给圣巴拿巴斯教堂(走私犯们私藏火炮之处)留下了一个珍宝",而哈尔本人也认为这是个"极为亲爱的土地"。(Kipling 1994c:178)《迪姆切奇大逃亡》则批评了宗教迫害,讴歌了自我牺牲的精神。故事中受到迫害的小精灵们向贫苦的寡妇求援,求其让其一瞎一哑两个儿子送他们渡海去法国。了解路途凶险、担心儿子此去必死无疑的寡妇内心充满了矛盾和挣扎。但面对可怜的小精灵们,这位伟大的母亲经过痛苦的内心挣扎,默默做出了牺牲,答应了精灵们的请求。这里有意味的是,吉卜林描写小精灵们的哀求时句式和节奏都带上了童话色彩,而小精灵们称寡妇为"妈妈"、"一只小手牵住了她的衣裳"之类描写非常类似吉卜林的另一篇小说《他们》(1904)中的描写。我们不能不想到,在这温情的描写中也有吉卜林对亡女的怀念。《潘文塞的老人们》中德·阿奎拉爵士面对国王的怀疑、下属的背叛之时,仍旧坚守自己的岗位,尽心竭力防止法国人的袭击。他对修等人这样表白自己的心声:"我不为自己,也不为国王和你们的土地考虑。我考虑的是英格兰,而国王和男爵们都不替她打算。我不是诺曼人,理查德爵士,也不是撒克逊人,修爵士。我是英国人。"(Kipling 1994c:86)《方趾兄弟》的篇尾诗"如果"曾被评为英国人最喜欢的诗歌,歌颂了坚韧、奉献、不计名利的精神,并认为这是成长为男子汉的要素。显然,这些原则是吉卜林为英国人的未来所开的药方。

这里还有一点需要说明。不少英国学者(如安格斯·威尔逊)认为,两部作品中反复出现的自耕农老霍布顿是"英国民族性"的代表——他代表着英国普通人,在历史的变迁中始终维系着英国特性。(Wilson 1977:388)应当说,老霍布顿确实在这两部作品中频频出现。他在《维兰德之剑》中就已出现,甚至在《迪姆切奇大逃亡》一篇中他还代替了帕克作为故事外层叙述的核心人物,吉卜林也赋予他以男子汉气质。但总体上来说,老霍布顿虽然频频出场,但绝大多数时候都是影影绰绰地出现在故事的边缘背景中,没有成为故事的中心人物和焦点。其性格特征也没有得到着意的刻画,因此他的整个形象是模糊的,难以负载"英国民族性"的内涵。所以,笔者认为,英国不少评者的这一说法是比较勉强的。实际上,吉卜林在书中通过多个故事和人物的描述,已经对"英国民族性"的内涵做了比较充分的说明,并不需要借助老霍布顿这个象征。

吉卜林以卓越的远见预见到了大英帝国的衰落。他试图在英国古老的传说和历史中找到那些构成所谓的"英国性"的优秀品质,希望借此来唤起英国民众,使他们重获活力,奋起保卫帝国。无独有偶,在他之前100年,诗人华兹华斯(William Wordsworth,1770—1850)也在《伦敦 1802》("London,1802")一诗中忧心于19世纪初英国一潭死水的现状,呼唤大诗人弥尔顿复活,希望以弥尔顿的谦卑、庄重和勤勉来拯救英国于怠惰之中。两人的作品如出一辙,都体现出对英国的拳拳之情,也表现了英国文化传统中作家们的强烈社会责任感。

第七章 吉卜林后期小说研究

　　1910年11月和1911年1月,吉卜林的母亲和父亲相继离世。多年来其父母一直是孤独的吉卜林创作和生活中的重要支柱。他们的离世给吉卜林以沉重打击。3年后,第一次世界大战爆发,吉卜林虽然积极关注战事的进展,并利用自己的影响为英国政府服务,但战事不顺,英国伤亡惨重。特别是1915年9月,吉卜林18岁的爱子约翰作为爱尔兰卫队的一名少尉赴法国参战,但甫上战场即于10月2日被宣布受伤失踪。痛失爱子的经历使吉卜林夫妇与许多普通英国家庭一样更深切地感受到战争的创伤。一向认同大英帝国的吉卜林不能不无奈地面对这一切,用工作来转移心中的痛苦和悲伤。但他的妻子卡洛琳一直没有从丧子的伤痛中走出来。吉卜林本人的健康状况也不容乐观。从1915年开始,吉卜林就患上严重的胃溃疡,时时发作,给吉卜林带来痛苦和恐惧。儿子战死后吉卜林为了忘记自己的痛苦,积极从事各种社会工作,风尘仆仆地奔走于欧洲各地的战争公墓之间,同时努力撰写约翰所在部队的战史《大战中的爱尔兰卫队》,①也使其健康状况进一步恶化。等到该书于1922年夏天完成时,吉卜林已精疲力竭。据记载,当时吉卜林体重不足130磅,面黄肌瘦,精神紧张,容颜衰老,且身上时有莫名的疼痛。吉卜林非常担心自己患上癌症。②(Carrington 1978:532)与此同时,经过大战的英国人对大英帝国的热情明显下降,而作为"帝国号手"的吉卜林在他们眼里也成了过时之人。③ 所有这些都使得吉卜林的家庭时时笼罩着阴郁的气氛,也影响了吉卜林的后期小说和诗歌创作。

---

　　① 此书是吉卜林儿子约翰曾经服役过的部队在第一次世界大战中的战史,完成于1922年夏,1923年出版。吉卜林写作此书实际上是纪念自己的爱子。此书笔调严肃,记载详细,但除了少数地方能展现吉卜林的叙事才能外,文学价值不高,因此本研究中不拟对其做细致的讨论。书中对约翰战死的情形着墨甚少,体现了吉卜林那斯多噶般的克己工夫以及靠工作来化解内心痛苦的信念。
　　② 其实吉卜林从小就不能算是个健壮的人。后来在印度的"艰辛七年"又严重损害了他的健康。他对自己身体健康的担心经常体现在其作品中。譬如,他写于1891年的《黄道十二宫的孩子们》中那个即将结婚却担心患食道癌死去的诗人正是当时即将与卡洛琳结婚而患上喉痛的吉卜林的自况。而《消失的光芒》也明显表现了吉卜林对自己失明的担忧。
　　③ 作为"帝国号手",吉卜林一直关注大英帝国的事务,提醒英国政府防范德国人。1915年吉卜林的儿子在战场上失踪后,不少朋友都写信给吉卜林表示慰问。但也有少数人幸灾乐祸,认为吉卜林罪有应得,因为他们认为吉卜林在一定程度上推动了第一次世界大战。See Charles Carrington. *Rudyard Kipling: His Life and Work*. London: Macmillan London Limited, 1978, p.510.

第七章 吉卜林后期小说研究

吉卜林的后期小说创作主要收录在《多样的生物》(*A Diversity of Creatures*, 1917)、《借方与贷方》(*Debits and Credits*, 1926)和《极限与更新》(*Limits and Renewals*, 1932)三部小说集中,基本上延续了其前期创作在题材和体裁上的多样性。其中,《多样的生物》1917年出版于伦敦和纽约,收进了吉卜林自1912年至1917年间所写的14篇小说和14篇诗歌,其中有公学小说,也有科幻小说,还有几篇小说涉及创伤的治疗。与此前吉卜林作品不同的是,这部小说集中的故事都标上了出版或写作时间。有学者认为,吉卜林这样做的目的可能是想表明,小说集中的最后两篇小说写于第一次世界大战爆发之后。(Page 1984:59)小说集的标题来自其中一篇小说《战争的荣誉》("The Honours of War")。学者们对这部小说集颇多赞美之词。譬如,小说集出版当年《雅典娜》上就发表了一篇匿名评论,盛赞吉卜林"从没有表现出比这更好的讲故事的艺术,他的创造性的想象力也从没有与现实主义这样完美地结合过,他的英语散文也从没有这样流畅、简洁,富于效果"。(Green 1971:319)安格斯·威尔逊也认为这部集子"包含一两篇吉卜林最好的小说"。(Wilson 1975:340)《多样的生物》出版9年后,吉卜林又于1926年在伦敦和纽约出版《借方与贷方》,包括14篇小说,每篇小说带有一两篇诗歌。这部小说集包含不少精品,受到喜欢吉卜林的读者的欢迎,如卡宁顿就对小说集中的《会思考的牛》("The Bull That Thought")、《阿拉之眼》、《简的拥趸》("The Janeites")、《许愿屋》("The Wish House")、《战壕里的玛丽亚》("A Madonna of the Trenches")和《园丁》等6篇小说大加赞赏,认为它们展示了吉卜林创作题材的广泛、风格的多样,表达细腻,体悟深刻。在他看来,即便吉卜林没有写其他任何作品,凭借这6篇小说也能屹立于杰出短篇小说家之林。(Carrington 1978:540)这部小说集刻画了许多令人难忘的女性人物形象,迥异于吉卜林以前的作品。小说集中也有几篇属于公学小说,还有一些吉卜林平素所喜欢的共济会的内容。小说集的主题则涉及爱与忠诚、疾病与死亡、战争及其影响等。学者们指出,无论以什么标准来看,这部小说集都属于吉卜林所有小说集中内容最丰富、题材最广泛之列。(Page 1984:61)1932年吉卜林的最后一部小说集《极限与更新》在伦敦和纽约出版,包含14篇小说和19篇诗歌,其中除了《领带》("The Tie")、《艾伦姨妈》("Aunt Ellen")和《不受约束的仁慈》("Uncovenanted Mercies")三篇外,其余的小说之前都已经发表过。有些小说则涉及报复的主题,也有不少小说探讨了疾病与死亡,使学者们认为这确实是一部老年人的作品。小说的艺术水准受到卡宁顿、艾米斯等人的批评,认为吉卜林的视野在这部小说集里有所扩大,但简洁生动地描摹人物和场景的能力却下降了,但佩吉等人则认为小说集中的《失措的黎明》的确是精品。(Page 1984:61)

第一节　大战的记忆：创伤、报复与宽容

　　吉卜林后期作品中一个比较突出的题材是描写战争的创伤。1914年爆发的第一次世界大战对于参战各国及其人民都产生了很大的影响,吉卜林也不例外。他早就在自己的作品里警告英国人要防备即将开始的战争,现在战争终于来了。他密切关注着英国的战争准备,也帮助其子约翰参军报效祖国。随着战事越来越吃紧,吉卜林见到了越来越多的死亡和痛苦。特别是约翰的失踪,更是给吉卜林以巨大的打击。这些痛苦和忧伤在吉卜林的后期作品里都有体现。

　　吉卜林反映第一次世界大战的小说首推《清扫装饰完毕》("Swept and Garnished")、《海上治安官》("Sea Constables: A Tale of '15")、《玛丽·珀斯特盖特》("Mary Postgate")和《园丁》等。其中前三篇写于1914年底到1915年初,是对当时德国空袭英国不设防的城镇和宣布无限期潜艇战的回应,后一篇则写于1926年。几篇小说分别收在《多样的生物》、《借方与贷方》里。其中,《海上治安官》通过四个在饭店吃饭的海军军官之间的零星对话,描写了他们如何毫不留情地追击一条中立国的商船——他们知道这条船在给德国人运石油,最终导致该商船船长的死亡。这个故事清楚表明了吉卜林反对战时的中立的政治态度,特别是结尾主人公的宣言"让所有中立的人见鬼去吧"更是像一句政治口号,宣传意味非常明显。此外,这个故事也反映了吉卜林在早期作品中经常表现的报复主题。这篇小说情节并不复杂,但充满了俚语和航海术语,非常难读。卡宁顿认为这篇故事是吉卜林所写的最难懂的小说。(Carrington 1978:542)。相比之下,《清扫装饰完毕》和《玛丽·珀斯特盖特》则要简洁明晰得多,也更能展现吉卜林的创作才能。

　　《清扫装饰完毕》篇幅不长,略带一点神秘恐怖色彩。小说描述第一次世界大战期间一个做事刻板又有点洁癖的德国妇女的幻觉。这位名叫弗劳·艾波曼的妇女一开始相信在比利时服役的儿子的话,认为德军对敌对国居民的屠杀都是正当的"惩罚"行为。后来,生病卧床的艾波曼在幻觉中看到了被德军杀害的儿童。他们要求待在她家里,"等待他们的家人来把他们接走",但最后却同情生病的艾波曼而自行消失了。故事结尾,这位妇女疯狂地擦着地板——她相信地板上有这些孩子的血。故事主要由艾波曼和几个孩子的幽灵间的对话组成,向我们逐步展现了德军屠戮普通平民的暴行。而随着对话的开展,几个孩子由一开始喜欢恶作剧到后来变得温顺,最终因同情生病的艾波曼而自行离开。而艾波曼也由一开始对孩子恐惧和不相信德国军队屠杀平民而逐步变成对孩子的歉疚和对德国的怀疑。故事结

尾艾波曼擦地板的动作既符合她的洁癖习惯,又具有浓厚的象征意味:她擦去的不仅是地板上孩子的血迹,也是她良心上的不安。这些都体现了对德军滥杀无辜的谴责和对生命的尊重。故事的结束语"她的女主人(指艾波曼)清扫又装饰,这样我们亲爱的上帝来到的时候就会发现一切都正常",(Kipling 2006:177)以富于宗教色彩的语言传达出强烈的人道主义精神。故事中几位孩子的幽灵亦真亦幻,活泼可爱,令我们想起吉卜林之前的短篇小说《他们》(1904)中几个孩子的幽灵。但《他们》中的几个孩子行踪飘忽,从没有正面出现,因此形象有点模糊。而《清扫装饰完毕》中几个孩子的形象则更加生动而具体。在与艾波曼的对话中他们展现了不同的性格,因而他们的悲惨命运也就具有更加强烈的控诉力量。看不见孩子幽灵的女仆不时插话,既强化了小说的现实主义氛围,也增加了小说的神秘恐怖气氛。这篇故事虽然篇幅不长,但情节安排合理,叙述简洁有力,有层次,表现了吉卜林的杰出叙事才能。而弥漫在小说中的焦虑感可能表现了吉卜林夫妇对自己刚刚参军准备开赴前线的儿子约翰的担心。①

如果说《清扫装饰完毕》反映了一个普通德国妇女对德军的战争暴行的态度转变,那么《玛丽·珀斯特盖特》则描写了一个普通英国妇女如何因为对德国人的憎恨而一步步介入到这场战争中,与前者正好形成了一种有趣的对比。故事叙述精明强干而又老成持重的老姑娘玛丽·珀斯特盖特受雇照顾另外一个残废的老姑娘富勒小姐,生活平静。期间她精心照料、教育富勒小姐的侄儿韦恩,在他身上倾注了自己所有的母爱。韦恩长大后适值战争爆发,于是参加了空军,但不幸在训练时失事身亡。一向自我克制能力很强的玛丽开始痛恨发起战争的德国人。这种仇恨又因为德国飞机炸死村里的一个小姑娘而进一步加深。一天玛丽在焚烧韦恩的遗物时见到一个德国失事飞机驾驶员重伤求救。玛丽没有施救,而是看着他慢慢死去,自己却产生了复仇的快意。这个故事也很简单,但叙事简洁,人物形象生动,余味悠长,有强烈的艺术感染力。其中玛丽·珀斯特盖特的心路历程在故事中有很好的刻画。玛丽是个传统的英国女子,精明强干又懂得克制自己。尽管小韦恩喜欢取笑她,但仍然是她的心肝宝贝。韦恩失事身亡的消息传来时,"整个房子在玛丽·珀斯特盖特周围旋转,但她发现自己在中间居然很稳

---

① 第一次世界大战爆发后,吉卜林的儿子约翰响应号召,积极报名参军,后在其父的帮助下于 1914 年 9 月参加吉卜林的老朋友罗伯茨(Frederick Roberts, 1832—1914)爵士指挥的爱尔兰卫队,其时刚满 17 岁。吉卜林的老朋友,历险小说名家拉伊德·哈格德 1915 年 3 月看望过吉卜林一家后在自己的日记中说吉卜林夫妇非常担心约翰会像他们认识的许多年轻人那样被送往前线战死。See Bernard Bergonzi. *The Turn of A Century: Essays on Victorian and Modern English Literature*. New York: Barnes & Noble, 1974. p.154.

定"。她还能冷静地将葬礼的所有细节告诉富勒小姐。(Kipling 2006:182—183)但她开始痛恨德国人。而村中9岁的小姑娘在德军空袭中被炸死则使其仇恨进一步加深。所以玛丽拒绝救助那个重伤的德国飞行员的行为可以理解。但在这个故事中由于叙述人选取的独特细节和视角,那个年轻的德国飞行员呈现在我们面前的是一个可怜的值得同情的形象。当他虚弱地向玛丽求助时,他的目光中流露出强烈的对生命的渴望。因此,当玛丽怀着恨意拒绝施以援手,甚至用五音不全的嗓子哼着小曲看着这个和韦恩一样年轻的德国人在那里痛苦地等待死亡时读者就会觉得特别残酷。故事结尾,玛丽在雨中颤抖着看着德军飞行员咽下最后一口气。她满意地回到家,痛痛快快地冲了个澡,然后容光焕发地下楼享受下午茶,连富勒小姐都说她看起来"挺好看的"。(Kipling 2006:191)

  不能不说玛丽的这种行为确实残酷而且有违人道主义精神。不少学者都认为这篇故事表现了吉卜林作品中常见的报复主题。(Tompkins 1959:137;Havholm 2008:145—146)有人称这篇故事为"最邪恶的故事"。(Mallett 2003:168)但笔者认为,这篇故事尽管是为战争的宣传而作,但在这里艺术家的吉卜林超越了作为宣传家的吉卜林。借助当代美国著名文艺理论家韦恩·布思(Wayne C. Booth,1921—2005)的"隐含的作者"("The Implied Author")概念来解读,我们就可以发现,故事中叙述人在视角和细节的选择上更加体现出对生命和普通人的尊重。呈现在我们面前的德军飞行员并不是一个十恶不赦的坏蛋,而是一个可怜的需要救助的年轻人形象:"这个人的脑袋像婴儿一样苍白",(玛丽回到屋子里又出来后)"脑袋上的双眼充满期待。嘴巴甚至还试图微笑",而看到玛丽手里拿的不是水和药品,而是手枪,"他的嘴角垂了下来。一滴泪从眼里流出来,脑袋左右摇动,仿佛要解释什么。"(Kipling 2006:188—189)这些对德军飞行员的细节描写充满了人道主义的怜悯,而满怀仇恨的玛丽却没有将这个垂死的年轻人看成同类,而是"这个东西"("the thing")。这种态度本身就值得商榷。此外,故事中描写玛丽想起韦恩告诉过她不能朝解除武装的敌人开枪,同时想到若是男子遇到这种事情会立即展开救助等等。这些细节的选择又分明告诉了我们"隐含的作者"的立场。这样看来,故事结尾玛丽面对一条年轻鲜活生命(即便是敌人)的逝去不但不感到难过,反而容光焕发,就具有了一种反讽的色彩,暗含了"隐含的作者"对玛丽的谴责。① 从这个角度来说,《玛丽·珀斯特盖特》和《清扫装饰完毕》尽管都通过描写德军给别国人民——特别是普

---

① 故事中玛丽拿枪时手指特意离开扳机、不耐烦地跺脚等细节描写也都表明玛丽良心的不安。另外,小说对玛丽看着德军飞行员死去的整个过程的描写充满了性的暗示,也增加了这篇小说的阐释纬度。

通平民——带来的伤害来进行反德战争宣传,但两篇小说都以精巧的艺术构思,通过平民的视角表达了吉卜林尊重生命的人道主义情怀。① 而这也为吉卜林后来的战争题材小说中对战争创伤的关注作了铺垫。

吉卜林后期战争小说的这些特点在其1926年发表的小说《园丁》中表现得更加明显。这也是一篇哀婉的故事。吉卜林在第一次世界大战后参加了战争公墓委员会,积极参与其各项事务。1925年3月吉卜林在法国鲁昂参观过一处公墓后写下了《园丁》。像《玛丽·珀斯特盖特》一样,这篇故事的主人公海伦·特雷尔是个年届中年的老姑娘。海伦是村中人眼里尽职尽责的好姑娘。她在侄儿迈克尔父母双亡后将其养大——而实际上迈克尔是其私生子。迈克尔也和"玛丽·珀斯特盖特"中的韦恩一样骄纵而好折腾女主人公。后来第一次世界大战爆发,迈克尔参战并在劳斯战役中阵亡。这篇故事主要描述海伦前去一个大型军人公墓寻找迈克尔的坟墓。途中她遇见多个扫墓人,包括一个前去凭吊自己的私生子却又无法公开这个秘密的悲伤的妇人,让同样处境的海伦几乎不能自己。故事结尾,当海伦一字一顿地告诉园丁她在找自己的侄儿时,

> 那人抬起眼,带着无限的怜悯看着她,然后从新种的草皮边转过身,走向那些光光的黑十字架。
> "跟我来。"他说道,"我来告诉你你的儿子躺在哪儿。"
> 海伦离开公墓时又转身看了最后一眼。在远处她发现那人正在弯腰侍弄着树苗。她离开了,认为那人就是园丁。
>
> (Kipling 1946:414)

这篇故事简洁流畅,在简单的描写中体现出主人公的心理活动,而个人的悲伤又和整个时代的悲痛有机融合在一起,的确是大家手笔。故事带有明显的自传色彩,如迈克尔的战死与吉卜林丧子的经历相吻合,② 而故事中的海伦则像吉卜林夫妇一样多处探访,希望能出现奇迹,发现儿子没有死,而是成了战俘。值得注意的是,在这篇描述吉卜林个人痛苦经历的作品中,我们看不到吉卜林前期作品中的那种痛苦和怨恨。整个故事充满了悲悯的

---

① 就是在《海上治安官》中也有人道主义精神的展示:当马丁汉姆津津有味地叙述自己如何追击中立国商船,而后来那船的船长重病求救自己又不予理睬时,其他的听众温切穆尔和泡特森都沉默不语。泡特森更是质问他为何不帮这个船长料理一下个人事务。这种沉默和质疑分明是对马丁汉姆的谴责和对那个死去的船长的同情——尽管他是在帮助敌对国家。

② 吉卜林的儿子约翰1915年9月底在法国劳斯战役中受伤失踪,10月2日被官方正式宣布失踪。吉卜林夫妇多方打探却一直无果。两年后他们证实其已经阵亡,但尸首一直没能找到。故事中吉卜林描写迈克尔被炸弹炸死又被土墙埋起而无人知晓,应该是对约翰阵亡真相的一种猜测。而故事中的迈克尔尸首终于找到,可以理解为吉卜林心底的愿望。

情怀和宽容的情调,表明这个时期的吉卜林已经超越了其早期的报复心理,心态更为平和,注重宽容和温情。譬如,故事中有多处暗示,海伦的村人知道其私生子的事实真相,但无人揭破,体现了他们的人道主义精神。故事的结尾更是化用《圣经·约翰福音》中的典故,将那个帮助海伦的园丁比喻成《圣经》中复活后与抹大拉的玛利亚对话的耶稣基督。而园丁的"无限的怜悯"正体现了耶稣的悲悯世人的精神。与《玛丽·珀斯特盖特》相反,《园丁》没有重点描述暴力和仇恨,而是在娓娓的叙述中传达了宽容与温情。

上述几篇故事不仅反映了吉卜林的反德情绪和人道主义精神,也表现了他的丧子之痛。这里有个事实也许值得一提。吉卜林的妻子卡洛琳自儿子战死后一直默默地独自伤心,身体健康每况愈下,从1916年起她必须每年都去巴斯疗养。她的心理状况和这几篇故事中的主人公有相似之处:她们都是上了年纪的单身妇女,孤独、敏感是她们的共同点。几篇故事都探讨了她们面对生命丧失时的心理变化,而造成这些心理变化的都是孩子——只不过《清扫装饰完毕》中的孩子是敌对国遭到屠杀的儿童,而《玛丽·珀斯特盖特》和《园丁》中的则是已经长成的自己(或视如己出)的孩子。有学者指出,《清扫装饰完毕》这篇故事表现了吉卜林对老年妇女的心理状态越来越浓的兴趣。(Carrington 1978:500)也许,吉卜林在这里用隐晦的方式表现了对妻子的关心以及一种自怜自艾的情绪。

除了上述名篇,吉卜林还写了不少战争小说。譬如,《借方与贷方》中的《在门口:一个一六年的故事》("On the Gate: A Tale of '16")描写在天堂门口,圣彼得及其助手被大批来自大战中的阵亡者挤得跌倒的情形,并将此人头攒动的景象与士兵们拥挤在维多利亚火车站的情形进行比较,表现了作者对战争造成的伤害的严肃思考。而《极限与更新》中的《菲力-吉斯特》("Fairy-Kist")、《茹巴纳斯的奇迹》("The Miracle of Saint Jubanus")、《温和的阿基里斯》("The Tender Achilles")和《他生活中的女性》("The Woman in His Life")等则以不同方式描写了战争带给人的身体和精神上的创伤及其治疗。该集子的另一篇小说《领带》则描写了大战中英军的伙食供应。有学者认为它将《斯托凯与其同党》中的学童世界搬到战争期间的成人世界里了。小说整体比较平淡,有报复和闹剧的成分,受到不少学者的批评。(Page 1984:130)

第二节 暮年的阴影:疾病、爱和宽恕

吉卜林的后期作品除了直接描写战争带给人们的痛苦,还经常描写疾病与死亡以及它们造成的心理影响。如前所述,自第一次世界大战以来,吉

卜林经受了一次次沉重的打击,自己和妻子一直体弱多病,因此他的家庭时常笼罩着阴郁的气氛。这些都反映在其后期作品里。多布莱指出,吉卜林后期作品专注于疼痛的问题,而卡宁顿则认为《极限与更新》是一部年老衰弱的病人的书。(Carrington 1978:546)疾病、死亡、医生、治疗等经常成为吉卜林后期故事的主题。《同舟共济》("In the Same Boat")中主人公的心理疾病、《战壕里的玛丽亚》和《许愿屋》中对癌症的折磨的刻画等都反映了渐入老年、体弱多病的吉卜林的痛苦和恐惧,使得他的后期作品在整体上呈现出一种阴郁的面貌。

在《同舟共济》(收录于《多样的生物》)中,青年男子康罗伊不断受到反复出现的噩梦折磨。为了摆脱恐惧,他服用镇静剂,结果染上了药品依赖。在医生的建议下,康罗伊与一个患同样疾病的姑娘薇丝切尔一起乘车旅行。途中他们互相鼓励,互相支持,经过多次尝试,终于战胜了病魔和药品依赖。后来他们发现,两人的心理疾病都源于他们的母亲怀孕时遭遇的恐怖经历。故事中对两人犯病情形的细致描绘和对疾病根源的追踪都表现了吉卜林在创作后期对心理疾病及其治疗的浓厚兴趣。故事中两个人的相互理解与扶持给阴郁的故事涂上一抹亮色。故事结尾,战胜病魔的两个人也并没有像普通肥皂剧里的主人公那样成为情侣,而是友好地分手——男子径直回家,而姑娘则打算与爱她的男子结婚。这种结局既符合现实主义精神,又表现了吉卜林一向呼吁的忠诚的观念。

《借方与贷方》中的《战壕里的玛丽亚》也涉及心理疾病的治疗,但小说的重点是身体上的疾病和生死不渝的爱情。小说的背景是第一次世界大战。参加过第一次世界大战的斯特朗维克患上了歇斯底里症,时常发作,后在共济会医生的帮助下终于找到了病因,恢复了健康。斯特朗维克的疾病源于对冻僵在战壕里的一双尸体的恐惧。它们是斯特朗维克的姨妈和其情人、斯特朗维克的战友高德苏。斯特朗维克的姨妈死于乳癌,之前让斯特朗维克通知自己的情人说她的鬼魂会去看他。① 斯特朗维克和高德苏都看到了其姨妈的鬼魂,高德苏自杀而死以便和情人长相厮守。而两个拥抱在一起冻僵在战壕里的尸体让斯特朗维克魂飞魄散,从此患上了歇斯底里症。故事对第一次世界大战战场上英军士兵的日常生活有真切的反映,而对斯

---

① 小说原文是 I expect to be through with my little trouble by the twenty-first of next month, an' I'm dyin' to see him as soon as possible after that date (大概下个月 21 日我的麻烦就会结束。我迫切希望在那以后能尽早见到他)。其中 dyin'(即口语化的 dying)是双关语:它既有"迫切"之意,又暗含"死亡"的本意,寓意为她死后鬼魂会去看情人。See Rudyard Kipling. *Strange Tales*. Herfordshire: Wordworth Editions Limited, 2006, p.199. 顺便说一下,斯特朗维克姨妈的形象具有典型的吉卜林式人物隐忍克己的特征。

特朗维克姨妈的鬼魂更是有细致的刻画。

《战壕里的玛丽亚》具有吉卜林后期作品的许多元素：战争的创伤、对死亡的恐惧、共济会、疾病、鬼魂等。小说写于1923年，其时吉卜林正因为腹部莫名的疼痛而害怕自己患上了癌症，情绪低劣。小说整体上也弥漫着忧伤而忧郁的基调，其中斯特朗维克的姨妈患乳癌而死的情节正是吉卜林对癌症的恐惧的真实描绘。甚至高德苏对爱情的忠诚也表现得惊心动魄，没能给阴郁的故事添上一抹明亮的色彩。

同样表现了吉卜林对癌症的恐惧的是《许愿屋》（收录于《借方与贷方》）。故事记述了苏赛克斯乡下两个上了年纪的妇女的闲谈和对往事的追述。她们是多年未见的好友。其中一个妇女艾仕克罗夫特夫人讲述了她年轻时对一个名叫哈里的男子的爱情。尽管哈里背叛了她的爱情，她却始终爱着他，后来还利用超自然的力量将哈里的疾病转移到自己身上，希望用自己的痛苦来保证哈里的健康，同时也让他保持单身，不要结婚。这是一个孤独的老妇人对爱的呼唤，也体现了一种特别的占有欲。艾仕克罗夫特夫人获取的这种超自然力量来自伦敦某一条街上的一个"许愿屋"，使得故事的超自然色彩有所缓和。只要去"许愿屋"许愿就能将别人的痛苦转移到自己身上。年复一年，艾仕克罗夫特夫人忍受着疾病的折磨，脓肿逐渐变成了癌症。哈里恢复了健康却毫不知情。而作出如此巨大牺牲的艾仕克罗夫特夫人并不需要什么报偿："除了这个（哈里的单身）我什么都不需要，只要疼痛有益处就好。"（Kipling 2006：156）故事结尾，两位妇人在哀伤的气氛中分别——或者说诀别，因为艾仕克罗夫特夫人将不久于人世，而另一位妇人也因眼睛将变瞎而不能再来看望她。

整个故事在娓娓的絮谈中慢慢展开。在两位乡村老妇人貌似平淡的家长里短中我们看到了女主人公对爱的痴情、坚强的自我克制和自我牺牲精神。对主人公心理的深度探索以及叙述的平淡朴实与主人公巨大的自我牺牲之间形成的张力赋予故事以巨大的艺术感染力。相形之下，故事本身的超自然色彩倒显得不那么突出了。卡宁顿、汤姆金斯、安格斯·威尔逊、J.I.M. 斯蒂沃特等吉卜林研究专家都对这篇故事大加赞赏。威尔逊甚至认为这是吉卜林最成功的单篇小说。（Wilson 1977：378）

《许愿屋》像不少这个时期的吉卜林作品那样探索了孤独的老年妇女的心理，表现了爱的宽恕以及默默地自我牺牲和奉献的精神。特别是宽恕，在吉卜林的后期作品中是个明确的主题。除了这篇故事中爱的宽恕外，还有多篇故事探讨了这个主题。譬如，《多样的生物》中的《战争的荣誉》就是一篇关于报复和宽恕的故事。故事属于斯托凯系列，也具有斯托凯故事的恶作剧和喧闹特点。故事中年轻军官温特纳受到恶作剧的羞辱之后决心实施报复。但最终他宽恕了对手,没有诉诸法律,仅报以小小的恶作剧,结果避免了一场军队的丑闻,而他自己也获得了心灵的安宁。

同样表达了宽恕主题的还有吉卜林写于1929年的《安提阿的教堂》(收录于《极限与更新》)。这篇故事的背景是公元1世纪基督教刚刚兴起时的罗马古城安提阿。当时城内治安混乱,新兴的基督教徒和犹太教徒、希伯来基督徒和希腊基督徒之间都存在着巨大的矛盾。罗马青年瓦伦斯①前去投靠在当地主管治安的叔父。凭借着自己的精明强干,瓦伦斯帮助叔父平息了好几次骚乱,但不幸在一次晚上回家时被暴民刺杀。濒死的瓦伦斯要求叔父放过那些杀人犯:"不要为难他们……他们是受人挑唆的……他们不知道自己在做什么……"(Kipling 1946:433)瓦伦斯的话与耶稣被害时的遗言几乎完全相同,体现了故事的宽恕主题。而早期的基督教领袖保罗和彼得都出现在故事中,也给故事涂上了浓厚的宗教色彩。

从另一个层面上来看,《安提阿的教堂》也使我们想起了吉卜林早期的印度题材小说。故事中对安提阿宗教骚乱的描写与吉卜林写于四十多年前的故事《在城墙上》(1888)有异曲同工之妙,从中我们分明可以感受到吉卜林对犹太教徒的妖魔化,如同他当初妖魔化印度当地人一样。而瓦伦斯与吉卜林早期作品中的理想主义殖民者也如出一辙。甚至故事中对保罗的描写也符合吉卜林的男子汉的特征:"他还受过很好的训练。你摸摸看。都是肌肉。"(Kipling 1946:420)显然,在暮年的吉卜林的心底仍然有着帝国的幻梦。

《极限与更新》中的《失措的黎明》是另一篇体现报复与宽恕主题的故事,而且更能体现吉卜林创作后期对技术细节的痴迷。在故事中通俗小说家马纳里斯深爱着一个女子,尽管该女子已经与一个不配她的男子结婚生子。该女子后来病死。在谈到她时批评家卡斯特里说了不恭之语,马纳里斯决心替女子报复。卡斯特里经过努力成为有名的乔叟研究专家。为了报复,马纳里斯精心炮制了一份乔叟遗稿,并设法让其落到卡斯特里手里。卡斯特里鉴定其为真迹,并凭借这个"发现"获得爵士的封号。而马纳里斯则打算在最合适的时候披露真相,让卡斯特里身败名裂。但这时卡斯特里患了癌症,而其妻——一个邪恶而姿色平庸的妇人——此时正与医治卡斯特里的医生有暧昧关系。她猜到了事情的真相,就怂恿马纳里斯实施其计划,好让卡斯特里痛苦早死而自己能够重新结婚。但马纳里斯看穿了这恶毒妇人的意图,最终决定放弃报复计划。结果,不知真相的卡斯特里安心死去,

---

① 这也是公元4世纪的罗马帝国东部地区的皇帝瓦伦斯(Flavius Julius Valens Augustus, 328—378)的名字。该皇帝号称"最后一个真正的罗马人",后来在与哥特人的战斗中战死。此后西罗马帝国开始衰落。吉卜林用他的名字来命名这篇小说的主人公,显然带有赞美之意。

而马纳里斯则隐藏起真相,继续努力维护其声誉,同时也感慨大好年华在无谓的报复计划中逝去。

这篇故事显在的主题是报复和宽恕。但在另一个层面上故事也在感慨生命的浪费。故事的标题"失措的黎明"就体现了这一点。也许吉卜林正是想通过描写报复计划的无聊来宣扬宽恕和爱等观念。小说的篇尾诗《格特鲁德的祈祷》中反复咏叹"失措的黎明永不再来",明显表达了对时光流逝的感慨,从而也使宽恕的主题得到凸显。

这篇小说在写作手法上也有其特色。小说在伪造乔叟遗稿的情节上精雕细琢,体现了吉卜林在后期创作中对于技术细节的痴迷。但在其他方面则往往语焉不详,时有晦涩之处。比如,卡斯特里说了什么不恭的言语故事并没有透露,而这实际上关系着马纳里斯报复计划的正义性。此外,卡斯特里与该女子的关系、马纳里斯放弃报复计划的缘由等在故事中都没有交代清楚。也许正是由于这些原因,评者对这篇小说的评价大相径庭。威尔逊盛赞这篇小说,但卡宁顿则认为这是篇"深奥、晦涩而非常令人不快的故事"。(Carrington 1978:548)

在吉卜林后期不少作品里我们都看到了疾病和死亡,但也看到了爱、宽恕、同情、忠诚与牺牲。这些高贵的品质使得吉卜林的许多小说里闪耀着人性的伟大光辉,使它们成为令人难忘的优秀作品。

第三节 共济会:心灵的家园

吉卜林后期小说还有一个明显的特征,那就是频频提及共济会。我们知道,自从1886年吉卜林在印度拉合尔首次参加共济会以后,一直和共济会有着千丝万缕的联系。他还是第一次世界大战后与战争公墓委员会相关的两个共济会分会(分别设在英国和法国)的创立者之一。吉卜林的作品里也时常提及共济会。比如,在他早期著名的中篇小说《想当国王的人》(1888)中共济会是很重要的内容。其诺贝尔奖获奖作品《基姆》中也有多处提及共济会。而《三个士兵》、《勇敢的船长们》、《斯托凯与其同党》中的小团体其实也是和共济会一样的封闭小圈子。但是吉卜林的后期小说里有更多对共济会的直接描写。

关于吉卜林在印度参加共济会的事,学者们有不同看法。比较有代表性的是卡宁顿。卡宁顿认为,在种姓制度盛行的印度,共济会是不同宗教的信徒能够平等交流的唯一场所,同时共济会的男性的强悍与自给自足也具有很大的吸引力。(Carrington 1978:106,543)卡宁顿的观点在吉卜林的自传《我自己的一些事》中能找到不少的佐证。以宗教论,此书开头就将自己

第七章 吉卜林后期小说研究

的一切好运归于伊斯兰教的真主阿拉,此后在多处提及阿拉和《古兰经》,又声称"众神"是公正的,从而体现出共济会式的宗教自由思想。(Kipling 1937:3,36,67)在人与人的关系上,吉卜林谈到自己在拉合尔市的《军民报》工作时与一个能干的印度穆斯林成为好朋友,也体现了他的共济会平等观念。他还说:"声音浑厚的男子在晚餐桌上的笑声是世界上最可爱的声音。"(Kipling 1937:41,14)

但是卡宁顿的观点实际上只说明了吉卜林的共济会情结的表面问题。在笔者看来,吉卜林热衷于共济会还是源于他儿时经历所造成的强烈的孤独感和不安全感——吉卜林作品中对男性力量的歌颂其实反映了吉卜林少时经历在他心底埋下的不安全感,因而产生了强烈的归属欲望和对家的渴望。而帝国、共济会对他来说都是大写的"家",都能满足他的这种渴望。进入暮年的吉卜林父母早已去世,三个孩子中两个已经死亡,唯一的女儿娥尔曦也已出嫁并随夫住到法国,只剩下体弱多病的吉卜林夫妇守在苏赛克斯乡下的大宅里与一群小狗为伴。可以想象吉卜林夫妇的孤独。吉卜林这个时期的作品中多孤独病弱的老人——尤其是老妇人——形象,就反映了这一点。当苏赛克斯乡下这"最美的外国土地"不能抚慰其心灵的孤寂时,吉卜林就只能将目光投向帝国和共济会这些大写的家。但第一次世界大战以后,大英帝国遭受重创,帝国主义思想也受到抨击。对于吉卜林来说,风雨飘摇的大英帝国已经不再是理想的心灵家园。于是共济会就成为吉卜林最后的依靠。因此共济会频频出现在其这个时期的作品中也并非偶然。吉卜林后期创作了数量较多的共济会小说,包括《简的拥趸》、《家庭朋友》、《战壕里的玛利亚》、《为了兄弟们的利益》、《菲力-吉斯特》等。共济会在这些故事中所占的篇幅不一,但基本上都代表着心灵的家园。

《简的拥趸》描写了共济会员间宛如家人般的紧密联系。该小说写于1923年4月吉卜林访问法国期间。小说描写1920年秋在一个共济会分会里一个战时杂役亨伯斯托尔对其参与的简·奥斯丁兄弟会活动的回忆。故事一开头就描写共济会员们一起分工协作、打扫会所的情形,营造了一幅温暖的家居图。亨伯斯托尔的回忆构成第二层次的叙述。在他参加的简·奥斯丁兄弟会里,人们都熟读著名作家简·奥斯丁(Jane Austen, 1775—1817)的作品,并以这些作品中的人物和事件作为他们之间交流的暗语。这篇小说的高潮是受伤的亨伯斯托尔要搭乘一列拥挤的火车,正在为难之际,因为偶然对一个简·奥斯丁的拥趸老护士提及简·奥斯丁的作品,于是一切绿灯,受到良好的照顾。老护士甚至说:"我定会将你弄上车,哪怕为此要杀一位准将。"(Kipling 1946:398)故事的主题是歌颂秘密团体成员或有类似经历的人——如共济会员、简的拥趸或者是战争中的幸存者——之间的兄弟情谊。在故事的叙述中我们明显能够感受到浓浓的家的氛围,体现了年迈孤独的吉卜林对于家庭温暖的渴望。

和《简的拥趸》一样,《为了兄弟们的利益》也同样聚焦于共济会的活动上,将其描绘成了孤独者的家园。小说中来到共济会所里的是一群第一次世界大战老兵。在装饰着精美画像的会所里,这群身心俱残的老兵感受到了家的温暖,并在共济会兄弟们的帮助下通过各种仪式活动找到了心灵的安宁。吉卜林通过小说中的人物之口强调了共济会的重要性,宣称共济会所对一个人的意义远比人们想象的要重要:实际上我们自儿时起唯一真正听从的信条就是共济会。①

《为了兄弟们的利益》除了强化共济会作为温暖的家的一面以外,还为我们展现了共济会的另外一个功能,那就是治疗人们心灵的创伤。有趣的是,吉卜林在小说中描写的对心理疾病的治疗方法与弗洛伊德的心理治疗方法不谋而合。《为了兄弟们的利益》中有位军医基德,据说这可能是英国文学中第一个弗洛伊德式的医生形象。他出现在多篇故事中,经常采用弗洛伊德式的谈话疗法来治疗老兵们的心理创伤。在《战壕里的玛利亚》中基德医生就通过诱导式谈话,找到了斯特朗维克的歇斯底里症病因,从而将其治愈,使他能够重新面对生活。他还出现在《菲力-吉斯特》中充当业余侦探的角色,通过自己的努力使在第一次世界大战中负伤而精神有点失常的沃林恢复了正常的思维活动和对生活的信心。在《他生活中的女性》中,长时间进行地下作业的工兵约翰·马尔登战后因工作压力过大,引发了他内心潜伏的战争时期留下的恐惧,出现了严重的幻觉。其朋友给他带来一只小狗。在对小狗的照料中马尔登逐渐减轻了病情。有一天他为了解救自己心爱的小狗,再次进入地下洞穴,直面曾经使他恐惧不已的场景,于是消除了病症,恢复了健康。同样,在《圣朱巴纳斯的奇迹》中,参加过第一次世界大战的马丁·巴拉特尽管身体没有受伤,但心理创伤严重,脑海里总有挥之不去的恐怖画面。只是由于偶然的机缘他在现实生活中目睹了类似战争中那幅恐怖画面的可笑场景,才解除了痛苦和恐惧,治愈了心灵的创伤。

从心理学角度来说,上述故事中主人公脑海中不断出现的幻象都是其潜意识里源于第一次世界大战的强烈恐惧心理冲破意识控制后的外化与变形,要治愈这些心理疾病就必须找到这些病症的根源,再通过疏导的方法释放掉那些扭曲的致病能量。吉卜林对此似乎非常了解。他对这些故事中主人公的潜意识心理进行了深入的探索,以令人信服的细节刻画了这些第一次世界大战老兵们潜意识里的恐惧与意识层面的自我克制之间的冲突以及

---

① 参见 http://ebooks.adelaide.edu.au/k/kipling rudyard/debits chapter 6.html.

伴随而来的神经/心理疾病症状。而他在故事中提供的治疗手段则是通过诱导式的谈话找到他们的病因,或设法让他们重新经历那些引发病症的事件/场景等以帮助治愈这些疾病。所有这些都相当符合弗洛伊德等人提出的心理创伤及治疗理论。尽管我们不能确定吉卜林究竟在多大程度上了解和认可弗洛伊德的理论,[①]但是这些小说对人物心理问题的深度探讨已经使得吉卜林的这些后期小说表现出与其前期作品不同的风貌。

共济会不仅是家园,能抚平心灵的创伤,也是终极价值的裁判所。这是吉卜林的共济会小说给我们的印象。《一个家庭朋友》就是一例。在小说的外层叙述中,几个参加完共济会仪式的会员在闲聊中反复强调正义和事情的对错,给小说定下了价值判断的基调。小说的内层叙述核心是一个报复故事:其中的一个会员叙述一个澳大利亚人为自己受到不公正待遇的阵亡战友进行报复的故事。尽管处于外层叙述框架中的几个共济会员对这起涉嫌违法的报复事件没有作价值评判,但从叙述人了解事件真相而不告发,其他听众也赞许这种行为的表现上我们已经清楚小说叙述人对报复行为正义性的肯定。难怪吉卜林在《为了兄弟们的利益》中借主人公店主伯杰斯之口,高度评价共济会的作用,认为共济会和教会一样本来可以在第一次世界大战中起到更大的作用。[②]

吉卜林后期作品中共济会故事比较突出,但整体而言比较乏味,表现为小说中经常充满冗长而无意义的对话,人物形象模糊,故事情节散乱,有时候主题不明确,内外层叙述之间也缺少有机的联系。与其他优秀作品相比,这些共济会故事的艺术价值要稍逊一筹,给人的感觉是似乎吉卜林执著于共济会本身的价值,而忽略了小说创作本身。学者们较少关注吉卜林后期创作的这些共济会小说,偶尔提及也大都持否定态度。比如安格斯·威尔逊谈到这些故事时就认为,"这些故事本身充满了混乱的主题,隐晦的文学和圣经典故。结果,吉卜林一向特别出色的简洁叙述变成了冗长啰嗦。"甚至他认为这批故事中最好的《战壕里的玛利亚》也像其他故事一样人物太多

[①] 弗洛伊德(Sigmund Freud, 1856—1939)属于吉卜林的同代人。1900 年的《梦的解析》(*Interpretation of Dreams*)是弗洛伊德精神分析学的奠基之作。第一次世界大战后由于"炸弹震荡"等战争心理疾病大量出现,欧美人日益关注精神分析,弗洛伊德也声誉日隆。关于吉卜林与弗洛伊德的关系,目前可以确定的是弗洛伊德喜欢阅读吉卜林的《丛林之书》(*The Jungle Books*, 1894—1895),还熟悉吉卜林的《本来如此的故事》(*Just So Stories*, 1902)、《军营歌谣集》(*Barrack-Room Ballads*, 1892)等作品。而吉卜林也了解弗洛伊德,但他只在其后期短篇小说《失措的黎明》("Dayspring Mishandled", 1928)中提到过弗洛伊德。See Norman Page. *A Kipling Companion*, London: Macmillan, 1984, p. xiv; Sandra Kemp, *Kipling's Hidden Narratives*, New York: Basil Blackwell Inc., 1988, p. 66.

[②] 参见 http://ebooks.adelaide.edu.au/k/kipling/rudyard/debits/chapter6.html.

了。(Wilson 1977：414—415)但小说对人物心理的探索有时具有一定的深度,而且像《菲力-吉斯特》中几个叙述人从不同视角叙述同一事件的写法也有值得称道之处。无论如何,共济会小说是吉卜林后期作品中的一个不可分割的组成部分,对于我们了解晚年吉卜林的思想和精神状态都有着重要的作用,应当予以重视。

第八章 吉卜林的诗歌创作

第一节 吉卜林的诗歌创作及其渊源

吉卜林的小说，尤其是其短篇小说，一直受到评论界的高度赞扬。其诺贝尔奖获奖作品《基姆》也一直受到各种各样的关注。但长期以来，吉卜林的诗歌却没有受到批评界应有的重视。其实，吉卜林也是维多利亚晚期一个著名的诗人，并产生了巨大的影响。据记载，桂冠诗人丁尼生去世后，英国政府考虑到吉卜林诗歌的巨大影响，曾有意将这一代表英国诗歌最高荣誉的称号封给吉卜林，后来到了1930年，英国国王乔治五世又起了同样的念头，但都无果而终。（Carrington 1978：460）从他1881年出版首部稚嫩的诗集《学童抒情诗》(*Schoolboy Lyrics*, 1881)到他1936年去世，吉卜林的诗歌创作一直没有间断，前后共延续了半个世纪的时光，从维多利亚晚期一直延续到20世纪30年代现代主义的黄金时期，总共创作了8部诗集，共500多首诗歌。其创作生涯比同时期的著名作家托马斯·哈代都长，与叶芝大体相当。他的首部诗集出版时，维多利亚时代大诗人丁尼生和勃朗宁还在创作，哈代和叶芝（W. B. Yeats, 1865—1939）的诗名还没确立。而吉卜林最后的诗作则属于20世纪30年代，那已是艾略特和奥登的时代了。1936年吉卜林去世时，奥登（W. H. Auden, 1907—1973）的名作《看哪，陌生人》(*Look, Stranger!*)、艾略特的《诗歌全集 1909—1935》(*Collected Poems 1909—1935*)以及狄伦·托马斯（Dylan Thomas, 1914—1953）的《诗歌二十五首》(*Twenty-Five Poems*)都于该年出版。

吉卜林的诗歌作品比较庞杂，按照出版的时间，计有《学童抒情诗》、《回声》(*Echoes*, 1884)、《机关谣曲》(*Departmental Ditties*, 1886)、《军营歌谣集》(*Barrack-Room Ballads*, 1892)、《七海诗集》(*The Seven Seas*, 1896)、《五国诗集》(*The Five Nations*, 1903)、《书中的歌谣》(*Songs from Books*, 1912)以及《中间年代》(*The Years Between*, 1919)等。其中《机关谣曲》之后几部诗集构成了吉卜林诗歌的核心。吉卜林的诗歌还出过几种版本的全集

和选集①,其中现代主义巨匠艾略特于 1941 年选编的《吉卜林诗选》影响较大。

吉卜林的诗歌一直受到普通读者的欢迎。统计表明,到 1918 年,吉卜林所有主要诗集都卖出了一大批,其中《机关谣曲》卖出 81,000 本,《军营歌谣集》182,000 本,《七海诗集》132,000 本,《五国诗集》110,000 本。而到了 1931 年,吉卜林在批评界的声誉已经很低时,其诗集卖出的数量却有显著的增加:《军营歌谣集》已经卖到 255,000 本,《机关谣曲》则已卖到 117,000 本,《七海诗集》187,000 本,《五国诗集》145,000 本。含有吉卜林写于第一次世界大战时期的诗歌的《中间岁月》也卖出了 95,000 本。吉卜林的确定版诗歌全集 1940 年出版,从来就没有脱版。到 1982 年,它已印刷了 60 次。因此,有评者认为吉卜林是英国最后一个最受欢迎的政治诗人。(Parry 1992: Introduction 1)

但是,尽管吉卜林的诗歌创作影响很大,英国文艺批评界却像对其小说一样,从一开始就对其诗歌作品的性质和成就争论不休。有的学者非常欣赏吉卜林诗歌的现实主义的简洁明晰和强烈的乐感。有一个广泛流传的说法说明了这一点:吉卜林的诗歌名作《丹尼·迪弗》("Danny Deever", 1890)发表后,据说当时的弥尔顿研究专家梅森(David Masson, 1822—1907)教授兴奋地对学生挥舞着这首诗喊道:"这才是文学!这才终于是文学!"(Carrington 1978: 198)但也有学者如布坎南等人认为吉卜林的诗歌粗俗不文,难登大雅之堂。在这些争论之中,一个焦点问题是"吉卜林算不算得上一个诗人?"这里学者 T. R. 海恩(T. R. Henn)的观点具有代表性:吉卜林的诗歌技巧圆熟,题材多样,但必须承认,吉卜林没有完全达到伟大的程度,因为他的诗歌缺少最终的深度,特别是那种构成风格的核心的优雅。(Parry 1992: Introduction 2)因此,不少评者认为吉卜林只是个二流的畅销作品诗人。而维护吉卜林的评者则认为,一般的大众流行作品大都短命,而吉卜林的诗歌始终畅销不衰,说明其中有很多永恒的东西,②可以跻身于一流诗人的行列。

进入 20 世纪后,随着现代主义的兴起,文学创作和批评出现了新的趣味,吉卜林的诗歌逐渐显得陈旧过时。加上第一次世界大战以后吉卜林由于其意识形态等方面的原因声誉逐渐下降,文学批评界对他的诗歌也逐渐

---

① 吉卜林的诗歌全集有不同版本,主要有 1907 年和 1912 年分别在纽约和伦敦出版的《诗歌全集》(*Collected Verse*)、1919 年的完整版(Inclusive Edition。本来分为三卷,1921 年起合并成一卷。1927 年和 1933 年又进行了扩充)、1938—1939 年的苏赛克斯版(Sussex Edition)、1940 年的确定版(Definitive Edition)、1941 年的博沃希版(Burwash Edition)等。

② 据统计,在 1982 年吉卜林的诗集还能每年卖出 25,000 本。(Parry 1992: Introduction 2)而 1995 年在英国 BBC 广播公司举办的一次读者调查中吉卜林的诗歌名作《如果》("If")被评为最受欢迎的诗歌。

不再关注。但1941年现代主义巨匠艾略特选编了《吉卜林诗选》，产生了较大的影响。当时吉卜林的名声早已不如当年，而艾略特正如日中天。艾略特为这部诗集写的序言经过修改收入他自己1957年的论文集《论诗歌和诗人》(On Poetry and Poets)中，对吉卜林的诗名进行了维护。艾略特的这些做法实际上帮助了吉卜林名气的回升。艾略特对吉卜林的辩护颇有意思。他用吉卜林自己的词语"曲子"("Verse")来称呼吉卜林的诗作，并认为吉卜林的创作不同于一般的诗歌，因而对他的辩护也应有所不同："为一般诗人辩护时，要防止人们说他晦涩难懂；但为吉卜林辩护时要防止人们说他过分明晰。"(Page 1984：162)一般来说，"明晰"乃是诗人的一个优点，但20世纪30和40年代的英美诗歌崇尚多义、含混、惊人的意象和语言实验等，吉卜林的明晰反而成为一个缺点。这真是三十年河东、三十年河西，不同时代的欣赏品味往往左右着一个诗人的诗名。其实早在20年前评价吉卜林的诗集《中间年代》时艾略特已经将吉卜林描述成"一个几乎非常伟大的作家"。(Page 1984：163)

经过时间的沉淀，今天我们可以撇开维多利亚主义、现代主义这些文学潮流及其所代表的审美取向的影响，更加客观地来审视吉卜林的诗歌作品。这里有两个因素我们必须重视。一个是吉卜林后期的诗歌往往和其小说夹杂在一起形成完整的整体，因此要解读吉卜林的后期小说就必须要审视其诗歌作品。还有一个事实值得一提。许多学者如乔治·奥威尔认为，在那个时代的所有作家中，吉卜林为英语语言的贡献最大——他创造了不少新的词汇和表达法，但人们却很少意识到，吉卜林的这些新词汇和表达法大都来自其诗歌，而不是其小说。(Keating 1994：preface xii)所有这些都表明，吉卜林的诗歌作品值得我们花费时间去了解和欣赏。

从创作渊源上来看，有不少因素影响了吉卜林的诗歌创作。首先是新教赞美诗。吉卜林的父母都出身于卫理公会教派牧师家庭，生活中宗教氛围浓厚。吉卜林幼年寄养的家庭也是虔诚的加尔文教家庭，宗教氛围也同样浓厚。教堂里的赞美诗、布道文等，都是吉卜林所非常熟悉的东西，也对吉卜林的诗歌创作产生了巨大的影响。其诗歌中浓厚的宗教氛围、严肃的道德意识和说教特征都与新教赞美诗有着或多或少的联系。"我身后有三代卫斯理公会的牧师，"他曾这样说道。其家庭传统可以从《如果》(1910)这样的世俗布道诗和略带忧伤的《退场赞美诗》(1897)中看出端倪。

音乐厅的歌谣和传统的英国民谣是影响吉卜林诗歌创作的另外一个相对世俗的因素。音乐厅娱乐19世纪90年代盛行于伦敦，是普通大众的娱乐场所，其音乐没有宗教音乐的严肃和说教，而是轻松愉快，富于轻快的节奏和悠扬的旋律，乐感极强。年轻的吉卜林非常喜欢光顾这些地方。受音乐厅音乐的影响,吉卜林的诗歌也富于节奏和乐感,深受读者的喜爱。像《曼德莱》("Mandalay",1890)、《绅士军人》("Gentlemen-Rankers",1892)这样的诗歌就有许多低沉的、令人回味的叠句。吉卜林的许多诗歌都以其音乐厅的旋律和氛围而受到读者的喜爱。而吉卜林对英国传统民谣的借鉴可以从《丹尼·迪弗》一诗中看出。那些令人难忘的重复、一问一答的方式以及间接的叙述等都使人们想起《爱德华,爱德华》("Edward! Edward!")以及《兰德尔老爷》("Lord Randall")等著名的传统英国民谣的表达形式。

当然,除了上述因素,英国悠久的诗歌传统也是吉卜林诗歌创作的直接源头。吉卜林从少时起就广泛阅读英国经典诗歌作品,此后在学习诗歌创作中也曾刻意模仿许多英国诗人的风格。维多利亚时代最著名的两位诗人丁尼生和勃朗宁自然是其学习的对象,吉卜林不少早期诗歌习作里都留下了学习这两位诗人的痕迹。特别是勃朗宁对吉卜林的诗歌创作影响甚巨。少年吉卜林曾在亲戚家里见过勃朗宁,留着大胡子的勃朗宁使其深怀敬畏。吉卜林非常喜欢勃朗宁的诗歌,此后在自己的诗歌创作中也有意识地模仿勃朗宁的作品,特别是其擅长的戏剧独白诗。其早期习作《学童抒情诗》中就有模仿勃朗宁的作品,如《果酱瓶》("Jam-Pot")。后来《机关谣曲》中的《议员帕盖特》("Pagett, MP")、《春日时光》("In Springtime")等诗歌进一步模仿勃朗宁的语言口语化、同时又不失含蓄之美的风格,《春日时光》甚至被认为是勃朗宁诗歌《海外乡思》("Home Thoughts from Abroad")的印度版本。(Page 1984:178)而勃朗宁的戏剧独白诗更是让吉卜林心驰神往。实际上,吉卜林的许多诗作都带有口语化的、戏剧独白的性质,譬如,其《七海诗集》中的《麦克安德鲁的赞美诗》("McAndrew's Hymn",1893)、《玛丽格罗斯特号》("The Mary Gloster",1894)等都是杰出的戏剧独白诗。

先拉斐尔派诗人也对吉卜林的诗歌创作产生了巨大的影响。我们知道,吉卜林的家庭与先拉斐尔派诗人有联系,吉卜林的一个姨夫伯恩·琼斯就是著名的先拉斐尔派画家。他的家是少年吉卜林的天堂。在那里吉卜林见到了不少先拉斐尔派诗人,也读到了他们的作品。吉卜林的许多早期作品都是对先拉斐尔派诗人的模仿,比如其早期诗集《回声》中就有些诗歌模仿著名的先拉斐尔派诗人史文朋和克里斯蒂娜·罗赛蒂(Christina Rossetti,1830—1894)。

第二节　吉卜林主要诗歌的主题与风格

8.2.1 《机关谣曲》及其他早期诗歌

在吉卜林的诗集中,第一部诗集《学童抒情诗》是其早年的练笔,多模仿之作,笔调则或严肃,或轻快,展现了一个熟谙英国文学,特别是诗歌的早熟少年的诗才。其中《阅读遗嘱》("Reading the Will")里有大诗人丁尼生的名作《莫德》(*Maud*, 1856)的影子,细节描写非常生动。而《向女王致敬!》("Ave Imperatrix!")则以1882年3月有人试图行刺维多利亚女王的事件为背景,表现了对女王的忠心和对帝国事业的狂热。这些已经预示了吉卜林后来诗歌的主题与风格。① 但总体而言,这部诗集比较粗糙,还没有明确表现出吉卜林自己的特色,因而大都没有收进其后来的全集里。其中只有一首《向女王致敬》收进了1940年的确定版全集。《回声》则是他与妹妹爱丽丝合作的产物,其中有32首诗歌出自吉卜林之手。这些诗歌仍然是对19世纪那些著名英国诗人,如华兹华斯、丁尼生、史文朋等的模仿。不过值得注意的是,吉卜林在模仿其他诗人的时候逐渐开始形成自己的特色。《萨德集市》("The Sudder Bazaar")中表现了不少其后来小说中常见的印度社会风情,有明显的写实风格。而其组诗《小英印人的摇篮曲》("Nursery Rhymes for Little Anglo-Indians")也以冷峻的现实主义风格表现了很多英印社会生活的细节,生动形象、音韵流畅,充满异国风情,可以看到其成名作《山中的平凡故事》中很多优秀之作的风貌。甚至其模仿克里斯蒂娜·罗赛蒂的诗歌中也不同于这位女诗人诗歌的柔美、忧伤和神秘,而带有一种冷峻之感:"英国田野里的水仙/ 微风中摇曳的三叶草/ 但这里的骄阳/ 会立马将你们烤焦!"(Page 1984: 165)

  吉卜林在其第三部诗集《机关谣曲》中逐渐形成了自己的风格。这部诗集初版时只有10首诗歌,写于1886年2月初到4月中旬这段时间,零星发表于当时吉卜林供职的印度拉合尔的《军民报》上,此后逐渐增加。1889年吉卜林从印度回到英国时又加上《序曲》("Prelude")一诗,并作为诗集的篇首诗。《军民报》是当时拉合尔的英国人阅读的日报,读者圈子不大,人数也不多,因此,除了时事新闻等栏目外,报纸还有不少空间需要填补。吉卜林的早期小说和诗歌基本上就是填补这些空白之作。《机关谣曲》也不例外。由于报纸的读者是拉合尔的英国人,因此这些诗歌的目标读者也是英国人。篇首诗《序曲》明确向"大海那边的亲爱的心灵"致意,宣称这些诗歌的目的是博读者一笑,但同时又指出聪明的读者知道这些玩笑的价值。(Kipling 1994a: 3)

  这些诗歌像吉卜林同时期的小说集《山中的平凡故事》中的故事一样,

---

① 不过近年来也有学者认为,吉卜林写此诗时并无什么高深的意图。他当时还是个少年,还远远算不上是个帝国主义者。这首诗只是篇练笔之作,表达的观点也是为了迎合当时的潮流。See David Gilmour. *The Long Recessional*: *The Imperial Life of Rudyard Kipling*. London: John Murray Publishers Ltd, 2002, p. 13.

基本上描写印度的英国官僚机构人员的日常生活和情感生活，语言简单，语调诙谐，音乐感强，深具民谣的特点。其中《序曲》之后的《概要》("A General Summary")一诗声称这些诗歌所写的东西是过去、现在和将来都发生的事情，表明这些诗歌在谣曲的轻快外表下蕴含着深刻的道理。确实，这部诗集在对驻印英国人日常生活、工作和情感的描写中揭示了殖民地生活的一些特点，特别是对当时驻印英国人员的矜夸虚荣、人浮于事等官僚主义作风和相互之间尔虞我诈、钩心斗角的种种丑陋现象进行了抨击。《军队总部》("Army Headquarters")用戏谑的语调描写爱唱歌的阿哈苏拉斯·詹金斯如何因其歌喉而受到赏识，而《对高升的研究，印度墨水所写》("Study of an Elevation, in Indian Ink")则感慨懒惰、粗心，并无才气的波提法·古宾斯得到高升，又得到美人的垂青。《尤里亚的故事》("The Story of Uriah")描写小职员杰克·巴雷特从避暑胜地西姆拉被派往凯塔，不久死在那里，而其妻子也只为他短暂守孝的故事。诗歌借用圣经典故，暗示着故事背后的罪恶，在客观的语调下透出阴郁之意。《大利拉》("Delilah")一诗也暗用圣经典故，描写一个徐娘半老的贵妇，用甜言蜜语获得了一个关于印度新总督任命的重要信息，却又在一个男子的甜言蜜语下将其泄露的故事，诗歌平静的语调下隐含着对某些驻印英国人虚荣、失职、唯利是图的批判之意。而《合适的位置》("The Post That Fitted")则描写贫穷的军官斯里尔里如何向法官的女儿求婚，利用法官的影响为自己谋得薪水不错的职位，又装癫痫而使法官家主动退婚，使自己能够和原来的心上人终成眷属的故事，其戏谑的语调，恶作剧式的细节安排已预示出吉卜林日后创作中的一个重要倾向。《粉红色的头罩》("Pink Dominoes")也同样以恶作剧的方式描述一个男子前去约会恋人，却误吻一个年老爵爷的年轻妻子。而诗歌最后暗示这位贵妇人其实也有自己的恋人，诗歌在戏谑的语调下别有深意。这部诗集中最著名的诗歌《议员帕盖特》模仿勃朗宁的戏剧独白诗，描述了一个自命不凡的英国议员来印度访问，自以为是个印度问题专家，结果在印度的酷热等恶劣生活条件面前败下阵来的情形。诗中的说话人是个常住印度的英国人，他这样说道："七月有点儿不太健康——帕盖特病了，也挺恐慌/ 他称之为'霍乱病'，暗示说生命很宝贵/ 他喃喃自语着'东方的流放'，然后泪眼婆娑地提起他的家乡/ 可我已近七年没有见到我的儿郎"。(Kipling 1994a：28)诗中的细节描写让我们明显感受到对那个夸夸其谈而又不了解印度现实的议员的鄙夷和讽刺，特别是最后一句"可我已近七年没有见到我的儿郎"不仅表现了驻印英国人的艰辛生活，也在不经意间表达了对议员的鄙夷之情。诗歌的轻快风格让人很容易想起吉卜林的报复主题故事和惩罚性闹剧，就像其小说一样。讽刺与愤怒，笑声与眼泪往往伴随在一起。

值得注意的是,尽管《机关谣曲》中的大多数诗歌描写的都是在印度的英国人的日常生活和情感,对印度本地人的生活并不在意,但《外事办公室的传说》("A Legend of the Foreign Office")一诗却有点不同。它以直白的语调描写印度一个落后的土邦统治者拉斯特姆·贝格如何在英国总督的激励下决意改革,按照西方的模式建立医院,减轻赋税,组建警察,整顿吏治,结果却无法得到百姓的理解和认可,国内大乱,最终贝格回归以前奢侈荒淫、压榨百姓的生活方式上,于是一切复归平静。显然,这首诗渲染的是印度土著的愚昧和不可理喻,与当时西方殖民主义的论调一脉相承,同时也预示着吉卜林日后诸多小说和诗歌的主题,值得我们仔细玩味。

《机关谣曲》出版后在印度的英国人中间反响不错,而当时英国本土著名批评家安德鲁·朗格也在《朗文杂志》上发表了一篇比较友善的评论,认为这部诗集"新奇有趣",内容属于社会诗歌,其中一首诗歌《基芬的债务》("Giffen's Debt")能和当时美国著名诗人布莱特·哈特(Bret Harte, 1836—1902)的作品相媲美。这是英国期刊发表的第一篇关于吉卜林的评论。其后威廉·亨特爵士于1888年9月份《学院》上发表长篇评论,称赞说:"虽然吉卜林先生的舞台比较狭窄,他的演员倒都很活跃。"(Page 1984: 163)

8.2.2 《军营歌谣集》与《七海诗集》

真正引起读者大众兴趣的是吉卜林于1892年出版的诗集《军营歌谣集》。其时吉卜林已经用自己的短篇小说征服了英国读者。这些诗歌结集出版前已在诗人亨雷主编的期刊《苏格兰观察家》(后来改称《民族观察家》)陆续发表过。在诗集篇首的献词《至 T. A.》①中,吉卜林表达了对英国普通士兵的同情。他表示清楚他们所受到的不公平待遇,希望有一天他们能"拿到所有的薪水",并得到"基督徒应有的待遇",同时用叠句反复表达对他们的敬意。(Kipling 1994a: 407)值得注意的是,在此前的英国诗歌创作中,英国普通士兵经常被歌颂为战争英雄。如桂冠诗人丁尼生写于1854年,以克里米亚战争为背景的《轻骑兵的冲锋》("The Charge of the Light Brigade")就描写英军轻骑兵旅不畏牺牲,冒着敌军密集的炮火冲锋陷阵的情形,高度颂扬了英军的英雄主义精神。此外,也有很多诗歌,特别是民谣,往往将英军士兵描写成流氓兵痞,但很少有诗歌将士兵看做普通的体面的人来描述。而这首献词表明,吉卜林关注的重点是英国普通士兵的日常生活,他们的喜怒哀乐。

---

① T. A.,Thomas Atkins 的缩写,为一英国普通士兵的名字,在吉卜林诗歌中代表普通士兵。

这种主题在《最后的轻骑兵》("The Last of the Light Brigade", 1891)中表现得很明显。诗歌的标题表明它与丁尼生的《轻骑兵的冲锋》有明显的联系。但与丁尼生的诗歌不同的是,这首诗歌通过对曾经英勇的轻骑兵旅老兵们潦倒生活的描写,表达了对他们深切的同情。诗歌开头就说"有三千万英国人在谈论英国的强大/ 有二十个潦倒的士兵晚上没有床榻",(Kipling 1994a: 211)一下子就将读者从《轻骑兵的冲锋》里高昂的英雄主义基调带入普通士兵的生活中,而诗句"他们感受到生命的短暂,他们不知道艺术的长久/ 他们不知道,尽管他们会死于饥寒,他们会在那永生的诗中不朽"。(Kipling 1994a: 211)①更是通过对比丁尼生诗歌中的英雄主义赞歌与现实生活中士兵凄凉遭遇的强烈反差,在同情普通士兵的同时也抨击了那些不关心不了解普通士兵需要的英国民众。

诗集中的名篇《温莎的寡妇》("The Widow at Windsor")也表现了类似的主题。《温莎的寡妇》指居住在温莎宫、年老守寡的维多利亚女王。诗歌描写了英国普通士兵们浴血奋战,为女王赢得了大片土地。但诗歌已没有高昂的英雄主义基调。相反,诗歌用平实的语言,普通士兵的视角表现了对普通士兵的同情以及对战争的厌恶。在这种基调下,威严的大英帝国的女王变成了"温莎的寡妇",女王的王冠变成了"毛茸茸的金冠",飞扬的军旗变成了"头顶那飞舞的破布"。这些描写颠覆了战争的英雄主义色彩,使其复归平凡。而称士兵们为"可怜的乞丐们"、"维多利亚夫人的儿子们"在同情中又平添一种亲切感。诗中有对战争的厌恶,而且明显出自普通士兵的视角。譬如,战争被称为"野蛮的战争",而女王赢得的土地上"布满了我们的白骨"。诗的结句更是明确表示了对士兵的同情:"可怜的乞丐们哪!他们再也看不到自己的家园了!"(Kipling 1994a: 426—427)②

对英国普通士兵的关注在诗集的另一首诗歌《汤米》("Tommy")中表现得更明显。这首诗模仿普通士兵的口气,用口语化的语言和强烈的节奏叙述他们在日常生活中所受到的歧视以及在战争来临时受到的礼遇,并用讥讽的语气抨击这两者之间的反差。他们有自己的尊严:"那个寡妇的制服不是耻辱"③,而正是他们保卫了那些看不起他们的大人先生们的和平。他们承认有时行为不检,但那也是因为待遇太差。诗的结尾明确表示他们这些普通士兵对大人先生们的两面派做法其实了然于胸,进一步增加了诗歌的

---

① "那永生的诗"即指丁尼生的诗歌《轻骑兵的冲锋》。
② 有传言说维多利亚女王对吉卜林的这首诗感到很不满,因此桂冠诗人丁尼生1892年去世后她拒绝将这项荣誉颁赐给当时已是著名诗人的吉卜林。但也有学者认为这种说法没有事实依据。See Norman Page. *A Kipling Companion*. London: Macmillan, 1984, p.184.
③ "那个寡妇的制服"指英军制服。"那个寡妇"指维多利亚女王。

讽刺色彩。《一先令一天》("Shillin' a Day")是一个老兵的独白。他年轻时在印度四处征战,为帝国卖命,到老来却一无所有,只能靠着一天一先令的养老金过活。诗歌轻快的民谣节奏与其中的无奈和凄凉形成强烈的对比,而诗的结句"想想他的养老金和——/上帝拯救女王"更是将老兵的凄凉处境与其对女王的忠心进行对比,使诗歌平添一抹讽刺色彩。而另一首名篇《丹尼·迪弗》则从不同角度延续了这种对普通士兵的关注。这是《军营歌谣集》的第一首诗歌,1890年2月22日发表后立刻引起了广泛的关注。该诗用对话体和典型的吉卜林式方言叙述了一个英国团队的普通士兵丹尼·迪弗因枪杀同伴,被判绞死,团队的士兵们观看整个行刑过程的感受。全诗采取了普通士兵的视角,从"他(丹尼)枪杀了睡梦中的同伴……(他是)九百个同乡和整个团队的耻辱"等话语中体现出士兵们的荣誉感、纪律性,而在他们对丹尼与他们同甘共苦的回忆中又能感受到他们的惋惜之情。(Kipling 1994a:410)整首诗有明显的民谣节奏,有很多叠句,又用了很多口语,符合普通士兵的身份。至于不少战友眼中挺友善的丹尼为什么要枪杀睡梦中的同伴,诗中并没有谈及。但诗歌中种种细节的渲染已经使我们感受到普通士兵生活的严酷。其余像《上兵,上兵》("Soldier, Soldier")中描写痴情的少女向从战场归来的士兵打听其士兵情人的消息,却不知他早已阵亡的情景,《年轻的英国士兵》("The Young British Soldier")中老兵教导新兵如何应付战场和日常生活中的种种困难,《喀布尔河渡口》("Ford o' Kabul River")对大量战死在喀布尔河渡口的英军士兵的伤悼等,都从不同侧面展现了普通英国士兵在印度经历的种种艰难和危险,表现了对他们深切的同情。

当然,《军营歌谣集》中不全是同情普通士兵的诗歌,也有少量诗歌表现了不同的特征。比如,《英国旗》("The English Flag")中就以东南西北风对"什么是英国旗"的回答来说明,要想英国的旗帜在世界各地飘扬,英国人就必须破冰斩浪,不畏艰险和牺牲。这首诗有明显的说教特征。诗中宣称,英国旗帜所到之处,将带去公平和正义。而能使英国旗飘扬到世界各地的不是那些城市人,因为他们只会对着英国旗"叫嚣",只有那些坚韧、奉献、不怕牺牲的英国人才能帮助实现这个目标。(Kipling 1994a:233—235)在这里我们又看到那个心系大英帝国的保守的吉卜林。

《军营歌谣集》尽管主要描写英国士兵的喜怒哀乐,但也有一些诗歌触及了东西方的关系和印度当地人。其中《东方和西方的歌谣》、《鬈毛种》("Fuzzy-Wuzzy")、《贡嘎·丁》("Gunga Din")、《曼德莱》等诗比较突出。《东方和西方的歌谣》一直以其开篇合唱中的第一句"啊!东方是东方,西方是西方,双方永不相会"而被认为是臭名昭著的种族主义颂歌,但实际上,就在这个开篇合唱的后面几行中,我们看到吉卜林在幻想最后审判时会出现"当两个来自世界尽头的强者面对面地站在一起时/ 没有东方和西方,没有边界,没有种族和出身"的大同世界。(Kipling 1994a：245)而接下来的叙述便是对这种理想的演绎:印度的偷马贼和爱马被偷的上校的儿子不打不相识,始而互相追击,继而惺惺相惜,最后成了朋友。"我们是两个强者"表现了吉卜林对勇气和强悍等品质的宣扬。诗中的偷马贼卡马尔因为钦佩上校儿子的勇敢豪迈,结果不但归还了上校的爱马,还将自己的儿子送给其子做卫兵。这个情节多少带有殖民主义的骄慢——即便是东方的强者,也会自觉屈服在西方的强者面前。不过,这种殖民主义的骄慢在《鬈毛种》一诗中少了许多。这首诗以1884年苏丹起义军抗击英国侵略军的史实为背景,热情赞扬苏丹起义军尽管武器低劣,也没有报纸奖章等等的鼓励,却英勇作战,打破了大英帝国军队的方阵:"你们是可怜的愚昧的异教徒,但却是第一流的战士。"这话中有傲慢的殖民主义色彩,但也有真诚的赞赏。特别是作者将苏丹起义军与英国士兵进行比较,承认"单对单地来,鬈毛种能把我们都打倒"。(Kipling 1994a：413)其中可以明显看到吉卜林对勇敢、强悍等品质的一贯的欣赏。从这个角度来看,我们就能理解吉卜林这个保守的"帝国号手"对敌国军人的赞美。

如果说上述两首诗所描述的是东西方的敌对关系的话,那么《贡嘎·丁》和《曼德莱》则描绘了不同的图景。《贡嘎·丁》以一个英军士兵的口吻描写英军中的印度后勤士兵贡嘎·丁如何不管士兵们的打骂,冒着生命危险尽心尽力地做着送水、运送弹药、救护伤员等工作,并最终在救护这个英军士兵的时候中流弹而亡。诗的结尾郑重声明:"凭造你的上帝起誓,你是个比我更好的人,贡嘎·丁。"(Kipling 1994a：420)这首诗歌以低沉的语调塑造了一个真实可信而光辉夺目的普通印度人形象,这在那个殖民主义色彩浓厚的时代相当不同寻常,特别是吉卜林本人也是保守的大英帝国的支持者。而《曼德莱》一诗则以哀婉的笔调描写了一个(退伍)回到伦敦的英国老兵对自己当初在缅甸爱上的当地姑娘的怀恋。诗歌以老兵的口吻设想那个缅甸姑娘遥望大海希望自己能回到缅甸她的身旁。诗中有很多今昔情景的描述和对比,特别是对往日恋情的追忆深情款款,令人动容。诗中也写了不少伦敦姑娘,但叙述人宣称伦敦的姑娘并不能使他动心,因为"我在一个更干净、更绿意融融的国度里有个更整洁更甜美的姑娘",明确表示了对东方的钦慕。(Kipling 1994a：432)诗歌多用口语,而且没有吉卜林诗歌中惯用的叠句,显得朴实无华。而情人相隔两地不能结合的事实又使诗中充满了一种种族鸿沟无法跨越的无奈之感。诗中尽管也有从傲慢的基督徒视角出发对东方和佛教的不敬之词,但整首诗寓情于景,情景交融,笔调哀婉而朴实,实属一篇佳作。

第八章 吉卜林的诗歌创作

与其前期作品相比,吉卜林此时的诗歌在异国风情题材的使用、主题的处理以及诗歌技巧、民谣的节奏和伦敦方言的使用等方面都有明显的进步。1890年3月25日学者沃德(T. H. Ward)在《泰晤士报》上发表文章,对《机关谣曲》进行评价时就指出,《机关谣曲》清新可喜,但水平不如当年吉卜林发表在英国各类报刊上的某些诗歌。(Page 1984:167)这里沃德所说的"某些诗歌"就是指后来收在《军营歌谣集》里的一些诗歌。亚瑟·奎勒-考奇爵士(Arthur Quiller-Couch)在1893年9月的《英国画报》(*English Illustrated Magazine*)上撰文称赞这部诗集中的一些诗"只能用'精彩'来形容,它在粗野的外壳下放射出耀眼的光芒。"(Page 1984:163)《军营歌谣集》里包含了许多吉卜林的著名诗歌,像《丹尼·迪弗》、《温莎的寡妇》、《一天一先令》、《贡嘎·丁》、《曼德莱》等诗歌一直到处传诵。尽管有些人认为这些诗歌只是些粗糙但又充满活力和色彩的轻快之作,它们的成功主要归于其异国风情的题材,朗朗上口的节奏和具有喜剧色彩的伦敦方言,但实际上,吉卜林的高超技艺使得他的诗歌效果往往非常微妙。如前所述,在《温莎的寡妇》等描写战争和英军士兵的诗歌中,就是用重心的变化、随意的称呼、不时插入的叠句等手段将描述重点转移到普通士兵身上,使得诗歌改变了通常这类诗歌惯有的忠诚、爱国和高昂的英雄主义基调,转而关注普通士兵的日常生活和他们的疾苦。从这个角度来说,吉卜林后来的名作《退场赞美诗》是这种态度的一种延续。

《军营歌谣集》中的许多诗歌是普通士兵的独白,但这些诗歌中的说话人并没有被描写成一个个特别的个体,而是往往代表着为了大英帝国的殖民利益四处征战,做出巨大牺牲,有血有肉,有鲜明性格特征与优点和缺点的普通英军士兵群体。这些都不同于维多利亚时代晚期的主流诗歌风格,而是更接近传统的英国民谣和街头歌谣。从这个角度来说吉卜林与当时最有原创性的诗人,如哈代和G. M. 霍普金斯等颇为相像。他们都脱离了从斯宾塞到丁尼生的音韵流畅、辞藻华美的悠久传统,转向更自由、更具变化,甚至更别扭的语言节奏和歌谣,以此来作为他们诗体的基础。吉卜林也许不如哈代或霍普金斯有创造力,他的诗作达不到他们的深度,但作为维多利亚晚期的一个重要诗人,他也为英国诗歌的发展做出了自己杰出的贡献。

《军营歌谣集》出版4年后,吉卜林的第4部诗集《七海诗集》出版,包括他在1892年到1896年间写的30多首诗歌。诗集中部分诗歌仍然延续了《军营歌谣集》中对英国普通士兵的关注。譬如,《班卓琴的歌谣》("The Song of the Banjo")就用音乐厅的歌谣节奏和音韵,从多个角度描写普通士兵的欢乐和忧愁。不过《七海诗集》关注更多的是英国普通水手的日常生活,这与诗集的名称相吻合,也与《军营歌谣集》对陆地上英军普通士兵的关注形成对照。《七海诗集》中许多诗歌延续了《军营歌谣集》的民谣色彩和现实主义风格。如《锚之歌》("Anchor Song")就用乐感强烈、节奏轻快的民谣形式描写了水手的生活,表达了水手们豁达乐观的生活态度和强悍气质,而《三艘捕海豹船的歌谣》("The Rhyme of the Three Sealers")同样以民谣的形式描写三艘捕海豹船的海上盗贼生涯以及海上生存的残酷。诗歌虽有民谣的强烈乐感,但每行诗音节都比普通的民谣要长,节奏明显更缓慢凝重,也就增加了诗歌的现实主义氛围。《客轮是一位女士》("The Liner She's a Lady")用戏谑的语气和和谐的音韵将客轮与货船进行了对比,将客轮比做养尊处优的女士,平时总有战舰保驾护航,战时则藏在家里不出来,而货船则无论何时都要四处贸易,战时还得去打仗。诗中明显隐含着对普通水手的赞美以及对太太、老爷们的抨击。

《七海诗集》出版时吉卜林的诗艺已经非常圆熟,特别是他已经学会熟练写作大诗人勃朗宁擅长的戏剧独白诗。诗集中许多诗歌就是以独白诗的形式出现的。譬如,《奇迹》("The Miracles")通过一个孤独的水手的独白表达了他希望乘风破浪回到爱人身边的愿望,《穆荷伦的约定》("Mulholland's Contract")也以独白的形式回忆了主人公当年狂放的水手生活:艰苦的海上生活、斗殴、喝酒、赌博……而他在一次大难不死后就遵从上帝的召唤到船上去布道,一改往日的狂放作风,成为一个勤俭的牧师,一个温良君子。《商人》("The Merchantmen")用和谐的音韵,模仿英国商人的口吻描述他们在世界各地进行贸易的情形。诗歌赞扬了他们与各种苦难搏斗的勇气,但对于他们偶尔也进行掠夺的事实进行了讽刺。《麦克安德鲁的赞美诗》也是一个老水手的独白,用苏格兰式的方言回忆自己往日艰苦而快乐的生活,被认为可能是吉卜林写得最好的长篇戏剧独白诗。(Page 1984:170)但在笔者看来,这部诗集中的另一首长篇戏剧独白诗《玛丽格罗斯特号》可能更能代表吉卜林的价值观念和诗歌风格。该诗是一个垂死的老水手对儿子的独白。从这些独白中我们看到这个老水手的整个人生经历:他在贤妻帮助下白手起家,最终靠着勤俭和坚韧发家致富,可以给儿子良好的教育,而妻子却不幸早死,儿子又不争气。诗中有对妻子的怀恋,对儿子儿媳的不满——儿子乱花钱、房间凌乱没条理,又爱好艺术,缺少父亲的勤俭和坚韧,而儿媳则娇生惯养还不生孩子——也有对儿子的期盼。从垂死者的这些呓语中我们看到了一个典型的白手起家的维多利亚时期人物形象。诗歌颇有勃朗宁之风,同时表达了吉卜林一贯的重实践教育、轻书本教育,重勤俭坚韧等理念。而这些垂死者的独白也表达了一种抑郁和孤独,使我们体会到,吉卜林在创造这些孤独的人物的时候,其实也在表达着自己的孤独。

其实这种孤独感在诗集中的许多诗歌中都有体现。《致真正的浪漫感情》("To the True Romance")中爱情可望而不可即的痛苦,《皇家步兵的六节诗》("Sestina of the Tramp-Royal")中的时间紧迫感和漂泊心态,都表达了一种孤独感。而《弃船》("The Derelict")更是以弃船"玛格丽特坡洛克"号仍在海上漂泊的新闻报道为背景,用拟人手法,模仿弃船的口吻,叙述船员如何被海浪吞噬,自己如何在海上随波逐流,四处漂泊,心中充满怨恨,又期盼着回到港口的情景,笔调阴郁,带有浓厚的抒情色彩,而浓重的孤独感就弥漫在全诗中。

《七海诗集》中也出现了新的声音,特别是对英国和其殖民地的关注。作为来自印度殖民地的大英帝国的子民,吉卜林特别重视英国作为母国与各殖民地之间的和谐融洽的关系。这种关注明显反映在其组诗《英国的歌》("A Song of the English", 1893)中。《英国的歌》呼吁英国人要以谦恭的态度,虔诚的信仰坚守英国的传统,侍奉上帝。而其他各诗则从不同方面阐述了这个主题。其中《海边的灯》("The Coastwise Lights")以为海上航行照明的海边灯塔的口气,鼓励英国商船奔赴世界各地,为帝国创造财富;《死者的歌》("The Song of the Dead")则模仿为了帝国的事业死在各地的英国人的口气,表明他们已为国家尽了力,为后来者铺了路,鼓励后来者勇往直前;《深海电缆》("The Deep-Sea Cables")歌颂海底电缆将远近的人们联系在一起的奇迹,从而歌唱"让我们连在一起"的"连接"主题;《儿子们的歌》("The Song of the Sons")是英国的子民向祖国表忠心——特别是海外殖民地的子民;《城市的歌》("The Song of the Cities")也是描写世界各地的英国殖民地城市欢呼雀跃,向母国表达自己的忠诚;而《英国的回答》("England's Answer")则是母国叙说自己的强大,肯定子民们的贡献,鼓励他们如兄弟般和睦相处。这些诗歌表明,吉卜林在延续以前题材的同时也开始将目光转向新的方向,标志着其后来诗歌的转变。

8.2.3 《五国诗集》

《七海诗集》出版7年后,吉卜林又出版了《五国诗集》(1903)。其时吉卜林年近40,经过从印度到美国、南非等地的长期漂泊和寻觅,也经过了布尔战争(1899—1902)的喧嚣与洗礼,最终他在苏赛克斯乡下定居下来,开始过着舒适安定的生活。他喜欢苏赛克斯乡下的景色与淳朴的民风,称"这是他见过的最美的外国土地"。这个时期吉卜林的诗歌题材与主题与其经历密切相关,而其诗艺愈加纯熟,对音韵和节奏的把握更加自如,其诗风与早期诗歌相比也出现了一些变化。

《五国诗集》中的有些诗歌仍然延续了《七海诗集》中对海上生活的关注。譬如,《第二次航行》("The Second Voyage")就细腻地描述了海上的种种艰辛,笔调阴郁。诗里海上浊浪滔天,风浪几乎剥蚀了船体,水手们靠着爱情、习俗和对上帝的敬畏才能勇敢前行,而每一诗节都以括号中的"可恶的天气"作结,我们几乎可以听到水手的咒骂。不过,与此形成对照的是,诗集中也有许多描写海上生活的诗歌并没有关注海上的种种艰辛,而呈现出新的面貌。《大海与山丘》("The Sea and the Hills")虽然描述了海上的种种危险,声称"山里人都喜欢山",但音韵平稳和谐,每个诗节都以同样的句子"谁想要大海"开头,节奏轻快,并没有《七海诗集》中那些诗歌的焦虑感。还有不少诗歌宣扬了吉卜林式的坚韧、牺牲精神。《白马》("White Horses")一诗就是将海浪的飞沫比做威力惊人的白马,表达了乘风破浪的豪情,而《巡洋舰》("Cruisers")、《驱逐舰》("The Destroyers")等诗歌则以现实主义的细节描绘海上的战斗,体现了一种英雄主义的豪迈。独白诗《探索者》("The Explorer")也描写"我"听从上帝的召唤,放弃舒适的生活,继续探索未知的领域,经过无数艰难险阻,终于成功。但"我"并不居功自傲,而是以谦卑的态度认为这一切都是上帝的旨意,并为上帝选中自己而感到自豪。诗中呈现的是典型的吉卜林式英雄形象——坚韧、朴实、谦卑,富于献身精神,带有一种清教徒的虔诚。同样,《法老与军士》("Pharaoh and the Sergeant")描写英国派一军士去埃及,选择极艰苦的条件训练其军队,结果大大加强了埃及军队的战斗力。值得注意的是,诗中的英国军士被比做《圣经》中领导以色列人出埃及的摩西,而埃及人则成了以色列人。诗歌有明显的殖民主义的骄慢,也宣扬了典型的吉卜林式英雄精神,有明显的说教色彩。而宗教色彩也明显增加。这些都标志着吉卜林这一阶段诗歌风格的变化。

这种变化体现在《五国诗集》里,除了说教口吻的增加和宗教色彩日益浓厚外,就是对大英帝国的命运更加关注。这些在《退场赞美诗》(1897)、《白人的负担》(1899)和《岛民们》(1902)几首诗中体现得特别明显。《退场赞美诗》(1897)写于维多利亚女王60周年登基大典之际。当时英国举国欢腾,在欢庆女王大典之时也表现出对大英帝国实力的信任和自豪。而此时的吉卜林却与众不同。他以阴郁的笔调告诫英国人不要骄狂,要虔诚侍奉上帝,警惕潜在的危险,并不断谦卑地请求上帝护佑英国。《白人的负担》写于美西战争之际。美国从西班牙手里夺取了菲律宾群岛。吉卜林闻讯后写下了这首诗,将其寄给当时美国的海军部副部长、后来的总统西奥多·罗斯福表示庆贺,同时奉劝美国人(和英国人一样)以清教徒的隐忍和奉献精神扛起"白人的负担",为殖民地人工作,将其作为上帝赋予的职责。诗中有种族主义和殖民主义的骄狂,也有吉卜林一贯宣扬的理想化帝国主义者的奉献与牺牲精神。《岛民们》(1902)则以第二人称的质问口吻,批评英国人习于安逸,不积极备战,而应该整军经武以防备潜在的危险。诗中多《圣经》词句,结尾更是用《圣经》式语言告诫英国人"罪恶和救赎就在你们自己的头脑里和手里",表现出一种焦虑。(Kipling 1994a:314)

应该说,这些与当时的时局密切相关。《五国诗集》写作出版前后,大英帝国正经历一场考验,那就是1899—1902年英国和南非的荷兰人后裔布尔人之间发生的布尔战争。这场战争大英帝国虽然最终取得了胜利,但代价很大,且发动了大英帝国的各个殖民地出兵参战。可以说,布尔战争标志着大英帝国实力的巅峰,但也是其衰落的开始。在整个布尔战争期间吉卜林一直积极为英军服务:作为特派员亲临前线,为士兵编辑报纸;为前线士兵筹集大批款项;写诗激励英军士气。《五国诗集》里的《卡鲁的守桥士兵》("Bridge-Guard in the Karroo")就通过布尔战争中一小队士兵在黄昏时分去桥头换防的插曲,以细腻的现实主义的描写表现了士兵们的孤独和面临的危险。《死亡姐妹们的哀歌》("Dirge of Dead Sisters")则用种种设问,描写南非战场上英国护士们的辛劳及其对英军伤兵的精心护理。这首诗用了吉卜林擅长的多音节长句,节奏舒缓而庄重,非常适合哀歌的特征。而《南非》("South Africa")一诗更像是一个宣言:它将南非比做女子,肮脏、贫穷,不能带给人们富足和欢乐,但却因为是靠鲜血换得的,因此格外珍贵。诗歌结尾将南非称为"我们自己的南非",明确宣扬了大英帝国对南非的占有,暴露出"帝国号手"的本色。

吉卜林对大英帝国和布尔战争的关注也体现在其创作于这个时期的几首关于英帝国殖民地的诗歌上,如《我们雪野的女士》("Our Lady of the Snows", 1897)、《房子》("The Houses", 1898)、《年轻的女王》("The Young Queen", 1900)等。这些诗歌既是对《七海诗集》里的组诗《英国的歌》主题的继承,也表现出吉卜林的开阔视野和对大英帝国与其殖民地之间关系的重视。《我们雪野的女士》模仿加拿大的口吻,以赞赏的语气描绘加拿大不卑不亢,在加拿大优惠关税问题上坚持自己的独立和平等,坚持白人的原则和法律的精神。《房子》则借一个自治领的口吻表达大英帝国与各殖民地唇齿相依、祸福与共的思想,同时提出他们的地位完全平等。[①] 这种英帝国与殖民地不再是母国与子国的关系,而是兄弟姐妹关系的思想是时移世易的结果,在19世纪末逐渐被广泛接受。《年轻的女王》对此尤其有形象的描写。此诗旨在庆贺澳大利亚联邦的成立,用拟人手法将其描写成年轻的女王。她来到老女王(英国)面前,称其为母亲,要求为其加冕。而老女王谦逊地称其为姐妹,而不是母女,并为其祝福。这种描写固然有点矫情,却也从一个侧面反映了当时大英帝国与各殖民地的关系以及吉卜林对帝国命运的

---

① 这首诗后来收进吉卜林1919年出版的《中间年代》诗集。

关注。

这部诗集中也有些诗歌关注的是帝国之外的题材。比如创作于1892年的《镰仓的佛》("Buddha at Kamakura")就谈到许多佛和菩萨以及佛教圣地,于神秘的氛围中仿佛羡慕东方佛教的宽容和超脱。吉卜林写这首诗歌时从印度回到英国时间还不长,印度的古老文化还时时萦绕在其心头。这类诗歌让我们再次想到吉卜林的双重文化背景及其毕生对自己身份的困惑和追求。

8.2.4 《中间年代》及其他诗歌

在《五国诗集》之后,吉卜林进入了其诗歌创作的后期阶段。但其创作激情依然不减,后期的诗歌数量仍然很大。而英国诗歌进入20世纪后发展非常迅速,特别是20世纪20年代以艾略特的《荒原》和庞德(Ezra Pound, 1885—1972)的诗歌为代表的现代主义诗歌,以及30年代奥登一代的诗歌,都代表着英国诗歌潮流的变幻。应该说,吉卜林从根本上来说是个维多利亚时代的作家,一直恪守着维多利亚时代的文学创作准则。而且他生性保守,此时逐渐上了年纪,内心又十分痛苦,无法追随这些潮流,所以后期的吉卜林逐渐显得格格不入,落后于时代。此外,尽管吉卜林才华横溢,但他缺少叶芝那样的天分,无法与时俱进,不断变换自己的诗风。现代主义的兴起也导致新的批评观念,而这些都不太能解释吉卜林及其同代人的作品。因此,早在吉卜林去世前,许多人就已将其看做一个过时的老派人物,一种落后的的美学观念和意识形态观念的代表。

吉卜林后期的诗歌以1919年出版的诗集《中间年代》为代表。这个诗集写作的时间正是第一次世界大战前后。残酷的战争对吉卜林的诗歌创作产生了巨大的影响,使得《中间年代》中许多诗歌都关注这次世界大战。诗集中的吉卜林仍然常常以英国民族代言人的口吻关心着战争的进程和帝国的命运,号召人们奋起保卫帝国,体现了"帝国号手"的本色。《希腊国歌》("The Greek National Anthem")就以高昂的音调宣称希腊国歌是古老的自由之声,以奋斗和牺牲换取,要求战士们在其激励下奋勇前行,为自由而战。这首诗与浪漫主义诗人拜伦的《哀希腊》有相似之处,但有典型的吉卜林式的说教口吻,宣扬他一贯信奉的奋斗、牺牲、坚韧等品质。《风暴中的歌》("A Song in Storm",1914—1918)同样宣扬了这种精神,以寓言的方式描写连大海也在为"我们"而战。《抉择》("The Choice",1915)则欢呼美国加入协约国对德国作战,认为美国的选择是上帝的安排,在高昂的基调中有浓厚的宗教色彩,而对帝国的关心也溢于言表。而《圣战》("The Holy-War",1917)则是对17世纪英国作家班扬的赞美,吉卜林将班扬称做"小说之父",认为他写的"圣战"实际上预言了第一次世界大战的情形,因此也要记住班扬给我们的宗教教训。

这里,有一首诗《法国》("France",1913)值得一提。这是《中间年代》中少见的戏剧独白诗,诗中多处有插入语"你们记得吗",提醒我们听众的存在。诗歌使用了吉卜林擅长的多音节长诗行,首尾诗节呼应,富于韵律,内容则是对法国的赞美,认为英法是兄弟,虽然时常争斗,却一致对敌,而且他们间的争斗是巨人间的争斗,影响了许多小国的命运,也给他们自己带来了荣誉、能力和欢乐。(Kipling 1994a:301-303)对于在以前的作品中一向贬斥法国的吉卜林来说,这首诗不同寻常,结合前面所谈的诗歌,我们明显可以感受到吉卜林在第一次世界大战中对英国命运所感到的焦虑。

与其以前的诗歌一样,吉卜林在这个诗集中谈及战争时也经常采取普通人的视角。《盖斯希曼尼》("Gethsemane",1914—1918)描写人们在花园里目睹战士们纷纷经过,而花园中有个漂亮姑娘与战士们话别的细节描写又给诗歌增添了一份温情和浪漫。《裁决》("The Verdicts")是对战争英雄的礼赞,而诗的视角却是描写英雄们离普通人太近反而不易被人认同,只有"我们"的后代才会知道他们的价值,于平实的叙述中体现了一种与诗歌基调不和谐的孤独和疏离感,这可能是吉卜林自身真实感情的流露。同样给我们这种感觉的是《特工们的行军》("The Spies' March")。诗歌以极富乐感的诗行歌颂了特工们在战争中的巨大贡献,其基调与其小说名作《基姆》类似。而对这些战争的幕后英雄的赞美和关注偏离了一般文学作品中赞美战争英雄的做法,实际上也体现了一种孤独和疏离感。

战争中多死亡,第一次世界大战更是如此。《中间年代》中有许多描写死亡的诗歌。其中《灵床》("A Death-Bed")描写各种死亡(尤其是战争中的死亡)的情形,宣称国家的需要便是正义,同时宣扬坚韧、克制等美德。《逝去的国王》("The Dead King")悼念逝世的爱德华七世,称其聪明睿智,尽责为国,体恤下情,虔诚侍奉上帝。《罗伯茨勋爵》("Lord Roberts")则是对病死在前线的英国陆军元帅罗伯茨勋爵的赞美。《美索不达米亚》("Mesopotamia")悼念1916年在美索不达米亚(今伊拉克)一次战役中战死以及被俘后虐待致死的英军士兵,同时谴责英国国内人浮于事、不积极救援的官僚主义行为。而系列短诗《战争的墓志铭》("Epitaphs of the War")则以第一人称或第三人称墓志铭的形式向读者全面展现了第一次世界大战的影响。这里有普通士兵对死亡的恐惧无奈和对宗教慰藉的思考,有母子间的思念,也有平民的恐惧和在战争中受到的创伤。这些诗歌还展现了吉卜林的民主意识(《一个仆人》,"A Servant")、种族平等意识(《在法国的印度兵》,"Hindu Sepoy in France")、对官僚谎言的抨击等。(Kipling 1994a:

399—404)在这里我们见不到高昂的英雄主义基调,而是各种身份的人物从不同角度对战争的感慨和对自己的审视。所有这些加在一起,便给我们提供了一幅全方位描写第一次世界大战给人们带来的痛苦的图景,表现了吉卜林对战争的思考和对普通人的同情。

这段时期中吉卜林诗歌多描写死亡也与吉卜林痛失爱子有关。《中间年代》中有不少悼亡诗都以隐晦的方式表现了吉卜林的丧子之痛。比如《我的孩子杰克》("My Boy Lack")、《降生》("A Nativity")都以对话体描写焦急的母亲询问前线儿子的消息,而她们的儿子要么已经战死,要么则无人知道其情况,明显暗示着吉卜林对其爱子的牵挂。而两首诗中都表示儿子已经尽责,应该为他们感到骄傲和自豪,因此要"更加昂起头来"。(Kipling 1994a:228)《降生》一诗更是用《圣经》典故,将儿子的战死与基督为人类而死相比,于痛惜中也体现了一种崇高之感。吉卜林写于1918年的《爱尔兰卫队》("The Irish Guards")一诗虽然是在歌颂爱尔兰士兵在第一次世界大战中的英勇表现,但考虑到爱尔兰卫队就是其爱子所在的部队,我们可以说这赞颂之中也隐晦地寄托着吉卜林的哀思。而《鬣狗》("The Hyaenas")则几乎是吉卜林丧子之痛的直白描写:黄昏时分鬣狗们出来觅食,从土里刨出阵亡的士兵。可怜的士兵遭此命运却无人知晓,只有上帝和鬣狗们知道。(Kipling 1994a:328—329)诗歌意象萧瑟,音调哀婉,充满了伤感。而《车床之歌》("The Song of the Lathes")节奏强劲,有《军营歌谣集》的风味,但主题已经改变,以典型的吉卜林式精神描写在战争中失去丈夫和儿子的妇人抚今思昔,坚韧克制,表示要遵守上帝的意旨,努力工作,等待末日审判的到来。(Kipling 1994a:320—321)甚至多年后吉卜林写的《颂诗》("Ode",1934)悼念澳大利亚在第一次世界大战中阵亡的将士,赞扬他们自由不羁的天性、勇敢无畏的精神以及直面死亡的勇气和不事张扬的作风,其中也未始不包含有对爱子的悼念。(Kipling 1994a:197—198)

《中间年代》中吉卜林对帝国命运的关注还体现在他对当时国际时局的思考上。《桨手》("The Rowers")借水手之口,斥责英国政府不该帮助背信弃义的德国人,因为他们是英国公开的敌人。诗中还将德国人比做13世纪扫荡欧洲的匈奴人。《俄国致和平主义者》("Russia to the Pacifists")则感慨1917年革命后的俄国已经死亡,并在结尾发出警告:"我们埋葬了一个死亡的国度后,下一个倒下的又会是谁?"(Kipling 1994a:288)

《中间年代》之后吉卜林还创作了大量诗歌,但没有再单独结集出版。它们往往与其后期的小说紧密联系在一起,互为表里。在吉卜林后来的几卷短篇小说集中,每篇小说中都有一篇或多篇诗歌,在文前或者文后,对小说内容和主题进行阐发,与其形成一个整体。故艾略特称吉卜林是"散文与诗歌结合体的作家",认为"其后期的作品是一首诗歌和一篇故事——或者是一篇故事和两首诗歌——它们组合成一种从没有人这样用过的形式,而且也不大可能有人会在这点上超越他。"(Page 1984:171)譬如说,对吉卜林后期小说名篇《玛丽·珀斯特盖特》的解读就要和小说后面的诗歌《开始》("The Beginnings")结合来进行。同样,对《温柔的阿基里斯》的解读也要结合其篇尾诗《献给身体疼痛的赞美诗》("Hymn to Physical Pain")。而《普克山的帕克》中的历史小说也由于其篇首或篇尾那些精巧的诗篇——如《帕克的歌谣》("Puck's Song")、《林中小路》("The Way Through the Woods")等——而获得了额外的阐释纬度。这些诗歌后来都收在吉卜林诗歌全集中。

第九章 吉卜林对英国文学的贡献

1889年,24岁的吉卜林怀着文学梦从印度回到英国,带着殖民地的清新、强悍和些许粗俗闯入伦敦。当时英国文坛上星光有点黯淡。狄更斯(1870)、萨克雷(1863)早已仙去,随着乔治·艾略特(1880)、特洛罗普(1882)、勃朗宁(1889)等文坛宿将的辞世,辉煌的维多利亚文学逐渐走向低谷。丁尼生虽活到1892年,却早已诗情不再;梅瑞狄斯也已笔力不济;亨利·詹姆斯的创作正处于过渡阶段。而哈代那震动文坛的《苔丝》也要到1891年才问世,而其超前的现代思想已开始受到保守的维多利亚时代民众的质疑。与此同时,唯美主义文学以其精致细腻的文风和颓废的情调在伦敦大行其道。先拉斐尔派诗歌和艺术也与历险小说并行不悖。无疑,这是个众声喧哗的时期,亨利·詹姆斯与瓦尔特·贝赞特、罗伯特·路易斯·斯蒂文森等人关于小说艺术标准的论战就说明了这个时代的文学特质。① 不过,尽管历险小说等宣扬冒险精神的通俗文学受到欢迎,维多利亚时代晚期英国文坛还是稍嫌柔靡沉闷,呈现出世纪末的颓废之风。曾经大放异彩的现实主义小说也变得偏重细节描述而忽视整体效果,显得僵化而没有活力,成为后来著名现代主义女作家弗吉尼亚·伍尔芙眼中的"物质主义者"。② 人们期待新的文坛巨匠的出现来接替狄更斯的位置以重振维多利亚文学雄风。这时吉卜林以他那雄浑粗犷、清新浪漫的印度小说和诗歌征服了英国大众,使厌倦了维多利亚时期老一套作品的读者为之耳目一新。很快,吉卜林便在伦敦文坛崭露头角。亨利·詹姆斯称其为"最完全的天才",是"英国

---

① 1884年4月,瓦尔特·贝赞特在伦敦皇家学会上发表了题为《小说艺术》的演讲,对小说进行定义并提出小说的"真实性"等写作原则。同年9月,亨利·詹姆斯在《朗文杂志》上发表了著名的《小说艺术》一文,对贝赞特的小说观提出异议,认为小说的目的在于呈现现实,至于方法技巧作家们则可以灵活运用。斯蒂文森不久写作《一则谦恭的争辩》,对两位论战者主要观点作出回应,认为小说不是模仿生活,而是远离生活,小说艺术是叙事艺术,强调艺术的建构特质。

② 伍尔芙强调现代小说要着力描写人的内心世界,而不要机械地描写现实的生活,这一点和维多利亚时代以来英国文坛盛行的现实主义风格背道而驰。她在宣扬意识流小说观点的文章《现代小说》(1919)中称当时的著名作家贝纳特(Arnold Bennet,1867—1931)、威尔斯、高尔斯华绥等人为"物质主义者",认为他们花很多心思去描写无关宏旨的物质生活背景和人物环境,而不深入到人物的内心世界,因此其作品尽管结构严谨,技巧精妙,却不可能再现生活的真实,只能得其形而失其神,令人失望。

的巴尔扎克"。(Green 1971:68—69)此后,吉卜林在英国文坛一路高歌猛进,创作了许多脍炙人口的小说和诗歌佳作,受到各国读者的欢迎。① 与此同时,评论家们也带着典型的维多利亚时代晚期的喧嚣开始对其作品的价值争论不休。评论家 R. L. 格林称他为"英国文学中最有争议的作家"。(Green 1971:Introduction 1)② 这种争论持续了一百多年,吉卜林的名声几经沉浮,却始终不曾真正消失在人们的视野之外。即便是他最受批评界冷落的时候,他的作品也很畅销。这正好印证了乔治·奥威尔 1942 年 2 月发表于《视野》上《鲁德亚德·吉卜林》一文中的断语:"在五代文人中每个雅人都鄙视他(吉卜林)。到头来这些雅人中十分之九都被人遗忘,而吉卜林在某种意义上却依然在那儿。"(Rutherford 1964:70)今天再回头来看吉卜林经历的纷纷扰扰,我们发现,尽管吉卜林及其作品有其自身的缺点,但其作品的价值不容抹杀。他对英国文学的发展做出了巨大的贡献。

第一节 吉卜林对英国文学题材的拓展

吉卜林对英国文学的贡献首先体现在他对小说题材的开拓上。他的印度题材作品拓宽了英国文学的表现领域。其实,吉卜林之前也有不少英国作家写过印度等英国殖民地。早在 19 世纪上半叶瓦尔特·司各特的作品里就提到过印度。后来者如狄更斯、萨克雷等也在作品里屡屡提及印度等英国殖民地。但是在维多利亚小说里印度等殖民地形象本身并不是主题,而只是作为背景出现,让人联想到大英帝国的强盛和源源不断从殖民地流入母国的财富。而司各特以及后来的新浪漫主义作家如斯蒂文森等人又过于强调殖民地的异国情调和浪漫色彩。19 世纪末,英国国力最为强盛,殖民地遍布全球。英国普通民众也产生了了解这些殖民地的欲望。印度作为"维

---

① 据统计,从 1890 年到 1965 年,吉卜林的作品共出了 21 种全集版本,这还不包括选本、翻译本、学生版等。(Green 1971:33)其作品的销售情况虽因吉卜林极为注重隐私而无法明确,但统计表明,从 1818 年到 1958 年,仅在前苏联吉卜林的作品就以 34 种文字销售了四五百万册。(Green 1971:28)吉卜林当时名满天下的盛况,于此可见一斑。在 1995 年英国 BBC 广播公司举办的一次大型诗歌评比调查中吉卜林的诗《如果》("If")被评为最受欢迎的英诗,也证明了吉卜林作品持久的生命力。

② 这一点从英国现代文学的两位巨匠 T. S. 艾略特和 W. B. 叶芝对其诗歌的评价上可以见出端倪。据说,有人曾请叶芝谈谈吉卜林的诗歌,但他只是抬了抬手,说:"那个,免谈。"(J. I. M. Stewart 1962:227)而艾略特正相反。他一直很关注吉卜林的创作。1941 年,吉卜林早已处于被诋毁和遗忘的境地,此时已是文坛泰斗的艾略特却专门编选了一本吉卜林诗集并撰写了一篇 32 页的长文作序。他在文中详细分析了吉卜林的诗歌特点,赞颂他" 遣词造句的杰出天赋,用心灵和全部感官来观察的惊人好奇心和力量",并认定吉卜林是个"我们不可能完全理解而又决不能轻视的作家"。(Eliot 1975:281—282)两位英国现代文学巨匠对吉卜林诗歌的反应有如此大的差别,这本身说明了吉卜林及其作品的复杂性。

多利亚女王王冠上最大的明珠",自然成了人们注意的中心。但是,此前的文学作品,无论是将印度视为财富的来源还是将其看做充满浪漫色彩的"东方",都是将其东方主义化了,而不是真实的描绘。其结果不仅误导了读者,也使这些作品本身趋于浅薄,人物形象也平面化了。譬如,不少人都批评这些英国作家对印度的描绘谬误百出,"不值一哂"。他们有关殖民地的故事中"充斥了勇猛的酋长、美丽的少女。但他们除了几句东方话、头巾、匕首和珠宝外,并没有真正东方的精神气质"。(Moore-Gilbert 1986:10)这些批评矛头所向,连鼎鼎大名者如司各特也未能幸免。

但吉卜林却不同。在他的手里印度第一次具有了以前所不曾有过的活力和真实感。这里不仅有充满浪漫色彩的奇风异俗,森林原野,也有灾荒、干旱、热病、饥馑、迷信;它是(母国)财富的源泉,但在征服者的掳掠下已成了贫穷和灾难的渊薮;它是野蛮落后的代名词,但其悠久古老的文明也不时闪耀着尊严和活力。吉卜林还以他那细腻传神的笔调描绘了众多生活在这片土地上的人物:殖民地的英国军官、士兵和职员、各种姓的印度人以及欧亚混血儿。他笔下的印度人不再是"勇猛的酋长和美丽的少女"或者是食人生番式的野蛮人,而是和"文明人"一样有着梦想和尊严,在天灾、迷信和殖民剥削的夹缝中挣扎求存。《丛林之书》中的普伦·巴噶、《基姆》中的德秀喇嘛更是以其舍生取义的勇气和超凡脱俗的宗教智慧卓尔不群,令人钦敬。尤其值得注意的是,吉卜林在其作品里以同情的笔调刻画了相当数量的印度女性。她们自尊自重,敢于追求生活的幸福。在这些故事里,吉卜林一反传统的东方主义话语模式,对印度女性倾注了深深的同情。

吉卜林在描写白人时,最关注的是那些下层白人职员和士兵。这些小职员终日辛劳、报酬菲薄。劳累、孤独、酷热和恶性流行病常使他们身心衰竭、精神崩溃,甚至夺去他们的生命。收于短篇小说集《生活的阻碍》里的《地区长官》是一个典型的例子:在印度北方偏远山区任职的英国人亚德里-奥德得了热病死去。临死前他感伤地回忆起自己死去的同事和朋友,感慨自己也要像他们那样死在印度的岗位上,连与妻子诀别也不可能。而由于他薪水不高,他死后妻子得依靠朋友们的接济才能回英国。吉卜林的这类故事往往含有明显的殖民主义态度,但在一定程度上,它们打破了传统英国文学中的殖民主义幻象,第一次向英国读者展示了普通英国人在印度的真实生活,因此也具有创新的意义。

对普通英国士兵形象的成功塑造也是吉卜林在描绘殖民地英国人方面的一大贡献。英国士兵大都出身贫贱,向来有"粗野放荡"之恶名,正统的英国文学作品里很少表现他们。而吉卜林在《三个士兵》(1888)、《山中的平凡故事》(1888)、《生活的阻碍》(1891)等短篇小说集里却精心塑造了穆尔凡尼、李洛伊和奥塞里斯这三个士兵的形象。他们来自英国的不同地方,性格各异,但彼此之间有深厚的友谊,而且在粗野鄙俗之中又都坚毅乐观、幽默风趣,同时也不乏本性的纯真善良。《三个火枪手》中三人的恶作剧、《大兵奥塞里斯的疯癫》里奥塞里斯的痛苦、《在格林诺山上》中李洛伊的爱的伤感,都写得生动感人。通过这三个士兵的故事,吉卜林创造出真实的普通英国士兵形象。他们不再是"没有规规矩矩姓名、只有一个号码的、该死的、只值8安那的偷鸡摸狗的汤米",而是有血有肉的人。佩吉指出:"自莎士比亚的《亨利五世》以来对英国普通士兵从来没有这样血肉丰满、充满同情心的描写。"(Page 1984: preface xi)另一位著名评论家贾雷尔也说:"吉卜林是许多时代以来第一个将英国普通士兵的真实生活展示给英国大众的英国作家。"(Jarrell 1980: 356)

有意味的是,英国大众一方面欢迎吉卜林对在印度的白人职员和英军士兵的真实描绘,另一方面又不喜欢吉卜林在作品中表现的这些殖民者的粗俗残暴。吉卜林对白人暴力的直接描绘,如《野兽的烙印》、《攻占耆登奔》等小说里白人警察斯特里克兰、士兵穆尔凡尼等拷打俘虏的描写,引起了不少英美批评家的非议。连名作家乔治·奥威尔、大评论家里昂内尔·特里林等人都认为吉卜林粗野、道德感迟钝、有虐待狂倾向。前述罗伯特·布坎南攻击吉卜林的诗歌是"流氓的声音"便是一例。这对吉卜林的声名有很大的影响。其实,对暴力的客观描绘并不表明吉卜林就欣赏这些东西。相反,这正表明了吉卜林在一定程度上摆脱了殖民主义的观点,认识到了它的罪恶。而英国批评家和大众的态度也反映了英国国内普遍的殖民主义幻象:英国人仁慈正直,他们获取殖民地纯粹是为了将文明和幸福带给野蛮和不开化的土人。吉卜林向有"帝国号手"之称,却因暴露帝国主义的罪恶而受到攻击,实在有点滑稽。这一方面说明了当时英国的殖民主义宣传和多年的东方主义话语传统危害之深,另一方面也说明了吉卜林作品的复杂性以及人们对他的误解。难怪评论家多布莱说吉卜林"比任何作家都受误解、歪曲"。(Dobrée 1967: preface vii)

除了在作品中展示真实的印度外,吉卜林还将工作和技术变成他的创作题材。这在以前的英国文学中也不多见。评论家 C. S. 刘易斯高度评价了吉卜林在这方面的贡献,称吉卜林"主要是写工作的诗人",并称赞他"首次在文学中表现这个庞大的领域"。(Green 1971: 4)刘易斯的评价有溢美之嫌,但吉卜林确实在自己的小说和诗歌中热情洋溢地讴歌了工作的神圣以及艰苦工作的人——包括理想化英国殖民者以及印度土著。吉卜林这种对工作的重视固然源于其清教背景,但也与当时英国工商业的飞速发展密切相关。可以说在吉卜林对工作和技术的描述中跳动着机器时代的脉搏。实际上吉卜林本人在英国作家中最早拥有汽车,他在小说和诗歌创作中也经常痴迷于对各种工作技术性细节的描述。在诗歌《麦克安德鲁的赞美诗》中他赞美新机器是神一般的创造,而在《发现自己的船》、《.007》等小说中他甚至让机器成为主角。这些艺术上的新颖视角往往令人耳目一新,但频繁与过度的使用也使得吉卜林饱受诟病。譬如,曾经很赏识吉卜林的亨利·詹姆斯对于吉卜林后来在作品中表现机器和工作的做法非常失望。他在给友人的信里写到:"在其(吉卜林)早期,我以为他有望成为英国的巴尔扎克;然而,他逐步地由单纯的题材降到了更为单纯的题材……从印度的英国人到印度土著,又从印度土著到'汤米'们,从'汤米'们到四足动物,从四足动物到鱼类,又从鱼类到了机器和螺丝钉,于是我也就放弃了这种期望。"(Green 1971:69)今天看来,代表当时文坛主流的亨利·詹姆斯的这番话语进一步说明了吉卜林小说的创新性。

第二节 吉卜林对英国短篇小说和诗歌的贡献

吉卜林对英国文学最大的贡献是在短篇小说这个领域。他的创作以短篇小说为主,一生共写短篇小说 350 多篇。这些小说题材涉及面广,风格多样,对当时和后世作家都产生了很大影响。评论家格林甚至认为是吉卜林将短篇小说这一文类引入了英国文学。(Green 1971:5)这话当然有溢美之嫌,因为吉卜林之前有许多作家如狄更斯、特洛罗普、斯蒂文森等都写过短篇小说。但说吉卜林改变了短篇小说在英国的地位并不夸张。1889 年,就在吉卜林回英国之前,评论家安德鲁·朗格还在感慨:"在英国,短篇小说——可以半个小时读完的故事——不如在法国那么受欢迎……很遗憾,英国人的欣赏趣味接受不了短篇小说。这些短篇小说登在刊物上他们愿意阅读,但一旦结成集子出版他们却又不喜欢……"(Green 1971:5)安德鲁·朗格对短篇小说在英国的发展持悲观态度。他的这种态度不是没有理由的。据记载,1900 年英国共出版书籍 6000 种,其中短篇小说集却寥寥无几,而且伦敦的近 800 个书商都认为它们不好卖。短篇小说的主要阵地还是那些期刊。(Orel 1986:186)然而不到一年,吉卜林就彻底改变了这种状况。他用自己的 7 个短篇小说集——《山中的平凡故事》(1888)、《三个士兵》(1888)、《雪松下》(1888)、《鬼影人力车》(1888)、《黑与白》(1888)、《盖茨比一家的故事》(1888)、《小威利·温基》(1888)——征服了英国大众。很快,读者们又翘首以待,等着他将自己随后零星发表在各种刊物上的短篇小说结集出版。这就是 1891 年出版的短篇小说集《生活的阻碍》,出版后也行销一时。就这样,吉卜林以自己富有魅力的作品改变了英国大众对短篇小的态度。由于这个原因,著名小说史家瓦尔特·艾伦认为吉卜林是"英国英语中(短篇小说)这一文类的第一个伟大的榜样"。(Allen 1981:23)

吉卜林不仅拓展了英国文学的表现领域、扩大了短篇小说的影响,还丰富了短篇小说的表现手法。在吉卜林之前,短篇小说所注重的主要是故事情节的发展,故事多为线形结构,人物形象一般都是平面化的,在一篇小说里不会有什么发展。像哈代、斯蒂文森这样的名家的短篇小说也莫不如此。吉卜林的许多小说也是这样,但在他的一些优秀小说里他更注重小说的内在结构,也即小说的整体基调、人物的性格发展和自我认识的加深。《没有教会豁免权的情侣》充分展示了吉卜林小说的这种艺术特点。吉卜林以细腻的笔触描绘了英国人荷尔顿与印度姑娘阿米拉的悲剧爱情,体现了荷尔顿的成长和对生活残酷性的认识的整个过程。故事结尾处他们那在连日大雨中倾颓的爱巢不仅显示出荷尔顿内心的苍凉,而且深具象征之意,表明荷尔顿和阿米拉的爱情虽然美满,却禁不住种族和社会偏见的风吹雨打,注定要毁灭。这个象征深化了小说的主题,并进一步加深了全文哀婉的笔调。以前有不少评论家认为吉卜林笔力雄浑,善于描写行动,而在心理描写方面则不擅长。(Moss 1982:111)但上述例证表明,吉卜林在必要时也可以非常细腻,他用精确的细节描绘反映出人物的内心活动同样也很成功,从而体现出一个大作家的敏锐观察力和表现力。与此类似,《鬼影人力车》中的潘塞在旧情人鬼魂的缠扰下始而惊诧厌恶、既而惭愧恐惧、终而乐于与之为伴的整个心理变化过程也在吉卜林细腻的笔触下得到了很好的传达。整篇小说鬼影森森、气氛抑郁,有效地衬托了潘塞的性格发展和心理变化。从某种程度上说,这些小说已超越了维多利亚时代的小说,而具有了现代小说的许多特征。

其实,吉卜林的许多小说都有明显的现代主义特征。譬如,除了上述特征外,贯穿吉卜林整个创作过程的孤独、分裂的自我,身份的含混与求证,对宗教的怀疑等主题,象征手法的运用等,在现代主义作品里都很普遍。而对梦和潜意识领域的探索(如小说《柴堆男孩》)则使得其作品带上了弗洛伊德式的现代心理分析色彩。这些在吉卜林后期作品里更为明显。这是因为进入20世纪,尤其是布尔战争后,吉卜林对大英帝国渐趋失望,而他又经历了丧女、丧子之痛,自己也疾病缠身,心理日益悲观复杂,在写作中主要探索战争、疾病、丧亡对人心理的影响等主题,同时更注重写作的技巧。这些都使得其作品结构愈加复杂、行文愈发晦涩、象征意味也越来越浓厚。应该说吉卜林的名声在20世纪初期逐渐下降跟这些因素也不无关系。已经习惯了他那简洁明快、雄浑而不失细腻的风格的读者都抱怨他的作品越来越晦涩难懂。吉卜林自己也明白这一点。他在自传《我自己的一些事》中坦承自己在写作《报偿与仙女》(1906)等小说集时特意采用了三四层结构将材料交织在一起,并在作品中大量使用寓言和典故以增加作品的复杂程度。(Kipling 1937:182—183)这一切使得吉卜林的后期作品往往可以有不同的解读。以《玛丽·珀斯特盖特》(收录于《多样的生物》,1917)为例。一般人多认为这个故事表现了战争对人心理的影响。但也有人看法不同。评论家肯普就根据吉卜林创作后期对艺术技巧的痴迷和对自己声名的担忧,并综合考虑了"孩子"形象在吉卜林作品中的象征意义,从而得出结论说,这篇小说表达的是吉卜林对自己艺术上的失败和自我毁灭的恐惧。(Kemp 1988:69—70)同样,《他们》(收录于《交通与发现》,1904)中那个奇特的、孤立的农庄所蕴涵的浓厚象征意味、行文的飘忽、农庄上亦真亦幻的孩子们都使得评论家们对这篇故事众说纷纭。而《园丁》(收录于《借方与贷方》,1926)更是以其简洁流畅而又含蓄隽永的叙述被视为大家手笔。故事虽然简单,但其中有对比、有伏笔,简洁的叙述中见出细微的心理活动,个人的悲痛与时代的痛苦融合为一。尤其是故事结尾处的园丁形象,巧妙地借用了《圣经》中的典故,深具象征意味,使故事余韵悠长,耐人寻味。

不少评论家都注意到吉卜林小说中的现代主义特征。譬如,鲁德福德(Rutherford 1971:preface)就认为这是"他(吉卜林)对英国文学的意外贡献"。20世纪前半期论者多注意吉卜林的前期创作,特别是体现其帝国主义意识形态的印度作品,对其后期作品则不够关注,因此一般将吉卜林归为19世纪作家。吉卜林后期作品的价值也很长时间一直没有定评。但是从20世纪后半期,特别是80年代开始,评论家们逐渐认识到吉卜林后期作品的价值以及其中的现代主义艺术特征对英国短篇小说发展的贡献。马丁·格林在其著作《二十世纪的英国小说:帝国的厄运》中就指出"吉卜林1918年以后的创作在英国文学中的地位比人们认识到的要重要得多"。(M. Green 1984: preface xiii)布拉德布里、肯普、沙利文等评论家都在各自的著作中提及吉卜林后期作品中的现代主义特征。这样一来,吉卜林的世纪归属也就成了问题。连权威的美国现代语文学会(MLA)也摇摆不定,在文献索引中时而将其列为19世纪作家,时而又将其列入20世纪作家中。(Bloom 1987b:115)

在短篇小说的形式上,吉卜林也作出了贡献。从《丛林之书》起,吉卜林开始实验一种号称"三明治"式的小说形式,也即在小说的开头和结尾都附上一首诗或歌谣以点出小说的主题或对其进行进一步的深化。这是吉卜林利用他既是小说家又是诗人的优势对小说形式所作的实验。至于其效果,则众说不一。有些评论家如斯蒂沃特认为他的小说故事本身很吸引人,很完整,因此前后的歌谣实为多余。(Stewart 1962:235)而吉卜林的支持者如T. S. 艾略特则激赏这种形式。他在为吉卜林的诗歌辩护时称吉卜林是"一种混合形式的创造者",并认为吉卜林的"诗歌和散文作品密不可分……想了解其诗歌就必须懂得其散文,而欲理解其散文也必须懂得其诗歌"。(Eliot 1975:265)客观地说,这种形式使小说正文和篇首/末歌谣互相呼应,往往能加深人们对其作品的理解。吉卜林的《丛林之书》里的许多小说及其后来的一些名篇如《柴堆男孩》、《园丁》等都是运用这种形式的典范。但有时候,尤其是在吉卜林实验这种形式的早期,正文和篇首/末歌谣往往联系不够紧密,从而达不到应有的效果,如《极限与更新》(1932)中的《欠债》;而别的时候这种形式则往往因为对其主题的反复强调而显得有说教之嫌,如《丛林之书》中《恐惧的由来》。另一方面,这种形式的运用对作家本人的素质有较高的要求,也就是说,他们得兼擅小说、诗歌这两种艺术形式。这恐怕也是吉卜林以后的作家甚少运用这种"三明治"小说形式的原因之一。但无论如何,吉卜林清醒的艺术自觉性及其在小说艺术上的创新,使得他跻身一流短篇小说大家之列而毫无愧色。著名小说史家瓦尔特·艾伦认为吉卜林的短篇小说代表了当时英国短篇小说的高峰。(Allen 1981:76)而另一位文学史家诺曼·佩吉则认为在短篇小说这一文类里吉卜林在英国是没有对手的。(Page 1984:preface xvi)这些不无溢美之嫌的评价充分说明了吉卜林对短篇小说的贡献及其在英国短篇小说发展史上的地位。

谈吉卜林不能不谈他的诗歌。在五十多年的创作生涯中吉卜林共写了数百首诗歌,大都收在《学童抒情诗》(1881)、《机关谣曲》(1886)、《军营歌谣集》(1892)、《七海诗集》(1896)、《五国诗集》(1903)、《中间年代》(1919)等诗集里。一般认为他的诗歌作品受史文朋和勃朗宁的影响较大。此外,新教赞美诗(吉卜林家族有清教背景)和世俗的歌厅音乐对他的创作也有影响。吉卜林精擅各种诗体,对诗歌节奏、格律的掌握尤其娴熟。新题材的引入、俚俗口语的运用使得他的歌谣体(Ballad)诗歌清新明快,乐感极强,受大众欢迎。他的诗作一直拥有众多读者。1940年出版的吉卜林的确定版诗歌全集尽管由于第二次世界大战时期物质匮乏,书籍出版面临诸多困难,但在这个十年结束前已经重印了十次。吉卜林诗歌受欢迎的程度于此可见一斑。其《军营歌谣集》、《七海诗集》、《五国诗集》等诗集都风靡一时,而《白人的负担》、《退场赞美诗》等诗歌则因为其中的意识形态因素引起了轩然大波。

如前所述,对于吉卜林诗歌的价值,众说不一。不少人指责其诗歌主题太俗,语言过于口语化,不能称为诗歌,而只能说是"韵文"(verse)。为此 T. S. 艾略特还专门撰文替吉卜林的"韵文"辩护。(Eliot 1975:265—294)应该说,吉卜林在诗歌中引入新题材、强化了节奏、使用鄙俗俚语,这些都给萎靡的维多利亚晚期诗坛带来了一股清新的气息。当时的唯美主义文学主将奥斯卡·王尔德(Oscar Wilde,1854—1900)称吉卜林为"伟大的庸俗诗人(a great poet of vulgarity)",(Bloom 1987b:94)可以看做是对吉卜林诗歌价值的一种有趣的认可。评论家多布莱称吉卜林是"真正的诗人",并进一步指出其诗歌不仅冲击了当时颓废的唯美派诗歌,更能使人们正视自己和现实生活以及其中的苦难。他也提出吉卜林诗歌过于口语化,但指出这种当时不为人欣赏的风格在 20 世纪却成了一种时尚,从而肯定了吉卜林的诗歌对英国文学的贡献。(Dobrée 1967:176)另一位评论家奥雷尔对吉卜林评价更高。他认为吉卜林的诗歌"拓宽了人们的视野,表现了新的经验和情感,犹如创造了一种全新的文类"。(Orel 1986:138)所有这些表明,经过时代的风风雨雨,人们对吉卜林诗歌的价值也有了进一步的认识。

第三节 吉卜林对后世作家的影响

吉卜林的创作既关注传统,又不乏创新色彩。其文风简洁明快但也不乏细腻之处。此外,他重视实践和行动,注重刻画行动和工作中的人物,所有这些都对其同代及后世作家产生了巨大的影响。譬如,论者常将吉卜林与其同代作家约瑟夫·康拉德进行比较。康氏年长于吉卜林,但吉卜林的创作生涯比他要早。康氏的首部作品《阿尔迈耶的愚蠢》(1895)出版时,吉卜林已经成名。不过俩人的主要作品——《黑暗的心脏》(1902)、《吉姆老爷》(1900)、《诺斯特罗莫》(1904)、《丛林之书》(1894—1895)、《基姆》(1901)——则大致上写于同一时期。论者多将二人相提并论,而两人的作品表面上也甚多相同之处:注重人的行动、对海上生活的兴趣、象征手法的大量使用等等。康拉德也喜欢读吉卜林的作品并在不同场合表达了对吉卜林的欣赏。(Raskin 1971:27)一般认为,康拉德在创作早期受到吉卜林的影响,特别是在主题、基调等方面。与吉卜林一样,康拉德也重视权威和秩序,强调人应忠于自己的职守。其《"水仙"号上的黑家伙》中对白人水手和亚洲水手的描写也很有些吉卜林作品的影子。今天一般认为康拉德的作品比吉卜林的更有深度,但在当时康拉德却被称为"海上吉卜林",(Raskin 1971:27)也算是文坛趣事。

一个类似的例子是美国小说家杰克·伦敦(Jack London,1876—1916)。他比吉卜林年轻 11 岁,出身社会底层,从逆境中奋斗成功,吉卜林的作品在大西洋两岸的风靡伴随着他的成长历程。杰克·伦敦在阿拉斯加克朗代克地区淘金期间读过吉卜林的作品,很快成为吉卜林的崇拜者。杰克·伦敦作品那粗犷有力的文风、帝国主义的倾向、重行动(的人或动物)而不重思辨、对尼采超人哲学的欣赏和崇拜等多多少少来自吉卜林作品的影响。伦敦自己也承认在其创作早期吉卜林作品的作用:"我的作品中吉卜林无处不在,我甚至引述了他的作品。如果没有吉卜林,我不可能有近似于现在的成就。"(虞建华 2009:301)尽管杰克·伦敦后来又在自传中宣称自己并没有读过吉卜林的作品,没有受其影响,(雨宁 1993:"杰克·伦敦自传"第 24 页)人们还是称其为"阿拉斯加的吉卜林"。(Curley & Kramer 1979:225)

还有一个"太平洋上的鲁德亚德·吉卜林"也值得一提。19 世纪 90 年代是澳大利亚民族文学形成的时期,其短篇小说发展迅速,而这个年轻的民族亟欲在文学上得到国际知名作家的指教。这个时期三个有国际声望的短篇小说作家——英国的罗伯特·路易斯·斯蒂文森、吉卜林和美国的马克·吐温——访问了澳大利亚,并以其各自独特的风格影响了不少澳大利亚作家的创作。特别是著名作家乔治·刘易斯·贝克(George Lewis Becke,1855—1913)天性叛逆不羁,年轻时到处闯荡,熟悉南太平洋上的风浪。他曾在伦敦见过吉卜林,吉卜林带有浓厚方言特色的现实主义小说对于志在表现澳大利亚特色、创立澳大利亚民族文学风格的贝克有很大启发。而且吉卜林的作品主要描写男性的行动,雄浑有力,也适合澳大利亚作家们表现"边疆"题材的需要。后来贝克潜心创作,凭借其在《礁石和棕榈边》(*By Reef and Palm*,1894)等短篇小说集里对南太平洋生活细腻而雄浑的描绘广受欢迎,被称为"太平洋上的鲁德亚德·吉卜林"。(Pierce 2009:161)这些不同国家的"吉卜林"诨名说明当时吉卜林的作品已经产生了巨大的国际影响。

不仅如此,在评论家马丁·格林眼里,20 世纪英国的不少名作家如 D. H. 劳伦斯、伊夫林·沃(Evelyn Waugh,1903—1966)、金斯利·艾米斯(Kingsley Amis,1922—1995)等都直接或间接受惠于吉卜林。(M. Green 1984: preface xv-xviii)在这里,格林强调的是吉卜林所代表的思想、风格在后世作家作品中的存在,而不必一定是具体的影响。从这个角度去看,劳伦斯的写作从某种程度上是对吉卜林的反拨—— 英国小说在奥斯汀(Jane Austen,1775—1817)、乔治·艾略特、勃朗特姐妹、盖斯凯尔夫人(Elizabeth Gaskell,1810—1865)等女作家的影响下已形成了专门描写女性和婚姻(也专门为女性而写)的传统,吉卜林的创作改变了这个传统。而劳伦斯则通过对吉卜林的反拨又恢复了这个传统。沃和艾米斯开始创作时以嘲弄吉卜林为事,到头来在政治和艺术上却都采取了和吉卜林一样的立场,因而成为"吉卜林式的作家"。吉卜林的影响甚至还及于现代主义小说巨匠们。小说家詹姆斯·乔伊斯(James Joyce,1882—1941)被认为受到了吉卜林的影响。美国著名评论家艾德蒙·威尔逊在评论吉卜林的小说集《借方和贷方》时说道:"我不相信乔伊斯如果没读过吉卜林的书能写出《尤利西斯》中的塞克洛普斯那一章。"(Kemp 1988:67)显然他说的是吉卜林后期作品中的现代主义风格对后世作家的影响。甚至人们一般认为与吉卜林截然不同的意识流小说家弗吉尼亚·伍尔芙,在马丁·格林眼里也受到吉卜林的影响。(M. Green 1984: preface xiii-xiv)她的不少小说素材直接取自吉卜林,如其作品中的印度背景、冒险的场面;她也喜欢描写吉卜林式的帝国统治者,如《达罗卫夫人》(*Mrs. Dalloway*, 1925)中的彼得·沃尔什、布鲁顿夫人等。甚至她作品中的人物对英国历史也是按照吉卜林在《普克山的帕克》(1906)中描述的那种神奇民族传说的方式来理解的。就是吉卜林的长篇小说《消失的光芒》(1891),虽不是上乘之作,其风格和结构也有可圈可点之处。作为一部现代成长小说,它被认为对乔伊斯的《青年艺术家的画像》(*A Portrait of the Artist as a Young Man*, 1916)、劳伦斯的《儿子与情人》(*Sons and Lovers*, 1913)都有影响。

  像他的小说一样,吉卜林的诗歌也对后世英国的诗人产生了相当大的影响。譬如,有学者就认为吉卜林的诗歌明显影响了 T. S. 艾略特《四个四重奏》(*Four Quartets*, 1943)中的《焚毁的诺顿》("Burnt Norton")和《小吉丁》("Little Gidding")的写作。(Jacobson 2007: 20)比如《焚毁的诺顿》中就间接提到吉卜林的短篇小说《他们》。吉卜林的诗歌还影响了其他国家诗人的创作。譬如,自从吉卜林诗歌作品最初于 19 世纪 90 年代进入俄国后就一直以其异国风情和简洁明快的诗风受到俄国人的喜爱。进入前苏联时期,尽管吉卜林作品中有明显的帝国主义态度,前苏联人依然喜欢他的作品。据《星期日泰晤士报》1962 年 5 月 6 日的记载,前苏联一位诗人在接受英国记者采访时声称当时在苏联最受欢迎的现代英国诗人是吉卜林,而当英国记者表示吉卜林是个帝国主义者时,这位苏联诗人却笑而不答,只是用俄文吟诵吉卜林的诗句。有学者撰文称,前苏联读者读到的吉卜林是重新编辑过的吉卜林,故其作品中宣扬的东西能够满足苏联当时的需要:责任感、工作态度、男子汉气质等。(Hodgson 1998: 1058—1071)另一方面,吉卜林作品中刻画的负责任的帝国主义者形象也满足了许多苏联人心目中潜在的帝国主义心态:苏联十月革命后抨击帝国主义,但沙俄帝国遗留下来的帝国主义心态仍存在于许多文人心中。他们于是借用对吉卜林的喜爱来表达这种情愫。譬如,在当时所谓的"革命文学"中,经常有这样的情节:先进的布尔什维克分子到落后的集体农庄,尤其是亚洲部分的共和国那里帮助他们改变落后面貌。这与吉卜林在其作品中刻画的理想殖民主义者形象并无二致,实际上是殖民主义思想的隐晦表达。而在风格方面,吉卜林的诗歌简洁明晰,多采用民谣、歌谣体等形式,用口语、俚语、方言等,乐感极强,受大众欢迎。尽管这些诗歌形式在英国诗歌传统中被认为鄙俗、不入流,但苏联十月革命后宣扬"无产阶级文艺",声称文学要为大众服务,故吉卜林的诗歌颇合他们的需要。这样看来,吉卜林的诗歌在前苏联受到欢迎,也就是顺理成章的事情了。

不仅如此,还有学者认为,吉卜林的诗歌甚至影响了中国现代诗歌。譬如,1967年著名学者梁实秋在回忆昔日好友、著名学者和诗人闻一多的散文作品《谈闻一多》中就认为吉卜林诗歌"雄壮铿锵的节奏"对闻一多的创作影响很大。(江弱水 2003:135)当代学者江弱水 2003 年发表在国内重要学术期刊《文学评论》上的文章《帝国的铿锵:从吉卜林到闻一多》则沿着梁实秋的思路,从思想和艺术两个方面论证吉卜林对闻一多产生了巨大的影响。此文在国内学术界引起了争议。吉卜林究竟是否对闻一多的创作产生了影响可以讨论。但仅从上述事实中我们已经可以看到吉卜林对后世作家的巨大影响,而其在英国文学史上的地位也是毋庸置疑的了。

结束语

　　一百多年来,围绕着吉卜林的争议一直纷纷扰扰,从未停息。但今天吉卜林在英国文学史上的地位已经确定。当代英国作家、评论家马尔科姆·布拉德布里在其所著的《现代英国小说史》中这样谈论吉卜林:"在我们这个平凡的后帝国时代,有时很难理解为什么他会被那么多人认为是那个时代最重要、最具代表性的英国作家。但是没有其他哪个作家更深刻地了解造就那个时代的种种能量。一方面是帝国庞杂的商业和政府事务,另一方面是机器时代油腻腻的工作。吉卜林描述了这两方面的事物,赞颂了普通事物和常规性工作。"(Bradbury 2005:56)这段话确定了吉卜林作为重要英国作家的历史地位,同时也比较准确地概括了吉卜林作品的时代特色。确实,今天我们拨开历史的迷雾再去回顾吉卜林及其作品,就会发现,对大英帝国的维护以及对普通工作的讴歌是吉卜林作品的主旋律。但是吉卜林的独特生活经历也使得其作品中的这些主题带上了不同的色彩。

　　吉卜林的一生可以说是孤独而又矛盾的一生。他的特殊生活经历使得他一生都存在着认同危机,同时有着强烈的归属欲望,表现在他对家庭的温情有着强烈的渴望。其作品中经常描述的封闭性小团体、共济会,乃至大英帝国等实际上都是他理想中的"家"的替代品。经过对吉卜林作品的全面研究,我们发现,对"家"的渴望是贯穿其各个时期创作的一条红线。应该说,吉卜林确实是个帝国主义者,他对大英帝国的忠诚是绝对的,但其帝国主义是一种高度理想化的帝国主义,带有家庭般的温情和共济会的种族平等特征,实质上体现了对"家"的忠诚与渴望。这种帝国主义观念既与他生活的那个时代的主流意识形态一脉相承,又与其有明显区别,具有典型的吉卜林式特征。这种矛盾使得吉卜林在公众面前也呈现出两面性:一方面他成为大英帝国的号手,为大英帝国的利益奔走呼号,是一位非常具有影响力的公众人物;另一方面,他在内心又是孤独的。他喜欢离群索居,守在自己和家人的小天地里,竭力维护着自己的隐私。他奔走于印度、美国、南非和英国之间,却始终没有找到"家"的归属感。即便他最终在英国苏赛克斯乡下定居,那里对他来说也只是"最美的外国土地"。可以说,吉卜林是一个孤独的"帝国号手",他在个人生活和创作中的种种矛盾都与其对"家"的寻求有关,表现在其作品中,就是对大英帝国的忠诚,对共济会等封闭性小团体小圈子的偏爱和对个人身份、家庭温情的追求。明确了这一点,那么国内外批评界以前关于吉卜林的帝国主义思想、其认同危机等问题的种种争论其实都可以解决。这是本研究在前人研究基础上经过仔细探讨得出的结论,也是一点小小的创新,希望能够对吉卜林研究有所贡献。

在吉卜林漫长的创作生涯中,我们可以发现这个孤独的"帝国号手"的心路历程。吉卜林的前期作品——特别是其印度题材作品——体现了其独特的帝国主义观念及其认同危机。他的特殊生活经历使他对印度怀有一种爱和温情,但其保守的帝国主义思想使其无法将印度看成自己的家。所以吉卜林前期的作品大都摇摆于帝国主义的态度和对印度的爱与温情之间,弥漫着一种对身份认同危机的不安和焦虑感。其首部长篇小说《消失的光芒》虽然不是印度题材作品,但在小说两性冲突的主题中仍然可以感觉到叙述人对个人身份认同的焦虑不安和绝望感觉。1892年移居美国之后,吉卜林远离了印度的殖民地现实,生活安定,心态也更为平和。他在创作中尽管仍然体现了帝国主义思想,但已经开始思考东西方文化的融合问题。其诺贝尔文学奖获奖作品《基姆》就表现了这种对东西方文化融合问题的深入思考,同时也是其解决个人身份认同危机的一种努力。布尔战争前后,吉卜林再次迸发出对大英帝国的热情。这在其诗歌创作中表现得尤其明显。吉卜林对英国政府在战争中的表现非常失望,而且布尔战争后帝国主义思想受到广泛的质疑,吉卜林于是将目光投向英国的田园风光中,试图以此来抚慰自己的心灵,并从英国古老的历史中寻找优秀的英国"民族特性",希望借此来重振已现衰象的大英帝国。第一次世界大战之后,大英帝国风雨飘摇,吉卜林的家庭更是变故连连。对于他而言,无论是大英帝国这个大家,还是自己的小家,都无法让他找到归属感。因此孤独和忧伤就成了吉卜林后期作品的主色调,而共济会作为"家"的替代品也成为一些小说的重要场景。吉卜林对抗这种孤独和忧伤的主要手段仍然是他一贯提倡的工作、隐忍和自我牺牲精神。这些使得他的许多后期作品闪耀着人性主义的光辉。而他在这些作品中对个人心理的探索以及对象征隐喻等艺术手法的运用也使得其不少后期作品具有了现代主义的色彩。

除了强烈的帝国意识,吉卜林还不断在其作品中讴歌日常工作,宣扬其独特的工作伦理。吉卜林的工作观源于其清教家庭背景、维多利亚时代崇尚工作的整体社会氛围及其在联合服务学院所受的严苛教育,带有浓厚的隐忍克己色彩。工作对于吉卜林既是责任,也是"神的召唤",具有宗教般抚慰灵魂、驱除心灵痛苦和孤独的作用。与吉卜林工作理念相联系的是责任感、荣誉感、对事业/团体的忠诚和斯多噶般的自我否定等价值观念。吉卜林在其各个时期的作品中都反复宣扬这些价值观。在其早期的印度题材小说和诗歌中他塑造了许多理想化帝国主义者形象,通过这些形象宣扬其工作伦理。在《丛林之书》中他通过"法则"的观念进一步明确和强化这些观念。《勇敢的船长们》、《斯托凯与其同党》、《本来如此的故事》等其他教育小说则更加明确地宣扬吉卜林的工作伦理,特别是对实践性工作的强调。需要说明的是,在当时的社会语境下,吉卜林的这些教育小说往往目的在于为大英帝国培养未来的建设人才,因此具有浓厚的帝国主义色彩。但撇开当时的社会语境,我们今天再来看待这些作品,会发现这些生动有趣的故事中传达的很多价值观念都具有永恒的普遍意义——《丛林之书》中的奋斗、尽职、遵从,《如果》中的隐忍与坚持,《勇敢的船长们》中的工作伦理以及对秩序、纪律、艰苦奋斗精神的颂扬等等在今天的世界里也是值得提倡的价值观。这样看来,吉卜林作品的长盛不衰也就是不足为怪的事情了。

鲁德亚德·吉卜林是风云变幻的维多利亚晚期英国文坛上一道独特的风景。他的优点和缺点都同样醒目,一言难尽。他的创作生涯近半个世纪,其小说和诗歌作品在当时的殖民文学、儿童文学、成长小说等诸多领域都属上乘作品,几乎可以提供一幅维多利亚晚期到20世纪初英国文学文化的全景图。对吉卜林的研究能够加深我们对维多利亚晚期到20世纪初英国文学文化的了解,有助于对19世纪英国文学断代史的研究,同时对全球化背景下的民族文化身份保持等重要问题都有较大的启发作用。仅此就足以表明,吉卜林值得我们去更加深入仔细地加以研究。特别是目前较少为国内学者关注的吉卜林后期小说创作以及其诗歌作品的思想价值和艺术价值都值得我们进一步探索。对于吉卜林的全面研究可以帮助我们理清其创作与英国文学传统之间的关系,从而给我们更多关于作家与社会之间、个性与集体之间、个人天赋与社会思潮之间关系的启示,也给我国文学的发展提供一块他山之石。

参考文献

Adams, James Eli. *A History of Victorian Literature*. Oxford: Wiley-Blackwell, 2009.

Allen, Walter. *The Short Story in English*. Oxford: Clarendon Press, 1981.

Bergonzi, Bernard. *The Turn of a Century: Essays on Victorian and Modern English Literature*. New York: Barnes & Noble, 1974.

Bloom, Harold, ed. *Kim*. New York & New Haven: Chelsea House Publishers, 1987a.

Bloom, Harold, ed. *Rudyard Kipling*. New York & New Haven: Chelsea House Publishers, 1987b.

Bradbury, Malcolm. *The Modern British Novel 1878—2001*. 北京:外语教学与研究出版社, 2005.

Brontë, Charlotte. *Jane Eyre*. Penguin Books, 1976.

Brown, Hilton. *Rudyard Kipling: A New Appreciation*. Hamish Hamilton, 1945.

Carrington, C. E. "Baa Baa Black Sheep: Fact or Fiction?" In *Kipling Journal*, June 1972, pp. 7—19.

Carrington, C. E. *Rudyard Kipling: His Life and Work*. London: Macmillan, 1978.

Chapman, John J. "Is Kipling on the Downward Track?" *Literary Digest* 19, 15 July 1899. http://www.boondocksnet.com/kipling/kipling_chapman990729.html.

Chen, Jia. *A History of English Literature* (Vol. 3). Beijing: The Commercial Press, 1988.

Chen, Jia & Song, Wenlin. *A College History of English Literature*. Beijing: The Commercial Press, 1996.

Childs, Peter, ed. *Post-colonial Theory and English Literature: A Reader*. Edinburgh: Edinburgh University press, 1999.

Croft-Cooke, Rupert. *Rudyard Kipling*. London: Home & Van Thal Ltd., 1948.

Curley, D. N. & M. Kramer, eds. *Modern American Literature*, Vol. 2. New York: Fredrick Ungar Publishing Co., 1979.

Darton, Harvey F. J. *Children's Books in England: Five Centuries of Social Life*. London: The Syndics of the Cambridge University Press, 1958.

Dickens, Charles. *Dombey and Son*. Oxford: Oxford University Press, 1966.

Dobrée, Bonamy. *Rudyard Kipling: Realist and Fabulist*. London: Oxford University Press, 1967.

Eldridge, C. C., ed. *British Imperialism in the Nineteenth Century*. London: Macmillan Press Ltd., 1984.

Eldridge, C. C. *Victorian Imperialism*. Atlantic Highlands: Humanities Press Inc., 1978.

Eliot, T. S. *On Poetry and Poets*. New York: Octagon Books, 1975.
Falls, Cyric. *Rudyard Kipling*. Folcroft Library Editions, 1972.
Gilbert, Elliot L. , ed. *Kipling and the Critics*. New York: New York University Press, 1965.
Gilbert, Elliot L. *The Good Kipling*. Athens: Ohio University Press, 1972.
Gilmour, David. *The Long Recessional: the Imperial Life of Rudyard Kipling*. London: John Murray Publishers Ltd. , 2002.
Green, Martin. *The Adventurous Male: Chapters in the History of the White Male Mind*. University Park, Pennsylvania: The Pennsylvania State University Press, 1993.
Green, Martin. *The English Novel in the Twentieth Century: the Doom of Empire*. London: Melbourne and Henley: Routledge & Kegan Paul, 1984.
Green, R. L. *Rudyard Kipling: The Critical Heritage*. London & New York: Routledge, 1971.
Harrison, James. *Rudyard Kipling*. Boston: Twayne Publishers, 1982.
Havholm, Peter. *Politics and Awe in Rudyard Kipling's Fiction*. Hampshire: Ashgate Publishing Limited, 2008.
Hodgson, Katharine. "The Poetry of Rudyard Kipling in Soviet Russia". *The Modern Language Review*, Vol. 93, No. 4 (Oct. , 1998), pp. 1058-1071.
Horrocks, Roger. *Male Myths and Icons: Masculinity in Popular Culture*. London: Macmillan Press Ltd. , 1995.
Hughes, Thomas. *Tom Brown's School Days*. New York: Airmont Publishing Company, Inc. , 1968.
Jacobson, Dan. "Kipling in South Africa". *London Reviews of Books*. June 7, 2007.
Jaffa, Richard. *Man and Mason—Rudyard Kipling*. Central Milton Keynes, MK: Author House UK Ltd. , 2011.
Jarrell, Randall. *Kipling, Auden & Co. : Essays and Reviews* 1935—1964. New York: Farrar, Straus & Giroux, 1980.
Keating, Peter. *Kipling the Poet*. London: Martin Secker & Warburg Ltd. , 1994.
Kemp, Sandra. *Kipling's Hidden Narratives*. Oxford: Basil Blackwell, 1988.
Kipling, Rudyard. *The Best Short Stories*. Hertfordshire: Wordsworth Editions Limited, 1997.
Kipling, Rudyard. *Captains Courageous*. Penguin Books, 1995a.
Kipling, Rudyard. *The Collected Poems of Rudyard Kipling*. Hertfordshire: Wordsworth Editions Limited, 1994a.
Kipling, Rudyard. *The Complete Stalky & Co*. Oxford and New York: Oxford University Press, 1987.
Kipling, Rudyard. *The Jungle Books and Just So Stories*. Bantam Books, 1986.
Kipling, Rudyard. *Kim*. Bantam Books, 1983.

Kipling, Rudyard. *Life's Handicap*. London: Macmillan and Co., Limited, 1918.

Kipling, Rudyard. *The Light that Failed*. New York: Airmont Publishing Company, Inc., 1969.

Kipling, Rudyard and Balestier, Wolcott. *The Naulahka*. London: Macmillan and Co., Limited, 1922.

Kipling, Rudyard. *Plain Tales from the Hills*. Penguin Books, 1994b.

Kipling, Rudyard. *Puck of Pook's Hill*. Penguin Books, 1994c.

Kipling, Rudyard. *Rewards and Fairies*. Wordsworth Classics Editions Limited, 1995b.

Kipling, Rudyard. *Something of Myself*. New York: Charles Scribner's Sons, 1937.

Kipling, Rudyard. *Strange Tales*. Hertfordshire: Wordsworth Editions Limited, 2006.

Kipling, Rudyard. *Twenty-one Tales by Rudyard Kipling*. London: The Reprint Society, 1946.

Kipling, Rudyard. *Wee Willie Winkie and Other Stories*. London: Macmillan and Co., Limited, 1907.

Kipling, Rudyard. "In the Interests of the Brethren". http://ebooks.adelaide.edu.au/k/kipling/rudyard/debits/chapter6.html. November 5, 2012 at 16:37.

Knowles, Frederic Lawrence. *A Kipling Primer*. New York: Haskell House Publishers Ltd., 1974.

Lang, Andrew. "At the Sign of the Ship". *Longman's Magazine*, Vol. VIII, October 1886, pp. 675-676.

LI Xiuqing, "Kipling in China", *Kipling Journal*, March 2008, pp. 28-32.

Lonsdale, Roger. *Dr. Charles Burney*. Oxford University Press, 1963.

Mallett, Phillip. *Kipling Considered*. New York: St. Martin's Pr., 1989.

Mallett, Phillip. *Rudyard Kipling: A Literary Life*. New York: Palgrave Macmillan, 2003.

Mangan, J. A. *The Games Ethic and Imperialism: Aspects of the Diffusion of an Ideal*. London: Frank Cass Publishers, 1998.

Martin, Jr., Briton. "Lord Dufferin and the Indian National Congress, 1885—1888", *Journal of British Studies*, Vol. 7, No. 1 (Nov., 1967), pp. 68-96.

Mason, Philip. *Kipling: The Glass, the Shadow and the Fire*. New York: Harper & Row, 1975.

Moore-Gilbert, B. J. *Kipling and "Orientalism"*. London & Sydney: Croom Helm, 1986.

Moss, Robert F. *Rudyard Kipling and the Fiction of Adolescence*. New York: St. Martin's Press, 1982.

Orel, Harold, ed. *Kipling: Interviews and Recollections*. Vol. 1. London: The Macmillan Press Ltd., 1983.

Orel, Harold. *The Victoria in Short Story: Development and Triumph of a Literary Genre*. Cambridge University Press, 1986.

Page, Norman. *A Kipling Companion*. London: Macmillan, 1984.

Parry, Ann. *The Poetry of Rudyard Kipling: Rousing the Nation*. Buckingham & Philadelphia: Open University Press, 1992.

Pearsall et al.《新牛津英汉双解大词典》,新牛津英汉双解大词典编译委员会译,上海:上海外语教育出版社,2007.

Philo, Gordon. "Beerbohm and Kipling". *Kipling Journal*, September 1988.

Pinney, Thomas, ed. *Rudyard Kipling: Somedthing of Myself and Other Autobiographical Writings*. Cambridge University Press, 1990.

Pierce, Peter, ed. *The Cambridge History of Australian Literature*. Cambridge University Press, 2009.

Raskin, Jonah. *The Mythology of Imperialism*. New York: Dell Publishing Co. Inc., 1971.

Renwick, W. L. "Re-reading Kipling". *Durham University Journal*, January 1940.

Richards, Jeffrey. *Happiest Days: the Public Schools in English Fiction*. Manchester University Press, 1988.

Robert F. Moss. *Rudyard Kipling and the Fiction of Adolescence*. New York: St. Martin's Press, 1982.

Rutherford, Andrew, ed. *Kipling's Mind and Art*. California: Stanford University Press, 1964.

Said, Edward. *Culture and Imperialism*. New York: Vintage Books, 1993.

Seymour-Smith, Martin. *Rudyard Kipling*. London: Macdonald Queen Anne Press, 1989.

Shanks, Edward. *Rudyard Kipling: A Study in Literature and Political Ideas*. London: Macmillan & Co. Ltd., 1940.

Statham, Henry Heathcote. "The Works of Mr. Rudyard Kipling". *Edinburgh Review*. January 1898.

Stevenson, Robert L. *A Child's Garden of Verses*. Penguin Books, 1994.

Stewart, J. I. M. *Eight Modern Writers*. Oxford: Oxford University Press, 1962.

Sullivan, Zohreh. *Narratives of Empire: The Fictions of Rudyard Kipling*. Cambridge & New York: Cambridge University Press, 1993.

Thackeray, William. *Vanity Fair*. London: Collins, 1988.

Tompkins, J. M. S. *The Art of Rudyard Kipling*. London: Methuen & Co. Ltd, 1959.

Townsend, J. R. *Written for Children: An Outline of English-language Children's Literature*. Lanham, Md. & London: The Scarecrow Press, 1996.

Votteler & Young, eds. *Short Story Criticism*, Vol. 5. Detroit: Gale Research Inc., 1990.

Water, Frederic F. *Rudyard Kipling's Vermont Feud*. Rutland, Vermont: Academy Books, 1981.

White, R. J. *A Short History of England*. Cambridge University Press, 1967.

Wilson, Angus. *The Strange Ride of Rudyard Kipling*. London and New York:

Granada Publishing, 1977.

Xie, Qing. "Death and Rebirth in Plain Tales from the Hills". *Kipling Journal*, December 2010, pp. 28—34.

阿尼克斯特:《英国文学史纲》,戴镏龄等译,人民文学出版社,1959年。

爱德华·W·萨义德:《东方学》,王宇根译,北京:生活·读书·新知三联书店,2000年。

爱德华·赛义德:《文化与帝国主义》,李琨译,北京:生活·读书·新知三联书店,2003年。

艾勒克·博埃默:《殖民和后殖民文学》,盛宁、韩敏中译,沈阳:辽宁教育出版社,1998年。

陈兵:《不同的人间、不同的荒野——评〈八足灵獒〉与〈荒野的呼唤〉》,《天津外国语学院学报》2003年第5期。

陈兵:《丛林法则、认同危机与东西方的融合——论吉卜林的〈丛林之书〉》,《外国文学评论》2003年第2期。

陈兵:《〈丛林之书〉的多视角阐释》,《外语研究》2003年第5期。

陈兵:《帝国与认同:鲁德亚德·吉卜林印度题材小说研究》,合肥:中国科学技术大学出版社,2007年。

陈兵:《共济会与吉卜林的帝国主义观念》,《外语教学》2012年第6期。

陈兵:《吉卜林早期印度题材小说研究》,《外语研究》2005年第4期。

陈兵:《吉卜林与英国短篇小说》,《山东外语教学》2006年第2期。

陈兵:《〈基姆〉:殖民主义的宣传还是东西方的融合》,《外国文学》2005年第2期。

陈兵:《论吉卜林〈勇敢的船长们〉中的教育理念》,《外国文学评论》2009年第4期。

陈兵:《〈普克山的帕克〉与〈报偿与仙人〉:"帝国号手"的焦虑与期望》,《外国文学》2011年第5期。

陈兵:《〈斯托凯与其同党〉对英国公学小说理念的颠覆与认同》,《外国文学》2009年第3期。

陈兵:《童真下的"帝国号手":〈本来如此的故事〉》,《英美文学论丛》2011年第1期。

陈媛、饶玉玲:《试以格雷马斯的"符号矩阵"分析吉卜林的〈丛林故事〉》,《文学界》2011年第2期。

陈子善主编:《叶公超批评文集》,珠海:珠海出版社,1998年。

弗洛伊德:《弗洛伊德论美文选》,张唤民、陈伟奇译,上海:知识出版社,1987年。

高恒文选编:《梁遇春·醉中梦话》,天津:天津人民出版社,1998年。

韩水法编:《韦伯文集》(上),北京:中国广播电视出版社,2000年。

侯维瑞主编:《英国文学通史》,上海外语教育出版社,1999年。

吉卜林:《基姆》,李斯等译,长春:时代文艺出版社,2006年。

吉卜林:《勇敢的船长》,吴刚译,上海:少年儿童出版社,2011年。

计秋枫、冯梁:《英国文化与外交》,北京:世界知识出版社,2002年。

纪小军:《吉卜林研究在中国》,《大家》2010年第18期。

江弱水:《帝国的铿锵:从吉卜林到闻一多》,《文学评论》2003年第5期。

金东雷:《英国文学史纲》,北京:商务印书馆,1937年。

金石声:《欧洲文学史纲》,上海:神州国光出版社,1931年。
卡莱尔:《英雄与英雄崇拜》,张峰、吕霞译,上海三联书店,1995年。
空草:《帝国话题中的吉卜林》,《外国文学评论》2002年第2期。
拉迪亚德·吉卜林:《丛林故事》,文美惠译,北京:中国国际广播出版社,2009年。
李秀清:《帝国意识与吉卜林的文学写作》,《英美文学论丛》2009年第1期。
李秀清:《帝国意识与吉卜林的文学写作》,北京:对外经济贸易大学出版社,2010年。
李秀清:《吉卜林的丛林法则》,《北京第二外国语学院学报》2009年第6期。
李秀清:《吉卜林小说〈基姆〉中的身份建构》,《英美文学论丛》2010年第2期。
李秀清:《〈普克山的帕克〉中的帝国理想及英国性建构》,《外国文学评论》2009年第2期。
梁实秋:《英国文学史》,台北:协志工业丛书出版股份有限公司,1985年。
刘文荣:《19世纪英国小说史》,北京:中国社会科学出版社,2002年。
鲁迅:《鲁迅杂文全集》,河南人民出版社,1994年。
穆尔-吉尔伯特:《后殖民理论——语境、实践、政治》,陈仲丹译,南京:南京大学出版社,2001年。
宁:《吉卜林:"英王的吹鼓手"》,《外国文学评论》2003年第2期。
宁:《吉卜林与后殖民的帝国重述》,《外国文学评论》2002年第3期。
皮埃尔-安德烈·塔吉耶夫:《种族主义源流》,高凌瀚译,北京:生活·读书·新知三联书店,2005年。
钱乘旦、许洁明:《英国通史》,上海:上海社会科学院出版社,2002年。
乔国强:《从〈雾都孤儿〉看狄更斯的反犹主义倾向》,《外国文学研究》2004年第2期。
石海军:《后殖民:印英文学之间》,北京:北京大学出版社,2008年。
石义师:《评江弱水文:〈帝国的铿锵:从吉卜林到闻一多〉》,《江南大学学报》2004年第2期。
宋朝:《吉卜林短篇小说的叙事策略与叙事伦理》,《世界文学评论》2008年第1期。
苏联科学院高尔基世界文学研究所编:《英国文学史·1870—1955》,莫斯科苏联科学院出版社1958年版,秦水译,北京:人民文学出版社,1983年。
汤林森:《文化帝国主义》,冯建三译,上海:上海人民出版社,1999年。
王佐良:《英国文学史》,北京:商务印书馆,1995年。
文美惠:《论吉卜林的印度题材短篇小说》,见文美惠主编《超越传统的新起点》,中国社会科学出版社,1995年。
威勒德·索普:《二十世纪美国文学》,濮阳翔、李成秀译,北京师范大学出版社,1984年。
肖涤主编:《诺贝尔文学奖要介》,哈尔滨:黑龙江人民出版社,1992年。
谢青:《吉卜林的"出世"幻想与西方的误读》,《世界文学评论》2012年第1期。
萧莎:《今日重读吉卜林》,《外国文学评论》2004年第3期。
严蓓雯:《E. M. 福斯特批评吉卜林的一份讲稿公开出版》,《外国文学评论》2007年第4期。
杨周翰、吴达元、赵萝蕤主编:《欧洲文学史》(下卷),北京:人民文学出版社,1979年。
尹锡南:《吉卜林:殖民文学中的印度书写》,《南亚研究季刊》2005年第4期。

尹锡南:《吉卜林与印度的心物关联及其创作中的历史缺席问题》,《南亚研究季刊》2004年第 2 期。
尹锡南:《英国文学中的印度》,成都:四川出版集团巴蜀书社,2008 年。
油小丽、牟学苑:《洛蒂、吉卜林与赫恩笔下的日本形象》,《大众文艺:学术版》2010 年第 16 期。
虞建华:《杰克·伦敦研究》,上海:上海外语教育出版社,2009 年。
雨宁选编:《杰克·伦敦作品精粹》,石家庄:河北教育出版社,1993 年。
赵世峰:《世界上最大的秘密社团——共济会》,《世界文化》2006 年第 9 期。
郑振铎:《文学大纲》(下),桂林:广西师范大学,2003 年。
郑云:《身份的困惑——吉卜林短篇小说"城墙上"解读》,《外国文学研究》2005 年第 5 期。
朱虹:《英美文学散论》,北京:三联书店,1984 年。

附　录

鲁德亚德·吉卜林生平创作年谱

1865年　鲁德亚德·吉卜林12月30日出生于印度孟买。

1868年　吉卜林随母亲回到英国,6月11日其妹爱丽丝出生。此后他们又回到孟买。

1871年　吉卜林一家于4月15日坐船回英国。12月洛克伍德·吉卜林夫妇回到印度,将鲁德亚德和爱丽丝兄妹寄养在南海镇霍洛威家(the Holloways)。

1877年　吉卜林母亲3月份从印度赶到英国,将吉卜林从霍洛威家接走。

1878年　吉卜林1月份去德文郡北部韦斯特伍德霍的联合服务学院上学。他在学校结交了乔治·C.贝利斯福德和里奥奈尔·C.邓斯特维尔。同年夏天吉卜林父亲去巴黎负责巴黎展览会印度展馆的工作,携吉卜林一同前往。

1879年　吉卜林夏天给《涂鸦客》撰稿。这是一份由吉卜林和伯恩-琼斯以及莫里斯家的孩子合办的家庭杂志。

1880年　吉卜林前往南海镇看望仍然寄宿在霍洛威家的妹妹爱丽丝。在那儿他爱上弗洛伦斯·贾拉德,两人私订终身。同年其母从印度回英国探视他们。

1881年　其母私下将吉卜林的首部诗集《学童抒情诗》在印度出版。1881年6月至1882年7月吉卜林编辑《联合服务学院年鉴》。

1882年　3月份吉卜林在《联合服务学院年鉴》上发表诗歌《向女王致敬!》。夏天学期结束后吉卜林离开学校,于9月20日前往印度孟买,10月18日到达。此后他乘火车赶赴拉合尔,并在拉合尔的一家日报《军民报》任助理编辑。吉卜林与父母住在一起,并成为旁遮普俱乐部的成员。11月8日其十四行诗《两种生活》匿名发表在英国期刊《世界》上。

1883年　吉卜林夏天在西姆拉避暑地过一个月。

1884年　大约7月份弗洛伦斯·贾拉德写信给吉卜林断绝两人关系。其妹爱丽丝从英国回到印度。吉卜林9月26日在《军民报》上发表了自己的第一篇小说《百愁门》,11月与妹妹合作出版诗集《回声》。

1885年　3月份吉卜林作为《军民报》前方记者,前往白沙瓦参加新总督杜福林接待阿卜杜拉曼酋长的典礼。在此期间吉卜林去了趟开伯尔山口,这也是其唯一一次踏足印度西北边疆。同时他开始酝酿写作长篇小说《马图琳妈妈》,但小说没有写完,手稿后来也遗失了。年底吉卜林与父母和妹妹共同出版诗文集《四重奏》,其中有吉卜林的4篇故事和5首诗歌,包括后来受到读者欢迎的《鬼影人力车》和《莫罗比·朱克思骑马奇遇记》。

1886年　吉卜林4月在拉合尔匿名出版诗集《机关谣曲》,该诗集后来在加尔各答署名再

	版。8月吉卜林在西姆拉度假。10月评论家安德鲁·朗格在《朗文杂志》上撰文评论《机关谣曲》。11月吉卜林开始在《公报》上发表后来收集在《山中的平凡故事》里的系列短篇小说。同年吉卜林在拉合尔加入共济会"希望和坚持"分会。
1887年	吉卜林夏天在西姆拉度假后转往阿拉哈巴德市,供职于《先驱报》。
1888年	吉卜林1月份在加尔各答和伦敦同时出版其首部短篇小说集《山中的平凡故事》,此后又在阿拉哈巴德陆续出版6个短篇小说集:《三个士兵》、《盖茨比一家》、《黑与白》、《雪松下》、《鬼影人力车》以及《威·威利·温基》。
1889年	吉卜林2月前往拉合尔与父母道别,3月9日乘船从加尔各答起航,取道仰光、新加坡、香港、横滨、旧金山和纽约前往英国,10月5日到达利物浦。吉卜林在伦敦结识沃尔科特·巴勒斯蒂艾,(1890年)又结识沃尔科特的姐姐、他未来的妻子卡洛琳·巴勒斯蒂艾。
1890年	吉卜林从2月起在《苏格兰观察家》上发表诗作,11月长篇小说《消失的光芒》在美国出版。9月吉卜林身体崩溃,10月前往意大利疗养。
1891年	吉卜林年初加入萨维尔文学俱乐部。3月《消失的光芒》在英国出版。吉卜林短暂访问美国。8月吉卜林启程进行环球旅游,游历南非、澳大利亚和新西兰,同时最后一次访问印度。吉卜林到达拉合尔时听到沃尔科特·巴勒斯蒂艾的死讯,即返回英国。短篇小说集《生活的阻碍》出版。
1892年	吉卜林1月与卡洛琳·巴勒斯蒂艾结婚。2月3日,吉卜林夫妇开始环游世界。7月26日他们到达卡洛琳的娘家、美国弗蒙特州布拉特布罗镇,从此开始了他们在该镇4年的生活。12月其大女儿约瑟芬出生。诗集《军营歌谣集》和长篇小说《瑙拉卡》(吉卜林与沃尔科特·巴勒斯蒂艾合写)出版。
1893年	吉卜林春天在巴勒斯蒂艾家地产上建"瑙拉卡"屋,夏天搬入。短篇小说集《许多发明》出版。
1894年	童话短篇故事集《丛林之书》出版。吉卜林访问百慕大和英国。
1895年	《丛林之书》续集出版。吉卜林访问英国。
1896年	2月吉卜林小女娥尔曦出生。8月吉卜林与内弟发生争吵,携全家返回英国,住在英国西南港口托基附近。《七海诗集》出版。
1897年	4月吉卜林入选雅典娜俱乐部。吉卜林一家搬至布莱顿附近的小渔村洛廷定。7月17日吉卜林在《泰晤士报》发表《退场赞美诗》。8月儿子约翰出生。长篇小说《勇敢的船长们》出版。
1898年	1月吉卜林携全家到南非开普敦,结识英国钻石大王、殖民巨子塞西尔·罗德斯,获赠房子"羊毛袋"。短篇小说集《白天的工作》出版。
1899年	1月吉卜林携全家赴纽约。2月吉卜林患肺炎,病情危殆。3月大女儿约瑟芬病死。6月吉卜林全家返回英国。吉卜林拒绝爵士封号,但接受了麦克吉尔大学颁与的荣誉博士学位。吉卜林发表诗歌《白人的负担》,出版自传性短篇小说集《斯托凯与其同党》以及游历书信集《从大海到大海》。
1900—1908年	吉卜林一家每年1月至3月赴南非过冬。
1901年	长篇小说《基姆》出版。
1902年	9月吉卜林一家定居苏赛克斯郡乡下,住在一栋叫"贝特曼"(Bateman's)房子

	里。童话故事集《本来如此的故事》出版。
1903年	吉卜林再次拒绝爵士封号,也拒绝参加威尔士亲王率领的皇家访印代表团。《五国诗集》出版。
1904年	短篇小说集《交通与发现》出版。
1906年	短篇小说集《普克山的帕克》出版。
1907年	吉卜林获诺贝尔文学奖。吉卜林游历加拿大,接受达勒姆大学和牛津大学的荣誉学位。其诗歌全集在纽约出版。
1908年	吉卜林接受剑桥大学文学博士荣誉学位。
1909年	短篇小说集《行动与反应》出版。
1910年	短篇小说集《报偿与仙女》出版。11月吉卜林母亲去世。
1911年	1月吉卜林父亲去世。
1913年	吉卜林游历埃及。《游历书信》、《书中的歌谣》出版。
1915年	吉卜林8月探访法国前线,9月参观访问皇家海军舰船。10月2日爱尔兰卫队少尉、吉卜林独子约翰在法国战场受伤失踪(后证实死亡)。
1917年	短篇小说集《多样的生物》出版。吉卜林开始撰写爱尔兰卫队战史,并成为战争公墓委员会成员。
1919年	诗集《中间年代》出版。吉卜林修订出版自己的诗歌全集(此后分别于1921年,1917年,1933年多次修订)。
1920年	吉卜林接受爱丁堡大学的荣誉学位。
1921年	吉卜林拒绝英国政府拟颁与的功绩勋章,但接受了巴黎大学和斯特拉斯堡大学的荣誉学位。
1922年	吉卜林成为圣安德鲁大学校长。吉卜林夫妇参观法国战场,偶遇英王乔治五世。吉卜林与乔治五世结下友谊。下半年吉卜林重病,11月接受手术。
1923年	短篇小说集《陆地和海上的故事》和吉卜林纪念其爱子的战史《大战中的爱尔兰卫队》出版。
1924年	吉卜林小女娥尔曦嫁给乔治·班布里奇。吉卜林接受雅典大学的哲学博士荣誉学位。
1926年	吉卜林游历南美。短篇小说集《借方与贷方》出版。
1927年	吉卜林游历巴西。游记《巴西掠影》出版。吉卜林学会成立。
1928年	吉卜林讲演文集《言辞集》出版。著名作家哈代去世,吉卜林获得抬棺的荣誉。
1930年	吉卜林夫妇游历西印度群岛。卡洛琳重病,在百慕大医院住院3个月。短篇小说集《您的仆人是条狗》出版。
1932年	短篇小说集《极限与更新》出版。
1936年	1月18日吉卜林在伦敦的米德尔塞克斯医院去世,骨灰于1月23日安放于威斯敏斯特教堂的诗人角。
1937年	吉卜林自传《我自己的一些事》出版。
1937年—1939年	吉卜林本人认可的苏赛克斯版作品全集出版。
1939年	吉卜林夫人去世。
1976年	吉卜林小女娥尔曦(乔治·班布里奇夫人)去世。

(根据卡宁顿的传记《吉卜林的生平与创作》和佩吉的《吉卜林指南》整理)

后　记

　　我和吉卜林结缘始于20年前。当时吉卜林在国内还绝少有人研究,一般人对其毫无了解。我那时刚刚参加工作,闲来无事便时常浏览一些国内外的文学经典。一次偶然看到了吉卜林的动物童话故事集《丛林之书》,就立刻被那些精彩生动、充满力度的梦幻般的故事所吸引。一般来说,成年人难得喜欢动物童话。但吉卜林笔下莫格里与其动物兄弟们的悲欢离合是那么的充满温情,让人爱不释手。而吉卜林简洁洗练又强悍有力的文风也散发着无穷的魅力。后来我逢人便向其推荐《丛林之书》。此后我又陆续读了《本来如此的故事》,以及吉卜林的诺贝尔文学奖获奖作品《基姆》等作品,越发觉得吉卜林伟大。2000年我去上海外国语大学攻读博士时就顺理成章地选取吉卜林作为自己的博士论文选题,研究他的印度题材小说。记得博士论文答辩时来自复旦大学的一位资深教授还感慨我们做研究遇到了好时候,因为他们读书时是不太敢公开研究吉卜林的,尽管他本人就很喜欢他,也读过他的作品。原来国内喜欢吉卜林的人大有人在,只不过由于种种原因他们没能对其进行研究罢了。这样看来我们真是遇到好时候了。

　　凭借着自己在攻读博士时的积累和些许科研成果,我于2005年拿到了国家社科基金项目"鲁德亚德·吉卜林研究"。当时国内的吉卜林研究还处于开始阶段,尚没有一本吉卜林研究专著。后来虽有了两本吉卜林研究专著,但基本上是在博士论文基础上改成的(其中一本即为我的吉卜林印度题材小说研究),都有不够全面深入的地方。所以我雄心勃勃,计划将吉卜林的所有作品纳入自己的研究当中,对其进行全面深入的研究。不过,真正开始全面接触吉卜林的作品以后,我才发现这是个复杂的大工程。且不说吉卜林思想复杂,有些问题一度还很敏感,国内研究资料匮乏,研究起来难度很大,光是其在近50年的创作中写成的小说和诗歌作品就数量庞大,令人望而生畏,而且很难搜集齐备。记得因为研究的需要,我曾经委托一位英国朋友帮我购买吉卜林全集。结果这位英国人在来信中深表惊诧,说吉卜林全集卷帙浩繁,需耗费巨款才能购置。结果此事不了了之,也给我的研究带来了不小的困难,至今想起还引为憾事。

　　当然,吉卜林的作品也并非都是精品。他在不少作品里所表现的殖民主义态度和对东方的无知等都显得幼稚可笑,令人难以接受。而且因为对工作和技术的迷恋,吉卜林有时在作品中对技术性细节的描写过于琐碎无聊,术语使用太多,严重损害了作品的艺术效果。关于吉卜林的这个问题,不少评者如亨利·詹姆斯等都对其进行了非常中肯的批评。另外,吉卜林好用俚俗语,又喜在作品中模仿方言,有时其笔下人物的一句话常常需要琢磨半天才能弄懂是什么意思——其中不少单词缺损音节,需要借助对上下文的理解,也许还得加上一点想象力。这些都使得吉卜林作品的阅读和研究有时候也成为一种痛苦。不过有时成功地弄懂这些俚语方言倒也能带来一种成就感,尽管有这种感觉的时候并不多。

研究期间的辛苦自然如同行们一样,如鱼饮水,冷暖自知。世间事如意者少。计划虽然宏伟,但施行起来却困难重重。除了项目本身的复杂外,期间也受到其他项目和杂事的干扰,几经周折,到今天总算完成。期间下了不少工夫,也基本囊括了吉卜林的绝大多数作品,但依然有诸多不满意之处。比如,刚开始进行研究时,我本拟重点研究吉卜林20世纪的小说和诗歌创作。现在虽然对吉卜林这个时期的绝大多数作品都有所涉及,但自己还是不太满意,觉得还可以做得更好。究其原因,除了自己才力不逮之外,时间不够,资料太多,难以搜集齐备等都是原因。特别是吉卜林作品丰富,许多作品都几近绝版,而国外的相关研究资料也很多,光是吉卜林传记就有近二十部。不少重要的研究资料——如《吉卜林会刊》等——在国内都很难收集到。此外,项目组成立时虽有诸多分工,但后来项目组成员们陆陆续续都申请到了自己的研究项目,无法再集中精力从事这个项目的研究。这些都是影响项目进度的客观因素。往事如烟,回顾这些经历时,只能报以无奈的一笑。

无论如何,能为读者呈上这样一份小小的成果,自己心里也稍感欣慰。价值如何,当然得由读者去评判。我只是希望这份研究成果能够对国内的吉卜林研究,乃至英国文学研究有所裨益。果真如此,那么也就不枉我这几年的辛苦了。

2012 年 9 月于金陵